/著

斯德哥尔摩

恋人

Lovers of Stockholm

上海社会科学院出版社

目 录

Chapter	01	掉进钱眼里的倪小姐	001
Chapter	02	斯德哥尔摩症候群	020
Chapter	03	周承安，你跟那个人很像	037
Chapter	04	好朋友阿九	056
Chapter	05	衣衫不整，丢人现眼	074
Chapter	06	你想在我身上找什么？	096
Chapter	07	其实你并没有真的很喜欢他	115
Chapter	08	喜欢到爱屋及乌	135
Chapter	09	命中注定	154
Chapter	10	不如和解吧	173
Chapter	11	倪晴，你就这么想死？	192
Chapter	12	图钱，还是图他这个人？	210
Chapter	13	在一起的每分每秒都被用来了浪费	228
Chapter	14	阿九和莫北韩	248
Chapter	15	没有人爱就要去死吗？	266
Chapter	16	古堡的记忆	284

Chapter 17	故人归来	298
Chapter 18	精神病患者的女儿	316
Chapter 19	软肋	332
Chapter 20	我偏不想让他如愿	346
Chapter 21	不是你说的吗，人是会变的	364
Chapter 22	情回布拉格	381

Chapter 01 掉进钱眼里的倪小姐

圣诞夜的集市上琳琅满目，广场正中间闪着光的圣诞树照亮了节日的氛围，明明是外国人的节日，偏偏因为更多的人对它趋之若鹜而被打上了浪漫的标签。

倪晴拢了拢身上的呢大衣，穿过人群在路边等了一会儿，等候的间隙因为无聊，点了根烟抽上，但只吸了两口便又觉得索然无味，等的人还没来，索性夹着烟发起呆来。

其实她已经很久没有过过任何节日了，什么春节、情人节、圣诞节，对她而言不过是一年365天里再平常不过的其中一天而已。等烟燃尽了，一辆黑色轿车恰逢其时地停在了倪晴面前，黑色车身在橘黄的灯光下闪着傲人的光芒，副驾驶座的车窗被打开，坐在驾驶座上的男人蹙着眉对站在外边一动不动的倪晴说了"上车"两个字。

倪晴这才不紧不慢地丢掉烟头，俯身上车。

整个城市都被笼罩着浓浓的节日气氛，当然更能体现节日氛围的自然是前不见首后不见尾的堵车长龙。

倪晴甫一坐正，就低声咕哝了句："节日应该加价的，这车堵的，得浪费多少时间。"

这一句恰巧被正在开车的林为栋听到了，他嗤笑出来："倪晴，如果你是商人一定是个奸商，人家方便面还加量不加价呢。"

"那当然，方便面有我靠谱？林先生，我是看在我们认识多年的分上才

给你友情价的，不然像这种节日有的是出价比你高的。"

"你干吗非把自己摆在商品的位置用金钱来衡量呢？"

"这难道不是最直观的价值体现？别告诉我你不是这样的人噢，我看你平时也没少赚黑心钱，反正我们这种小老百姓是怎么都算不过你们这些商人的。"

林为栋哼了哼，手指不耐烦地敲着方向盘，车子龟速地前进着，城市交通一度处于瘫痪的状态，等到了目的地已经是两个小时以后。

平时只需要15分钟的路程，居然开了整整两个小时之久。

金碧辉煌的酒店大堂内早已布置成圣诞主题的旧上海模式，也不知道是哪个想出来的这坑爹主题，规定前来参加晚会的男男女女必须打扮成旧上海风格，男士倒还好，可这女士……倪晴一向认为旗袍这种服饰真不是随便什么人都能穿的。

林为栋低头瞧了眼身边的女伴，倪晴的身材足以驾驭旗袍，漆黑的长发绾成一个髻，那件旗袍也不知是从哪里弄来的，穿在她身上异常合身，将她的身材衬托得淋漓尽致。

参加晚宴的人不算多，这次主题宴会本就有人数限制，只有收到邀请函的人才有资格参加，能来的多是有头有脸的人物。

"喂，你知道今天林公子带来的那个女人是谁吗？"

"还能是谁，倪晴呗，她可有名了，别告诉我你不知道她。"

"是那个只要有钱什么活都接的小模特？"

"Bingo，这女人简直掉进钱眼里了，为了钱连三观都可以不要，只要有人肯出钱且价格合理，她都能配合别人演各种戏，我猜啊，今晚她八成也是林公子花钱请来的，反正不过就是演一场戏混吃混喝还有钱拿，这么好的活她个十八线小模特上哪儿接去。"

"我听说她跟了林公子很久了，不该吧？"

"她是赚林公子钱很久了，可没跟过林公子。"

女人话音刚落，后面的隔间里忽然一声抽水马桶冲水的声音，倪晴晃荡着高跟鞋从里面出来，脸不红心不跳地到镜子面前补妆，反倒是刚才嚼舌根的两个女人霎时白了脸，神情一个比一个尴尬。

也是，好歹也是林为栋带来的女人嘛，再不堪也不是什么阿猫阿狗都能鄙视的。

倪晴在走廊尽头的阳台上抽完一根烟，百无聊赖地盯着城市的万家灯火，妆容精致的脸上淡漠地看不出任何表情。

晚宴快接近尾声的时候，倪晴才收了视线准备回去找林为栋，才走到门口，正巧与正要进去的女人撞个正着，更要命的是，在这样的晚宴上，她们居然——撞衫了！

两个穿着一模一样的女人在敞开的宴会厅门口，成了一道供人看戏的靓丽风景。

而这个和倪晴撞衫了的女人不是别人，正是林为栋的妹妹——林为安。

林为安拂过额前的刘海，轻慢地笑道："我都不知道我找人特别定制的这款旗袍居然还有仿版？"

"不只有仿版，都已经是淘宝爆款了，二百五包邮，林小姐你值得拥有。"倪晴眯着眼睛笑起来，她不笑的时候高冷得拒人千里，笑起来露出两个酒窝，却又孩子气得没心没肺。

林为栋曾经这么评价过倪晴：你永远不知道她那张笑脸背后究竟打着什么主意，这个女人桀骜不驯，见钱眼开，但又有自己的坚持和底线，她是可以用钱收买的女人，但也仅仅只能是收买而已。

林为安从小受过的良好教育让她在任何场合都能面色自如，和一个低自己好几个档次的女人针锋相对显然不是自己的作风，她懒得再搭理倪晴，转身步入宴会厅。

林为安的淡然倒是让不少正准备好戏开场的围观者失望了，倪晴恶意满满地冲那群人做了个鬼脸，突然没了兴致，索性找服务生要了自己的外套和手包准备先开溜。

酒店内的温度高达30℃，和酒店外简直是冰火两重天，倪晴裹住大衣等

在门口，冷不丁一抬头，那张脸猝不及防地冲进眼底。

呼吸狠狠一窒，她不自觉地揉了揉眼睛，视线模糊又清亮，男人的脸由远及近，侧脸的弧线坚毅而清冷，那双墨黑的眸子冷得近乎不近人情，像西伯利亚空旷的冰天雪地，令倪晴不自觉地后退一步。

男人的视线扫过倪晴，仅仅只是几秒，也许更少，便从她身边经过，他的步子快而沉稳，带起了一阵风。

倪晴的心狂跳起来，右手不受控制地颤抖，怎么也握不紧拳头，她沉思了数秒之后，飞快地沿着男人去时的路跟了上去。

厅内，林为安好不容易在人群里找到林为栋，蹙着眉问："你确定要和那种女人牵扯不清？"

"哪种女人？"林为栋明知故问。

"你少装糊涂，那个女人只是把你当 ATM 而已，你不会真以为她会对你有除了钱以外的兴趣？"

"我真不知道什么时候我的妹妹对我的私生活这么关心了，这让为兄我受宠若惊啊。"

林为栋这副玩世不恭的模样让林为安眉间更添几分不悦，倒是林为栋并不在意，四下望了望，像是在找什么人："承安没有跟你回来？"

"他在停车。"

话音刚落，男人便迈着步子出现在了会场内。

周承安身上有种与生俱来的气场，他旁若无人地穿过人群，对林为栋微微颔首算是打了招呼，随即便将手机和车钥匙一并交到林为安手里，说："你把手机落在车上了。"

林为安握住手里的钥匙，面色平静，仿佛早已料到一般："你不留下来？"

"明天的学术报告很重要。"他简明扼要地回答，意思十分明确。

可以说林为安早就习以为常，在他们认识的这些年里，周承安从来不会和她一起参加任何聚会，他永远有自己的理由和不参加的借口，即使在外人看来只不过是漏洞百出的推诿，也让她无法直接戳穿。

林为栋看着周承安的背影，长长地吹了声口哨，戏谑道："看来在他眼里你还不如一份学术报告。"

林为安优雅地笑着反击："万幸，总比 ATM 强些。"

周承安的风衣衣摆随着冷风扬着，颀长的身影在路人间显得异常显眼，倪晴隔着一些距离跟在他身后，连自己都无法确切地解释这种鬼使神差的行为是因为什么，临近午夜的街道上少了人声沸鼎的喧嚣，徒留圣诞节最后的欢歌。

走过两条街后，一直保持匀速前进的周承安忽然停了下来，身侧是一长排已经打烊的商店，倪晴无处可躲，待他转身的时候，只能低下头装作路人匆匆擦身而过。

可心跳却很快，冷风刺骨下双颊却是火烫火烫的。

"你跟了我半小时之久，难道只是因为我们恰巧都需要经过两条相同的街道？"

男人的声音飘散在风里，遥远得仿佛来自异乡。

倪晴停下脚步，尴尬地张了张嘴，刚想否认，却又听他说道："眼神闪躲，双手不知道该往哪里放，这些都是说谎的前兆。这位小姐，你大半夜的跟踪一个陌生男人难不成是有什么特殊的癖好？"

倪晴被他说的一愣，双颊绯红，嘴唇却又冻得惨白，表情无辜得像只大白兔。

他的声音……不像，一点都不像！还有说话时语气里的冷嘲热讽，与她记忆里的人判若两人！

他不是他！

刹那间，一股巨大的失落席卷了倪晴的内心，她佯装微笑地说："你和我认识的一位故人有些相像，请问你……14 年前去过布拉格吗？"

周承安淡漠地站在那里，眉梢间染着一层雪霜，面无表情，袖手旁观。

"小姐，这种方式很老套，现在没多少男人会上钩。"

倪晴有些焦虑地上前一步，又问了一遍："请问你14年前去过布拉格吗？"

声音相比刚才，多了几分急促。

时间仿佛凝固了，倪晴紧张得呼吸困难，仿佛等待她的将是一场重要审判，眼前人的这张脸熟悉又陌生，与她记忆里的那张脸相似又不似。

14年来，她守着一个做不完的梦，等着一个找不到的人。

"没有。"

两个字铿锵有力，像两把锋利的剑，生生刺破了倪晴心里微小的希望。

周承安的目光里甚至没有正常人该有的好奇和探索，他双手抄在大衣兜里，表情里看不到一丝丝情绪，任何人，或者说大部分人，在周承安眼里，跟躺在病床上的研究对象并没有什么两样。

倪晴呆滞地盯着眼前男人的脸，硬生生扯了扯嘴角，可笑得却比哭还要难看，然后他转过身，三两步便消失在她的视线里。

她再也没有跟上去。

广场上的大钟敲响12点的钟声，倪晴抬头看向漆黑的夜空，就像无边的大海，这个世界什么都好，就是少了一点希望。

结束了一天的拍摄工作，倪晴几乎累成狗，趴在桌上恨不得倒头大睡，还没完全闭眼，脑门上忽然被人重重一拍，对方嫌弃地问道："你昨晚做贼去了吗？"

"你试试踩着高跟鞋跟人赔笑一晚上？"

"倪晴，喜欢钱的我见多了，可像你这么见钱眼开的还真是少见，我们要不是朋友，我一定鄙视死你。"盛薇冷哼一声，对倪晴一副恨铁不成钢的表情。

"说得好像你现在没在鄙视我似的。"

盛薇毫不忌讳地翻了个白眼，从包包里翻出一张名片推到倪晴面前："呐，你试试去找找这个人。"

这是倪晴见过的最简单的名片，洁白的卡片上面除了黑色加粗的周承安三个字以及一小排地址外，再没有多余的东西，就连电话号码都没有。

她不由蹙起了眉，掂着名片挑眉看向盛薇。

"这位周承安刚从美国回来，精神病学博士毕业，就职于咱们北城的精神疾病研究中心，我好不容易才搞到他的名片，听说他在美国当地的华人里颇有名声，没准他能帮到你……"

"Stop。"倪晴嗤笑着摇头打断了盛薇，脸上那抹不羁的笑看起来洒脱又桀骜，手指没有节奏地敲击着桌面，思忖了片刻，还是随手将那张名片扔进了垃圾桶。

"倪晴！"盛薇瞪了她一眼，弯腰想去捡回来，可倪晴的话却让她停止了动作。

"这么多年都没有人能帮的忙，他一个国外回来的就能帮上？不是我认输，而是我渐渐地开始认清了，反正……这终归只是一个弱肉强食的世界。"

盛薇呆呆地望着她，小时候的倪晴养尊处优，要什么有什么，几乎人人钦羡，那个时候大人们还时常开玩笑说不知哪个男人日后会有福气娶到倪晴这样的女子做妻子。长大后，儿时的玩笑却成了笑话，倪晴从什么都不会的千金小姐变成了什么都会的桀骜女子。从无到有是一件幸福的事，但从有到无对许多人来说却像是一场可怕的噩梦。

倪晴一口干了杯子里还剩一半的洋酒，笑嘻嘻地背起包和盛薇道别。冬日的夜晚，寒风凛冽，像刀子般刮在脸上，五彩斑斓的橱窗里到处呈现着当季最新款的服装，标签上的价格足以让普通人敬而远之。人这一辈子啊，谁不是在为各种标签上的数字奋斗着？

天色接近墨黑，倪晴踩着高跟鞋像个女斗士般在大街上乱窜。大约是喝了酒的原因，她比平常要更兴奋些，直至停下脚步，抬眼随意一瞥，身体才蓦然一震。她环顾四周，一切都如记忆里一般熟悉，高档小区的高层亮着星星点点的光，与市中心的喧嚣相比，这一处静谧得近乎安详。

她习惯性地往 18 楼看去，霎时，全身血液仿佛凝固了起来。

空了四年的公寓，此时此刻，竟灯火通明。

有相识的物业保安认出了她，惊喜地喊了一声倪小姐，倪晴这才如梦初醒，循着声音怔怔地望去，勉强一笑。

倪晴还住在这里的时候因为为人极好，和小区物业的工作人员都相处融洽，也格外讨人喜欢，即便那时为了生计被迫卖了房子，离开的时候也得到了小区很多人的不舍。

倪晴指了指18楼，脸色微微尴尬："有人搬进来了吗？"

保安听了立刻心领神会，连连点头："是啊，是个单身男士，才刚搬来不久。"

"是吗……"她喃喃着，"我可以进去看看吗？"

这个小区算是北城最高档的小区之一，安保格外严格，除非征得住户允许，否则外人禁止入内。

保安脸上闪过一丝难色，但下一刻还是替倪晴让了道。

倪晴在门口徘徊了许久，暗暗在心里耻笑自己，这个地方早就和她无关了，她不知道自己干吗还偏执地想要上去看看住进这里的人究竟是什么样的人，即便是小偷强盗也轮不到她倪晴插手，不是吗？

门在这个时候咔嚓一声，忽然开了。

倪晴心里一跳，吓得后退了好几步，本能地想找个地方躲起来，可一层两户，中间的电梯门紧闭，她根本没有可以闪躲的地方。

就这么……和门内的人狭路相逢。

居然……是那天在晚宴上遇到的男人！

倪晴压根没有想过还会再见到这个男人，犹记得那个夜里，他那双眼睛散发出迷人的光芒，几乎将她的心都吸了过去。他太像她记忆里的那个少年，那个总是待人冷漠，却手心温暖的薄幸少年。

此刻的周承安穿着一身居家服，双手抱胸，眯着眼打量眼前的人，未等倪晴开口，便不冷不热地嘲讽道："你跟踪我？"

跟踪？原本还处于呆滞状态的倪晴立刻被这个词点燃了，拧眉挤出一丝不善意的笑，她捋了捋额前的刘海，嗤笑道："你是有钱还是有权又或者有势？不然你有哪样值得我跟踪？"

"你在我家门口徘徊了足足有10分钟之久，说没有目的连你自己都不信吧？"

"你家？"倪晴不由往里看了看，问他，"这房子你买下了？"

"我需要向你报备？"

这个男人明明一副面无表情的死相，可眼里那种不着痕迹的嘲讽又显露无遗，看得倪晴心里很是不舒服，高傲的男人她见多了，这样近乎傲娇的男人还真是头一次见。

倪晴不想再跟他纠缠下去，耸了耸肩，摆摆手说："我走错了不行？在我看来在门内看了监视器10分钟的你貌似才是非正常啊。"

她幼稚地像扳回一城似的扬了扬头，笑眯眯地向他道别："再见，这位先生。"

周承安眯了眯眼，眼里闪过一丝不悦。电梯门合上的一瞬间，里面的女人突然幼稚病大发，朝他做了个一般女人着实做不出来的极致鬼脸，他往后退了一步，仍旧面无表情地关上了门。

正是晚餐时间。

林为安时不时低头看腕间的手表，毕竟是林家千金，单只是坐在那里已是众人心中的女神范儿。

一桌子的宾客，唯独林为安身边的位置始终空着，林为栋点完菜后又确认了一遍："周承安真的会来？"

"他没有说不来。"

这是什么回答？

"没有说不来就是会来的意思？所以他压根没有答应你会来是吗？"

林为安的脸微微泛红，虽有不确定，却依旧倔强地盯着门口的方向。周承安不喜欢人多的地方，更不喜欢应酬，这是认识他的人谁都知道的事情。

他这个人，甚至活得古板到一丝不苟，他的人生里除了学术研究之外好像再也没有任何可以让他分心的事情，为此林为栋经常质疑，身为精神病医生的他难道自身没有精神方面的问题？

在林为栋看来，周承安才是一个彻头彻尾的怪人。

餐厅门一开一合之间，男人的身影蓦地出现，林为安欣喜地站了起来，开心地朝他招招手，他身上还挂着医院惯有的消毒水味，与他惯常清冷的气质倒是十分相符。

还没走近，哐当一声，安静的餐厅里突然响起玻璃碎裂的声音。角落里，倪晴坐在一个陌生男人身边，被泼了一身的热水，明明应该是最为狼狈的样子，可眼神里那股骄傲的锋芒又倔强地闪着，她咧着嘴笑，竟显出些微的孩子气。

这种无辜的笑让对面的女人更加怒火攻心，随手把桌上的菜一股脑儿往她身上掀，而倪晴不闪不躲，任由对方把气往自己身上撒，等桌上再也没有可以任她砸的东西后，倪晴才擦了把脸，笑眯眯地问她："撒够气了吗？"

女人看向男人，冷笑着问："这种女人你也要？等着戴绿帽子吧，你！算我瞎了眼，你这种男人，白送给我我都不稀罕。"

就这样在愤怒中分了手。男人总算轻轻舒了口气。

待女人一走，倪晴立刻收敛笑容，低头看了眼自己身上像垃圾场似的各种食物和酱料混杂。呵，这还是第一次被人这么砸。

"谢谢你啊倪晴，我跟她纠缠了这么久，一直分分合合，这回算是真分彻底了，只是……辛苦你了，不好意思啊。"

倪晴慢条斯理地擦掉身上的污物，最后干脆脱掉大衣扔到一边，这才觉得好受了些，回头认真地对他说道："来之前你可没说这女人这么难缠，你看，我这件名牌大衣算是废了，别嘴上说不好意思啊，最起码得用行动表示表示吧？"

男人一脸懂了的意思，忙掏出钱包抽出一沓人民币递给她："行，我也觉得怪对不起你的，这些钱比我们之前谈的价格多1倍，你看成不？"

倪晴大大方方地收下钱，完全没有一点点不好意思，在餐厅里众人的注目礼中欣然起身准备离开，估计这些人心里此刻都在大骂她是个不要脸的狐狸精吧？刚一起身，目光与站在餐厅中间的周承安不期而遇，倪晴微微一愣，装作看不见他似的从他身边擦身而过。

周承安双手抄兜，淡漠地看完这一出闹剧，心想这个女人真是做了错事还一副正义凛然的样子。

林为安晃了晃周承安的手臂，几不可见地蹙眉道："你认识倪晴？"

周承安扫了她一眼，并未搭话，拉开椅子随意落座，期间听到有好事之人不怀好意地揶揄林为栋。

"林公子，倪晴不是你的人吗？怎么一眨眼的工夫又勾搭上别的男人了？"

"又是帮着别人跟女朋友分手的吧？这女人的三观简直被狗吃了。"

林为栋的脸色分外难看，铁青着脸掏出手机给倪晴打电话，谁知才通了几秒就被对方挂断了，如此几次三番，倪晴干脆关机了事。

"早说过这女人只把你当ATM，也不知道你执着个什么劲。"林为安抿了一口咖啡，冷眼说道。

林为栋一声不吭，这一顿晚餐的气氛分外诡异，到一半的时候周承安接到研究所里的电话，又匆匆赶了回去。

精神疾病研究中心是由两栋大楼连接而成，前面是精神类疾病医院，后面则是研究中心，一到晚上，后面的研究中心大门就关闭了。他从前门而入，穿过偌大的正厅正要走向回廊的时候，不自觉地转头随意瞥了一眼。

刚才还在餐厅对着别的女人趾高气扬地笑着的女人，此时独自一人坐在空寂的大厅里，耷拉着脑袋像是睡着了，大厅里没有开暖气，阴嗖嗖的冷风穿堂而过，她却一动不动。

突如其来的电话铃声打破了此时此刻的宁静。

倪晴蓦地抬头，留给她的只是一抹举着手机在耳边正欲离去的瘦高

身影。

等周承安处理完事情下来的时候倪晴已经不在了。他想起刚才那名突然发病的病人，查看了四年前她刚入院时到现在的所有病例以及相关资料，发现家属栏上赫然写着倪晴二字。

待回家，才发现这女人蜷缩成一团，弓着身子蹲在他家门口，橘黄的灯光打在她脸上，难得的一脸委屈样。

周承安不自觉地挑了挑眉，在旁人面前这么盛气凌人，原来她也会有委屈的时候？

"让开，我要进去。"他淡漠地吐出六个字，朝她边上挥了挥手，表示她挡他道了。

倪晴没穿外套，只穿了件薄毛衣，嘴唇冻得发白，脸上却又通红，满身的酒味，视线对上他凉薄的目光，嘿嘿地笑出了声，伸出手朝他比了个六的手势，骄傲地说："他们灌了我六瓶红酒，料定我会喝死过去，没想到我一口气都干掉了，这么容易就赚了1万块钱，我是不是特能干？"

她一脸的嬉皮笑脸着实让周承安反感，他抬脚踢了踢她，示意她让路，谁知她忽然张开双手抵在门上，抬起头，眼睛变成了猩红色，赌气似的问他："你为什么不承认你在布拉格待过？你明明那么像那个人……不对，你就是那个人，我不会认错的，你不就是James吗？14年前，布拉格的暴雪夜里，你不是说过会一辈子记得我的吗？"

她就这样的，在这个尚且算是陌生人的面前，哭得稀里哗啦。

真是醉得不轻。

周承安居高临下地盯着她，半响，才轻缓地开口："不是那个人是我的错咯？倪小姐，有病得治，如果你需要，我可以为你介绍这方面的专家。"

倪晴歪着头抵在门上，又是哭又是笑，简直像个发酒疯的神经病。隔壁的邻居好几次开门用异样的目光打量这两个人，最后忍无可忍地对周承安说："她这样，我们实在没有办法休息，如果你制止不了她的话我们只能报警了。"

周承安用手揉了揉眉心，像是下了什么决心似的，弯下腰用力把她扯开，按了密码开门，又像拖垃圾似地把她拖进了门，整个客厅瞬间被她身上的酒气占领。周承安难以容忍地把她扔到沙发上，干脆眼不见为净，躲进书房后就再也没有出来。

安静的夜，落地窗外投射进来的夜色照在书桌后的周承安身上，他只开了一盏台灯，房间内一片昏暗，14年前？布拉格？一辈子会记得的人？这些都是什么鬼？

凌晨5点的时候，倪晴昏昏沉沉地醒了过来，头痛欲裂。她用力拍了拍脸，全身腰酸背痛，动一下都觉得疼，一扭脖子，墙壁上熟悉的吊钟映入眼帘，这是她……从前的家……她一下子呆了，昨晚的回忆蓦地涌上心头，心里大喊一声不好，猛地坐了起来。

她这是发酒疯发到别人家里来了？

那个人呢？

再一闻自己身上的味道，她瞬间拧起了眉，昨天一天真是糟糕透顶，傍晚被人泼了一身，晚上又被灌了六瓶红酒，最后一身臭味地倒在别人家里，她都可以想象那个人一脸不耐烦又不得不把她弄进屋里的嫌弃样。

是有多丢人？

倪晴蹑手蹑脚地几乎落荒而逃，心存侥幸地想反正以后也不大可能再碰到，可没想到的是，在24小时内，她再次见到那个男人。

热闹的包厢内，像周承安这种安静地坐在角落里不攀谈也不喝酒的男人着实少见，起先那些小姐们还觉得这人八成只是假正经，可连着劝了好几次酒都碰了钉子后也就兴味索然，转战别处了。空气里满是烟酒夹杂的浑浊味，周承安头疼不已，用手按了按太阳穴，要不是院长的盛情难却，打死他都不会如此浪费生命。

10分钟后，他穿过热闹的人群，明亮的走廊上水晶灯亮得晃人，周承安脚步飞快，快到转角时，一个身影飞快地弓着腰冲了过来，直冲冲撞进了他怀里，动作之猛烈，顶得周承安一阵胃疼。

剧烈的酒气猛然传进周承安鼻尖，他嫌弃地拧起了眉，对方只在他身上停留了几秒，便捂着嘴干呕着冲向了卫生间，再一看那个背影，他的眸光猝然一紧。

倪晴在隔间里扒着马桶吐得昏天暗地，心里暗暗诅咒那个肥仔不得好死，一想到他那副肥头大耳的样子，胃里又是一阵恶心，为了拿到那个广告她也是拼了。

等到总算舒服些后，她拿冷水冲了冲被酒气熏红了的脸，抬头一看镜子里的自己，不知不觉地竟然笑了，造化真是弄人，22岁之前，她对未来有过许多设想，独独没有想过后来的自己会是这副要死不活的鬼样子。

孩子气一般的报复，她掬起水狠狠泼向镜面，迷雾的镜面上一片模糊，她这才满意地捋了捋长发转身离开。

可一转角，脚步蓦然一顿。

那个男人双手抄在大衣口袋里，斜靠着墙壁，低着头的侧脸弧度在水晶灯下英俊得格外不真实。

有那么一瞬间，与她记忆里的那个少年交织重叠。

倪晴心跳陡然加速，想起醉酒的自己厚脸皮地往他家里冲，就恨不得找个地洞钻下去，这个时候她最不愿意见到的大概就是这个男人。

"真巧啊，你也在这里？"

周承安看向她极为不自然的表情，眯着眼，漆黑的眸光里挂着全然审视的意味，一动不动，扬起嘴角，戏谑道："你的人生真是精彩。"

这短短的一句话里全是浓重的嘲讽，倪晴僵硬地站在那里，头重脚轻，干脆靠到了身边的墙壁上，歪着头，笑呵呵地说："可不是，像你们这种把生活过得像清水一样索然无味的苦行僧当然不会了解我们的花花世界了。"

周承安的目光透着清冷的光，犀利地定格在倪晴身上，倪晴几次想把他看清，可头晕得厉害，目光总无法聚焦，那种灼人的眼光，第一次让倪晴感到一点点的羞耻。

但也只有一点点而已。

"我说周承安，你不要这么看着我，不然我会认为你也跟那些男人一样看上我这张脸了噢。"

周承安冷哼一声："你倒是对自己的相貌很自信。"

他们之间只有几步的距离，倪晴用尽全力往前跨了几步来到他身边，笑嘻嘻地凑上去，轻声问道："难道你不承认？"

话音刚落，倪晴的身体便被陡然挡开。周承安毫不掩饰对她的嫌弃和厌恶，仿佛她是什么洪水猛兽似的，猛地往后退了几步，临走前只不冷不热地丢下一句："但愿你不会有喝死自己的一天。"

倪晴的身体在墙壁的支撑下慢慢地滑到了地上，笑着笑着干脆半阖着眼休息起来，呵呵，这男人说话还真是绝情呐。

12楼的旋转餐厅，靠窗的位置向来是宾客必争之地，倪晴早早预定到了最好的位置，点了一桌子丰盛的菜肴等着盛薇庆贺自己终于成功拿下人生中第一个广告代言。那时候盛薇问她，为什么拼死拼活地要拿下这支广告，倪晴只回了两个字：钱多，而今心想事成，反倒没有最初以为的那种喜悦了。

"倪晴？"

一声略微熟悉的声音突然响起，震得倪晴浑身一颤，她本能地僵硬起来，玻璃窗上折射出来的身影，陌生却又熟悉得让她害怕。

倪晴转过头去，看到一张似笑非笑的脸。这人被三两个人簇拥着，一身的傲气，许多年不见，还是和从前一样让倪晴讨厌。

"你好像不想看到我？"

"你觉得我们是见了面可以互相寒暄的关系？"她慵懒地用手托着下巴反问，脸上分明写着不耐烦。

脑子里闪过的是下午在拍摄杂志照片的时候周围工作人员的窃窃私语。

——听说了吗，那个袁艾迪回来了，我们主编正在找人脉要他的独家专访呢。

——他那个人脾气古怪，可没那么容易邀请到，我听说他要回国的风声

一放出来就已经接到无数邀约了,可到现在一个都没把他拿下。

——人家可是享誉国际的新晋华人设计师,在国外那么多年,现在决定回国发展了,首次亮相当然要找个好平台啦。

她没想到他在国内的时尚圈也这么有人气。

旁人一听倪晴的话,立刻露出了责备的表情,大约是觉得她不知好歹,以袁艾迪如今的名气和身价,像她这种N线小模特理当扒着不放才是正确的打开方式。

袁艾迪对倪晴的无礼显得无动于衷,嘴角凝着笑,向她发出邀请:"倪晴,我个人品牌新一季度的服装要上新了,你来做我的模特如何?"

"你好像很自信我一定会答应你?"

"我只是觉得你一贯不是个公私不分的人。"

可他笃定的眼神却分明像是在告诉倪晴,不管过去还是现在,他一直都能看透她,无论她如何伪装粉饰。

倪晴几乎想也不想地一眨眼,脸上那种不屑的笑容真切得像是玻璃上的裂痕:"好啊,你准备给我多少钱?"

"你想要多少?"

"我想要多少你就给多少?"

"是。"

他依旧微笑着,那个"是"字进入倪晴耳里的时候,她突然失了兴致,原本激起来的戏谑和讽刺顿时荡然无存,就在这个时候,他身边的助理小声提醒他:"袁先生,时间到了,合作方怕是已经等了很久了。"

袁艾迪微微颔首,取出自己的名片递给她:"想好开多少价了,随时联系我。"

一行人离开后倪晴才对着名片发起呆,说实话,对于袁艾迪这个人,除了厌恶之外,好像再也没有第二种情绪了,是打从心底里的厌恶,如果友情是可以轻易背叛的,那袁艾迪简直是做到了极致。

"盛薇啊,我这人是不是挺无趣的?好像人生只剩下了为钱奔波似的。"

盛薇抬眼白了一眼倪晴，一副你总算发现了这件事的表情。

"不过你真打算给袁艾迪当模特？你对着他不会有想抽丫的冲动？"盛薇瞄了一眼被倪晴随手放在边上的名片，对于倪晴会答应袁艾迪着实感到意外，倪晴这人吧，这几年虽然贪财，但还没到无可救药的地步。

"你觉得我是会跟钱过不去的人？"

"哪里不能赚钱？非要赚他的钱恶心自己？"

倪晴搅拌着手里的咖啡，垂着双眸不知在想些什么，半响才搭腔："你上次跟我提起过的周承安……你说他是从美国回来的？"

没头没脑地突然提起这么一个人，让盛薇险些反应不过来，她下意识地点头说："是啊，在纽约发表了很多专业性论文，前途光明，就在人们以为他会在纽约大展拳脚的时候却突然结束纽约的工作后选择回国，据说是跟未婚妻一起回来的。"

"未婚妻？你该不会是说林为安吧？"倪晴不自觉地皱起了眉，不过回想起与他的两次不同场合的会面，每每都有林为安在场，他们是这种关系倒也不足为奇。

"你跟林为安不是旧识吗？你都不知道我怎么会知道？不过话说回来，你当时不是说不会去找他的吗？最后还是去了？"盛薇小心翼翼地察言观色，这些年，倪晴真是越发地会隐藏自己了，从前她是多没心没肺的一个人。

"当然没有，随口问问而已。"

她当然不会愚蠢到告诉盛薇是自己那天醉酒后在自己从前的房子——现在周承安的住处醒来后发现了写有周承安名字的笔记本才知道原来那个男人就是盛薇口中的周承安。

不过那个人的气质跟救死扶伤的医生身份真是严重不符。

"啊，我突然想起来还有事，账已经结了，你慢慢吃，我先撤了。"倪晴迅速揽起大衣包包，朝盛薇投去一个飞吻，在盛薇来不及破口大骂之前以最快的速度撤离了现场。

盛薇瞠目结舌，前前后后加起来不到30秒，原本还在自己对面的人就

这么不见了，胸腔内一股怒火噌噌地往上蹿。

到底是谁约谁啊？！明明她才是被约的那个好不好！

夜里九十点钟，正是热闹逐渐褪去的时候，倪晴手里拎着大包小包，风风火火地冲到了周承安的公寓门口，门铃被啪嗒啪嗒按得几乎快要脱落了，周承安才慢悠悠地开了门。

"Hello，先生，你叫的外卖。"倪晴一下抬起手里的袋子，笑嘻嘻地遮住自己的脸，有一种恶作剧即将成功的愉悦。

"又喝醉了？"周承安往后退了一步，抱着双手居高临下地望着她，语气里满是嘲讽。

什么叫又？倪晴正要反驳，但转念一想，最近两次醉酒的窘态被他尽收眼底，貌似真的没有可以反驳的余地。

"承安，她怎么会知道你的住处？"

倪晴正要开口，忽然被房间里传来的女声打断，紧接着，林为安那张满是不解又微微动怒的脸出现在倪晴眼前。

果然这两个人关系匪浅。

周承安侧过身，淡漠地说道："正如你所见，她就是个送外卖的。"

倪晴的嘴角抽搐起来，周承安脸不红心不跳地说出这句话的时候依旧一副正气凛然的模样，不得不感叹有的人就是天生长了一张好看的脸。

林为安对这番说辞自然不信，将信将疑地打量着两人，好像那两个人犯了什么错被当场捉到似的。再看周承安，果真招呼着倪晴进了门，倪晴自觉地把一堆食物放到餐厅的桌上。这个公寓她太熟悉了，以至于熟门熟路倒像是到了自己家一般，这让林为安更为恼火，顺势挡住了倪晴的去路。

"男人的钱还赚不够吗？还送外卖？"

"钱这种东西，当然是多多益善。"

林为安顿时皱起眉："倪晴，你的脸皮可真够厚的。"

"那是什么？能当饭吃吗？"

看着林为安那张隐忍克制的脸，倪晴心里乐开了花。出了门进了电梯，回想到刚才被自己噎得一时不知道该说什么的林为安的那副表情，倪晴只觉得这一趟没白来。

林为安被噎得脸色煞白，同一个屋檐下，另一个人却已经慢条斯理地坐到了餐桌前打开食物包装盒，仿佛这些真的是他叫的外卖。林为安蹙着眉扫了眼餐桌上的食物，那么多种类，偏偏都是周承安不喜欢的。

"你不是从来不碰这些垃圾食品的吗？"她终于忍无可忍地开口问他，声音里充满了埋怨和怒意。

周承安淡淡地扫了她一眼："人在没有选择的情况下，哪里还谈得上喜欢不喜欢？"

林为安的表情又是一僵，他们都心知肚明周承安这句话的意思究竟为何。几年来，林为安像影子似的周旋在周承安身边，无论他愿是不愿，她总能找到各式各样的借口堂而皇之地进入他的生活。时间久了，周承安不再推诿，可她从此却好像成了他身边的可有可无，就像餐厅里萍水相逢的服务生，游乐园里检票的工作人员，抑或是图书馆里安静看书的过客，林为安对周承安来说，就只是这样的关系而已。

"你这是什么意思？当初要不是我爸好心收养你，会有今天的周承安？你这么说未免有些忘恩负义。"

周承安淡漠地笑着，他总是这样，一副对什么都不在意的样子。林为安向来觉得他铁石心肠，没有人的心会比周承安的心更坚硬。这样的争吵他们之间不知已经发生过几次，到现在，周承安更是连反应都懒得给。

林为安一气之下，转身走人，可拉开门把手的一瞬间还是忍不住对周承安说："倪晴可不是个好招惹的女人，别给自己惹一身腥。"

门砰的一声关上，周承安靠向身后的椅背，嘴角慢慢扬了起来，深刻的五官在灯光下少有的柔和，只是那一双眼睛深不见底，讳莫如深，仍如往日一般的没有温度，修长的腿安静地交叠着，他就那么坐着，好像全世界就只有他自己一人。

Chapter 02　斯德哥尔摩症候群

倪晴拾掇好自己的时候恰好收到袁艾迪的邀请午餐短信，地点就在她今天的拍摄场地附近，她二话不说，欣然赴约，不过她没想到的是居然会在餐厅的入口碰到林为安。想想也觉得很是唏嘘，自从林为安回国后，真是走到哪里都能遇见。

林为安是倪晴最讨厌的那种女人，仗着家世背景对任何人都显得不屑一顾，高傲又十分做作，就算是从前，倪晴也没有喜欢过这个女人。她们彼此看不顺眼，可朋友圈又尴尬地高度重合，简直是孽缘中的孽缘。

"嗳，我奉劝你，不要打周承安的主意。"

就在倪晴打算当作不认识这个人——事实上也并没有多熟——的时候，林为安及时喊住了她，依旧是倪晴最讨厌的那种样子，高傲地仿佛别人天生就该活在她的眼色之下。

倪晴勾起唇角，恶趣味地反问道："我未婚他未娶，我为什么不能打他的主意？难不成他脸上刻着你林大小姐专属的字样？"

林为安看着倪晴那副吊儿郎当的样子，眉心不自觉地揉成一团："你真的以为你能入得了他的眼？倪晴，所有他不喜欢的女人的样子你都有，你凭什么觉得你能引起他的注意？"

"既然你笃定我入不了他的眼，现在何必这么费尽心思地和我说这些？"

"我只是提醒你，人生悲剧一两回就够了，悲剧多了，运势会变差的。"

倪晴一笑："还真是有劳你费心了。"

林为安扯开嘴角刚要反驳,倪晴身后突如其来的人仿佛一道亮光,霎时刺痛了她的眼。她的冷笑凝固在脸上,一时半刻竟一个字都说不出来。那个人的视线投射过来的时候,林为安觉得这个世界真是处处充满了讽刺和反转。

她以为此生不会再见到这个男人。

袁艾迪的表情淡然又生疏,目光在林为安身上只停留了短暂的几秒,便向倪晴开口:"你迟迟不来,我还以为我被放鸽子了。"

倪晴嫣然一笑,若有所指地说:"怎么会?要不是遇见故人,我才不会迟到,说起来你们俩从前也有些交情,不打声招呼?"

她歪着头嗤笑地看着袁艾迪,脑门朝着林为安,袁艾迪在她眼中看到了毫不留情的戏谑和揶揄。

他的目光穿过倪晴的发顶,再看过去的时候,林为安的背影已经消失在门口。只有林为安自己知道,当时几乎落荒而逃,再也没有一个人会像他这样,即便只是站在那里,也能给她致命一击。

倪晴对于林为安的败退离场显得意犹未尽,她原以为会看到一场痴男怨女久别重逢互相讨伐的戏码,结果居然什么都没发生,失望,太失望了!

袁艾迪边为她倒茶边说:"倪晴,你就不能对她善良点?"

"那谁来对我善良?"

袁艾迪的手一顿,叹了口气,似乎有些失望:"你从前不是这样的。"

倪晴呵呵一笑,端起茶杯抿了一口:"我从前就是太善良,才会落到这地步,袁艾迪,全世界都有资格指责我,唯独你没有,你欠我的,我可一笔一笔记着呢。"

"我们不能再做回朋友?"

"做回朋友,然后再做好随时随地被背叛的准备?你以为我还是十七八岁的时候傻乎乎地对你肝胆相照的倪晴?你他妈把友情当成什么了?想丢就丢,想要就要,全世界都必须站在原地等你回头?袁艾迪你现在真该拿镜子瞧瞧你那副恶心的样子。"

倪晴的胸腔剧烈起伏着，烦躁得抽出一根烟点上。烟雾缭绕之间，她仿佛看到了曾经的他们，十几岁的时候说过要做彼此一辈子的好朋友的他们，在时间的对岸哭得悄无声息，袁艾迪以自己的名义发表她的设计稿的那天起，他们的友情就到尽头了。

并且不会再有以后了。

袁艾迪面色平和，淡定地仿佛倪晴所说的不过是一件和自己毫不相干的事，他摇了摇头，扯开了话题，从随身的公文袋里掏出了一份文件递过去："上次我说想请你做我的模特，不是开玩笑的。"

"我很贵，怕你请不起。"

"再贵我都请。"

四目相对，两个人像斗士似的彼此相望，经年累月，这个原本应该是倪晴生命里最熟悉的挚友，如今瞳孔里却多了难懂的晦涩，有人说两个人的交往总会产生不能碰触的灰色地带，那大概现在的他们，身边全是雷区。

倪晴抓起包包起身，笑得桀骜肆意："那就让我看到你的诚意啊，我再缺钱，也不是随便什么活都接的。"

袁艾迪的脸色微微一变，忙伸手拽住准备走开的倪晴，下一刻倪晴的手里便多了一张支票。

"这是预付给你的定金，合同细节我们可以慢慢再谈。"

倪晴的眼神变了变，长长的睫毛在垂着的眼皮上轻轻一跳，随即冷笑道："原来在你眼里，我也是随随便便可以用钱收买的女人？"

可不等袁艾迪回答，她猛地捏住手心里的支票，又兀自开了口："对啊，我就是喜欢钱，你的合同，我签了。"

后来倪晴也问过自己，为什么当初会答应成为袁艾迪的模特，她有太多可以避开他的理由，从他出国，一别多年，其实她真的从来没有想过还会和他共事，甚至曾经愤恨地想，有朝一日，一定要揭露那时的真相，让他身败名裂，也尝尝这种被人鄙视的滋味有多酸爽。可是当她再遇见他时，那种恨反而渐渐少了。

Chapter 02　斯德哥尔摩症候群

午后的阳光暖洋洋地洒在倪晴身上，从餐厅到市精神疾病研究所只花了20分钟的时间，医院大厅人流稀疏，与其他医院的喧闹拥挤形成了鲜明的对比。

她双手背在身后，在医院门口来来回回走了好几圈，阳光照在她的长发上，仿佛晕染了一层光圈。进出的人并不多，但还是有热衷于八卦的人认出了她，经过的时候不由地多看了她两眼，那种不屑的眼神，这两年她没少见。

一、二、三、四、五……等不知道已经数了多少个一百之后，周承安的身影赫然入目，当季最新的长款呢大衣被他穿出了国际男模的T台范儿，远远走来，牢牢地锁住了倪晴的目光。倪晴再也没有见过哪个男人像他那样仿佛天生就是衣架子，他光是从远处走来，就已经耀眼得令她移不开目光。

瞧，老天多么不公平，有些人光是长相就能赢得许多人的好感。

她不确定自己来这里的目的是什么，但当周承安出现时，她好像一瞬间就知道了为什么。

周承安像是没看到她，看着前方，目不斜视，从她身边直直地走过，倪晴愣了一下，反应过来之后立刻追了上去。

"是我太没存在感还是你视力有问题？我站在那里你看不到？"

周承安手里抱着一沓病例，并没有搭理她。倪晴还没这样被人无视过，不甘心地继续问他："你对漂亮姑娘都这么假正经？"

她歪着脑袋，一脸的坏笑，周承安回头看过去的时候，她眯着眼睛的样子像极了那种没心没肺喜欢恶作剧的女孩子。大概是阳光太烈，他的眸子不由眯了眯。

"干吗这样看着我？我脸上有画？"她下意识地摸了摸自己的脸，居然有些微微发烫。

"我在等你开口。"声音低醇得像是清泉，轻轻滑过倪晴的心，明明应该是不耐烦的口气，却被他说得沉稳内敛。

倪晴一时语塞，眼看他转身就要走掉，忙不迭地拦住他的去路，理直气壮地说："我来找你看病。"

周承安的眸光淡如水，黑如炭，深邃得不见底。他望着她，一字一字地说道："我不接诊。"

"所谓医者父母心，好歹我们也有过几面之缘，你不会这么铁石心肠吧？"

周承安冷冷嗤了一声，目光如炬："一般找我看病的都不是什么正常人。"

"那周医生、周博士你是正常人吗？"

他站在那里岿然不动，定格在她身上的目光像是要看穿她。倪晴被他看得心虚，恨不得立刻缩回滞留在他身上的目光。就在她以为自己会这么站成雕塑的时候，周承安总算开口了。

"什么病？"

"斯德哥尔摩症候群。"

她看着他，仿佛多年时光流淌在他们之间，周承安清俊的面容一如往常，黑曜石一般光泽的眸光锐利得能刺痛人心。倪晴挺直了胸膛，简简单单地又重复了一遍。

"我想治疗这个病，斯德哥尔摩症候群。"

周承安的目光隐晦而深刻，即便只是淡漠地看着她，仍让倪晴感到了一股无形的压迫。她不甘示弱地回瞪他，那张脸因为紧张而憋得通红。

他该不会觉得她是故意勾引他吧？

这家伙的定力未免也太好了！

在这仅有的几秒沉默当中，倪晴的心理变化可谓精彩绝伦，从最开始的张扬到渐渐吃瘪，她来找他看病，明明是一件理直气壮的事情，偏偏在他的注视下逐渐败下了阵。

"看什么看？再看我脸上还能长出花来？"倪晴大声地打破周承安的凝视，心虚地一脚踩上他的影子。

周承安的嘴角动了动,而后轻蔑地说:"我看你不是斯德哥尔摩症候群,倒更像是精神错乱。"

倪晴怔了一下,眼看周承安转身欲走,慌忙间抓住他的胳膊,蹿到他跟前问:"你不相信我?"

周承安傲慢地挑了挑眉,这让倪晴简直有种怒火冲天的感觉。

"你连听都不肯听一下我的病情就准备一走了之?现在的医生都像你这么不负责任?"

"倪小姐,看病正常的程序是先到医院挂号,然后对着挂号单上找到相应的医生,我自认和你并无特殊交情,也素不相识,实在没有义务陪你浪费时间。"他低头瞥了眼自己胳膊上的手,大概是那道目光太盛气凌人,倪晴恍惚间微微松手,就这么让周承安跑了。

一种莫名其妙的失落感慢慢在倪晴的胸腔内扩散开来,周承安只是像大部分人那样以大多数人会看她的那种眼光看她而已。

嚣张跋扈,张扬肆意,见钱眼开,唯利是图,周承安眼中的倪晴和多数人眼中的倪晴大约并没有什么分别。她这么想着,心情反倒慢慢舒畅了不少。

暮色降临,位于研究所外的这条大路并不在热闹地带,天一黑,路上行人车辆较之白日里少了几乎一半。周承安没想到倪晴会在门口等到现在,他停下脚步,视线正对上抬头仰视着自己的倪晴,那张浓妆艳抹的脸在夜色下竟有些说不出的动人。忽然她咧嘴一笑,一起身拍拍屁股,抖掉身上的灰尘,笑眯眯地说:"走,我请你吃饭。"

"理由?"周承安的目光扫过一地的烟头,再加之女人身上无法掩盖的烟味,令他不悦地蹙起眉心。

"你是装傻还是真傻?一个女人请一个男人吃饭还能有什么理由?"倪晴捋了捋额前散得一塌糊涂的刘海,不等周承安开口,忙拦下一辆出租车,二话不说把他塞了进去,生怕他下一刻转身就跑似的。

对于和一个女人吃饭,尤其还是和一个陌生女人吃饭,周承安向来认为简直就是浪费生命。车后座狭小的空间内，倪晴身上的香水味和烟味混杂，这正是周承安最讨厌的味道，他打开车窗，想让这味道散散，谁知倪晴一下扑过来，半个身体穿过他，伸手便关上了车窗，抬眼含着笑意说："我怕冷。"

她似乎完全没有意识到两人的姿势有多暧昧，狡黠的眉眼泛着一股孩子气。

下车的地点在老城区其中一条弄堂口，倪晴带着周承安驾轻就熟地穿过地形复杂的弄堂，最后停在一家装修简洁但看上去干净卫生的麻辣烫店里。

一身西装笔挺的周承安在这样的环境里显得格格不入，他的目光不由深了深，若换了平时，他恐怕早就掉头就走了，可今时今刻，连他都不知道为什么会有足够的耐心站在喧嚣的人群里等着倪晴一脸满足地端来两碗麻辣烫。

倪晴招呼他到了角落的位置，献宝似地把那碗麻辣烫推到他面前："我敢保证，这一定是你这辈子吃过的最好吃的麻辣烫。"

周承安蹙着眉未动碗筷，照例讥讽似的笑："那当然，这一定会是我这辈子吃过的唯一的麻辣烫。"

倪晴露出讶异的表情，随后才收敛笑容，难得敛去那一脸的嬉皮笑脸："可别吃得起山珍海味，吃不得粗茶淡饭，人不可能富贵一辈子。"

"我是不是还得感谢倪小姐替我忧虑了？"周承安看她一眼，拾起筷子。

后来周承安偶尔回味起来，倪晴说的没错，那的确是他这辈子吃过的最好吃的麻辣烫。

用过晚餐，林为安的父亲林耀波把周承安叫进了书房。林家家大业大，在北城数一数二，林耀波更是连续两年蝉联十大企业家之首，一时风头十足，再加上平日里他乐善好施，不仅钱赚到了，名声也是好得不得了。

林家的书房堪称是整个别院里最豪华的地方，因林耀波喜欢在家办公，因此书房大而奢华，欧式风格的书房伴随着许多书卷味儿。据说林耀波为了这个书房颇为用心，光是书桌上那盏琉璃台灯就价值不菲，特意请土耳其的大师精心雕饰，一分一毫皆是货真价实的手工作业。

"回国有段时间了，研究所的工作做得可还顺手？"林耀波问话的同时点燃一根雪茄，他倚靠在宽大的沙发椅上，手指间烟雾缭绕，颇有旧时上海滩的大佬风范。

周承安的神色清淡，与林耀波将近1米的距离，简洁地吐出两个字："还好。"

"我听说你接手了院里一部分病人？"

"院里人手不够，我暂时帮下忙。"

林耀波眯着眼睛，狭长的双眸背后不知在算计着什么，这种思忖的眼神周承安实在太熟悉了，他不动声色地盯着老狐狸那张烟雾后模糊的脸，心里冷笑。

终于，雪茄燃尽，林耀波打开抽屉，从里面拿出一沓文件推到周承安面前，不厚不薄，最上面的是一张复印下来的A4纸病例，看纸张的颜色，已经有些年月了。

"这个人现在是你的病人？"

周承安看了眼病例上的名字，习以为常地反问道："您打算怎么做？"

林耀波慢慢地阖上了眼，气氛瞬间冷凝下来。周承安垂着眸子，眼角间仿佛泛着流光溢彩，沉默却有力量，从前林为安对周承安说过："你这个人呐，即使不声不响地，也让人觉得好像穿着盔甲，随时要准备战斗。"

可不是吗，只有像林为安和林为栋这样含着金汤匙出生的人才有浪漫天真的权利，周承安过过苦日子，所以他善于抓住一次又一次机会，保护自己避免在未来的某一天被打回原形。

许久之后，林耀波才轻缓地开口，语气波澜不惊，听不出情绪变化。

"以前怎么做，现在还是怎么做。"

周承安退出书房的时候瞟了眼书桌后面的人，门咔嚓一声闭拢，他的嘴角才溢出了一丝令人捉摸不透的笑意。

像自嘲，又像是无动于衷的冷笑。

林为安看周承安出来了，心里的一颗大石头总算落地，大概是小时候看过父亲对周承安冷酷严苛的教育，她总怕父亲会为难周承安，逼着他做不想做的事情。

"爸爸他找你什么事？没为难你吧？"林为安跟在周承安后头，絮絮叨叨地问道。

"嗯，还好。"

这是哪门子的鬼回答？林为安愣了会儿神的工夫，周承安已经走到了门口，一身黑色西装的男人，与外面的夜色几乎融成一团，他没有准备向林为安道别，打开车门正欲上车，忽地被林为安叫住了。

"周承安，你就这么不愿意搭理我？我就是关心你，想跟你多说会儿话，你能不能不要拿那张臭脸给我看？"

从小一帆风顺地长大，永远活在别人的钦羡和称赞之中，林为安自然受不了周承安对自己的这种态度，尤其回国后，他越发不爱同她说话，他们已经整整两个月没有好好地、像样地吃过一顿晚餐了。

"周承安，你还是我男朋友吗？你有尽到一个男朋友的责任吗？"林为安的语气渐渐缓了下来，可即便是这种质问，仍带着一种高人一等的姿态。

周承安关上车门，干脆解开西装纽扣，慵懒地靠上车身，双手抱胸，墨黑的眸子无辜得简直绿色无公害，夸张地皱起眉："为安，那次你拉着我参加同学聚会，要求我假装你男朋友，你该不会当真了吧？"

林为安身体猝然一僵，呼吸渐渐凝滞，眼神复杂地盯着眼前这人，没错，当时她的确任性地拉着周承安参加自己的同学会，席间不断有人开两人的玩笑，更甚者直接问什么时候能收到他们的请帖，她记得当时周承安脸上并未出现任何反感，甚至偶尔还会同那些人开些无关痛痒的小玩笑，她以为他是喜欢的……却原来这么长时间以来竟是她一个人唱了独角戏？

"周承安，你现在是在嘲笑我自作多情？"林为安呵呵一笑，"你放心，我可不像有些女人，离了男人就活不了，我林为安自认不比任何人差，离了我，是你的损失。"

"为安，不要说得这么冠冕堂皇，好像你对我有多一往情深似的，你心里藏着谁，你最清楚。"

周承安的声音淡淡飘响在冷风里，林为安呆滞地站在那里，眼见车子从自己身边扬长而去，尘土扬起的全是往昔回忆。她和周承安一起长大，彼此熟悉，她心里装的什么，身为精神科医生的周承安一目了然，可她却看不透他的心，自她习惯跟在他身后开始，这就是一场不公平的游戏。

城市里的人呐，在虚与委蛇的世界里，渐渐习惯藏起了最初的自己。

倪晴在周承安的公寓门口等了一整夜都没等来周承安，打他电话，不是忙音就是无人接听。天快亮的时候她被冻醒过来，下楼询问物业昨夜周承安有否回家，得到了否定的答案。原本想着去研究院确认他是否无恙，结果被盛薇的夺命连环电话 Call 到了袁艾迪的工作事务所，原来是有业内知名的时尚杂志邀请袁艾迪接受专访，袁艾迪执意要带上倪晴，表示倪晴是自己回国后签下的第一位模特，不可怠慢。

这理由着实有些牵强，连倪晴都觉得奇葩，哪儿有设计师接受专访还带上模特的？于是倪晴在状态不佳的情况下穿着袁艾迪的春装新款跌跌撞撞地完成了长达四个小时的拍摄，结束的时候居然有种解脱的感觉。

盛薇殷勤地递上咖啡，朝另一头仍在接受采访的袁艾迪努了努嘴，笑嘻嘻地问："袁艾迪是不是对你有意思啊？"

倪晴一口咖啡差点喷出来，斜眼睨了盛薇一眼，再去看袁艾迪，阳光洒在他的发顶，仿佛自带光环，事业有成，年轻英俊，难怪他会成为年轻设计师里的领军人物，有才华不稀奇，长得帅又有才华还有上进心，想不成功都难。

"你和袁艾迪之间就没有转圜的余地了？每次你看着他的眼神恨不得分分钟撕烂他似的，他从前再怎么薄情寡义，你们总还是有些交情的吧？"盛薇从前只听倪晴提起过这个人，每每都像是有深仇大恨一般，倪晴这人其实很少记仇，但袁艾迪算一个。

"你的脑洞有点大，我看着他的眼神明明就像是看着一棵摇钱树，恨不得冲上去求抱大腿，你哪只眼睛看出我跟他有深仇大恨？"倪晴毫不留情地冲她翻了个白眼，将视线从袁艾迪身上移开，抬起手腕看了看时间，正午时分，研究所应该处于午休状态，她起身躲开盛薇探究的八卦眼，闪到一个小角落里给周承安打电话。

鉴于周承安的电话一整晚都不通，倪晴本来是没抱什么希望的，谁知嘟了几声后电话通了，她一时失语，不知道怎样开口，电话那头似乎也不急，同样保持着沉默。

生怕周承安会不耐烦挂电话，倪晴回过神来立刻问他："你昨晚去哪儿了？"

周承安刚查完房，正往医生办公室走，举着手机淡漠地看不清表情，不冷不热地问道："什么事？"

"我想见你。"倪晴不假思索地脱口而出，她想象着周承安听到这句后的表情一定是不屑一顾的，可能还会在心里鄙夷她真是个随便的女人。

咔嚓一声，电话被无情挂断了，听筒里传来嘟嘟嘟的忙音声，倪晴心里的怒火噌的一下就上来了，她想过他也许会对她冷嘲热讽，但绝没想到他居然会这么直截了当地挂了电话！

这怎么能忍？！

倪晴风风火火地冲出了摄影棚，身后传来盛薇震耳欲聋的喊叫声："倪晴你要旷工吗！工作还没结束！"

"我有人生大事要解决，立刻、马上！"她朝盛薇飞去一个飞吻，吊儿郎当地消失在盛薇的视线里。

盛薇的嘴巴张成一个O字形，她倪晴的人生大事不是赚钱吗？

研究所的停车场。

周承安按下解锁键，刚打开车门，一阵风刮过，下一刻一个柔软的身躯从他身侧飞快地穿过，动作利落地坐上驾驶座，啪的一下用力关上了车门，他眸子一凝，倪晴脸上绽开一个大大的笑容。

"愣着干什么？上车啊！"她说着已经为自己系上了安全带，完全没把自己当外人看。

有同事路过向周承安问好，更有好事者八卦地往车里多看了几眼，周承安的人际关系向来简单，即便是朝夕相处的同事最多也不过是点头之交。他脚下利索地穿行至另一边的车门，落座。

倪晴满意地收起笑容，娴熟地发动车子，驶离了停车场。

"你去哪儿？我送你。"她瞄了眼周承安，他刚才进来的时候手里拿着个大牛皮袋，随手往后座一扔，应该是有事才出门。

"这好像是我的车。"周承安提醒她。

"可现在我是驾驶员啊，所以得我送你啊。"

他还从没见过脸皮厚得可以这么理所当然的女人，不禁侧过头忍不住挖苦："喝酒、撒谎、坑蒙拐骗，你真是无所无能，脸不红心不跳，这世上有能让你紧张的东西吗？"

"有啊。"倪晴快速地接过了话茬，她脸上的妆容还未卸下，笑起来比平时多了几分妩媚，"跟周承安接吻应该会很紧张。"

正常来说，说出这句话后气氛难免会觉得尴尬，可事实上，两人之间的氛围较之刚才似乎并无变化，她偷偷拿眼瞟周承安，却被周承安恰巧投来的目光瞪了回去。

"麻烦你专心开车，我还不想英年早逝。"

周承安的表情一派淡然，甚至连一点点的波澜都没有，倪晴觉得好笑："周承安，你要不是假正经就是个 Gay。"

"倪小姐，幸好你不是法官，不然多少人得含冤而死。"

她嗤笑，在下个路口忽然调转了方向："看你的样子好像也闲得没事，不如我带你去个地方？"

"以倪小姐的文化素养，大概没有听说过鲁迅先生的名言'浪费别人的

时间等于谋财害命'。"

"谋财害命不敢当,我倒是想劫色,可我也得有那狗胆啊。"

不管倪晴表露得有多露骨,周承安像是永远没听见那句最关键的话,见车子开上了公路,他索性调整了座位,闭目养神。

"嗳,你别睡啊,我一个人开车多无聊?"

"别吵,让我睡会儿。"

这声音不像刚才刻薄冷讽,软软地,像是一股春风,拂过倪晴的面颊。他貌似一闭眼就睡过去了,仔细看看,虽然皮肤很好,可还是无法完全掩盖浓重的黑眼圈,俊挺的侧脸弧度刻着刚毅与冷漠,从倪晴的眼看去,他仿佛疲惫极了。

做医生很累的吧?尤其是像他这种背负盛名的留学博士。

倪晴下意识地关掉了车里的音乐,开足了暖气,尽量把车开得更加平稳些。

引擎熄火的同时,周承安也睁开了眼,车子停在一栋姜黄色小洋房前,房子看上去已经很有些日子没人住了,墙壁上的色斑参差不齐地剥落,门口隐约能看清的 Café 字样也被丛生的杂草遮了个遍,周围荒无人烟,只有约3公里外的温泉度假村尚且还算有些人气。

"你确定你要在这个地方喝咖啡?"周承安扭过头看向倪晴。

不管是从哪个角度来看,这座洋房显然已经被废弃已久。

倪晴像是没听到周承安的问话,从包包里掏出一根巧克力,周承安不吃甜食,自然是拒绝的,她撕开包装咬了一口,甜味滋养着味蕾,她这才放松下来,突然对周承安挤了挤眉眼,神秘兮兮地说:"从前有个富豪,富豪有个女儿,女儿十分任性,仗着自己老爹有钱,到处乱花。有一天那个女儿突发奇想,想开个咖啡店,但城里那些个大大小小的咖啡店早就入不了她眼了,于是她找到了这个地方,买下这块地,自己设计了这座洋房,从无到有,一手包办。不过很可惜,咖啡店开了不到三个月就倒闭了。"

"在这种前不着村后不着店的地方开咖啡店,能维持三个月也是不容易。"周承安照例是嗤笑。

倪晴又咬下口巧克力："如果她老爸没死的话，没准儿这会儿咱还能进去喝杯咖啡。"

周承安看向倪晴，阳光从车窗外照进来，她的发顶一片暖阳，嘴里轻轻咀嚼着巧克力，他突然问道："后来呢？"

倪晴蹙起眉头，嘲笑他："后来当然是父亲死去女儿没了依靠过上了孤苦伶仃的生活啊，难道还能像童话故事里一样遇到白马王子从此过上了幸福的日子？"

"倪小姐，作为医生给你个忠告，心里有事最好说出来，或者找个心理医生倾诉也未尝不可，以倪小姐的收入看个心理医生应该绰绰有余，如果长期积压下去，经年累月，很可能转化成抑郁。"

周承安这么一本正经的说话倒让倪晴收起了笑容，这话真不知道是骂人还是出于关心："那周医生，我请你当我的心理医生可好？"

"我收费很贵。"

"我出得起。"

"你这么贪钱爱财，舍得花这钱？"

"千金难买我喜欢。"

两个人同时安静下来，四目相对，倪晴的目光在对上他漆黑的瞳孔那一刻，全身血液沸腾，心里不作他想，忽地俯身，快速地覆上他凉薄的唇。她闭着眼睛亲吻他，闻到他身上清淡的香皂味道，她知道周承安仍旧睁着眼睛，或许那双豹子一样的眼睛正冷静地观察着她，可倪晴管不了那么多，周承安的味道像一种安眠药，让她欲罢不能。

周承安的眸子一紧，下一刻反客为主，一手扣住倪晴的脑袋，深吻下去，舌尖的甜蜜仿佛能够侵蚀人体的意志，他的吻越深刻，越是让人无端端地感到一种隐忍。

分开的时候倪晴气喘吁吁，瘫软在座位上，恶狠狠地瞪了一眼肇事者。

周承安无辜地耸了耸肩："你开的头，就得接受任何可能发生的结尾。"

"周医生的吻技真不赖，交往过多少女朋友？"

"应该没有倪小姐交往过的男人多。"

倪晴的笑容滞了滞，脑子里闪过这些年旁人对她的评价和不屑，觉得她倪晴只要肯给钱，什么活都接，久而久之，名声渐渐地就坏了，可她不在乎，所谓清者自清，她一直相信总能遇到懂的人，即使有一天她不作任何解释，仍然能得到某个人的心。

她笑出声："那当然，我可是阅男无数。"

这时周承安的电话铃响了，整个接电话的时间前后加起来不到20秒，而后他就把倪晴从驾驶座拖到副驾驶座，飞快地按原路返回。

院里的病人出事了！

这种事情对于有着多年经验的周承安来说不算个事儿，但关键是，这个出事的病人自打进院后这么多年来都有着林耀波的关照，因而使得医生护士对她格外重视，偏巧的是，周承安虽然才来没多久，可这位从来不肯听话的病人却独独对他十分温顺，以至于他一有什么乱子，值班的医护人员第一个想到的便是周承安。

一来是周承安和林家的关系，把她交给周承安处理，林大老板总没得话说，二来则是病人和医生之间的关系。

倪晴看周承安脸色凝重，一路上都没什么话，也跟着紧张起来。

到了市区，周承安找了个地方放下她，甚至来不及告别，他便急匆匆地赶往医院。与此同时，倪晴接到了盛薇的电话，她原以为盛薇只是来追问早上她落跑的事情，按下接听键刚想说些好话求饶，谁知却听到盛薇几近咆哮的声音。

"倪晴你死哪儿去了，赶紧来伯母这儿，伯母出事了。"

那一刻倪晴的世界仿佛一下天崩地裂，她举着电话站在街头，手脚冰凉，每一寸肌肤都在对她叫嚣着，最后，她终于反应过来，疯了似的冲向医院。

Chapter 02　斯德哥尔摩症候群

晚霞笼罩在白墙砖瓦之上，市精神病研究中心的附属医院却被闹得不得安宁，顶楼之上，那个叫宋美妍的病人病号服上一身的血，她自己身上的伤口还在流血，而躺在她不远处的那个女孩童躺在血泊之中，已经没了呼吸，她的手边，还留着一把沾满了血的匕首。

那画面惨不忍睹，顶楼上的案发现场已经被警察拦了起来，禁止不相干的人员出入，事情发生在半个小时前，在所有人都准备下班的时候，寂静的医院里一声惊叫打破了原本的宁静。

宋美妍自进院以来就不是个听话的病人，常常闹得院里的工作人员不得安宁，据之前的主治医生说，她除了患有精神分裂，还有严重的暴力倾向。在周承安没来之前，她经常需要用绳子绑在床上才能遏制，当所有人都以为她的病情在周承安的治疗下已经有所好转时，谁知……

"先把病人带下去加固，以免她再次发病。"

"不行，谁都不能动她。"

一个响亮的声音忽然响彻顶楼，倪晴瘦削的身影艰难地从人堆里挤了出来，气喘吁吁地冲到宋美妍身前，像护着雏儿的母鸡似的护住了身后跪坐在地上瑟瑟发抖的人。

因为奔跑和愤怒，她的脸上一片通红，视线扫过一圈之后，看向刚才发话的那人："林院长，你没看到她身上有伤吗？再怎么样，总该先治疗她身上的伤止血才对啊，身为医生怎么能眼睁睁看着病人流了这么一地的血？"

"倪小姐，你以为这里是什么地方？容得了你这么大呼小叫？"林耀强，这个医院的院长这时铁青着脸发话了，他朝身边的护士作了指示，后者不敢怠慢，立刻跑上去一左一右夹住了宋美妍的胳膊。

倪晴眼里闪过一丝恨意，猛地推开那两个护士，恶狠狠地问道："这次又是什么？打镇静剂，吃药，绑在病床上三天三夜不得动弹以示惩罚，又或者干脆不给喝不给吃直到求饶为止？我有时候真想问问，这他妈是医院还是监狱？你林院长收了多少钱这么无法无天？你对得起你身上这件白大褂吗？"

周围一片死寂，没有人敢作声，倪晴跟林耀强，或者说是跟林家的瓜葛由来已久，这得追溯到很多年前，何况倪家跟林家的这些恩怨本就说不清道不明，现在林家当道，当然是得势了的说了算。

倪晴气得浑身颤抖，不甘示弱地瞪着林耀强，这个时候左手忽然被人抓住，身后的宋美妍惨白着脸浑身哆嗦，嘴里有一句没一句地念着，抓着倪晴的手分外用力。

宋美妍的伤不治不行，再这样下去血都流干了，倪晴咬咬牙，把她扶起来想找人为她处理伤口，然而没走几步，就被几个人拦住了去路。

"倪小姐，我希望你能明白，这里不是你可以胡作非为的地方。"这次说话的是个年轻警察，年纪与倪晴相仿。

倪晴冷笑："我看你一脸正气的样子，想不到也是跟他们狼狈为奸，蛇鼠一窝啊。"

莫北韩被倪晴这么挖苦讽刺，面上表情不变，脚下却完全没有要让开的意思。

一群大男人拦着一个女人，这场面真是滑稽得让人无法直视。

僵持不下的时候，那个人出现了。

Chapter 03 周承安，你跟那个人很像

周承安带来了药箱，迎面走来，高大颀长的身影如天神下凡一般映入倪晴的眼里，倪晴鼻子一酸，那种无法言明的委屈立刻涌上心头："周承安……"

"把她放下，我先替她处理伤口。"说话的同时周承安已经蹲下来打开药箱，随时准备动手。

"周博士。"林耀强警告意味地喊了他一声。

周承安头也没回："我的病人我来负责，你们要调查什么请便，我在这里为我的病人处理伤口，应该不会妨碍到你们接下来的事情。"

与刚才对倪晴的态度不同，这次林耀强没有再多说什么。

倪晴在周承安身边蹲下，拿手臂让宋美妍枕着自己，周承安不仅是个出色的精神科医师，还是个出色的外科医师，他处理伤口的动作轻快娴熟，认真缝针的样子让倪晴移不开眼。男人最有魅力的时候便是此刻。

随后周承安让护士送宋美妍回病房休息，倪晴死活不让，护着宋美妍，双眼渐渐通红，倔强地看着周承安。

"有我在，你母亲不会有事。"

第一次，周承安向别人许下了承诺。这个有生以来从不轻易对人许诺的男人，却对一个相识不足一个月的女人许了诺。

而倪晴呢？经历了世间冷暖之后，再也无法将信任托付，可偏偏对方是周承安，她愿意毫无理由地选择相信。

因为那双墨黑的总是挂着流光溢彩又讳莫如深的眼睛，因为那张记忆里相似却又分明陌生的脸。

人生里的所有愿意，在遇到某个人之后，都成了一种没有理由的执念。

一个小时后天完全黑了下来，莫北韩仔细勘察了现场，录了所有相关人员的口供，最后将目光对准了倪晴。

"宋美妍是你母亲？"

"有问题？"

"你母亲的病情已经严重到足以威胁他人安危的地步，你知道吗？"

"这难道不该是医院的责任？警官你现在问我这话是指责我没有看好我母亲的意思？"倪晴不悦地蹙起眉，讥笑着反唇相讥。

"她之前有过类似攻击性行为吗？"

"没有。"

"有没有在你面前出现过任何暴力倾向？"

"没有。"

"倪小姐认为这宗案子和你母亲有多大关系？"

这个时候的倪晴已经懒得再跟莫北韩扯淡下去，见周承安已经走远了，想要跟上去，便不冷不热地丢下一句："这难道不是警官你该做的事？"

莫北韩望着倪晴的背影，黑眸微微一紧。当年人人羡慕的北城名媛，谁会想到后来会落魄成这样？连自己唯一的家人都守不了。

周承安走到卫生间洗手消毒，倪晴三两步跟上，紧紧盯着他，像是要把他的灵魂都看透似的。

"这是男厕所。"他慢条斯理地抹消毒液，不忘提醒她走错卫生间这件事。

"你怎么知道她是我母亲？"

"你认为主治医生都是吃干饭的？"

倪晴转念一想，恐怕早在他接收母亲的那天就知道这件事了，毕竟只要一查病例资料，就会一目了然。

"那你知道我母亲在这里过得并不好，经常被冷暴力吗？"

周承安拧紧水龙头，哗哗流淌的水戛然而止，卫生间里瞬间安静下来，他扭头，眯着眼问她："你想带你母亲走吗？"

倪晴愣住了，周承安的问话完全出乎她的意料，他为什么会问这个问题？他知道些什么？又想干些什么？

"你明明知道，我带不走她。"她的声音忽地有些嘶哑，眼里渐渐泛起光圈，却执拗地不想让他看见，扭头出门。

那一天他们再也没有说过一句话，周承安送倪晴回家，倪晴破天荒地安静，在车上安静得仿佛像个没有生气的瓷娃娃，与之前他所认识的那个闹哄哄的桀骜女子截然相反。分开的时候就连一句再见都吝啬于再给。

周承安坐在车里并没有急着走，他看着倪晴走到公寓楼下停住了，然而像是做了什么懊恼事儿似的，抱住自己的脑袋左右乱晃，后来又安静了，点了根烟抽上，那根烟她只抽了一两口，剩下的都化成了一截长长的烟灰。

这一天，可真是够漫长的。

院里死人的消息很快就传到了林耀波的耳里。作为最大的投资方，这些年投钱出力，出这种事后不可能坐视不管，几乎人人都是这么以为的，可这位大老板，却不动声色，甚至只字不提，就连有记者问到，他也只以林氏只是投资方不宜过多干涉为由草草敷衍，就差在脸上写了此事与我无关不要再来找我的字样，撇得干干净净。

另一个被波及的，自然就是倪晴。

四年前，倪家惨案轰轰烈烈，倪夫人精神失常被送进精神病院是人人都知道的事情，如今出了这档子事儿，倪夫人又是最大的嫌疑人，倪晴的压力可想而知。

倪晴刚结束拍摄，准备在楼下的餐厅打包餐食回去，谁想刚一进门就撞见了林为安。

林为安见到她也怔了一下，看她若无其事地跟服务员交代打包餐食，忍不住揶揄她："这种时候你还吃得下？"

倪晴的视线仍停在菜单上，头也没抬地回击："当然得吃饱了才能对付万恶的资本主义。"

"你有被迫害妄想症吧？你总是这样，老觉得全世界都在变着法子害你，你会变成今天这样都是别人的错，你什么时候能反省一下自己？"

林为安跟倪晴虽交情不深，但从前也是相处过几年的玩伴，大约实在是家境太好，才养成了倪晴不管在任何时候都高人一等的姿态，饶是现在亦是如此。

可是她凭什么？

啪——倪晴合上菜单，微笑着让服务员尽快，而后找了个空位坐下，点了根烟，一抬头，嚣张地说道："关你什么事？你家是世界警察啊？什么都要管？拉屎要不要向你通报？"

林为安的眉蹙得更深了，这个女人实在是太粗俗了！她的脸上写满了厌恶。

"倪晴，你真是活该有今天。"

她恨恨地丢下这句话，摔门离开。

倪晴的嘴角咧开一抹桀骜的笑，食指轻轻点了点烟灰，压根没有把林为安的话放心上，她想着这会儿周承安应该到家了吧？

应该吧。以这么短时间内倪晴对周承安的了解，他那个人，要不是长了张年轻英俊的脸，生活清净平淡得跟中老年人并没有多大区别，他喜静，讨厌一切热闹的人事物。

那么，会不会也包括她呢？倪晴有时候会想，像如今这样的自己，在周承安眼里究竟是个什么样的女人呢？

曾经有没有那么一瞬间，也像她那样，不由自主地心动过？

门铃声猝然响起，周承安放下书去开门，只见倪晴大摇大摆地往里走，自从认识她，他这地儿好似再也没有安宁过。

Chapter 03 周承安，你跟那个人很像

周承安安静地看倪晴把带来的东西摆了满满一桌，而后朝他招招手："过来吃饭呀。"

"这里是我家。"他蹙起眉头，不悦地说道。

"你这是不欢迎我的意思？"

"倪晴，你完全没有必要讨好我，也许我根本帮不上你什么忙。"

倪晴布菜的动作猛地一滞，脸上的笑容慢慢凝固了，她站直身体，直挺挺的像一株充满了刺的玫瑰。

"所以你觉得我是有目的有企图地接近你？"

周承安默不作声，但他的表情已经说明了一切。

倪晴突然很想笑，是啊，所有人都认为她倪晴是个急功近利的小人，为了钱不惜一切，有时候半夜三更从噩梦中惊醒过来，居然连她自己都开始承认这样的自己。

"可是有什么办法？我必须要讨好你啊，谁让你是我母亲的主治医生？"

倪晴出乎周承安意料的坦白，她的神色只微微一变，很快又恢复了往常。周承安在她对面坐下，她为他盛好还热乎着的海鲜粥，像是刚才什么都没发生，笑嘻嘻地说："这家的海鲜粥全城闻名，我是跟老板有交情才买到的，不然得排两个多小时的队，算你有口福。"

周承安吃了一口，鲜虾十分滑腻鲜美，精米熬制的粥不稀不稠，十分入味。

然而倪晴却没有动，她搅拌着粥，脸上虽笑意盈盈，眼里却全是心事。

"你父亲是怎么去世的？"

倪晴愣了一下，愣愣懂懂地撞进周承安的眸子里，那双眼睛一如很多年前，在她午夜梦回时总是不断出现在脑海里的那双眼睛，漆黑又深沉，像一口永远也走不完的深井，可是周承安说，他不是。

她低下头，嘴角浮出一个自嘲的笑。

"也不知道该从何说起……"

"是不知道该从何说起，还是不确定是不是能告诉我？"他在她面前一点

儿也不避讳，就像一个老辣的审讯员，而倪晴在他眼里不过是个完全没有一点难度就可以轻松搞定的嫌疑犯。

"毕竟你是林为安的人。"

"知道我是林为安的人还跟我走这么近？"

倪晴看了他一会儿，啪嗒一声，丢掉手里的汤勺，往后一靠。很多事情在脑海里根深蒂固，像电影画面，如果有暂停的功能，倪晴真希望永远都能暂停下去，有时候啊，直面过去所要承受的痛苦远比想象的深。

"你应该知道吧？我爸爸跟林为安的父亲林耀波曾经是朋友，也是合作伙伴……"

四年前，倪晴的父亲可谓意气风发，当时在北城，倪家和林家不仅是世交，更是对头，双方表面和和气气，背地里暗暗鼓着一股劲儿，恨不得把对方踩到脚底下去。倪晴从小含着金汤匙长大，家境优渥，人又漂亮聪明，人人钦羡。很多人都以为以倪家和林家的交情，倪晴和林为安应该会成为好朋友才对，可是偏偏这两人互看不顺眼，以至于即便是两家关系最好的那几年，她们之间也没有过多的交情。

后来有一天，倪家和林家宣布合作，建立北城最大的制造基地，这一新闻一度霸占了当时北城所有的头条新闻，就当大家都觉得双方已经握手言和之际，悲剧就那么发生了。

倪晴永远记得那一天，父亲倪广仁和林耀波一同前往基地视察，原本只不过两三个小时的行程，结果直到天黑父亲都没有回来。她接到家里佣人的电话时，母亲已经晕过去被送到了医院，同时被送到医院的，还有她的父亲倪广仁。

至今还有人记得当时的情景。那天，位于北城的西北方向突然一声巨响，即使身在城里也能看到天空中稠密的浓烟，黑压压的一片，像是要冲破天际。

建造基地爆炸了。倪广仁被救出来的时候已经面目全非，全身大面积烧伤,多个脏器衰竭,尤其呼吸衰竭极为严重,完全只能靠呼吸机维持呼吸。那是倪晴生命里最黑暗的一个晚上,手术室的灯亮起又熄灭,她最终等来的却是父亲的遗体。

"我爸死后,为了赔偿那些在爆炸中死去的工人家属,再加上有人刻意打压,最终资不抵债,宣告破产。"

倪晴说起往事,就像在讲一个完全与自己无关的故事一般轻松,她盘腿坐在软椅上,点了根烟,抽了一口就被呛到了,不得不将一大杯冰水往嘴里灌。她看了眼面无表情的周承安,戏谑地说:"是不是很狗血?"

"你父亲和林耀波一起视察工厂,结果工厂爆炸,你父亲意外去世,他却安然无恙?"

倪晴满不在意地吸了口烟:"噢,据说当时林耀波公司突然发生紧急事,他回去处理了才躲过一劫。"

"你对此从来没有疑问?"周承安眼里波澜不惊,可倪晴分明知道他在想些什么,她盯着他,不由慢慢地摇摇头。

"周承安,现在这个社会,有钱有势是王道,我们这种小老百姓怎么跟权贵去斗?我现在只想我妈平安无事,健健康康,不作他想。"

那一年,倪晴经历世态炎凉,经历猜疑背叛,原本妄图攀上倪家这棵大树的人无一不撇得干干净净,一夜之间倪家不仅遭遇了无妄之灾,还看清了人心险恶。后来倪晴想想也没什么不好的,只不过是过滤掉了一些没有必要建立关系的旁人罢了。

周承安的手指在桌上有节奏地敲打着,橘黄的灯光将他的侧脸一半打上阴影,显得更加讳莫如深,他的薄唇紧抿,高耸的鼻梁划出一道漂亮的弧线,倪晴不禁看得有些移不开眼。

"所以你拼命赚钱?"

"毕竟我妈这种病比较烧钱。"倪晴摁灭烟头,冲他眨了眨眼,笑得一脸的无所谓。

灯光下,她的脸白得像一张纸。

回忆太难过，现实又太残忍，活着的人，处处受着煎熬。

周承安看了她一会儿，抓起筷子挟了块鸡肉往嘴里送，待咽下去之后才佯装随意地问道："明天晚上有空吗？"

倪晴动作一顿，斜着脑袋问："你这是在约我？"

"跟我去个地方。"

"你约我我就必须答应？那我岂不是太没面子了。"

周承安慢条斯理地喝了口汤，睨了她一眼："不作会死？"

倪晴："……"

林耀波六十大寿的晚宴，几乎全城权贵都来参加了，给足了面子。林家包下了北城最豪华的酒店，当天抵达现场的皆是有头有脸的人物，光是记者就在酒店门口排了足足两圈，可见排场之大。

周承安将车开到了地下车库，熄火，拔钥匙，对身边的人简洁地说："下车。"

倪晴侧着头看他，那眼神在昏暗里有些说不清道不明，她拽住周承安的袖口，眨巴着眼睛问："周承安，你带我来参加林耀波的生日晚宴，这事儿林为安知道吗？"

周承安微微挑眉，扬起嘴角："我带女伴还要经过她的准许？"

"可你是林为安的未婚夫啊。"

周承安忽然将手从倪晴手里抽出，抬手拍了拍她的脑袋，敷衍似的说："得了，倪晴，你别装了，在这种场合，我要真是林为安的未婚夫不是正合你意吗，下车。"

倪晴无言，一点小小的心思居然这么轻易地被周承安洞察了，果然医生的观察能力都异于常人吗？

电梯到达二楼的宴会厅，厅内宾客陆陆续续地已经开始落座。周承安带着倪晴到了林耀波面前，送上贺礼，林耀波转身看到倪晴的那一瞬间，脸上的笑容明显的一顿，倪晴看在心里何止一个爽字形容。她挽住周承安的胳膊,将头微微倾向周承安的肩头,甜甜地笑着同他打招呼,任谁看了都以为是一对小情侣在向长辈祝寿。

然而林耀波终究是见过大场面的人,只有短短的一两秒时间,便又恢复如常,升起一脸慈祥的笑意:"还是承安想得周到,我都四年没见过晴晴了,晴晴如今长成大姑娘了,比从前更加漂亮了。"

倪晴慵懒地把头靠上了周承安的肩膀,心不在焉地说:"是啊,明明是在同一个城市,居然整整四年都没有见过,真是好神奇。"

"没想到你跟承安还是朋友,这样很好,以后你们要多保持联系,互相帮衬,知道吗?"

不等倪晴答话,周承安便堵住了她的口:"这是当然,我会把倪晴当成亲人一样照顾。"

林耀波眼里闪过一丝戾色,笑着拍拍他的肩,转身同别人寒暄去了。

两人一回头,正对上林为安。

林为安的视线始终停在倪晴挽着周承安的手上,脸色十分不善。倪晴凭什么?她凭什么能跟周承安这么亲密?而周承安呢?不是有洁癖吗?不是不喜欢跟陌生人接触吗?现在这又算什么?握着高脚杯的手越来越紧,恨不得撕碎此刻正笑着的倪晴的那张脸。

那笑容,像是对她无声的宣战和蔑视。

"周承安,你这些年一直醉心科研,该不会脑袋也坏掉了吧?看女人的水准真是不敢恭维。你知道她是谁吗?有怎么样的过去吗?连她你都敢要?"

周承安眉梢间仍是不变的冷意,仿佛再温暖的风都化不开眉间的冷郁。

"为安,她是我选择的女人,请你尊重她。"

一瞬间,气氛突然冷凝。

原本嬉笑着观赏着林为安隐忍怒气的倪晴,突然一怔,不由自主地转头看向他,他有她看过的最好看的侧脸,以及最凉薄的嘴唇。

"一个在北城声名狼藉,为了钱什么都可以做的女人,我凭什么要尊重她?周承安,我看你是脑子出了问题,你又不是没见过她做的那些龌龊事。"

这话倪晴怎么都听不下去了："我做哪门子龌龊事了？就你林大小姐高贵，别人挣的钱都是龌龊钱？"

"你做什么了你自己心里清楚。"林为安气得牙痒痒，恨不得甩手给她一个耳光。

倪晴冷下脸，转头对周承安说："你带我来就是为了让我受这气？"

周承安揽住倪晴的腰，携着她从林为安身边经过，林为安的眼里渐渐升起雾气，可还是死死咬紧了牙关，一片泪眼婆娑之中，她看到了远处不知已经旁观了多久的袁艾迪。

多年以前，他们始于爱情；多年之后，他们止于误会。

周承安不喜欢热闹，他找了个角落的位置落座，倪晴的目光也从林为安身上收了回来，揶揄他："你不怕林耀波迁怒于你？毕竟你可是他看中了的最佳女婿人选。"

"你知道的可真多。"

"我还知道你十几岁的时候被林耀波收养，后被送到纽约求学，你有今天的成就全仰仗于当年林耀波的心善，按道理，他肯把宝贝女儿嫁给你你应该感恩戴德才对，可你现在反倒像是十分不领情，你也不怕别人说你忘恩负义？"

倪晴饶有兴致地望着周承安，周承安此人极为清冷，脸上永远没什么多余的表情，就连情绪都僵硬的只有那么一两种，她认识他这些日子，甚少在他身上看到喜怒哀乐，可但凡是人，都有肉身，总会悲喜吧？

可这个人偏偏没有！

"四年前你家道中落，无依无靠，难道还不明白，这天下哪有免费的午餐？一个人只要无缘无故对另一个人好，给予馈赠，必有企图。"

倪晴看不清周承安眼里的深沉，她凑过去与他直视，可一眼望进去，她像是跌入深渊一般，两个人近在咫尺，心却遥不可及，这样的周承安忽然让倪晴感到隐隐不安。

"所以……林耀波想从你这里得到什么呢？从一个当时只有十几岁的孩

子那里得到什么?"

周承安抿着嘴,扬着淡漠的笑,再也没有回答这个问题。

宴会结束后,倪晴在电梯口等周承安,没想到先等来了林耀波。林耀波屏退了身边人,周围只剩下他们两个,他也不再像刚才那么客气,直截了当地对她说:"周承安是我看中的人,我女儿为安也十分喜欢他,我希望你能离开他。"

倪晴无辜地瞪着眼睛:"可是我们并没有在一起啊,何来离开一说。"

林耀波收起慈祥的笑容,身上有种令人畏惧的威严与压迫:"倪晴,过去几年你的生活天翻地覆一片狼藉,周承安他是个危险的人,你们不适合在一起。"

"林伯伯什么时候也干起了算命的勾当?是从生辰八字还是从手相面相看出我们不合适的?是我克他还是他克我?"

很少会有后辈敢这么跟林耀波说话,倪晴属于例外。倪家还没倒台的时候,倪晴还是个乖巧的孩子,倪家一倒,她性情大变,像是完全变了一个人,变得张扬跋扈,桀骜不驯,也变得……目无尊长。

两个人的余光皆瞟到远处而来的周承安,恰巧电梯叮的一声停在了这一层,林耀波擦过倪晴进了电梯。

可倪晴的心跳陡然加速,再也无法平息。

林耀波临走前的一句话如一颗炸弹,狠狠扎进她心里。

"倪晴,你知道医生可以救死扶伤,那你知不知道医生同样可以杀人无形?"

倪晴呆呆地看着周承安由远及近,这个男人,身上像是自带光芒,所到之处总能引起注目,这个有些洁癖,讨厌麻烦,甚至为了避开交际干脆不与陌生人接触的男人,最初的最初,像是一道光照进倪晴的心里。

她一直莫名却又笃定地认为,他就是 14 年前,她在布拉格认得的那个华裔小哥哥。

车子停在倪晴的住处楼下,可倪晴迟迟没有要下车的意思,她一路都在

思考林耀波最后那句话的意思,他想暗示些什么?还是单纯地只是为了挑拨她和周承安的关系?

路灯打在车身上,已过凌晨的街道寂静无声,孤单地只留下一道车子的剪影。

倪晴忽然问他:"周承安,你们当医生的,选择这个行业的时候是不是还会起誓什么的?我看电影里经常演呀,比如为人民服务什么的。"

"我志愿献身医学,热爱祖国,忠于人民,恪守医德,尊师守纪。"

"对对,就是这种,你当初入行的时候也宣誓了吗?"

"我是在美国读的医学院,当然没有这样宣誓过,不过意思都差不多。"

"那……你入行到现在,有违背过自己的誓言吗?"

周承安的手依然握着方向盘,他的手指修长,指节分明,倪晴有时候会想,这么好看的一双手,拿着手术刀该有多性感啊,可惜他是个精神科医生……

他的目光如炬,在昏暗的车厢内像一把刀抵在倪晴的颈脖间,她紧张得几乎快要无法呼吸,一边懊恼自己怎么会问这么愚蠢的问题,一边又无比渴望得到否定的答案,其实在她问出这个问题时,林耀波就已经成功了。

"倪晴,现在这种物欲横飞的世界,谁还在乎誓言?"

誓言只是十七八岁的我们因为不自信衍生出来的产物而已。

莫北韩双手抄着兜,靠在宋美妍病房门口很久,护士们来来回回看他一动不动倚在那里,多少有些奇怪,不由多看了他两眼。自从几天前院里出了事后,这位年轻的警官就被准许可以自由出入这里,直到案件水落石出为止。

可几天过去了,好像并没有实质性的进展。

沉稳的脚步声猝然响起,原本低着头的年轻警官蓦地抬头,眸子不由眯了眯,待周承安走近,他直起身子拦住对方的去路,视线朝病房里努了努,说道:"周医生,我想和你谈谈这位病人。"

周承安的目光从他身边掠过，直截了当地拒绝："抱歉，我在工作。"

莫北韩也不是省油的灯，见周承安正要进门，立刻动身挡住了他的去路："周医生，我想大家都希望能够尽快破案摆平此事，我希望你能配合。"

"莫警官，如果今天站在你面前的是一个下一秒必须要进手术室为患者开刀否则患者性命难保的医生，你还会这么拦着吗？"

周承安的眼里毫无波澜，甚至他说话的语气还带着隐隐的戏谑，可莫北韩的脚步仍不自觉地后退了一步，两个男人四目相对，气氛诡异而紧张，末了，莫北韩才侧身让开，算是妥协。

"那么，周医生午休的时间，我们在研究所外的咖啡馆见。"

周承安没有答应也没有拒绝，推开病房门走了进去。

宋美妍的病情比之前更加严重了，那件事之后她甚至再也无法安静地睡觉，总是深更半夜忽然发疯，闹得护士们鸡飞狗跳。值班医生原本想像从前那样拿绳绑着迫使她能够镇定下来，可周承安不许，这无形之中便加大了许多工作量。

"病人昨晚一直念叨着3月17日，又是哭又是闹的，怎么都没办法静下来，后来值班医生强行注射了镇静剂才勉强睡下。周医生，再这样下去病情恐怕会走向一个无法控制的方向，您看怎么办？"护士长担忧地望了眼坐在窗口木讷的宋美妍，她清醒不发病的时候看上去与常人无异，只是不爱说话，也不爱笑，来这里四年了，她从来没见宋美妍笑过，就算偶尔有人来探望，仍然如此。

"照旧就是，恐怕是之前的事件导致中枢神经系统出现问题，再观察几天。"

护士长盯着正往病历上写着什么的周承安的侧脸，一时忘了回应，不知道为什么，这位院长高薪聘请、从美国远渡而来的年轻博士虽然沉默寡言，却总能让人莫名其妙地感到安心。

"病人……应该不会有事吧？"她指的是之前的死人事件。

"当然。"两个字掷地有声，周承安合拢病历，出了病房。

莫北韩手边的咖啡杯已经不知道续了多少杯，他低着头摆弄手里的Zippo打火机，侧脸打在阴影里，表情捉摸不透。

对面的沙发忽然深陷，莫北韩蓦地抬头："我还以为周医生放我鸽子了。"

"你想谈什么？"

莫北韩的手指敲击着桌面，视线停留在周承安身上，像是在打量着他："周医生也才刚接管宋美妍这个病人没多久，究竟是哪里来的自信她不会伤人？"

周承安不悦地挑了挑眉："你在质疑一个医生的专业性？"

"我只是好奇周医生对宋美妍这么袒护的原因究竟是因为真正了解病人的病情而信任病人，还是另有原因？听说周医生跟倪晴关系不错？"

"看来莫警官对倪晴也很感兴趣，我没想到这年头连警察都这么八卦。"

"周医生，你这么聪明，应当知道林总的意思，这次事件的凶手是宋美妍，才是皆大欢喜的局面。"

周承安沉默不语，他的目光仿佛有种能够洞察人心的压迫，很少有人能在他这样的注视下不感到心虚，饶是如此，莫北韩仍靠着椅背，轻松地直视着面前的人。

旗鼓相当。

许久，周承安才清冽地开口："莫警官，你进入警校的时候应当宣誓过吧？你现在的行为对得起你身上那身警服吗？"

莫北韩漠然地讽笑："那周医生又对得起身上那件白大褂吗？"

"莫警官，人生的道路是自己选的，日后若是走进了死胡同，也只能自己受着，因为当初没有人拿着枪逼你，希望你好自为之。"

周承安说完忽地起身，认为没有跟莫北韩再谈下去的必要。

"周承安，这句话也同样适用于你吧？"

周承安回头看了他一眼，低头冷笑："是啊，所以正受着呢。"

莫北韩眸光陡然转冷，都说周承安为人冷漠疏离，果然是不近人情，毕竟比他要年长几岁，他心里的那些小九九怎么可能逃得过拥有绝对观察能力的精神科医生！他盯着周承安逐渐走远的背影，想起第一次在林家的豪宅里见到他。

那个时候，莫北韩还只能在门口等着林耀波的召唤。周承安是林耀波的养子，林耀波对其赏识有加，人人都知道他们情如父子。可那天，莫北韩在门缝隙里看到的却是与传闻截然不同的画面，里面的那两人之间完全没有所谓亲人之间该有的温情。

不管林耀波说着什么，下了什么决定或命令，周承安从来不多说一个字，可他站在那里，气场逼人，不动声色间就已经足够让对手敬畏，真是冷酷得近乎可怕。那时的周承安自然没有注意到候在门口角落里的莫北韩。

倪晴从试衣间里出来，她这一上午来来回回已经试了不下20套衣服，袁艾迪工作起来极为挑剔，甚至到了一种苛刻的地步。她有时会阴暗地想这男人该不会是打着工作的幌子故意报复她吧，可转念一想，人家给了那么多薪水，被折磨一下也是应该的。

"真的那么讨厌林为安？"

袁艾迪低头正记录着什么，冷不丁地冒出这句话，吓了倪晴一跳。

倪晴转眼看去，他仍在认真地作记录，若是不熟悉他声音的人，大概会找半圈刚才是谁在说话……

"真的还对林为安念念不忘？"倪晴双手抱胸，站在那里居高临下地反问，嘴角带着一丝丝耐人寻味的嘲讽。

袁艾迪放下笔记本，抬起头来："以前你就算心里再讨厌也不会表现在脸上，可我这次回来，重新见到你，却觉得你好像不再是我认识的那个倪晴了。我从前认识的倪晴善良乖巧，体谅他人，现在站在我面前的倪晴却更愿意用伤害别人的方式来满足自己，倪晴，善恶有度，人不能太自私。"

倪晴愣了愣，而后忍不住地大笑起来，笑得眼泪都流出来了，差点没背过气。她叉着腰弯着背，脑袋摇了又摇，好不容易才止住了笑，指着袁艾迪说："一个自私的人是怎么能够这么理直气壮地对另一个人说做人不能太自私的？人不要脸天下无敌吗？"

袁艾迪站了起来，朝倪晴走近一步，他高出倪晴一个头，居高临下地看着她："真的喜欢周承安？还是只是因为周承安是林为安的人，所以才不择手段地接近他？"

倪晴眉眼一挑："如果是后者，你该感谢我才对，想来你对林为安情根深种，才会做出偷窃别人作品的事情来，不就是为了想出人头地吗？我把周承安从林为安身边抢走，正好撮合你们旧情复燃，岂不美哉？"

袁艾迪盯着倪晴，忽然想起年少的时候，他被一群有钱人家的公子哥围仵群嘲，还是倪晴挺身而出，挡在了他面前，趾高气扬地叫嚣着袁艾迪是她最好的朋友，看不起他就是看不起她倪晴。那时倪家如日中天，谁也不敢得罪，他们只能悻悻离场。后来这个画面总是不断出现在袁艾迪梦里，提醒着他无权无势低到尘埃。袁艾迪很小的时候就懂得了一个道理，这个世界是权贵们的世界，除了出人头地，别无他法。

可是有的时候……真怀念啊，那个时候的他们。

倪晴冷嗤一声，手指戳了戳他的胸膛，嘲笑地说："别在我面前装清高，你袁艾迪什么人我最清楚。"

他们之间，早已没有友情。

天色渐暗，窗外淅淅沥沥地下起了小雨，远处的高楼被雨雾笼罩，乌云穿透了整片天空。雨越下越大，倪晴站在大楼门口，雨水打湿了她的脚尖，她双手背在身后，低着头，长发倾泻而下，也不知在想些什么，专注得就连周承安的车子停到了她面前她都没有察觉。

"这位小姐，请问需要什么帮助吗？"

周承安的声音猝然响起，倪晴猛地抬头，见到周承安的那刻眼里像发了光。这是他第一次主动找她。

周承安顺势挡住她的右侧，礼貌地笑道："3月17日是什么日子？"

倪晴的视线不着痕迹地扫过周承安的肩头，倾身靠向他，手指不安分地在他胸前滑来滑去，慢吞吞地瞟了他一眼，吐出两个字："你猜。"

周承安轻轻一笑，忽而握住在自己胸前不安分的挑逗的手，把她拉上了车。

倪晴望着后视镜逐渐被雨水模糊，笑得有些慵懒。

"我突然知道林耀波为什么看上你了。"

周承安一手掌控方向盘，一手支着窗口，挑了挑眉，做出一副洗耳恭听的样子。

"你真不怕惹得自己一身腥？刚才那人你应当见过吧？"

刚才距离倪晴几步开外的那个扔在人群里无论如何都不会显眼的人，已经跟了倪晴好几天，在周承安来之前，她定在那里只是在想，要怎么甩开这些尾巴？

周承安若无其事地点了点头："好像见过，不记得了。"

倪晴歪着头，抿着嘴好一会儿，似乎在思考措辞，半晌才问："你不怕得罪林耀波？"

"你觉得自己有那么大的魅力？"

"当然。"这女人一点也不谦虚，几乎1秒都没有迟疑地回答，"毕竟我比林为安更适合你，周医生不妨考虑一下？"

周承安嘴角漾开一抹不易觉察的笑，煞有其事地皱起眉："这个提议不错。"

倪晴不由多看了他两眼，他今天是怎么了？她一向觉得自己察言观色的本事还算强，可到了周承安这里，她完全看不透他在想什么，他心情怎么样，高兴还是郁闷，是他太善于伪装还是她的观察能力下降了？

"啊对了，我不回家，麻烦把我送到皇朝大酒店。"倪晴一见方向不对，立刻开口指正。

不想却引来了周承安的不悦："你把我当出租车司机使唤？"

"你这个点来找我就得有这个觉悟啊。"她无辜地耸了耸肩，表示这不是她的错，谁让他在这个时候出现在她面前。

"这几年一直是这么生活的吗？"

嗯？倪晴回头看他，不明白他的意思。

"一直被监视？"

原来是说这个啊……倪晴笑起来，化着妆的脸看上去风情万种，她找了个舒适的姿势靠向椅背，莫不在乎地说："是啊，这样就不用担心有一天死了都没人知道啦，挺好的。"

父亲死后，母亲被送进精神病院，倪晴不再跟任何亲戚朋友来往，独来独往，很多个夜里，她总会反反复复问自己一个问题，到最后每每都变成了揶揄：像这样孑然一身地活着，万一哪天死在家里是不是都没人会发现？她可不想等自己变成了尸骨或者等尸体开始腐烂才被发现……

后来有一天，她发现自己似乎被人跟踪了，可对方也仅仅只是跟踪而已，完全没有其他企图，从小受到的自我防备教育让倪晴一下就知道了原因，也是从那个时候开始她才有了某种觉悟：人一旦失势，就只能成为别人的笼中鸟。这几年林耀波虽没有对她做过什么，但她的一举一动全在他的掌控之中。慢慢地，她开始变成一个看上去十分自由其实满身都是束缚的人。

"真的不怕死？"

"怕啊，但我运气好，14年前在布拉格被人绑架还能遇到好人，从此以后我就相信我头上自带光环。"倪晴的笑不再像刚才那么桀骜，她对着周承安笑得略显孩子气，咯咯咯地笑出了声，像是回忆到了什么有趣的事儿，连眼里都闪着光彩。

"说真的，周承安，你跟那个人很像，14年前带着我逃跑的那个小哥哥，我至今还能记得他对我说过的每一句话，可惜我再也找不到他。"说到最后，倪晴眼里全是隐隐的失落。

周承安仍旧无动于衷，他的面部表情很少会有变化，倪晴甚至觉得，这个男人究竟是缺少喜怒哀乐这些技能,还是天生就凉薄。他专心致志地开着车,仿佛在做一件多么了不起的事似的。倪晴在他脸上看不出什么情绪,懒得再揣摩,这时候车子忽然停了,她不解地看向他。

"到了。"周承安朝车外示意,金碧辉煌的"皇朝酒店"四个字在雨中也熠熠生辉。

倪晴向他道别,正要下车,忽然被周承安叫住了。

"3月17日是什么日子?"

倪晴顿时觉得头顶有三只乌鸦飞过,这男人还真是执著。她翻了翻白眼,懒懒回答他:"我生日呀,周医生要送我礼物吗?或者是……烛光晚餐?"

周承安不语,最后忽地倾过身,陡然放大的面孔让倪晴猛地一阵心慌,谁知他只是伸出手替她开了车门。他一转脸,两个人近得都能感受到呼吸拂过彼此的嘴唇,这个时候倪晴竟然该死的心跳加速起来,她咽了咽口水,强压下想吻他的冲动,咧了咧嘴刚想说话,结果周承安淡淡的两个字轻飘飘地传进了耳里。

"下车。"

明明是暧昧的气氛,就这么被这个不解风情的男人活生生地破坏了。

倪晴咬了咬牙,恨恨地甩门下车,又觉得被撩拨了却没有得手万分不甘心,于是又回身敲了敲车窗。

"周医生,我那个提议是认真的噢,你不妨考虑考虑要不要跟我在一起。"她原本只是恶趣味地想看看周承安那张一本正经的脸会不会有什么变化,谁知周承安看都没再看她一眼,关上车窗,直接开车走人,像是根本没听到她的话。

倪晴愣在原地好一会儿,大笑起来。

Chapter 04　好朋友阿九

皇朝酒店，2701号房间。

盛薇在门口足足等了倪晴25分钟，她看到倪晴不急不缓而来，忍不住出口教训。

"小姐，你这没有时间观念的习惯什么时候能改？"

"突然有事耽搁了……"

"被打情骂俏耽搁了吧。"盛薇不冷不热地淡淡嘲讽。

"你知道还问？"

"亲爱的，你不会真看上周承安了吧？他可是林耀波看上的人，你不怕惹麻烦啊？"

倪晴撩了撩长发，一脸的不在意："我惹得麻烦还不够多？也不差这一个。"说着拿出房卡，刷的一下开了门。

盛薇心想你倒挺有自知之明。

里面空无一人，倪晴随手把包一扔，朝盛薇使了个眼色："看来还有比我更没时间观念的人。"

话音刚落，敲门声猝然响起。两个人面面相觑，最后盛薇开了门。

来人身材高挑，长着一张娇美脸，及肩的棕色中长发服帖地挂在肩上，全身上下透着一股慵懒的气质。她笔直地走到倪晴面前坐下，顺手抓过倪晴扔在一边的烟点了一根抽上。

盛薇来来回回看着那两人，那种目中无人的欠揍气质简直一脉相承，得亏她们长了张能勾引男人的脸。

"阿九，你迟到了足足半个小时。"倪晴似笑非笑地望着她。

"可我只让你等了5分钟。"被叫作阿九的女人笑着眨了眨眼，早已看透了一切。

阿九看上去约莫和倪晴差不多的年纪，本名叫许依米，依米花开的那个依米，据说是因为她母亲十分喜欢依米花，故而得名，但阿九却不喜欢，相熟的朋友们大多称她为阿九。

"我拜托你查的事儿有进展吗？"

阿九瞟了她一眼，又吸了一口烟，才慢吞吞地开口，答非所问："倪晴，我又不是干特务的，这种事情干吗非得是我去办？"

"阿九，你知道，在北城除了你，我找不到第二个可以帮我的人，况且你是干记者这行的，查点东西对你来说小事一桩。"倪晴说得真诚，这话不假，她异常珍视两人的感情，再加之阿九这些年鲜少留在国内，若非情非得已，她不会找上阿九。

阿九摁灭烟头，叹了口气："我昨天去过医院了，不过自从出了你母亲那档子事后安保明显加强了，监控室那边大概是有人打点过了，出事那天的视频全被人为删除了。不过我后来发现医院对面的大楼门口里里外外装了不少摄像头，想办法搞到了当天的监控视频，本来以为只是一场空，没想到发现了惊喜，你要不要看看？"

阿九打开手机，她只截了重要部分，镜头虽然离得有些远，但还是能看清画面：一辆黑色奔驰径直停到了医院大厅门口，下来一个对倪晴来说熟悉得不能再熟悉的人。倪晴愣了愣，精神病院因为属性特殊，所以并不是任何人都能随意进出的，首先得在门卫处做好登记，可据她所知，那天并没有林耀波的出入记录，以及在出事后也压根没有人提及这一茬。

林耀波恰好就在出事的前一个小时左右出现在医院，这说明了什么？

阿九往后一靠，嘴角噙着笑："其实事情再简单不过了，仔细一查，清晰明了。在我看来这个案子三天就能解决，可现在拖了整整一个星期还没一点说法,答案已经不言而喻了。"

两个人互相对视,彼此明白对方想说什么,这个结果倪晴早已预料。她会找上阿九也是因为阿九出身世家,与如今落魄的自己相比,至少没有人敢对阿九轻举妄动,所以阿九比她更适合出面。

阿九继续说:"发生这种命案,按道理说那天出入过的人员都必须彻查才对,可现在的风向是,林耀波那天到过医院这件事好像从没发生凭空消失了似的。当然,以林耀波的身份,这只是小事一桩,不过我猜他并没有刻意隐瞒的想法,不然我不可能这么容易找到这段录像。"

"他只是给我一个警告而已,他想告诉我,不管是我母亲还是我,只要他想,随时可以干掉我们,并且不费吹灰之力。"

简单而言只是一句话:过去的事情就让它过去,别瞎折腾。

倪晴的脸色开始泛白。

阿九的笑容慢慢收敛了,白皙的手指在腿上拨弄着。她记得倪家刚出事那会儿倪晴还揪着林耀波不放,最疯狂的一段时间是倪晴恨不得天天去找林耀波闹,闹得不可开交,闹得媒体大肆报道渲染才好,可惜那时倪家失势,媒体都是势利眼,自然不可能去得罪正得势的林耀波。后来不知道发生了什么事,倪晴忽然不闹了,从此以后她和林家互不往来,却也相安无事。

她一直想问那个时候是不是发生了什么不可告人的事才让倪晴性情大变,但终究阿九还是什么都没问,正因为彼此太了解,才明白即使问出口也得不到答案。

"要不要我找人发些新闻给警方施点压?"

阿九是记者,从事新闻媒体行业多年,再加上家庭背景,想找权威媒体报纸发点新闻并不是难事。

倪晴摇了摇头:"不管发多少新闻,有些人就是有能力一夜之间洗白,徒劳而已。这案子迟迟无法了结,说到底还是得看林耀波脸色,毕竟负责这次案件的莫北韩是他的人。"

"你知道?"这一点倒让阿九有些惊讶。

"我也是有情报的人。"倪晴笑得一脸轻松,即便她们现在讨论的是一件如此沉重的事情,可在一旁的盛薇看来,这两人刚才的聊天风向跟讨论今天的甜点有点腻一样平常。

"嗯,你宁愿花大钱请私家侦探也不找我帮忙。"阿九一挑眉,白皙的皮肤让她看上去透着几分不羁的野性。

"你那边的信用额度我是留着走投无路时用的,不能轻举妄动。"

阿九笑笑,两个人同时沉默下来,不知何时,窗外已经大雨如注,雾气慢慢在窗上升腾,倪晴忽然有些迷了眼。

3月17日,阴雨绵绵。城市的风光被一片灰暗笼罩,雨帘里,举着小红伞的那个女人分外惹眼。等她收伞上了车,周承安发动引擎迅速跟上。

穿过大半个城市,经过一大片油田和麦地,一块立着的石板赫然入目,上面清晰分明地刻着——前湖公墓,他立刻就明白了今天是什么日子,想起那天她在车上嬉皮笑脸地对他说是我生日啊你要送我礼物吗,他的心忍不住微微一颤。

因为下雨,再加上并非清明之类的扫墓日,整个公墓外显得异常冷清,公墓外来来往往的人屈指可数。他低头看了眼时间,就在等得有些不耐烦的时候,倪晴终于出来了,她在伞下四处张望,似乎在寻思着是否能在这种偏僻的地方打到车,然后视线几乎猝不及防地扫到了周承安的车,隔着挡风玻璃和雨幕,两人的视线稳稳交合。

倪晴愣了一下,大脑有片刻的空白,等反应过来后,一股无名火噌的一下蹿了起来。她冲到车边,不客气地不请自上,劈头盖脸问道:"你跟踪我?你居然跟踪我?"

周承安蹙眉纠正她:"这是关心。"

他居然能把原本并不光彩的一件事说得这么冠冕堂皇理直气壮,而偏偏倪晴在听到"关心"这两个字后再也说不出一句苛责的话。

周承安沉默地开着车,眉眼间微微舒展着的淡漠令倪晴稍稍宽心。她拿

眼偷偷瞟了他好几次，发现他除了专心开车以外再也没有其他动作。倪晴有些失望地把头往窗户上一靠，她还以为他会问她为什么会来这里，这里葬的又是谁，可这家伙倒好，一声不吭，反倒让她无从开口。

"今天有工作吗？"周承安突然问她，随即扭头看了她一眼，见她无精打采地耷拉着脑袋，忍不住伸手推了她一下，"丑，像死鱼一样。"

"周承安，你一天不埋汰我会死？"

"把今天的工作都取消吧。"他突然不给她任何可以反抗的机会，强势地下了取消令。

倪晴来了精神，眉眼一挑："为什么？"

"这种天气不适合工作。"

倪晴装出一副为难样："我这种十八线哪儿有说不的权利？人家说一我不敢说二，要是一不小心得罪了上头，我以后还怎么接活？"

"看样子你还挺舍不得你的工作。"周承安冷嗤一声，车子不知不觉地进了市区，他沿着街道一路开到一家有名的西点屋。

"这工作来钱快啊。"倪晴见他一副要下车的样子，一把拽住他的胳膊问道，"你干什么去？"

"下车，今天不是你生日吗？生日总得吃生日蛋糕吧？"

倪晴的心狠狠一窒，不知觉间呼吸渐渐变得局促起来。周承安甩掉她的手，下车绕到副驾驶的门外，开门，俯身为她解开安全带，顺势把她从车上拖了下来。倪晴手腕一疼，这才如梦初醒，懵里懵懂地被他拽进了西点屋。

蛋糕最后是周承安定下的，那天周承安在自己的公寓里为她煮了长寿面，她人生第一次吃到除了父亲以外的男人亲手煮的食物。周承安的手艺很好，中餐西餐都手到擒来，连一向喊着要少吃多动减肥的倪晴都没能控制自己的食欲。

"简直是米其林大师级别的厨艺。"倪晴把一桌的食物干掉之后满足地冲他竖起大拇指夸赞道。

"少拍马屁。"

周承安依旧是那副不冷不热的表情，仿佛他天生就没有喜怒哀乐这些情绪。大约是酒意的驱使，倪晴忽然绕过餐桌俯身圈住他的脖子，撒娇似的低嗔道："你还没有送我生日礼物。"

"我为你过了生日，难道比不得生日礼物？"

倪晴猛地摇头，迷离地注视着他的眼睛，他的眼睛真好看呀，像琉璃那样明亮，他的嘴唇真性感，看上去凉薄而柔软……这么想着，她已经吻住了他的唇，乱啃一通，醉酒的姑娘，蛮横地想要撬开他的唇齿，与之相反的是周承安清明的目光，他微微启唇，她乘虚而入，脸上的小表情分外得意。

"这个生日礼物我很喜欢。"倪晴有一种占了周承安便宜的骄傲感，满足地舔了舔舌头，贴贴他的额头，刚想坐回去，手掌忽然被周承安抓住。

那是一双细致修长的手，手指在她掌心摩挲着，他的眼在迷雾中像是将她看透了一般，倪晴的身体还悬空着，愣愣地盯着他的眼睛，毫无意识地开口："自从我爸死后，每年的今天，我的生日成了我爸的忌日，我有四年没吃过生日蛋糕了。"

没出口的谢谢你，变成了这样一句听似委屈但又充满倔强的话。

周承安终于明白为什么宋美妍在精神错乱的状态下仍不断念叨着3月17日这个日子，对宋美妍来说，这是丈夫的忌日，亦是女儿的生日，即便记忆出现偏差，深埋在内心的意识仍清楚分明。

他抬手摸了摸她的脸，分不清心里那种一瞬之间升腾的怜惜是因为什么缘由。她下意识地往他的掌心蹭了蹭，迷蒙着眼发出一声哽咽。

天光乍亮，耳朵旁的震音让倪晴不爽地翻了个身，本想继续睡，结果不知道是谁替她滑开了接听键，手机扩音器里传来了盛薇撕心裂肺的吼叫声。

"倪晴你滚哪儿去了，快醒醒，你现在成了整个城市的红人了，你这回可真的红了。"

倪晴的大脑停顿了3秒，接着一转头，对上周承安的目光，她吓得尖叫一声坐起来，身上的毛毯滑落，衣物完好无损，再低头一看，她居然睡了一

夜的沙发，难怪昨晚睡得那么不踏实，身体硌得慌，再看周承安，盘腿坐在地毯上，手里拖着她的手机，一副看好戏的表情，她气不打一处来，没好气地说："睡一下你家床会怎么样？你怎么好意思让个女孩子睡沙发？"

周承安淡淡地瞥了她一眼："我有洁癖。"

"我身上有寄生虫吗？"

周承安的静默更显得气氛诡异，直到电话里传来盛薇的疑惑："倪晴，你在跟谁说话？你现在是在跟一个男人说话吗？"

倪晴和周承安面面相觑，她扑过去从他手里抢回手机放到耳边："什么事？"

"你红了你知道吗？昨晚王总酒店长包房失窃了，他指认是你干的，因为除了他以外只有你有他房间的房卡。现在记者估计都堵你家门口去了，你不在家吧？"

"盛薇，你能说点重点吗？为什么我会莫名其妙地被指认为小偷？还有，谁他妈有他房间的房卡啊！"

那头盛薇沉吟了片刻，才慢悠悠地说道："你忘了？那天你为了拿到那个广告，不是答应了要和他常聚聚的提议吗？他还把房卡往你包里塞啊。"

倪晴听着，身体快速从沙发上弹起来找到自己的包，稀里哗啦把东西往地上一倒，果然，她眸子一沉，那张房卡安静地混在一大堆东西里，格外刺眼。

那天王总硬是要把房卡往她手里塞，她拿到广告合同后随手就给塞进包里了，然后就彻底把这事儿抛到脑后了……

"现在到处都是你傍上大款劫财的负面消息，你这几天最好消停点别抛头露面，工作能推的我都给你推了，等这件事沉下去了再做打算。"

"这样显得我好像心里真有鬼似的。"倪晴只不过小声嘀咕了几句，立马被盛薇听到了。

"话语权可不在你，现在媒体风向都被姓王的控制了，他公司那些公关可不是吃白饭的，你个小模特的清白谁在乎啊？人在乎的是新闻能不能博眼球，能拿到多少爆点，吸引多少点击，这事儿你别管了，我会跟上头商量看着办的，你好好保护自己不被记者拍到就好了，先这样，挂了。"

盛薇电话挂得直接干脆，快得倪晴来不及叫住她，再回拨过去，已经关机了。她哭丧着脸看向周承安，可怜兮兮地问他："怎么办，我一夜之间变成了个贼。"

周承安双手抱胸，从地毯上站了起来，居高临下地盯着她看了足有10秒，而后扔给她两个字："活该。"

他走出几步后，忽然回头对她说："倪晴，有些钱是不能赚的。"

倪晴的脸蓦地烫了起来，像被人甩了两耳刮子那般感到羞辱。周承安那种千年不变的表情此时此刻显得如此讽刺和不屑。她知道，他打从一开始就看不上她，看不上她的职业，她的所作所为和她的人。她呢？居然还像个不谙世事的小姑娘似的渴望着他能跟别人不一样，他能看到别人看不到的她。

她真是天真！

"是啊，我可不像林为安那样有个有钱的父亲，也不像周医生那样有份受人尊敬的工作，更不像林为栋那样可以随心所欲毫无牵绊，谁不想两袖清风做个有节操有气度的人？说得好像谁想看那些龌龊事赚那些肮脏钱似的。"倪晴冷笑一声，动作利索地把东西都扔回包包里，走到玄关处换上鞋，头也不抬地说对周承安说："我先走了，周医生不用送，谢谢周医生昨晚好心收留我这个醉鬼。"

再多的不理解，也要坚持走自己的路。因为别无选择。

周承安看着倪晴气冲冲地出了公寓，慢条斯理地把她扔在地上的毛毯放回了原位。这么容易动怒，她是怎么混到现在的？

电话响了，是林为安。

"看新闻了吗？关于倪晴的。"

周承安明知故问："什么新闻？"

林为安以为他真的不知道，语气里藏着蔑视说道："昨晚本市某个酒店的长包房失窃了，据说是某富豪开着方便偷腥的，你猜他怀疑谁？是倪晴，

现在倪晴可是红遍了整个北城，可惜，是丑闻。"

"为安，你什么时候这么热衷于娱乐八卦了？"

"因为是倪晴。"林为安直言不讳，"承安，总有一天你会看到，你看中的这个女人并不值得你选择。"

"那也是我的事，和你无关。"

周承安面无表情地挂断电话，脑子里闪过倪晴刚才明明委屈的要死偏还嘴硬死撑的模样，眉眼不自觉地拧成了一团。

倪晴在盛薇的小房子里跟自己生了半天气后又给王总打了无数个电话，能够接通却永远无人接听，对方显然是故意躲着她的。她只是不懂自己一个没后台没靠山的小姑娘为什么会被人这么算计，从事发之后到一系列的报道来看，这分明是一次有预谋的陷害，舆论风向已经被有权势的那方掌握，她根本毫无还手之力。

即便现在出现在记者面前告诉他们这件事与自己无关，大概也没有人愿意相信吧？他们巴不得再点一把火，愈演愈烈才好。

倪晴想得头疼，昏昏沉沉地又睡了一天，被电话铃吵醒的时候外面已经天黑了，盛薇还没回来，想是正焦头烂额地处理着她这个烂摊子。

电话是阿九打来的，倪晴看到来电的时候微微愣了下，阿九很少和她联系，仅有的几次也是因为倪晴有求于她，更别提她们前几天才见过面。

"阿九？"

"在干吗呢？出来陪我喝一杯。"

倪晴为难地说："恐怕最近不方便，我人红是非多，被盯上了呢。"

电话里阿九扑哧一声笑了出来："倪晴，我第一次听到别人说自己红的，你这是红出天际冲向火星了？"

倪晴其实很想问她有没有听说这档子事儿，毕竟阿九曾经干过娱记，这方面或多或少总有些人脉，可很多话又难以启齿，她捏着手机，手心渐渐地冒出汗渍。

沉默了一会儿，倪晴听到阿九说："周承安不是替你把事情都解决了吗？你还在担心什么？"

周承安？倪晴听到这个名字心跳猛地一停，不明白阿九这话什么意思。阿九一听她不接话，就知道这妮子大概一天都窝在家里还不知道外界新闻已经出现了逆转，于是好心地把下午突发的新闻简单地描述了一遍。

周承安告诉那些记者，昨晚倪晴和他待在一块儿，一天一夜，他家小区的监控可以作证，另外有人在没有任何证据的情况下污蔑倪晴并发布大量不实消息，从而造成倪晴的困扰，如果还不停止这些毫无根据的报道，他将保留追究法律责任的权利，最后……他略施手腕以王总做伪证为由，一脚把他踢进了派出所。

"这个周承安真是个厉害角色，不过这背后恐怕看林家的面子更多些。倪晴，你跟周承安到什么程度了？他干吗这么帮你？据我所知，他是林耀波看好的女婿人选，如今这么一搅和，林耀波不得气疯过去？"

话虽如此，可阿九语气里难掩的好心情暴露了她想看好戏的恶趣味。

倪晴想起早上的时候她还阴阳怪气地嘲讽人家，转眼人家就替她解决了问题，这么一对比，反倒显得她不识大体，无理取闹。

"好了，事情解决了，你到底要不要出来喝一杯？"

仍旧是她们往常惯去的那家酒吧，阿九坐在角落的位置，倪晴到的时候她已经有些微醺，握着酒杯对倪晴笑得风情万种。倪晴想从她手里夺下酒杯，被她轻巧地避过，阿九小时候她哥哥怕她被人绑架，所以把她扔进军队特训过，身手不错，可惜她成长得一帆风顺，那些招式一次都没用上。

"倪晴，你说为什么，明明遇到了对的人，却偏偏不能在一起呢。"阿九抱着酒杯倒在沙发上，眼神迷离地看向倪晴。

"作的。"倪晴没好气地说着，给自己倒了杯酒。

阿九今天的情绪很是不好，之前一个人喝闷酒，倪晴来了之后她更加不要命地往肚子里灌酒，又是哭又是笑。她们从前有过约定，如果谁心情不好借酒买醉一定不要阻拦，因为一定是没有别的发泄途径才想到用酒消愁，这其实是一种很笨但是很直接的方法。

她们一起喝醉过很多很多次，直到现在，仍找不到另一个方法来代替酒精的作用。

后来来了一个人接走了阿九，阿九在他怀里哭得稀里哗啦，哭得连倪晴听着都觉得心碎。她趴在桌上，笑呵呵地望着还剩小半瓶的红酒，心想是喝呢还是喝呢还是喝呢，可还没想好，手里的酒瓶就被人一溜顺走，她的眼里全是橘黄灯光的眼花缭乱，酒精让大脑的反应能力下降到了一个低度。

"这位小姐，一个人喝闷酒多无聊，不如我来陪你？"

这个声音……

倪晴猛地看过去，尽管视线焦距无法立刻对准，但她一眼就认出了周承安，他的手指敲打着红酒瓶，脸上虽是笑着，可眼神冰冷。

倪晴一个哆嗦，脑子一下就清醒了。

她看着周承安喝掉了自己剩下的那小半瓶红酒，一脸通红地大笑起来："原来周医生也喝酒泡吧啊。"

周承安静静地看着她，不说话。

"我很麻烦吧？总是有随时可能遇到突发情况，运气好点有人帮我善后，运气差点没准哪天就被玩死了。我这种人呐，不管发生什么事都得不到别人的同情吧……"倪晴说着说着打了个酒嗝，对着周承安嘿嘿地傻笑，"所以周医生应该跟我划清界限，你前程似锦，我泥潭深陷，我们本来就是两个世界的人。"

话音未落，倪晴的身体忽然腾空，周承安轻易就把她抱了起来，低头盯着她挑眉说道："来招惹了我就想拍拍屁股走人？这世上哪有那么好的事。"

"我是在给你机会离开我，我可是个麻烦精。"倪晴顺势圈住他的脖子，满足地靠近他怀里。

周承安把她送进副驾驶座的位置，弯腰替她系好安全带，双手撑在她身侧，与她对视说道："倪晴，你要是敢吐在我车上，我保证不打死你。"

正要起身，胳膊忽然被倪晴抓住了，她垂着眼睑，睫毛轻颤，很轻很轻地对他说:"周承安,谢谢你。"

谢谢你没有放任这么糟糕的我不管,谢谢你在我狼狈不堪的世界里为我打开一扇明净的窗,谢谢你那么像那个人,让我的人生至少还能充满希望。

次日一早,周承安原本打算将倪晴送回住处,但因倪晴前一天醉酒严重导致第二天没什么精神,她懒得回家,又想和周承安多赖一会儿,于是提出想念母亲了,周承安无奈,只得带着她去院里。

一进院里,倪晴就感受到了来自各方的复杂目光,她听到细微的窃窃私语声,那些人的目光大多不那么友善。不知道为什么,倪晴心里茫然间升起一股悲哀,就因为她靠着自己赚钱,就因为有人蓄意抹黑她,她就该承受这些莫须有的罪名吗?

手心突然一转暖意,倪晴猝然抬头,周承安冷峻的侧脸赫然入目,他握着她的手,旁若无人般地招摇过市。倪晴瞧见他来往的同事传来的目光,下意识地想缩回手,没想到却被周承安拽得更紧了,他低头看向她,将她用力拉到自己身边。

"你躲什么?"

倪晴调整了下呼吸,僵硬地扯了个微笑:"我哪儿躲了?我是怕毁了周医生的好名声,特意和你拉开点距离呀。"

"你觉得你现在躲还来得及?"

周承安的脸上没什么表情,面容看不出喜怒来,但倪晴知道,他是真的不在意那些流言蜚语,她认识的周承安,是无论外界如何评价如何批判,依然能够自我地活在自己世界里的男人,他拥有高超的医术,以及强大的内心。

"周承安,那么不好的我,却遇到了那么好的你。"倪晴喃喃地低声说着,走道里昏暗的光线打在她的发顶上,仿佛整个人都沉陷在一股莫名的悲伤当中。

周承安眸子微微一眯,蓦地停下脚步,伸手抬起她的下巴,强行让她与

自己对视。

"倪晴，你的确有很多不好的地方，比如像个酒鬼似的离不开酒瓶子，我不希望有第二次需要去酒吧捞烂醉如泥的你。"

"酒精是我的好伙伴。"倪晴急急说道。多少个不眠的夜里，靠着它才能入睡；多少次走投无路，靠着它才能赚到一笔又一笔来之不易的钱财。

这样的日子过得久了，连倪晴自己都开始觉得，凡是能靠喝酒来解决的事儿那都不叫事儿。

"戒了。"周承安毫不含糊地对她下达了指示，倪晴望进他的眼里，深邃的眸光仿佛闪着星光，不知不觉就能令人沉静其中。

她刚想开口拒绝的时候周承安的手机响了，他看了眼来电显示，眉心微微一蹙。

大约并不是什么好事，因为当他接完电话回来的时候，整个人身上说不出的阴冷。他没有说，倪晴自然也不会问，这个男人对倪晴来说就像一个梦，她必须小心翼翼，才能看起来不那么缺乏自信。

母亲的精神状况较之之前好转了许多，倪晴也就放心了。离开之前她绕道去周承安的办公室想跟他道别，却被告知周承安今天请假了，并不在院里，可他明明是跟自己一起来的啊，也并没有表示出任何要请假的意思来。

发生了什么事吗？倪晴的脑子里突然想起周承安接过的那通电话，莫非和那通电话有关？

她边走边想，显得心事重重，出电梯的时候忘了抬头，冷不丁地撞上一堵人墙，倪晴吃痛地揉住额头，抬眼才发现被自己撞着的这个人居然是莫北韩。

莫北韩面无表情地盯着她，那双豹子一般的眼睛上上下下打量着她，像是要看出什么来似的。倪晴并不喜欢这个男人，他身上那种恶意的压迫感压得倪晴喘不过气来，她侧过身，刚想出去，谁知莫北韩突然往她面前一挪，彻底断了她的去路。

有旁人想乘电梯，但见他们横在电梯口，看脸色并不像是什么好事，未免惹祸上身，干脆绕道而行。

他们就那样对峙着，倪晴揉着额头，靠上身后冰凉的墙，好整以暇地等着他开口。她跟莫北韩倒是打过几次交道，有输有赢，但总的来说，倪晴虽然能够感受到来自这个男人的压迫感，但倒也还没到那种任人欺负的地步。

"看不出来，倪小姐的水平这些年总算有些长进，尤其是看男人的眼光，周承安可比你那些所谓的金融巨鳄强多了。"莫北韩话里满满的都是挑衅。

倪晴笑笑："多谢莫警官的夸奖，不过莫警官可没半点长进啊，以前是怎样现在还是怎样，原本三天就能解决的案子居然拖了这么久，你们局里对你的办案能力就没什么疑问？"

"你母亲的事可不好解决，倪小姐是聪明人，不用我说也知道究竟是怎么一回事，最后的结局可不由我们说了算。"

倪晴的目光渐渐冷淡下来，她收敛笑容，突然觉得自己脑子被门夹了才会浪费时间在这里跟莫北韩掰扯。她一把推开莫北韩走出电梯，回头对他说道："莫警官，坏事做多了会遭报应的。"

莫北韩毫不在意地朝她耸了耸肩，末了，在倪晴走出几步之后又说："周承安可不是个简单的人，倪小姐可要想清楚了，他跟你从前认识的那些男人可不一样。"

倪晴一回头，笑得风情万种："莫警官有这个空闲来管我这档子烂事，不如多花些时间在案子上，毕竟就算是林耀波林总，也没有随意杀人的权利不是？"

莫北韩脸色隐隐一变，看着倪晴骄傲离开的背影，拳心微微一握，从前便觉得倪晴与其他女人不一样，她虽然从小被宠着长大，却没有一般大小姐那种娇气，相反，她能屈能伸，正义凛然，即使受了委屈也能笑着反击，明明笑得比哭还丑，却死也不肯在对手面前露出胆怯的一面。

有时候，他甚至有些佩服倪晴这个女人。

林宅。

周承安自从回国后就一个人住，原本回来的时间就少，最近更是很难再见到他的人影。他上楼之前碰巧碰见刚准备出门的林为安，林为安神色复杂地看了他一会儿，像是有话要说，她的确有许多的话想对他说，可话到嘴边，却再也发不出声音来了。

"爸爸心情不好，你说话小心一点。"最后只说了这一句，便再也无话可说了。

擦肩而过，林为安的心微微一疼，她和周承安一起长大，曾经以为会永远在一起，突然之间才发现，原来这些年，都只不过是自己的一厢情愿而已。

周承安始终不是属于她的人，可林为安如何都想不到，像周承安那样清冷骄傲的一个男人，居然会看上倪晴。

从他当众为倪晴洗脱嫌疑，公开那晚倪晴和他在一起，让倪晴有了不在场证明，林为安就明白，周承安是认真的，他那么爱惜自己羽毛，却甘愿为了倪晴把自己暴露在众目睽睽之下。

周承安走进书房，林耀波正在书桌前看文件，像是压根没注意到有人进来了似的。书房里的气氛紧张又沉默，周承安立在书桌前，像过去的无数次那样，等着林耀波对他开口。不知道过了多久，窗外的天色已经暗了下来，林耀波这才放下文件夹，坐直身子抬眼看向他。

"承安，我们父子俩似乎有太多话要说。"

周承安依旧沉默，他惯常在林耀波面前沉默以对，习惯了言听计从。

"你就没有什么要跟我解释的？"林耀波喝了口茶，轻轻吐出口气。

终于，周承安动了一下，说："如果您是指倪晴这件事，那我的确没什么可说的，我喜欢她，为喜欢的人解决问题，我认为并没有什么不妥的地方。"

砰的一声，周承安话音刚落，林耀波便扔了杯盖，一双眼睛锐利地盯住他："没什么不妥？所有人都知道我女儿和你关系匪浅，甚至到了谈婚论嫁的地步，你让她的脸往哪里搁？晚宴那天你把倪晴带来也就算了，我只当你是玩玩而已，可你居然当真了？我林耀波的女儿还比不上一个戏子？"

"倪晴怎么说也是您曾经好友的女儿，您这么说她是不是有些过分了？"

见周承安面色淡漠，林耀波往后一靠："好，我们不说她，我们说说你的那个病人，现在怎么样了？"

周承安平静地回答："这个病人比较特殊，院里对她很是上心，没什么下手的机会。"

"承安，这么多年你可从来没有失手过，你现在告诉我，没有下手的机会？是因为没有，还是不想？"

"您别忘了，当初她入院可是您亲自安排的，为着您的这一层关系，院里上上下下也不敢轻易怠慢她，众目睽睽，并没有很好的时机。"

林耀波站了起来，绕过书桌走到周承安面前，厉声道："你难道还想过回17岁以前的生活吗？承安呐，你别忘了，是我，把你从那个垃圾场里拉出来的。"

周承安的脸色在那一刻，骤然一变。

夜幕下，倪晴在树阴下等了很久，久到连她自己都觉得来错了地方时，周承安终于出现了。

倪晴想上去叫他，可周承安的状态似乎十分不好，身上那种狠戾是她从未见过的阴暗面。他们隔着一段距离，不知怎么的，原本准备上车的周承安，忽然停下来，转了个身，就那么对上了倪晴的视线。

他们在黑暗里，在路灯下，望着彼此，无言以对。

倪晴下车时，周承安忽然拽住她的手腕，她一回头，就瞧见周承安无法分辨情绪的表情，倪晴一贯都知道，这个男人与生俱来的气质有时候总能迫的人不敢直视。

过了一会儿，周承安才不紧不慢地开口对她说道："你母亲的那件事解决了。"

倪晴忍不住微微挑眉，不知怎么的，想起他从林宅出来时的样子，她心里就如雪山崩塌一般，很是不好受。

"哦？是吗？你拿什么交换的？或者说，你对林耀波妥协了什么？"

突然之间，好像有一股无形的力量将他们横亘，最初喜欢上他的那种兴奋渐渐被未知所取代。

周承安的沉默让倪晴心烦意乱，她胡乱抓了抓自己的长发，自嘲地笑着说："你真的不需要为我做些什么，我母亲没有杀人，这是事实，根本不必你的妥协来换安然。"

"当然，我只是想告诉你，对于你母亲的事不必太过于忧虑，相信我，我会让她好起来。"

倪晴想再说些什么，可看着周承安的眼睛，终究是无话可说。她下车，车子毫不犹豫地扬长而去，风吹过头顶，扬起她飘散的长发。

在没有遇见周承安之前，她肆意洒脱，想什么是什么，认为人生大抵也不过如此，她不需要为了任何人去妥协改变自己。可遇到周承安，喜欢上他，仿佛一切都变了，她变得小心翼翼，变得不愿意让自己成为他的负担。

倪晴的眼眶发酸，慢慢地蹲下来，把脸埋进了膝盖里。

还是盛薇把她领回了家，倪晴现在的样子看上去简直就跟一个失恋少女没什么分别，可明明她跟周承安好好的啊。盛薇见她心情沮丧，也不便多问，煮了她最爱吃的咖喱虾，可倪晴只动了动筷子，再也没了胃口。

盛薇叹了口气，双手抱胸打量了倪晴好一会儿："倪晴，你现在这副表情可不像是在恋爱，你不是跟周承安在一起了吗？你应该高兴才对呀。"

倪晴看了她一眼，说："我本来也以为我会开心，但是我高兴不起来。盛薇，你知道周承安是林耀波的养子吧？我不想他为了我去妥协改变些什么，我……"

"倪晴。"盛薇突然正色道，"你想清楚你当初为了什么才接近周承安的，你还不是为了能让你妈妈早点走出那个鬼地方？那你现在还在顾虑什么呢？你这些年拼命努力是为了什么？况且以周承安的智商，你认为他会为了你做出一些没原则没底线的退让？你想太多了，他是跟着林耀波长大的，什么没见过？"

盛薇一语点醒了倪晴，忽然想起来当初林耀波对自己说过的那句话："你知道医生可以救死扶伤，那你知道医生也可以杀人于无形吗？"

倪晴冷不丁地打了个冷战，再也说不出一句话。

她当初接近周承安，不单单是因为母亲的病情，更因为周承安像极了她记忆里的那个少年，14年来，她那个做不完的梦，每每午夜梦回，总教人魂牵梦萦。盛薇说她有病，她怎么能喜欢上一个曾经绑架过自己的人呢，到后来，连倪晴都觉得自己病得不轻，可她想念那个少年，花开花落，经年累月，他就像烙在她心口的一个印子，无论如何都挥散不去。

周承安会是那个少年吗？可是世界上哪里会有这么巧的事情呢？光是中国就有10多亿的人口，两个人能重逢是件多难的事情。

但如果他不是，她怎么又会这么轻易地在心里找到了可以替代那个少年的人？

Chapter 05　衣衫不整，丢人现眼

盗窃风波渐渐平息，倪晴重新恢复工作，可毕竟是曾经闹得满城风雨的新闻，旁人看她的眼光终究多了几分探究。倪晴本也不是太在意别人眼光的人，拍摄结束，她早早收工，不想离开的时候却被袁艾迪叫住了。

"听说你跟周承安在一起了？"

倪晴嘲讽地抿嘴一笑："你的消息真灵通，我觉得你做设计师可惜了，应该改行当狗仔，一定赚得盆满钵溢。"

袁艾迪并不理会她的取笑，向倪晴靠近一步，说："倪晴，你真正了解他是什么样的人吗？你不要一时冲动认为只要是林为安的人抢过来就觉得得意扬扬，他是个危险的男人，你别一头扎进坑里出不来。"

"你太看得起林为安了，至少不是每样林为安的东西我都能看得上的。"倪晴往袁艾迪身上上下瞧了瞧，意有所指地说道，"有时候还真觉得讽刺，明明小的时候是我跟你关系比较好，你却成天就知道林为安，即使过了这么多年依然一点没变。袁艾迪，不要把你那些小人之心安在别人身上，毕竟也没有多少人脸皮厚到会去偷别人的作品还正大光明地赚着黑心钱。"

倪晴对袁艾迪充满怨气，袁艾迪早知这点，他望着倪晴从自己身边擦肩而过的身影，不由眯了眯眼，曾经以为仍可以拾回的友谊，现在想来大概是自己真的太天真了，如果今天角色转换，他会不会原谅倪晴呢？

大约是不会的吧，在那么艰难的时候被信任的朋友背叛，如果换作他袁艾迪，也会恨得咬牙切齿。

他低头苦笑，一转身，愣住了。

林为安不知道来了多久，又听到了多少，她淡漠地站在那里看着他。

袁艾迪朝她走去，对她说道："倪晴刚走。"

"你觉得我跟倪晴有什么可谈的？"林为安往门口看了一眼，那里早已没有了倪晴的身影，她又将目光回到袁艾迪身上，"我是来找你的。"

袁艾迪讶然，紧紧盯住她，一瞬间心跳有些不受控制地加速跳动。

她开门见山，说话也不扭捏："我希望你能让倪晴离开周承安。"

袁艾迪万万没想到，林为安来找自己竟是因为这件事。他望着她说："你也看到了，我跟倪晴早已决裂，她不会听我的，恐怕我帮不了你。"

"让她离开这里吧，你会有办法的对不对？你也不想倪晴陷在烂摊子里万劫不复吧？"

"你这话是什么意思？"袁艾迪不由蹙起了眉。

林为安侧了个身，靠向身后的墙壁，仰头说道："我家和倪家的恩怨你又不是不了解，倪晴是什么性子我们都了解，你以为她这么处心积虑地接近周承安是因为什么？周承安一贯是我爸的得力助手，我爸很是看好他，在这个档口杀出个倪晴，你认为她还能安然无恙吗？"

林为安说得隐晦，袁艾迪却听懂了其中意思。

"你真的以为，周承安只是一个普通的精神科医生？"

袁艾迪望着林为安，恍然间想起很多年前的那个夜里，林耀波的手段他是见识过的，林耀波是典型的商人，而商人惯常的技能就是知人善用，林耀波不是慈善家，怎么可能收养一个周承安却不重用？

袁艾迪细思极恐，眉眼间慢慢爬上一丝凉意。

公司大门右手的转角处停着一辆显眼的车子，之所以显眼是因为彰显车子价值的那个标志。倪晴没走几步，便有一人朝她走来，恭敬地对她做了个请的手势。

"倪小姐，林总想请您借一步说话。"

林总两字出口，倪晴当下就明白来者是谁。她走到车边，那人礼貌地为她打开车门，她低头往里看去，只见林耀波坐在另一边的位置，面色慈祥地与她打招呼。

　　倪晴在心里暗暗腹诽，不知道的还以为他们的交情有多好似的。

　　"林总，我还有事情，恐怕没那么多时间，你有什么话就直说，我们都不要浪费彼此的时间比较好。"

　　那人一听倪晴对林耀波说话这么不客气，刚想开口，被林耀波扬手制止了。

　　"倪晴，你我两家好歹也是世交，你小的时候还喊我一声伯父，现在长大了，连基本的礼仪都没有了？"

　　倪晴轻笑："那请问伯父，您找我有何贵干？"

　　"我想你会对周承安的事情感兴趣的。"

　　倪晴的笑当下便僵硬在脸上，林耀波总是能准确无误地找出她的弱点，从前是她母亲，现在是周承安，更可悲的是，每一次，她都没有办法的只能屈服。

　　"你不想知道周承安在还没有回国之前都做些什么吗？可能你认识的他和真实的他根本就不是同一个人。"

　　倪晴的双腿犹如千斤重，因为周承安这个名字，她终于俯身上了车。

　　有些时候，明明知道前方是个陷阱，却没有办法只能往下跳，倪晴恨死了这种无能为力的感觉。

　　车子里只剩下林耀波和倪晴两个人，林耀波掏出一个小小的类似录音笔的东西，按下开关，录音笔里传来沙沙的声响，没多久，倪晴听到周承安的声音自里面缓缓传来。

　　时间在那个时候仿佛静止了。

　　她听到林耀波与周承安的对话，在美国的时候，周承安是怎样以自己的专业能力帮助林耀波解决麻烦的人，又是怎样对林耀波言听计从，倪晴的心一点点往下沉，放在身侧的手不自觉地狠狠握成了拳头。

Chapter 05 衣衫不整，丢人现眼

声音戛然而止，林耀波满意地关上了录音笔。

"倪晴，你现在知道，周承安究竟是个怎么样的人了吧？"

"就你我之间的关系和他的这种前科，让他当你母亲的主治医生，你放心？"

倪晴从前并没有觉得林耀波有多可怕，可直到今天她才发现，以前的自己简直大错特错，她根本没有和林耀波斗的资本和能力，她父亲尚且不是林耀波的对手，更何况是自己？

夜幕降临，倪晴漫无目的地游荡在街道上，情侣们握着双手恨不得向全世界展示自己的爱情。她走进一家冰淇淋店，要了一大桶冰淇淋，却始终没有动弹。

冰淇淋开始融化，就像流着眼泪的小熊，倪晴的眼眶忍不住酸涩。她想起圣诞节在酒店第一次见到周承安的场景，所有的一切都历历在目，第一眼的时候他就走到了她心里去。

有的人就是可以很轻易地走到别人的心里，她在他面前，步步溃败。

"买了冰淇淋却不吃，浪费资源。"

周承安的声音忽然在头顶响起来，倪晴一个激灵，原本趴在桌上的脸猛地抬起，他正坐在自己对面，呆呆地看着自己。

一时间百感交集，她呆呆地盯着他，不知该说些什么。

"不认识我了？"周承安伸手在她眼前晃了晃，难得和她开玩笑。

"你怎么在这儿？"

"如果我说路过，你会信吗？"

倪晴诚实地摇摇头，她不认为他们之间会有这种缘分。

"可我真的只是路过，不小心看到一个失魂落魄的女人站在十字路口茫然四顾，不知道该去哪里，最后躲进一家冰淇淋店点了整个店内最大桶的冰淇淋却一口没吃。"

倪晴犹豫着要不要告诉周承安关于林耀波的事，她审视着周承安，自她认识他以来，他是认真负责的医生，是骄傲又爱惜自己羽毛的精神科专家，

这样一个生活里一丝不苟的男人怎么会是林耀波口中那个用自己的专业谋财害命的人呢？

"有什么话不妨直说，憋着对身体不好。"

倪晴不由自主地摸了摸脸，喃喃地问道："我表现得有这么明显？"

"你脸上就差没写十万个为什么了。"

周承安的目光仿佛可以穿越倪晴的心脏，倪晴顿时有一种在他面前自己就像保鲜膜一样透明的错觉。他是研究人心的，无论如何，她都不是他的对手。

"林耀波刚才……找我了。"

周承安挖了一勺冰淇淋往嘴里送，听到倪晴的话，一点也没有惊讶的感觉，他点点头，继续等她的下文。

倪晴终于鼓足勇气，看向周承安："你知道自己做的那些事一直被林耀波有意地录下来吗？他手里掌握着许多关于你的证据，哪一天你一个惹他不高兴，他就可以让你玩完。"

"所以？"

倪晴怔怔地望着他。所以？这个男人对自己的事情也这么不屑一顾吗？他知道自己从前为林耀波做过的那些事一旦被捅破意味着什么吗？他怎么能这么毫不在乎又一副心安理得的样子？

"你准备为林耀波做一辈子那种龌龊事吗？"

周承安的眼底像是有一潭死水，终于在倪晴这句话后起了点点涟漪。倪晴的话不轻不重，却深深砸在他的心里，眼前这个女人极力忍着自己的愤怒，像很多人那样对于这种事的不齿和避让，她明明心里有很多很多的话想说，出口的时候却又隐忍克制。

"你都知道了？"他轻描淡写地说道。

他怎么能这么云淡风轻地与她说这件事情？天知道她担心得要死，她觉得自己简直疯了，不为那些被他曾害过的人不值，居然担心若有一天这些事公之于世，他也会跟着身败名裂。她一定是疯了！

周承安忽然起身，居高临下地看着她，倪晴的眼里全是挥之不去的担忧，他不禁心下一紧，视线像是不经意地扫过橱窗外，伸出手，摸了摸她的发顶。

"别想那么多，没什么用，倪晴，做你自己想做的事情就好。"

一路无言，等倪晴反应过来的时候才发现车子并不是往市区行驶，她不由转头看了眼周承安，周承安气定神闲地直视前方，一手搁在窗口，一身轻松。

"我们要去哪里？"

"去一家有情调的餐厅，谈谈情说说爱。"

这个时候他居然还有心情开玩笑，倪晴歪着脑袋认真看着周承安，不知道他心里在打什么主意，随后目光扫过后视镜，一下子全都明白了。她不禁往后瞧了瞧，有一辆车一直尾随其后，甚为眼熟。

"你早就发现了？"她问周承安。

"这些尾巴既然甩不掉，不如利用起来，你说呢？"

"什么意思？"

"到了你就知道了。"

等到了目的地，倪晴才发现这是一处绝佳的看星星的位置，非常适合热恋男女谈情说爱。偌大的空地上开着一家情调十足的咖啡厅，全景式玻璃，360度无死角，从外观看上去，里面一览无遗。

周承安这种只知道学术研究，在很多人看来完全没有一点情调的男人居然也会知道这么浪漫的地方？

"你当年若是把咖啡厅开在这里，没准现在已经是老板娘了。"

倪晴哑口无言，没想到周承安还记着这件事情。她跟随周承安进入咖啡厅，一进去才发现某张桌边竟坐了一个相识之人——莫北韩。

他们像是约好了一般，周承安不动声色地坐到了莫北韩对面的位置，牵引着倪晴在自己身边坐下。莫北韩喝了一口咖啡，抬眼见到他们，没有太多惊讶。倪晴仔细观察着莫北韩的表情，虽然他掩饰得很好，但不难看出，他和周承安并没有事先约好。

"原来周医生还有跟踪人的癖好？"莫北韩不假思索地嘲讽着说道，他对周承安的敌意毫不掩饰地表现在脸上，对此周承安显然并不介意。

"刚巧而已，见到莫警官也在，顺便来打个招呼。"

莫北韩看了他们一眼，明显不想跟他们沾染太多的关系，正要起身，忽地听见周承安不紧不慢地说道："对了，林总这次给了莫警官多少钱让莫警官解决倪晴母亲的事？"

话一出，不仅是莫北韩，连倪晴都惊了一下。

倪晴看向周承安，后者正一脸饶有兴致地盯着莫北韩看，修长有力的手指在木质桌面上有节奏地敲击着，那抹笑，在倪晴看来分明带着某种诡异的气味。

莫北韩原本起身了一半，听了周承安这句话又重新坐了回去，好整以暇地看向周承安。两个人就那么对视着，无形之中的对峙令倪晴觉得心烦意乱，周承安有很多的秘密，那些秘密里有她无法窥探的黑暗，莫北韩也有。

"周医生想说什么不妨开门见山，不必这么拐弯抹角。"

相较于莫北韩，周承安整个人要轻松许多，他招来服务员，询问倪晴想吃些什么，倪晴哪有什么胃口，下意识地摇了摇头，周承安便自己做主，点了咖啡和甜点，而后才将注意力又转回到莫北韩身上。

"莫警官，我知道你向来跟林总走得近，这些年也替林总做过不少事，想必是林总出手慷慨，才让莫警官这么忠心耿耿！"

"周医生，比起你做的那些事，我做的这些根本不值一提。"

两人你来我往，谁都不退一步。倪晴纵然并不明白他们究竟有何恩怨，但从这些话里也不难听出其中意思。

咖啡上了，周承安将其中一杯往莫北韩那边一推，自己则端起另一杯喝了一口，看着他道："请莫警官喝咖啡，还望日后碰见，高抬贵手。"

这话说得极具讽刺意味，莫北韩冷笑一声，一口将咖啡饮尽，起身走了。

整个事情诡异得让倪晴丈二和尚摸不着头脑，她疑惑地盯着周承安，周承安淡笑着问："我脸上画了什么东西？"

说着，将巧克力甜点推到她手边，说："你不是最喜欢甜食了吗？还不快吃？这里的甜点可是一绝。"

"你认为现在是吃东西的时候？"

"或者你想做些别的什么？"周承安指了指顶上透明的玻璃天花板，"看看星星如何？这里很难订到位置，尤其是现在这个黄金时段。"

"你怎么会知道莫北韩在这里？"倪晴对他的话置若罔闻，大有打破砂锅问到底的趋势。

"只许别人跟踪你，不许我跟踪他？"

倪晴心里一凛，手指下意识地握紧。

"看到外面那辆车了吗？从你下了林耀波车的那一刻起就一直像尾巴一样跟在你身后，他就想知道你在知道那些事后会有什么反应。莫北韩是他的亲信，不管他对莫北韩的信任到达何种程度，但在这个时候如果让他知道我们和莫北韩同坐在一张桌上喝咖啡，他会怎么想？"

倪晴的瞳孔微微一缩，周承安已经说得再明白不过，林耀波是多会猜忌的一个人，即便他再信任莫北韩，至少心里也会对他多几分猜忌和顾虑。

周承安像是个恶作剧得逞的孩子，喝了口咖啡，笑眯眯地说："咱们也让他不痛快一下。"

倪晴慢慢放松下来，转移了视线，心里思绪万千。

"周承安，你究竟站在哪一边？"

站在哪一边呢？

周承安的嘴角仍挂着淡笑，连他自己都未曾发现，认识倪晴之后，那张万年冰封的脸渐渐有了其他的表情。在没有遇见倪晴之前，他站在对自己有利的一边；在遇见倪晴之后，他仍站在对自己有利的一边，只不过在有利的这一边加上了倪晴。

"我至少应该知道,我喜欢着的这个男人,是敌是友吧?"

"那你觉得呢?"

倪晴思索了很久,林为安说过,周承安不是她可以觊觎的男人,她曾经不屑一顾,如今想来也许林为安说得对,周承安的过去像一团迷雾,紧紧缠绕在她脑海里挥之不去。他有他讳莫如深的过去,她也有她不堪重负的过去,他们像两只严冬里的落单候鸟,在凛冽的寒风中注定需要抱团取暖。

过了很久以后,倪晴才重新看向周承安,清晰但有力地对他说了四个字:"我相信你。"

因为了解,所以相信。即便他们认识了才短短一两月,可周承安却给她一种久违的感觉,打从一开始,这个男人就以势不可挡的姿态进到了她心底。

周承安蓦地看向她,眸光微眯,带着某种不言而喻的审视,渐渐地,他脸上那种冷硬的感觉慢慢变得柔和,随即漾开一抹笑意。

从来没有人,这么认真地对自己说过:我相信你。他的世界就是一个非黑即白的世界,而他永远站在黑的那一面,唯有小心谨慎,才能逐步向前。倪晴是第一个,也是唯一一个对他有着如此信任却不问缘由的人。

周承安终究没有说什么,却第一次,那么仔仔细细地把倪晴记进了心里。

"盛薇,你说我这几年,是不是太异想天开了?就算我不找别人的麻烦,也不代表别人不找我的麻烦啊。"

倪晴沮丧地倒在沙发上,看盛薇一片片啃着薯片,心里乱糟糟的。

"你又想干什么?"

"我觉得我不能坐以待毙了,与其让别人千方百计地算计我,倒不如我把主动权掌握到自己手里。"

"你想跟林耀波对着干?得了吧倪晴,你这几年表面上跟林耀波和和气气的,实际上谁看不出来你跟林家水火不容啊,就算你现在正式对林家宣战，别人也根本不把你放在眼里。而且，你有宣战的资本吗？林家有钱有权还有势，你妈还被人攥在手里，你拿什么跟人斗？"

盛薇的一席话将倪晴刚刚涌上来的自信心打击到了尘土里去。她随手抓过手机，发现阿九给自己发了封邮件，手指一滑，点开来，整个人蓦地愣住了。

是关于周承安的一些事情。阿九说，周承安的过去好像被人抹去了似的，怎么都挖不到，她猜测可能跟林耀波有关。他17岁被林耀波收养，那之前的人生好像从来都不存在。不过她挖到一个大新闻，就是周承安在洛杉矶就职期间，在他手底下曾死过两个病人，据说是药物过敏最后不治而亡。两个病人的死因如出一辙，但奇怪的是家人居然没有追究任何责任，而此后周承安依旧是华人圈有名的精神科医生，这完全不合常理。阿九猜想必是林耀波在背后摆平了一切。而有趣的是，这两个死去的病人都或多或少跟林耀波有些关系。

倪晴看着阿九的这些调查，触目惊心，虽然她早有心理准备，可当事实摆在自己面前时，她居然彷徨犹豫了。

末了，阿九对倪晴说了句：周承安现在是你母亲的主治医生吧？小心你母亲。

倪晴忙从沙发上跳起来，在盛薇不解的目光下冲出家门赶往医院。

她母亲好端端地睡着了，倪晴看着母亲的脸，心里一下安心下来。床边的茶几上摆放着今日的药丸，她想起阿九最后那句话，下意识地把药丸拿起来细细研究，其中一种药是周承安来了之后新加的。不知怎么的，倪晴鬼使神差地来到了护士站，找到平常照顾她母亲的护士："请问我妈最近身体状况怎么样？有没有什么不舒服的地方？"

护士很耐心地向倪晴说了宋美妍最近的情况，并一再强调在周承安的努力下，宋美妍的病情已经趋于稳定，上次的惊吓也没留下什么不好的影响。

倪晴踌躇了片刻，从口袋里掏出那盒药："我妈的身体对这新药没出现什么排斥现象吧？"

护士努力回想了一下,说:"开始的时候似乎有些不适应,不过现在并没有出现任何排斥现象,倪小姐你就放心好了,周医生可是我们院里花重金请来的,他是这方面的专家,你妈妈不会有事的。"

倪晴有些尴尬地对她笑笑,等护士走远了,她又盯着手里的药发了一会儿呆,一转身,正巧见到周承安,脚步蓦然顿住。

周承安抬起手腕看了一眼手表,蹙眉对她道:"你不是嗜钱如命的吗?这个时候不应该努力找财源?"

倪晴的嘴角抽动了一下,把那个药盒又送回自己的口袋,佯装淡定地说:"是啊,看完我妈妈,我正要出门挣钱。"

顿了顿,她试探地问道:"你刚才……没听到什么吧?"

"哦?难道你希望我听到什么?还是在说我什么坏话?"周承安双手抱胸,玩笑似的朝她走近一步。

倪晴连忙摆手:"没有没有,周医生您忙,我现在就走,不打扰您工作了。"

她心下松了口气,刚准备走,手被周承安握住。

"反正你都要挣钱,不如把时间卖给我如何?我付 3 倍工资给你,走。"

"啊?"倪晴这边还没搞清状况,人已经被周承安一路拖着塞进了车里。他随意脱下白大褂扔向后座,看上去似乎心情不错。

倪晴连日来都没怎么休息过,再加上一路堵,她在周承安的车上不知不觉睡着了,等醒来才发现周承安居然把自己拉到了艺术馆。

周承安俯身替她解开安全带,示意她下车,可倪晴坐在原地没动,呆呆地问他:"你这是陶冶情操来了?"

"我看上去不像那种会欣赏艺术的人?"

倪晴十分诚实地摇了摇头,周承安在她眼里是那种绝对不会浪费一分一秒在学术之外的东西上的人,她甚至认为,这个男人有时候几乎到了刻板的地步。

周承安眼里满满都是对倪晴的不赞同,他干脆下车为倪晴打开车门,把她拽了下来。到了门口，倪晴忽然愣住了，她最喜欢的画家的画展原来已经在北城举办，当初刚收到这个消息时她一度十分兴奋，发誓说自己无论多忙都要来看展，没想到真到了这个时候，反而是自己忘得一干二净。

"你……你怎么知道的？"

周承安轻轻一笑，高深莫测地说："猜的。"

他陪着倪晴在里头走了一遭，立在窗口看倪晴脸上那种痴迷的表情。认识她这些日子以来，从未见过她这种表情，原来她也会有这么喜欢一件事物的时候，这跟她周旋在男人之间努力赚钱讨生活比起来，多了几分不食人间烟火的味道。

他喜欢这样的倪晴，没有一点私欲，甚至通透地仿佛一眼就能看穿。

倪晴沉静在自己的世界里，看到其中一幅画作，突然悲从中来。她想起那个时候父亲尚在，她曾骄傲地对父亲说："等我长大了，一定要亲眼见一见他，告诉他是因为他，我才梦想成为一名画家。"

那时父亲说："我的女儿这么棒，当然会成功。"

她好想父亲啊，四年了……

眼眶酸疼难忍，倪晴忍不住吸了吸鼻子，就在这个时候，一只大掌突地挡在了她眼前，指间夹缝里透着点点亮光，周承安的声音轻轻响起在头顶："想哭就哭，别憋着。"

倪晴心里狠狠一疼，就这么在他的掌心间，泪流满面。

那个下午，周承安第一次花费了半天的时间，在一件自己完全没有一点点兴趣的事上。

而倪晴又一次，在这个男人面前哭得昏天暗地，没有自我。

倪晴后来哭得累了，就靠在周承安身上睡得不省人事，周承安把她带回了自己的公寓。刚安顿好倪晴，林为安就敲响了公寓的门。

他挡在门口不动，林为安的表情变得有些不自然，下意识地往门内看了看，自嘲道："不方便？"

"是有点儿。"

"承安,你从前不是这个样子的,你知道你现在变成什么样子了吗?"

周承安对林为安的话不为所动,挑眉问道:"什么样子?"

"不再严谨,不再沉稳,甚至对自己不再那么苛刻,是倪晴的关系吗?你们认识不过几个月,她的力量就已经大到能改变你了?你不是说,你习惯了一个人,没有空间再留给另一个人了吗?现在这些又算什么?"

周承安脸上依旧是那副拒人千里的表情,他看着林为安,神情越发的淡漠。

"为安,不要说得你好像很了解我的样子,我们也不过只是逢场作戏的关系而已。"

我们也不过是逢场作戏的关系而已。

林为安心里一颤,她从未想过,原来在周承安眼里,他们只不过是这种关系而已。她眸子微微眯起来,打量着周承安:"我知道你怨我爸,但你要知道,当年如果不是我爸,可能你到现在还没过上如今这种受人尊重的光鲜生活。"

周承安嘴角一勾,那笑在林为安看来多少有些讽刺的意味,他说:"光鲜吗?为安,我手里背负着的人命你是真的看不见还是装作视而不见?"

"这些都已经过去了不是吗?"

"过去了?也只有你一厢情愿地认为这些都已经过去了,你父亲不会再要求我做更多的事。为安,我今天很累,没工夫跟你说这些,你走吧。"

门在林为安眼前毫不留情地关上了。林为安心里反倒没有自己以为的那么难过,周承安自小就对她并不热情,他不像大多数的男孩子那样总是围绕在她身边渴望引起自己的注意,大约是这样,他才成了她生命里很特别的存在。

然而现在,倪晴成了他生命里的特别存在。

她低下头,苦笑起来。

倪晴醒来的时候周承安已经不在屋里了,他为她准备了简单的早餐,留了字条叮嘱她务必吃了早餐再出去工作。即便是阴天,她的心也在看到周承安留下的那张字条后暖了起来。

收拾过后，倪晴拾掇好自己，好心情地往盛薇发给自己的地址赶。

盛薇为她争取到了一个电影的小角色，虽然戏份儿不多，但钱给得却不少。

等结束了一天的拍摄后，剧组提议大家一起宵夜，倪晴不好拒绝，只得跟着众人去往酒吧。没想到酒过三巡，就有人开始不安分了。

倪晴起初没觉得有什么不对劲的地方，等一只手慢慢爬上她的大腿，她才惊觉自己被吃豆腐了。她猛地站起来，那人没留意，被倪晴生猛的动作撞得掀翻了酒杯。

所有人都看了过来，倪晴伫立在人群里，脸上表情又愤怒又尴尬，异常显眼。

那只不安分的手的主人正是这部电影的副导演，他长着一张看上去就十分猥琐的脸。倪晴抓起包包想走，却被他一下拦住了去路，他非但没有半点收敛，反而上手把倪晴搂进了怀里。

"走什么？咱还没喝够呢，我可是听说你很能喝的，这就要走？岂不是太不给我们剧组面子了？"

这还是倪晴第一次拍电影。然而，从开始的兴奋紧张到现在，只剩下满满的对这名副导演的恶心。

"不好意思，我还有点事儿，真的不能再耽搁了……"

"装什么贞洁烈女啊？谁不知道你倪晴只要有钱什么都可以做啊。"那副导演不知是醉了还是装醉，从钱包里掏出一摞人民币丢在倪晴面前，"这些够了吗？"

说完，那只手朝倪晴的胸前摸去，倪晴一个激灵，猛地抓起手边的杯子往副导演身上泼去，泼了对方一脸的酒。

众目睽睽之下，给了副导演难堪。剧组在场的人没一个敢吱声的，有些人自顾自地像是完全没注意到这边发生的事一般。

副导演怒了，甩手就给了倪晴一个耳光，一把把倪晴推到墙上，对她上下其手。不管倪晴怎么挣扎，奈何男女之间的力量悬殊，居然被他制得死死的完全动弹不得。副导演当着众人的面解开了倪晴衬衫领口的扣子，春光乍泄。

"你他妈的以为自己是个什么东西？我看得上你你就该偷着乐了，也不知道被几个男人睡过，在我这儿装纯情。娱乐圈像你这样的女人我见多了，还不都是人人都可以上的公共厕所？"

他嘴里的污言秽语狠狠刺进倪晴心里，她的双手死死地抓住自己胸前的衬衫，心里又怕又怒，哭着求他放过自己，然而周围的人非但没有阻止反而开始起哄。

倪晴这个时候才终于明白人为刀俎我为鱼肉这句话的意思，即便从前她再贪钱，也从没受过这种屈辱，她死死地咬住嘴唇，身体好像麻木了似的，感觉不到一点点疼痛。

难道今天就要在这里任人欺负了吗？副导演的手覆上倪晴胸部的那一刻，她绝望地闭上了眼睛，脑海里全是周承安那张英俊却漠然的脸。

如果周承安知道这里发生的事情又会怎么看待自己呢？会又一次看不起自己吧？想到周承安，她的心比刚才更痛了几分。

就在倪晴心慌意乱开始神志不清的时候，身上的重量忽地一轻，紧接着她便听到一声惨叫声以及周遭的骚乱声。倪晴茫然地睁开眼睛，看到两个男人扭打在了一起。确切地说，是其中一个男人以压倒性的优势殴打着另一个男人。

周……周承安？

倪晴怕自己此时此刻出现了幻觉，呆呆地望着那个身影，直到有人报了警。警察出现拉开了两人，她才确定，那个在关键时刻出现救了她的人居然真的就是周承安！

他面色铁青，看上去很是可怕，倪晴想伸手去拉拉他的手，却被他冷漠地避开了。

Chapter 05 衣衫不整，丢人现眼

这场宵夜最后成了一场闹剧。解决好一切，从派出所出来时，天快亮了。倪晴安静地跟在周承安身后，脸上没有一点生机。

走在前面的周承安看了眼衣衫不整的倪晴，脱下自己的外套扔给她："衣衫不整，丢人现眼。"

她无话可说，的确丢人现眼。

"倪晴，你就那么喜欢钱？"

周承安的语气并不好，倪晴原本就觉得自己委屈，这下这种情绪更是被推到了顶点。她盯着他反问："你难道不喜欢？"

"我只知道，我不会为了钱没有底线。"

这句话比昨晚发生的一切更伤人。倪晴紧咬着下唇，她曾经以为周承安会是那个能够理解自己一切的人，此刻看来，是她太天真了。

她扬起笑脸，说："那是因为周医生你从来光鲜体面，不曾体会过我们这种人的生活。你说对了，我就是喜欢钱，因为钱能给我带来安全感，钱能让我吃饱穿暖治我妈妈的病，我就是这样的人，真是抱歉，没能成为周医生你心目中的那种女人。"

倪晴感到眼角酸涩，在周承安的静默下，她侧身离开。晨曦下的那个背影，倔强又无助。

盛薇得知昨晚发生的事情后一阵懊恼，她怎么都没想到那居然会是那样一个剧组。倪晴无精打采地趴在床上，身上的精气神好像被剥夺了似的。这种状态，盛薇只在几年前倪晴父亲过世的那会儿看到过，这些年的倪晴，勇敢独立又乐观。

"要不……咱们不演这部电影了？"盛薇小心翼翼地凑近倪晴。

倪晴摇了摇头："都签约了，违约的话不是要付违约金吗？没关系的，反正我就是个小角色，戏份不多，忍忍就过去了。"

盛薇听完心里一酸，抱抱倪晴，说："那成，之后我都陪着你，保证不会再发生这种事了。"

盛薇哪里会知道，真正让倪晴难过的并不是昨晚差点被副导演潜规则，而是周承安的不理解。倪晴终于明白，爱情之所以伤人，是因为一旦爱上，情绪也就由不得自己控制了。她的喜怒哀乐几乎都掌握在了周承安的手里。

她第一次发现，她远比自己以为的要在意周承安。

在意他看待自己的眼光，在意他会发现她越来越比不上林为安。

两天后，倪晴回到剧组，原以为会因为那晚的事情引来一系列麻烦，没想到整个剧组上下居然无一人提及那晚的事，就连副导演对待她也比从前客气了不少。倪晴接到的剧本，本来只是个无关痛痒的小角色，但不过两天，一跃成为主角之一，连片酬也加了许多。

她在片场和盛薇面面相觑，实在不懂事情为什么会朝这种诡异的方向发展，仿佛那一晚只不过是倪晴的一场梦，什么都没发生过，梦醒了，她突然就走了狗屎运。

"管他呢，白捡的便宜干吗不捡。"盛薇如是安慰她。

"会不会出什么事？"副导演的殷勤隐隐让倪晴觉得不对劲，但盛薇一口笃定不会出什么事，她只得作罢。

下戏休息的时候，倪晴终于按捺不住拨通了周承安的电话号码。那天之后，两人默契地开始了冷战，谁也不主动联系谁，倪晴甚至觉得，像周承安那种感情凉薄的人，如果自己不向他走一步，也许他一辈子都不会再同她说一句话。

电话响了很久才被周承安接起，倪晴鼓足勇气，刚想开口，却被周承安一句话打断了。

"我现在在开会，有什么事以后再说。"

声音依旧清冷而沉稳，在倪晴还没有来得及说出一个字，周承安已经果断地挂断了电话。

手机还放在耳边，传来"滴滴"的忙音，倪晴怔怔地坐在那里，心口忽然像缺了一个口子，闷闷地疼了起来。

在爱情里，一个人如果太在乎另一个人，天秤就会毫不犹豫地开始倾斜。

后来倪晴才知道，那晚之后还发生了另外一件事，周承安在她看不到的地方，默默为她打开了另一扇窗。

倪晴再见到林为安已经是很多天之后了。她跟周承安的冷战已经持续了一段时间，那天周承安挂了她的电话后他们再也没有联系过，就连倪晴去院里看望母亲的时候都没见到他的人影，他就好像突然之间消失在她的生活里了似的。

林为安约倪晴在市中心的餐厅见面，她依旧一副大小姐的高姿态，明明小的时候两个人也曾经玩在一起过，长大后却变成了彼此讨厌的陌路。

正是下午茶时间，餐厅内除了三三两两的客人之外显得有些冷清，古典轻音乐为这个午后平添了几分文艺气。倪晴默默地坐到林为安对面，并不打算率先开口。

以她最近的经验来看，林为安会主动找自己，八成不是什么好事。

"喝什么？"林为安将餐牌推到倪晴面前，"摩卡，还是拿铁？"

"我喝柠檬水，谢谢。"

林为安并不意外地挑了挑眉，微微歪头打量着倪晴，她的笑容高高在上，总一副我说了算的表情，这也是倪晴越渐讨厌她的原因。

"林小姐，你也知道我是个以赚钱为乐趣的十八线小模特，时间紧得很，你有什么事就直说，我没空在这里装什么高逼格文艺青年。"

"倪晴，你自己捅了娄子让别人帮你摆平还表现得这么一副理所当然的样子，这样真的好吗？"林为安似笑非笑地看着她，摇了摇头说，"这几天我也想过，倪晴你命真好，以前有父亲庇护着，现在又有周承安不计较地为你挡在前头，你究竟有多大魅力啊？"

倪晴大脑突然间一片空白，她不明白林为安这话什么意思，又怕她是故意为之，因此紧闭着嘴唇一声不吭，直到林为安说："你知道你那天晚上得罪的副导演大有来头吗？你以为不是周承安在你看不见的地方替你遮风挡

雨，你能像现在这样安然无恙地坐在这里？你就一点也不奇怪发生了那样的事情后不但一点事没发生你还飞升了？不要告诉我你只是单纯地以为自己突然运气好起来了噢。"

倪晴听出她话里满满的讽刺，心一下下被戳着，放在腿上的双手不自觉地紧了紧，等镇定下来，才开口问道："你把话说清楚。"

"还不清楚吗？周承安为你得罪了人，那人叫嚣着要闹到他的单位去，人家有家世有背景，怎么可能轻易放过你们？我认识他这么多年，第一次见到他去找我爸帮忙，居然是因为你的事，要不是我爸出面摆平这件事，你觉得周承安现在会是什么后果？他的职业在别人眼里那么神圣，要是被传出去居然在夜店跟那种人打架，还是为了一个不入流的女人，名声会变成怎样？这些你都没有想过吧？倪晴，你到底想从周承安身上得到什么？"

连林为安都惊讶于自己居然能这么平静地说出这些话，在见到倪晴之前，她恨不得甩她一个大耳刮子，可在见到倪晴之后，突然便有些于心不忍了。

周承安那么护着的女人，如果她动了，他一定不会原谅她吧？

反观倪晴，早已经怔在那里，她很快捋清了林为安的意思，然后震惊地看向林为安。倪晴没想到周承安会为自己做那么多，甚至去找林耀波。

"你说的……都是真的？"

"你觉得我有必要编这一出来骗你吗？"

"为什么？"

林为安心里隐隐升起一股怒意，声音不由提高了几分："因为你那些可笑的自尊心，倪晴，在我眼里你就是个害人精麻烦精，我爸替他摆平你的事，并且把你那个酱油角色变成了个还算有点存在感的角色，交换条件就是周承安要替我爸打理一部分的生意。有些事你可能不知道，周承安这个人一贯自命清高，最不屑的就是生意场上的那些勾心斗角，我爸从前威逼利诱多少次他都不肯就范，可一碰到你倒好，居然主动站到了被动的位置。倪晴，你来告诉我，你又可以为他做些什么？"

倪晴耳朵嗡嗡作响,像是有一只无形的手死死掐着她的咽喉,令她的呼吸渐渐开始变得困难,脑海里闪过一张张周承安的面容。初见时,他是冷漠孤傲的医生,原则分明又坚持底线,如果林为安不告诉她这些,她绝对不会想到周承安会为了自己去打破那些既定原则。

可她呢?她做了些什么?她甚至在心里埋怨他或许没有她喜欢他那样深。

倪晴忽然觉得自己简直卑鄙无耻到了极点。

林为安看着倪晴的表情,心里闪过一丝退让,声音总算低了下去:"倪晴,你不要觉得只有自己倒霉可怜,周承安又何尝不是。他17岁被我爸爸收养,虽然在外人眼里两人情如父子,可终究没有血缘关系,他比谁都努力,想独立出去,他不想一辈子活在我爸爸、我们家的影子里。你呢?你却让他的这些努力通通都白费了。"

临走前,林为安对倪晴说:"你真的配不上他。"

从白天到黑夜,倪晴把自己坐成了一座雕塑,林为安的话像复读机似的在她脑子里不断回放,每一个字每一句话都让她身体发颤,仔细想想,她居然觉得林为安说得一点不错。

飞机在凌晨时分落地北城,等周承安到家的时候已经是后半夜了。他一出电梯,脚步便不由地停住了,一看到倪晴蹲在自己家门口,眉心不悦地蹙了起来。

"你有这种蹲门的癖好吗?"

倪晴冷不丁地被周承安的一句话叫醒了,本来还昏昏沉沉的,这下一下子清醒过来了,抬起头,周承安的脸颊在灯光下虽然有些模糊不清,但真真切切。

她顿时高兴地站了起来迎向他,狗腿子似的接过他的行李:"你回来啦?怎么这么晚?肚子饿不饿?我给你做宵夜吃?"

周承安站着没动,细细打量着她问:"你又想干什么?"

倪晴一脸无辜状："这不是一般女朋友都会做的事情吗？"

周承安挑了挑眉，没再说话，开门让倪晴进了屋。

倪晴在厨房里忙活了约莫半个多小时，最后只倒腾出一碗看上去并不会让人有多少食欲的面条。她把面条端到周承安面前，搓搓手小心翼翼地解释道："虽然看上去有些丑，但是味道应该还不错。"

"应该？"周承安敏锐地抓住了其中的关键词，"所以你自己都没有尝过？"

"反正符合我的口味，你不是挺挑的嘛，所以我猜可能……"

倪晴忙着作解释，却不料周承安双手抱胸，直视向她："这大半夜地守在我家门口，找我有急事？"

不知为什么，明明只有十来天没见，可倪晴这一次见到他，比以前更紧张了，尤其是这个时候的周承安刚刚洗漱完毕，漆黑的发丝上还滴着水滴，比平常的样子要性感不少。她偷偷摸摸地吞了吞口水，声音低了下去。

"对不起，那天对你说了些不好的话。"

"什么话？"周承安看着她，饶有兴致地问道。

"就是……就是说你光鲜亮丽不懂我们这种人的生活。"倪晴深吸一口气，那表情就像是个做错了事的孩子，"是我错怪你了，是我自以为是，说出伤人的话，对不起。"

周承安的眸子微微一眯，似乎笑了一下，拿起筷子吃了口面，边吃边问："那你要怎么补偿？"

"啊？"倪晴道歉之前没想那么多，只觉得周承安为自己做了这些事，可她却对他说出那样的话，多多少少有点像白眼狼，倒没想到周承安会问她要怎么补偿。

周承安睨了她一眼："你这个道歉显得很没有诚意，我也可以选择不接受。"

倪晴傻眼，他居然在这个时候莫名其妙地傲娇起来。

"那你想怎么样？"

"听说你画画不错,替我画一幅。"

他状似不经意地说着,眼角瞥见倪晴脸色变了变,原本的笑容僵硬在脸上,不自在地咳了一声。

"那都多少年前的事了,我都好几年没画了。"

"我又没有要求你画得多上台面,只是画一画而已,就这点要求你都不肯答应?"

倪晴有点尴尬,很不娴熟地扯开了话题:"对了,你这些天去哪儿了?为什么一点消息都没有?"

"去巴黎开了个会,会务繁忙,没什么时间,我想你那几天应该也不会想接我的电话。"他别有所指地说。

"是我不想接你的电话吗?明明是你挂我电话。"倪晴嘴快,这句话一说出口,居然还带了那么几分埋怨。

她盯着周承安看,过去十几天里那种不安定的感觉顿时烟消云散,看着这个男人还在自己眼前这么慢条斯理地吃着自己煮的面,一种踏实感油然而生。

什么时候,周承安在她的生活里已经占据了这样重要的位置?

怔怔间,周承安从自己的钱包里抽出一张卡递给倪晴:"这个你拿着。"

倪晴没接。

"倪晴,你真的没必要为了赚钱去做自己不想做的事情,如果你觉得钱能给你带来安全感,那我想我可以给你你想要的那种安全感。"

倪晴看着他,心里像被人狠狠剜过。

Chapter 06　你想在我身上找什么？

周承安的神情那样认真，甚至看不出一丝一毫的讽刺或嘲笑，倪晴是真的相信，周承安只是单纯地不想她过得那么辛苦而已，可那张卡却像根刺似的扎在她心上，把她这些年仅存的一点点自尊心扎得血肉模糊。

"你是小金库吗？还是你嫌自己钱多？"倪晴打趣地问他，始终没有去接他手里的那张卡，甚至有些不敢直视周承安的眼睛。

她怕自己会真的变成自己讨厌的那种样子，尤其是在周承安眼里。

见倪晴刻意避让，周承安自然也不勉强，看着她的身影在厨房里没有节奏地胡乱忙碌着，恍惚之间仿佛看到了她掩藏于心的那种无助。

周承安一直都知道，倪晴的故作坚强只是她的虚张声势，她需要不断地提醒自己她很勇敢很坚强，可以一个人解决所有问题，她有意识地排斥别人的接近和帮助，生怕在不经意间露怯。可这样的倪晴，让周承安分外地放不下。

"你到底画还是不画？"

周承安在客厅里唤了一声倪晴，倪晴的身影僵了僵，回头勉强地朝他笑笑："既然你这么坚持，要不我找个专业的来你家里给你画？"

"只不过是画个画而已，你在害怕什么？"

"对呀，只不过是画个画而已，谁画不都一样，你究竟在坚持什么？"

凌晨4点多的光景，外头已经传来有人早起出门的声音，他们一夜没睡，在本该很困的时候就这样固执地对峙着。倪晴眼里氤氲，即使隔着一段距离，仍让周承安有些不忍，他移开视线，没再说什么，进了书房。

倪晴一度想进去同他说些什么，可想了很久，又觉得这个时候他们之间也没什么可说的，只能作罢。

她几乎已经 24 小时没有入睡过，她不知道周承安什么时候回来，又联系不上他，为了能见上他一面，这两天晚上几乎都会来这里等他，谁想运气还不赖，周承安终于回来了。可那种兴奋在见到他之后也淡了。

她慢慢发现，有些被藏在心底的秘密就像一道道创伤，你以为自己已经痊愈了，可到头来才发现那只不过是自欺欺人而已。

入春以来的天气一向甚好，每天阳光明媚，整个城市都处于一种勃勃生机的状态，道路两旁的柳叶开始发芽，五彩斑斓的花朵点缀着城市的光彩。

周承安按盛薇给的地址来到一座看上去有些年月的旧别墅，据说这座别墅如今被一个数一数二的摄影师买了下来作为工作室，倪晴今天就在这里拍摄。

他下了车在门口等了一会儿，一个神采奕奕穿着得体的男人从别墅里迎面出来，周承安并不认得他，故只看了一眼便移开了视线。

但对方却一眼就认出了他。

袁艾迪的脚步逐渐放慢，视线在周承安脸上逗留了数秒，在走出一段距离后又折了回去。

"你是周承安？"

被一个陌生人叫出名字，换作任何人都会感到惊讶，但周承安神色间平静无波澜，一点都不觉得奇怪，他朝袁艾迪微微颔首："我们认识？"

"不算认识，我知道你，因为为安。"

就连听到林为安这个名字，周承安都还是没什么表情。袁艾迪不禁开始打量眼前这个男人，看样子，林为安所谓的那场爱情，只不过是她的一厢情愿而已。

"有空坐下来喝杯咖啡吗？"

周承安的视线越过他，淡漠地拒绝："没空。"

没想到会被这么直截了当地拒绝，袁艾迪有些出乎意料："在等倪晴？她一时半会儿好不了，你与其在这里干等，不如我们坐下来聊聊，我知道这附近有家咖啡馆的咖啡还不错。"

"我为什么要坐下来跟一个陌生人喝咖啡？"

袁艾迪一时被问得词穷，居然第一次感到一种窘迫的意味，他干咳一声，有些没有底气地说道："我想跟你谈谈关于倪晴……还有为安的事情。"

他不确定倪晴跟周承安究竟发展到了什么程度，因此也没有把握周承安是否会接受自己的邀约。

周承安低头看了眼时间，的确离盛薇所说的收工时间还有段距离，于是请袁艾迪带路，心里早就将他和倪晴的关系从头到尾梳理了一遍。

"你要和我谈什么？"

袁艾迪往咖啡里加了块方糖，淡淡笑道："听说你和倪晴在一起了？其实我挺意外的，倪晴心里一直有人，好像是小时候认识的，她一直在等那个人，所以拒绝了很多人，也因此单身了许多年，没想到她会和你在一起。"

周承安听着他的话无动于衷，看着袁艾迪的眼神仿佛在问所以呢？

"但是我听说你和为安之前已有婚约，你这样贸然和倪晴在一起似乎不太合适吧？不管是对为安还是倪晴，这都是一种伤害。外人会怎么看倪晴呢？倪晴本来就被很多无中生有的事情中伤，难道你想让她又莫须有地躺枪吗？"

看袁艾迪的絮叨，再反观周承安的平静，这两人完全不在一个状态，周承安显得更沉稳。他看着袁艾迪问："你怎么知道我和为安已有婚约？"

"你们一起长大，形影不离，不只是我，所有人都这么认为。"

"所有人都认为的事情就一定是真的吗？"

"你这话什么意思？"袁艾迪紧紧盯住周承安，眼神在转瞬间变得凌厉起来。

关于林为安和周承安的婚约，袁艾迪不算完全道听途说，至少他曾听林为安说过，林耀波又极为喜欢周承安这个养子，在很多人眼里，他们在一起再理所当然不过，简直是天造地设的一对。

"我和为安是否发过任何有关婚约的证明？即便我们形影不离也不表示我们就是男女关系，如果按照这个逻辑，那你和你的女模特常有往来，难道你和她们都维持着男女关系不成？"

"你知道我是谁？"袁艾迪记得自己似乎并没有向他作自我介绍。

周承安好整以暇地靠着椅背，耸了耸肩："我知道倪晴现在跟谁合作，今天又是在拍什么，知道你很奇怪？"

"看来你跟倪晴感情很好，她什么都告诉你。"

"倒也不是什么都告诉我。"周承安抿了口咖啡，抬眼看他，"至少我不知道她为什么对画画这件事这么抗拒。"

袁艾迪闻言，手指一抖，咖啡勺掉到了桌上，表情也变得有些不自然，但也仅仅只是一瞬间的工夫，便又恢复了正常。

周承安的不动声色使袁艾迪莫名觉得有些紧张，过了一会儿，他才说："倪晴小的时候很喜欢画画，又有创作的天分，她那个时候很喜欢自己给洋娃娃画衣服设计造型，一度决心长大后要做个设计师。不过后来她家里出了事，可能她深受打击，从此就不再画画了吧，我也是很久没见她拿过画笔了。"

小时候那么热爱的东西，后来被硬生生丢弃了，就像一直拼命珍藏着的宝贝，突然有一天你发现，那其实只不过是个可有可无毫无价值的东西而已。

"我的时间到了。"周承安像是没听到袁艾迪说的似的，忽然起身向他告辞。袁艾迪没想到他居然一直关注着时间，不禁讶然。他们的谈话还没到重点就这么无疾而终了，但他今天第一次见到周承安这个人，觉得周承安冷清得几近凉薄，这样一个人，绝非是林为安的良人。

倪晴卸妆到一半，镜子里忽然多出一个人，周承安那张脸让她心里一个咯噔，再一看盛薇的坏笑，一下就明白了。

"你俩什么时候勾搭上的？"她指着盛薇骂道。

盛薇贼贼地笑她："倪晴，你男朋友不错哟，我给满分，我还有事先走了，就不打扰你们二人世界了。"

说完，一溜烟不见了踪影。化妆室里瞬间只剩下他们两个，在镜子里互相凝望。

倪晴有些不敢看周承安，生怕他又问起画画这件事，幸好他似乎已经忘了这么回事，也没再提起，他送她回家的途中问她："要不要把你妈妈带出来回家住？"

倪晴听了茫然地摇了摇头："我妈是林耀波强行弄进医院的，没有他的允许谁也带不走她，这几年我各种办法都尝试过了，没用，而且你看，我妈现在的精神状况，恐怕也只能待在那里。"

"你一点也不想你们母女可以住在一起？"

"想啊，可是现在的我没有能力保护妈妈。你放心，只要我安分守己，林耀波不会对我妈妈怎么样的，况且不是还有你在吗？"

倪晴的强颜欢笑在周承安眼里分外刺眼，他蓦地转移目光，看向窗外。

许久之后，才似喃喃一般地说道："也不一定你安分守己，就能有好的回报。"

倪晴猝然看向他，可惜周承安面色如常，就像从没说过那句话一般。

她的心里隐隐升起一股不好的预感，可她知道，即使真的有，周承安也不会告诉她。

倪晴的事业似乎比以前好了许多，从前连看都不看她一眼的某些杂志现在居然主动回过头来请她当模特，乐得盛薇一再表示倪晴要飞升了，只有倪晴自己知道，这些还不是因为周承安。虽然周承安这个名字并不被许多人知道，但林耀波却是大名鼎鼎，有钱倒也算了，关键还有背景，这样的身份在哪个领域都能吃得开。

和倪晴相比，周承安却比以前更忙了。他常常下了班不知所踪，倪晴问过他几次，他从未正面回答，不过林为安告诉过她周承安现在在做的事情，因此她并不觉得奇怪。

倪晴在床边等母亲睡下了，才静静地关灯离开房间，正巧护士经过，笑眯眯地同她打招呼："看你最近常来，你母亲的病情稳定多啦。"

"嗯，得亏了周医生。"

"是啊，不过最近周医生好像很忙，上下班很准时，以前他没事就在院里。对了，周医生对你母亲很是上心，特意吩咐除了他开的方子，哪个医生开的都不能往你母亲身上用，说任何关于你母亲的事情都要经过他才行，我冒昧地问你一句，你们是在谈恋爱吗？"

无论怎么看，都无法掩盖这个护士熊熊燃烧的八卦心，面对她的好奇，倪晴不自在地干咳了一声，抽了抽嘴角说："我们看上去这么像情侣？"

护士摇头解释说："因为周医生平常不大与人亲近，但他唯独跟你走得近，又对你母亲的病情这么上心，所以我才……如果有冒犯的地方还请你不要放在心上。"

"哪里，你们这么照顾我妈妈，我感谢还来不及。"

倪晴觉得疲惫不堪，工作的时候已经绷紧了神经赔够了笑脸，这会儿真的笑不出来了，她和护士匆匆告别，回到家给周承安打电话，打了很久都没人接听，不知不觉睡死在了沙发上，这一觉睡到了天亮，倪晴从未想过，仅仅只是过了几个小时，她的人生突然会发生翻天覆地的变化。

她摸到手机，打开来一看，差点被上面显示的来电数目吓得滚下沙发，正愣怔的空档，周承安的电话进来了。

手机突然变得有些滚烫，倪晴呆呆望着屏幕不知所措。一定是发生了什么重要的事才会让他们打了这么多电话。

"倪晴，你听我说，现在乖乖地哪儿都别去，我已经在来你家的路上了，你在家里等我。"

"你来我家干什么？"

其实倪晴是想问，你的声音怎么听上去那么嘶哑，一点都不像她认识的

那个有着低醇浑厚好听声音的男人了，可出口的却是这样一句话。

"我来接你去医院，电话里不方便说话，我们见了面再说。"

周承安不等倪晴回应，迅速挂掉了电话。倪晴再打电话给盛薇，盛薇却关机了，一种诡异的感觉爬上倪晴的心头，她上网去搜今天有没有什么特殊新闻，查了一会儿才稍稍松了口气，放心地洗漱去了。

等洗漱完毕，周承安刚巧敲响她家的门，倪晴小跑着去开门，一见到周承安愣住了。周承安的脸色沉重，双眸锋利地扫过倪晴，倪晴想笑，不想他先开口了："准备好了吗？"

倪晴以为他是问准备好出门了吗，于是点头说："差不多了，你等一下，我去拿个包。"

还未转身，手腕便被周承安攫住了。他的手那样用力，几乎要捏断她的手腕。倪晴吃痛地皱起眉头，却听周承安说："我是问你，准备好去面对一些坏消息了吗？"

倪晴的呼吸一窒，看向周承安的眼睛，他的眸子阴沉得可怕，她从没见过他像现在这个样子，阴鸷得好像能吞噬人心。

"发生什么不好的事了吗？"

倪晴的声音在抖，尽管她极力掩盖着自己不知从哪儿来的惊慌。原本只是周承安抓着她，现在却是她像个失魂落魄的人似的紧紧抓着周承安不放。

周承安像是在组织着措辞，好一会儿后，才轻声对倪晴说："倪晴，你妈妈她……今天凌晨的时候失足从楼上掉了下来，不治身亡。"

倪晴如遭五雷轰顶，耳边嗡嗡作响，周承安的声音不断在耳边回响着，她呆呆看着他，茫然失措起来："你开什么玩笑？"

"我没有在跟你开玩笑，天快亮的时候护士去查房，发现你妈妈不在病房，窗户大开，一看才发现你妈妈从楼上掉了下去，等医生赶到的时候她已经断气了。"

周承安冷静地对倪晴说着，他的语调依旧没有什么波澜，像是在讲一个微不足道的故事，可倪晴的身体却开始发起抖来，她想把手腕从周承安的掌心内抽离，周承安却越发用力地捏着她，让她无处可逃。

倪晴的眼里从一开始的迷茫渐渐变得无助，她的眼眶微微发红，抱着最后一丝希望，几乎是乞求似的对他说："你不要骗我，这个玩笑一点也不好笑。"

倪晴在他掌心挣扎间，手心里突然多出了一个冷硬的东西，她低头一看，眼泪瞬间决堤。那是一块玉佩，是她20岁的时候母亲送给她的生日礼物，她一直带在身上，后来母亲病了，她就把它放到了母亲身上。

"这是从你妈妈口袋里掉出来的。"

倪晴死死咬着嘴唇，捧着玉佩泣不成声，全身无力地往下沉，扑通一下跪倒在地上，地板的凉意沁入肌肤，她低着头，长发倾泻而下，明明嘴里喊着不相信，眼泪却成海似的无法抑制。

周承安心里隐隐抽痛，听着倪晴的哭声，喉间一紧，蹲下来揽住她的肩膀，把她靠向自己怀里。此刻的倪晴和一个孩童无异，得到最坏的消息，哭得绝望又无助。

倪晴哭到最后，声音嘶哑，眼睛肿得无法见人，满脸泪痕，周承安伸手想替她拭泪，却被她一手挡开了。她也不知自己哭了多久，脑海里全是母亲过去的样子，她抱着最后的希望死死守着的人，到头来还是没能守住。

倪晴慢慢从周承安怀里站了起来，与刚才相比，她显得已经镇定了许多。倪晴走进卫生间，用冷水狠狠扑向自己的脸，她看着镜子里的自己，又可笑又可悲。

这几年来，她靠着所有力气支撑下来的东西，顷刻之间，轰然崩塌。她这么努力地活着，病态似的赚钱，唯一的愿望就是把母亲从那个该死的地方弄出来，怀抱着这样的希望，即便过得那么苦，还是能咬牙忍下来。可是周承安刚刚对她说了什么？她母亲失足从楼上掉了下来？

她妈妈死了吗？

死了。是这个意思吧。

周承安静静地站在原地，听着从卫生间传来不间断的水声，手里仿佛仍留有刚才倪晴身体的颤抖。

就在几个小时前,他被院里的紧急电话叫醒,护士紧张地告诉他倪晴的母亲出事了。他匆匆赶往医院,等到的时候倪晴母亲已经没了气,从高楼失足落地,几乎没有存活的可能性,一地的狼狈和血腥,那一刻周承安心里唯一冒出来的想法是:倪晴要怎么办?

她家里出事后,她母亲就是她所有的支撑,她拼着这一口气为她母亲挣医药费,再苦再累也从不抱怨,只要母亲活着,对她来说就是希望。

而今希望破灭,往后倪晴该怎么支撑下去?

周承安沉思之间,倪晴已经走了出来,那双眼红得不忍看,但显然已经比刚才好了不少。她安静地对周承安说:"我想看看我妈妈。"

"好。"

她一路都没说话,到了医院,周承安带她去了放她母亲的地方。倪晴起初站在房门口不肯进去,人来人往,她站在那里一动不动,好像至今不敢相信那个白布下安静躺着的人就是自己的母亲。

盛薇一度看不过去,想上前安抚倪晴,却被周承安拦了下来。

周承安想,这个时候,倪晴一定不希望有人打扰自己。倪晴是个聪明但又倔强的女人,很多时候除非自己想清楚,否则会一直拧巴下去,旁人再急都没用。他认识的那个倪晴,总有自己坚持的小脾气,也总有办法勇敢地去克服遇到的困难。

终于,在他们的注视下,倪晴迈开了步子,走到了床边,伸出的手微微颤抖着,掀开了那层白布。

母亲就躺在那里,明明离得这么近,可这辈子却再也无法相见。

昨天离开的时候她还答应母亲,今天给她煮鸡丝粥喝,她看着她入睡,还在畅想着等有一天母亲康复,她带着母亲去任何她想去的地方。

可转眼间,物是人非。

所以是因为人不该有贪念,否则上帝就会没收这仅存的温暖吗?

眼泪再次决堤,倪晴颤抖着手摸向母亲的脸,已经冰凉,母亲闭着眼睛，那双在她眼里好看的宛如星子的眼睛再也无法睁开看着她同她笑同她说话了。

那一刻，倪晴恍然间觉得，自己的人生就这样完了。

她跪在母亲面前，掩面大哭。

很久很久。

宋美妍的死很轻易就被定义为了失足，警察取证完现场证据后就走了。倪晴回到母亲的病房，这个房间她妈妈住了将近四年，她也来了四年。她走到窗边，窗口大开，有一角的玻璃裂了，倪晴愣愣地往下看了一会儿，随即抬眼查看四周，发现前面一幢大楼里装有摄像头。

她一转头，刚巧撞进周承安怀里。

"我已经看过那个监控，当时天黑，再加上外面的路灯坏了，黑压压一片，什么都看不清。"

他一眼就看穿了倪晴的想法，伸手想去握倪晴的手，倪晴下意识地躲开了，从他身边退出几步之远，主动和他保持着距离。

倪晴已经从刚才的悲痛中走了出来，饶是如此，她的身体和心底仍在发抖，但表面看上去已经平静了很多。她嘴角微微地勾起一个弧度，目光盯着周承安，声音低哑地说："我的事情我自己来解决，不劳烦周医生。"

周承安瞳孔微缩，看倪晴一脸苍白又倔强的样子，心口隐隐发酸，倪晴又把自己藏回自己那个小世界里去了，她看着他的目光里有埋怨和愤慨，他往她走了一步，她随即便后退一步，好像他是什么洪水猛兽似的。

"你觉得你妈妈是被人谋杀的是吗？"

他一语道破她的心思，可却是倪晴最不喜欢的那种语气，清高的，傲慢的，仿佛看透一切似的，虽然也许周承安本就是那样的语调，但在此刻的倪晴听起来，分外扎耳。

"我妈在这里住了四年，从没发生过什么意外，怎么偏偏昨晚就不小心从窗口掉下去了呢？这个窗户很牢靠，玻璃不是随随便便就会裂的，但是你

看，那一块裂开的玻璃那么明显的有着人为的痕迹，这是为什么？"

"倪晴，在没有证据之前，不能随便说话。"

"我会找到证据的。"倪晴瞪着他，转身欲走。一刹那间，周承安眉心一动，忽地移步到她面前，将她推到房间内侧。

倪晴重心不稳，顺势抓住周承安的胳膊，恰在这时，病房里出现了一位不速之客。

林耀波眼见他们亲密无间的动作，视线来回在他们两人身上，最后落在周承安身上，问："你身为主治医生，居然让病人发生这种事情？你之前就没发现她有什么不对劲的对方？"

周承安放开倪晴，不动声色地挡在倪晴面前，微微低头："是我疏忽了。"

"先停了你的职，等一切调查结束之后再作下一步打算。"

周承安对此没有任何异议，一旁的倪晴冷眼旁观，忽地冷笑出声："你们在我面前这样演戏有意思吗？周医生不是林总您最信任的养子吗？您舍得这么对他？"

"倪晴，你母亲出了事，我也很难过，你跟承安关系好，有什么困难直接跟承安说，他会帮你的。"

这个人一脸悲痛又怜悯的表情，看得倪晴恨不得上前撕碎他伪装的面具。这个在外人眼里的大慈善家，却是倪晴心里一根拔不掉的刺！

因为他，倪晴家破人亡，失去疼爱自己的父亲，又是因为他，她失去了仅有的亲人！

"林总，你们现在这副嘴脸，看得我想吐。"

声音仍在周承安耳边回荡，但人已经不见了。

倪晴从他们身边走开，周承安的眼角余光瞥见她背影的决绝，握了握垂在身侧的手，在林耀波的注视下，岿然不动。等她彻底没了人影，林耀波挥手遣走了身边的人，厉声问周承安："怎么回事？我不是让你悄悄解决的吗？"

周承安看了他一眼,说:"这事儿跟您无关吗?您不是应该比我更清楚吗?"

林耀波双眼一眯,闻言,笑了起来,点了点周承安:"你以为是我找人干的?"

周承安沉默了一会儿,说:"我原本以为的确跟您有关,不过现在看来,似乎连您都不知情?"

"承安,我把你养这么大,我的做事风格你难道不了解?"

的确,林耀波要让一个人消失,往往做得悄无声息,不会弄出这么大的动静来,现在倪晴母亲之死已经吸引了包括记者在内的大批人的关注,这绝不会是林耀波想要的结果。

所以……难道有另外的人从中捣鬼?

"有没有可能真是她自己不小心失足掉下去的?类似夜游症什么的?"

周承安肯定地摇了摇头:"倪晴母亲的病情虽然反复,但绝没有到这种地步。"

林耀波看着那张空了的病床好一会儿,叹了声气,离开了。

倪晴一手操办完母亲的丧事,把母亲的骨灰放到了父亲身边。那天阳光炽烈,几乎灼伤她的眼,她捧着骨灰盒走在山间小路,阳光打在她身上,却让人觉得冷然无比。

倪晴想,也许对母亲来说,这算是一种解脱。过去四年,她被关在精神病院里,没有自由,没有快乐,甚至有时候会忘了自己是谁,这下好了,她终于可以和父亲在地下团聚了。

"周承安,对你来说,生老病死是常态,对我来说,却是生离死别的无可奈何,我做不到你那样的冷静,这大概是我们之间最大的不同。"

倪晴面对着墓碑,安静的墓地里,风吹过树木,沙沙的声响回荡在耳边,她的音量不大,但足够身后的人听到。

周承安就在距离她不远的地方。她拒绝了他的好意,执意独自办完母亲

的丧事，就好像她自己世界里的某个微小部分向他关上了门。周承安插不上手，就在远处看着，倪晴比他想象的更加坚强，除了出事那天在医院里的不冷静外，她沉静得有些不寻常。

倪晴以前以为，只要自己喜欢周承安，什么问题都可以迎刃而解，两个人在一起，感情不才是最重要的吗？可现在她才知道自己错了，两个人在一起，当受到很多外界的负面影响时，感情恰恰是最微不足道的，他们要面对的东西太多，首当其冲的便是他们之间价值观的不同。

周承安对人性的淡漠也许出于本性，可他太过冷静，反而让倪晴生畏。

她站起来，转身面对他，对他嫣然一笑："周承安，你可以告诉我，在我母亲的死里，你扮演着怎样的角色吗？"

问题太直接，却一点也不令周承安感到意外。她憋了很久吧，终于问了出来。

"如果我说，你母亲的死跟我没有一点关系，你相不相信呢。"

"相信。"几乎是不假思索地，倪晴看着他说道，"但我不相信林耀波，我更不相信的是，林耀波的养育之恩对你究竟有多少影响。"

周承安大约是猜出了倪晴的意思，忽地自嘲似的笑道："倪晴，你想说什么？要挖我曾经的恶历史吗？我的确曾因用药不当害死过人，但对你母亲，我问心无愧。"

周承安坦坦荡荡，倪晴的心又是一痛，她垂眼退了几步，找了个台阶坐了下来，只觉得分外好笑："这个世界真是公平，当初我为了能把我妈妈从医院里弄出来，故意接近你，你看，现在遭到报应了呢，我再也看不到妈妈，生活好像一下子变得空空荡荡，变得没有奋斗目标了。我更难过的是，我明明只是想利用你而已，可却抑制不住自己的感情，我以为你就是我在布拉格遇到的那个小哥哥，可你却说你不是……"

情绪上来，倪晴开始语无伦次，沮丧地用手捂着脸。周承安走到她面前，替她挡住阳光，阴影洒在倪晴身上，她的发顶仿佛闪着一层光晕。

周承安突然想起第一次见到倪晴时的那个夜里，那个时候明明天黑得只能约莫看清她的脸颊轮廓，却偏偏记住了这双晕着回忆的眼睛。他一直都知道，倪晴有时在看着他的时候，其实是在看着另外一个人。

"那个人找不到了吗？"

倪晴仍旧未动，却清楚地知道周承安在问什么。

"世界那么大，如果真的不是缘分够深的话，恐怕很难再相见了。"

"所以你把我当成他？"

"不，我有时候觉得，你就是他。"倪晴抬头，眯着眼正对上周承安的眼睛，时光好像退回到几个月前的那天，她仔仔细细认认真真地看着他，又问了一遍，"周承安，你14年前去过布拉格吗？"

周承安的眼神从起初的淡漠到后来的讳莫如深，他们固执地注视着对方，好像要从彼此的眼里找出些什么。倪晴咬着嘴唇，心扑通扑通直跳，明明知道也许是一样的答案，可她就是不甘心。

他们那样像！就连浅笑间的眉宇都透着相似的味道！

很久以后，周承安才从倪晴身边走开，阳光猝不及防地灌进倪晴眼里。倪晴猛烈地闭上眼睛，她听到周承安说："何必这么执著于过去，你究竟想在我身上找什么呢？"

找什么呢？连倪晴都有些迷茫了，就算真的找到小哥哥又能怎么样呢？告诉他这么多年她一直想着他吗？她想着一个曾经绑架过自己的人，别人会以为她是神经病吧？

"倪晴，你跟那个人，发生了什么故事吗？"

倪晴看向周承安，顷刻之间，觉得口干舌燥，再也说不出话了。

那段往事在倪晴心里重新被提起，她看着周承安，却怎么都没法开口，最后起身拍了拍身上的尘土，对他沉默地笑了笑。

倪晴到家发现阿九就在门口。她呆在原地，还来不及说些什么，阿九已经率先上前抱住了她。阿九什么都没说，可动作之间的有力让倪晴一下子明白她想说什么了，刚才在周承安面前强忍住的难过在一瞬间翻江倒海。她趴在阿九肩上，眼泪终于流了下来。

母亲已经入土为安，可倪晴至今仍觉得不真实，她常常会想起和母亲相依为命的这四年，虽然过得很苦，可她却充满信心和希望地过着每一天。每天清晨睁开眼，她就会对自己说，今天会比昨天好，就这样坚持了四年，却没有等来母亲的出院。

阿九把倪晴带进房间，心疼地拍着倪晴的肩膀，每每这种时候，才是语言最无力又最匮乏的时候，说再多的安慰也无济于事，旁人永远无法体会当事人那种刻骨铭心的痛。

"阿九，我突然在想，我这些年的努力是为了什么啊。"

阿九拍着倪晴的头，听说这件事的时候她人在外地，立刻打电话给倪晴，倪晴始终都没有接电话。她最了解倪晴的家庭状况，因为担心倪晴，所以处理完手头的事二话不说就赶来了，可是她好像还是来晚了。

"倪晴，坚强一点，对你妈妈来说，这个结局也许比继续活着要好一些。"

"我以前要死要活地赚钱，我赚钱为了给我妈治病，为了把我妈从那个像监狱一样的精神病院里弄出来，就算别人背后怎么说我怎么看我我都无所谓，我就一心一意地只想着以后要让我妈过上好日子。可是你看，事实证明，不管我怎么努力，我还是守不住我珍惜的东西，我一点用都没有。"

倪晴的情绪总算好了一些，伸手捂着脸，心口针扎一样的疼。

四年前，倪晴父亲过世之后，母亲的情绪开始变得不稳定，林耀波在那个时候假意为了她母亲好，把她母亲丢进了精神病院。从此就是她母亲噩梦的开始，从轻微的病情到后来越来越严重，等倪晴意识过来的时候为时已晚，她再想接走母亲，已经变成了一件不可能的事。怪她那个时候太天真，居然相信了林耀波真的是单纯为了她母亲好。

打那之后，赚钱就成了倪晴唯一的目标。

"倪晴，你已经做得很好了，如果换作是我，我一定只会做得更糟糕。你这些年把自己绷得太紧了，现在事已至此，你真的不必太苛责自己，放松下来，想想以后，嗯？"

以后？她还会有以后吗？

"你妈妈的后事都已经处理完了，你是不是也该开始做正事了？"阿九拂掉倪晴的手，让倪晴看着自己。

倪晴眼底一片茫然："正事？"

"难道连你都相信什么不小心失足落地的鬼话？"

阿九的一句话，像是当头一棒，狠狠打在倪晴头上，是啊，母亲的死因还没有搞清楚，她怎么能让母亲这么平白无故地死去？可她又能做些什么呢？现在林耀波几乎一手操控了舆论，她相信警察那边也早就被林耀波打过招呼了，谁会闲得没事去查一件那么完美的自杀案？

阿九把倪晴拖到床上，强行让她闭上眼睛："你先睡一觉，什么都不要想，明早醒来，又是新的一天。"

阿九虽然什么都没说，可倪晴却觉得异常心安，心里的不安和彷徨在那一刻仿佛得到了缓解，她闭上眼睛，星星点点的光芒在眼皮底下攒动着。

那晚，她在梦里见到了母亲，母亲一言不发，替她拭去流不止的泪。她还见到了周承安，他在远处看着她，他们之间只有几步的距离，却始终无法靠近。

是谁说过梦是反的呢？明明有的时候，梦跟现实那样惊人的相似。

凌晨时分，周承安在自家公寓下遇见了林为安，林为安的车停在异常显眼的位置，几乎不需要任何提示就能一眼看出。

林为安从后视镜里看到周承安走来，解开安全带开门下车。安静的夜里，路灯的灯光砸在他们身上，周承安的脸色格外平静，她原以为他会疲惫不堪，但他依旧风姿绰约，看不出任何不一样的地方。

她不由在心里自嘲，他一向都是自制力极强的人，尤其对待自己，即使有什么想法也只会藏在心里，外人又怎么看得出来呢？

"倪晴怎么样了？"林为安假装不在意地问他，他清亮的瞳孔里仿佛能看到模糊的自己。

林为安想，大概这时候的自己在周承安眼里必定是居心叵测的吧。

果然，周承安双手抄在兜里，声音没有起伏地说道："你什么时候对倪晴的事这么关心了？你不是一向看不上她吗？"

"周承安，不要以为只有你了解倪晴，我认识她的时间一定比你长，所以对于她，我比你更有发言权。"

周承安只是兴致恹恹地望着她，仿佛在无声地反问：然后呢？

"你知道我为什么那么讨厌倪晴吗？"

周承安耸了耸肩，转身欲走："抱歉，我真的没有兴趣听你们女人之间的八卦史。"

"因为一个男人。"

就在周承安走出几步的时候，林为安下意识地喊了出来，而事实证明，这句话对周承安非常管用，他果然停下了脚步，但仍站在原地，回头望她。

林为安捋了捋散下来的长发，轻咳了一声，说："你不是一直说我心里藏着一个人吗？对啊，我心里的确藏着一个人，在我小的时候我就喜欢他，喜欢得以为这辈子非他不可了，但他只是个普通得再普通不过的穷小子。我爸知道我的心思后，坚定地打消了我想要和他在一起的念头。恰巧，倪晴跟他青梅竹马，两个人关系好到可以穿同一条裤子，她在还没有弄清楚事情始末之前挑拨离间，让他离开了我。你说的对，我就是讨厌倪晴，我讨厌她总是一副看透了一切的样子，好像所有人在她面前都是透明似的，我讨厌她不管外部环境如何，不管多少人讨厌她，她依旧活得这么自我，更讨厌她以友情的名义把他绑在自己身边。我真是烦透了她，那么多年了，这些讨厌不减反增。"

林为安的声音隐隐地有些发抖，冷风在夜里吹过她身边，她的长发飞扬，白皙的脸蛋因为些微的激动显得更加苍白。她的目光坚硬地抵着周承安，安静的空气里，周承安的呼吸依旧均匀，一点都未被她的话影响。

自林为安认识周承安以来，这个男人似乎从来都坚定地只认定自己认定的事实，想要撬动他，谈何容易，可她却悲哀地发现，这样难的事情，倪晴却做得如此轻松，如此不费吹灰之力。

倪晴有多她表现出来的那样喜欢周承安，她就有多讨厌倪晴。

"袁艾迪。"许久之后，周承安忽然静静地吐出一个名字。

周承安会知道袁艾迪，林为安并不奇怪，毕竟倪晴现在是袁艾迪的签约模特，而周承安又和倪晴走得近，但从他口中听到这个名字，心里仍是一颤。

"倪晴和袁艾迪关系从小就很好，他们天天在一起工作，你就没有什么想法吗？"

"为安，你这么晚来找我说了这么一堆，究竟想告诉我什么？"

林为安觉得喉咙有些干涩，她承认，自己似乎被周承安问倒了。在来之前，她只是单纯地想见一见周承安而已，但见到周承安之后，她却开始有些后悔了，他并没有她想象中以为的疲倦，甚至，此刻站在自己面前的这个男人，与她记忆里那个风光的男人毫无两样。

倪晴的事也影响不到他吗？林为安感到微微的失望。

"倪晴的母亲一死，很多事情势必接踵而至，承安，你有没有想过你们会因为这件事感情受到冲击？也许她对你真的没有你以为的那么坚持，倪晴家道中落后失去靠山，她比谁都清楚明白靠山的重要性，你们最初会走到一起，难道不是因为你成了她母亲的主治医生？如今她母亲一死，对她来说，你还有什么价值呢？她拼命死磕着的那个精神病院，现在对她来说只是一家和她再也不会有瓜葛的医院而已，你要不要猜猜，她什么时候和你摊牌？"

林为安毫不掩饰对倪晴的看轻，即便在周承安面前，她都毫不避讳这些话题。

"她一直都觉得她父亲的死和我爸有关，所以她恨极了我们林家，而你呢，又是我爸待如亲儿子的养子，你怎么有这个自信，认为她不会迁怒于你？"

周承安忽地抬眼，淡淡说道："不是你以为的那样。"

林为安顿了顿，有些听不清："什么？"

周承安的声音,清晰地响起在安静的夜里。

"倪晴认识我的时候,我并不是她母亲的主治医生。"

可即便真如林为安所说,那又怎么样呢?人与人之间的利用关系,偏就只有贬义的吗?

周承安还真的不在乎。

Chapter 07　其实你并没有真的很喜欢他

阿九天还没亮的时候就走了，她给倪晴留了张字条，倪晴看到的时候已经接近中午，她昏昏沉沉地扶着脑袋，怎么会睡了这么久？再一看字条上的时间，她一下子如梦初醒，迅速冲进了卫生间。

阿九约倪晴在中山东路的那家她们从前常去的咖啡馆见面。倪晴一眼就瞧见窝在角落里的阿九，她面前的笔记本电脑大开着，桌子上全是一页页不知是什么的资料。倪晴随手拿起来一看，就是某个大牌明星的边角料，她瞄了阿九一眼，没忍住地问："你又重操旧业了？"

"什么叫又？我本来就没离职啊。"

"你之前不是跟你们报社申请出动外派的吗？现在偶尔回来个几天，还得负责这种娱乐新闻？在我心里，你的形象可一直都是很高大上的。"

阿九白了她一眼，把手边的熏鸡三明治推给她："你先吃点填肚子，等我发完这篇稿子应该时间也差不多了。"

倪晴有些不明白她在说什么，低了低头，问她："你把我叫这儿来就是为了跟你一起编稿子？"

"当然不是，你在质疑我的专业能力吗？"阿九的口气很是傲娇，她一脸孺子不可教也的表情，示意倪晴往窗外看。倪晴顺着她的视线看过去，午后阳光热烈，街道上少有人烟，并没有什么特别的。

阿九随即说道："从我这个位置正好能看到对面派出所的大门，我记得那个莫北韩是这个派出所的吧？"

倪晴心下一跳，皱起了眉，思忖了片刻，才不确定地问："你是说他跟我妈妈的死有关？"

阿九刷一下，把电脑屏幕转了个圈，对向倪晴。画面上正播放着一个视频，似乎是在夜里，空旷的大厅只有白炽灯刷着亮光。因为光线的缘故，画质有些模糊，阿九快进给倪晴看了重点，在倪晴母亲出事的那晚凌晨1点50分左右的时候，屏幕上出现了一个男人的身影。阿九按了暂停键，看向倪晴。

"还看不出来这人是谁？"

画面实在太模糊，倪晴不敢妄下定论，支支吾吾地问她："莫北韩？可是你是怎么看出来的？"

"最近不是就他到处在医院里打转吗？上次天台那件事不也没解决？怎么每次都这么凑巧，出事的时候他都在？"

阿九一语惊醒梦中人，倪晴的眉心却拧得更深了。她和莫北韩除了偶尔有些口角之争以外，几乎无冤无仇，他为什么要跟她作对呢？难道是因为林耀波？他是林耀波的人，这倪晴一直都知道，但倪晴一直以为，他纵使跟林耀波走得近，可至少因为他的职业身份，应该也不会做出太出格的事才对。

"倪晴，你别把人心想得太善良了，不管是什么职业什么地位，首先，他是一个人，但凡是人，都会有自己心里的小九九。"阿九叹了口气，啪的一下合上电脑，收拾好乱七八糟的桌子，对她打了个响指，"走了。"

原来莫北韩出来了。

他独自开了一辆车出门，倪晴她们就跟在他身后。阿九开车的技术着实令她不敢恭维，车子快速地在熙来攘往的马路上穿梭着，倪晴的心几乎跳到了嗓子眼里，在又一次急刹车后，倪晴吞了吞口水，终于小心翼翼地对阿九说："要不……换我来开？"

"你不相信我的技术？"

"阿九，我还想再多活500年。"倪晴欲哭无泪，话音刚落，车子猛地又是一个急刹车。

这次，阿九迅速熄火下车，拉着倪晴往边上的巷子里蹿。倪晴跟在她后头，总有一种自己是狗仔的错觉，阿九擅长这个她是知道的，以前阿九跟新闻的时候总这么偷鸡摸狗地跟踪人，堪称专业的跟踪专家。

等倪晴探头看去，整个人蓦然呆住。

她怎么都没想到，和莫北韩约见的人居然是周承安。

周承安坐在由民国时期的老房子改造而来的咖啡厅内，沉默地望着眼前的莫北韩。初时接到莫北韩的电话，他还有一丝惊讶，他并不认为他们两个人有单独见面的必要，可正如他善于探测人心一样，莫北韩也善于利用人心。

"院里最近不太平，又出了那种事，周医生怕是不好过吧？"

莫北韩的语气间皆是幸灾乐祸，似乎他十分乐意看到周承安焦头烂额的样子。

然而周承安优雅地端起咖啡杯，与莫北韩期望看到的样子差着十万八千里。有时候莫北韩会想，究竟是什么事才能撕碎周承安伪装得这么天衣无缝的面具呢？

想来想去，大概也只有倪晴了吧。

"倪小姐就没有发现她母亲的死有什么不寻常的地方？周医生，你明明看出你的病人死得蹊跷，为什么不告诉倪小姐？难不成怕自己被倪小姐误会？"

周承安放下咖啡杯，猝然抬头，眉心舒展："莫警官，我不懂你在说什么。"

"宋美妍，也就是倪小姐的母亲，她的尸检报告查出体内含有大量不明成分的药物，而这些药物能使人在短暂的时间内产生意想不到的幻觉，这应该是宋美妍死亡的主因吧？你怎么不告诉倪小姐呢？是不敢，还是不想？"

莫北韩咄咄逼人，言语犀利。

周承安的不动声色令莫北韩渐渐感到不耐烦。莫北韩见周承安的视线总是有意无意地飘向窗外，也跟着往外看去，然而并没有发觉任何异样，他继而又回过神来问周承安:"宋美妍的这份尸检报告,你交上去的和自己留下的,是完全不一样的两份吧?"

"嗯,莫警官编的故事很有趣,我给100分。"周承安大方地给莫北韩点了个赞,神情突然之间变得有些慵懒,"莫警官,我不明白你一个好好的警察,为什么要这么心甘情愿地被我养父利用呢?你明明可以好好地干出一番事业,你就不怕有一天事情败露吗?以我对我养父的了解,他可不像是会对没有利用价值的人慷慨大方的人。"

周承安好整以暇地看着他,身体放松地靠在椅背上,与刚才的漠然相比,此刻脸上多出了一丝淡然的笑意。

莫北韩自然不甘落后:"周医生还是先管好自己吧,万一哪一天倪小姐发现你不过如此而已,该哭的应该是你吧?"

"这倒是不劳烦莫警官操心,我只是觉得,如果真走到那一步,莫警官只会比我更惨而已,你觉得呢?"

周承安的声音平稳有力,深邃的双眸里折射出志在必得的坚毅。莫北韩丝毫不怀疑这个男人有扭转乾坤的本事,而他却毫无保留地把自己的弱点暴露在外人面前,对周承安来说,如果有什么是能让他感到不痛快的,那也只有倪晴而已。

"看来莫警官特意约我来这里也并没有什么紧要的事,那我就先走一步了,以后如果没有什么大事请莫警官不要再联系我,我很忙,没空陪你在这里嚼舌根。"

说话间,周承安掏出钱夹取出钞票扔在桌上,起身走了。

莫北韩仍坐在原地,随意瞄了眼那两张纸钞,假装无事似的捏在手里,又坐了一会儿才离开。等到了车里,确定四下无人,他才展开周承安留下的其中一张纸币,上面赫然写着:有人跟踪。

莫北韩的心里似被狠狠一砸,回头左顾右盼,这张纸钞上的字应该是老早就写下来的,周承安早有准备,也就是说,他早就知道,莫北韩一直被人跟踪。

Chapter 07 其实你并没有真的很喜欢他

连莫北韩自己都不知道自己是否真的被人盯上了,他发动引擎驱车离开,一路上都注意着后视镜,可并没有发现什么异样,直到回了派出所,才定了定神,没准只是周承安的恶作剧而已,毕竟他也让周承安不痛快了不是吗。

倪晴蹲在原地,看了下时间,周承安和莫北韩在里面谈了约莫有半个小时,这个时间刚刚好够谈很多事情。她见阿九一点也没有意外的表情,想问,却又不知道怎么问出口。

"应该想个办法知道他们在里面说了些什么。"阿九像是喃喃自语地说着。

"阿九,那两个人是什么关系?"

"还能是什么关系?对手呗,莫北韩巴不得一逮到机会就恶心周承安,要不是周承安心术正,估计早就被莫北韩整惨了。"

阿九顿了一下,突然看向倪晴,显得有些不可思议:"倪晴,你不会是怀疑周承安吧?"

倪晴听到阿九的声音,心里咯噔了一下,脸色白了白,强颜欢笑地摇头说:"怎么会……"

"你为什么会怀疑周承安?"

她们是什么关系?倪晴刚才的表情足以说明一切,再怎么狡辩都瞒不过阿九的眼睛,阿九的目光里像是有刺,刺得倪晴眼睛发酸。

倪晴觉得她自己可能真的被这些烂事冲昏了头脑,阿九说得对,她的确开始有些怀疑周承安了,脑子里一直徘徊着那日林耀波对自己说过的话:"倪晴,你知道医生可以救死扶伤,那你知道医生也可以杀人无形吗?"

原来从那个时候起,林耀波就已经开始在倪晴脑子里埋下了这样一颗定时炸弹。

周承安曾经在美国因为用药过度导致病人死亡的事情还是阿九调查后告诉倪晴的,可在这件事上,阿九却丝毫没有怀疑过周承安。炽热的阳光在她

们头顶上愈演愈烈，两个人的沉默像是一场无声的宣判，阿九和倪晴不同的是，倪晴是局中人，而阿九是局外人，所以她可以看得比倪晴更透彻更客观。

很久以后，阿九才把倪晴从地上拉了起来，她看着倪晴的眼睛，一字一句地说："倪晴，你会产生这样的怀疑，是不是说明，其实你并没有真的很喜欢周承安？"

那一刻的倪晴，心里如被重物狠狠撞击，脸色蓦地惨白。

是啊，如果真的喜欢，怎么会去怀疑？这已然是对他们之间的感情最大的侮辱。

倪晴在阿九面前，突然泪流满面。

车子开到倪晴楼下，倪晴刚要下车，一抬头，蓦地愣住了。阿九原本放在倪晴身上的视线也随着往前一转，只见周承安倚在楼下，像是等了很久，远远看去，那样玉树临风。

阿九担忧地问倪晴："你一个人可以吗？要不要我陪你过去？"

倪晴神情怏怏地对她摇了摇头："没关系，我还没那么脆弱。"

阿九看着倪晴走向周承安，路灯下狭长的身影说不出的孤寂。她恍然间想起小时候的倪晴，天真乐观，与人为善，时间真是一把杀猪刀，改变的不仅仅是容颜，还有一个人的性格与喜好。

倪晴走到周承安面前，忍不住回头，阿九的车子已经不见了，不知为什么，她松了口气。下午在阿九面前那种无所遁形的压迫感总算消失了，她扭头对周承安轻轻一笑："你最近好像都不怎么忙了。"

周承安也跟着露出一抹淡笑："你这是在控诉我过去太忙，没时间陪你？"

倪晴一时接不下去话，总觉得周承安从前不是那么能开玩笑的，他总是一副不苟言笑的样子，好像谁也走不进他的世界里去似的。

"要不要进去坐坐？"

倪晴说着就要往里面走，谁知一下被周承安挽住了掌心，她第一次感受到周承安的掌心是温热的，虽然他们也曾牵过手，可每一次他的掌心都是凉的几乎没什么温度。她一抬眼，不小心对上了他的眼睛。

漫天繁星，原本应该是个适合谈情说爱的夜晚，可他们面对面，却各怀心事。

"倪晴，你信我吗？"

周承安看着她，倪晴没料到他会问自己这样的问题，不由往后退了一步。她这一个微小的动作却让周承安苦笑出来，不必再等到她开口，他也已经知道了答案。

"下午的时候，你也在那边吧？"

倪晴虽然说过不少谎，但在周承安面前却一贯不善于伪装。她在周承安面前有些窘迫地低下了头，突然抱住了他，把脸埋进他的怀里，他的心跳有规则地跳动着，在这样的夜里，让她感到分外安心。那个时候她义无反顾地喜欢上他，是不是因为他给人特有的那种安心呢？

"你明明知道，当初我接近你用心不纯，为什么最后还是跟我在一起？"倪晴在周承安怀里闷闷地问道。

周承安抬手抚摸她的长发，一下一下，动作极为轻柔，他的下巴抵在她的发顶，嘴角溢出一个宠溺的笑："我真的没有觉得自己对你来说那么的有利用价值。你还记得我跟你说过吗，接近我对你想达到的目的没有任何帮助。可你还是赖在我的身边不走，你说我能怎么办呢？"

倪晴一听，忙从周承安怀里抬起头，脸不由自主地火辣辣发烫。在周承安眼里，她的任何伪装都显得格外可笑吧？或许他一早就看透了她，偏偏她还以为自己演技纯熟。他对她，似乎真的比对别人宽容许多。

"下午的时候，阿九对我说，也许我并没有自己以为的那么喜欢你。"

周承安一手揽着她，点点头表示对阿九的赞同，少有地开玩笑说："所以你现在心里是不是有一点点愧疚？"

倪晴不敢看周承安的眼睛，总觉得只要一和他对视，自己就会被他吸进去。她低声嘀咕着，几乎以只有自己才能听到的声音说："我妈死的那天，我心里很恨，我憎恨这个世界，憎恨所有在我身边却给不了我帮助的人。我妈这四年过得太辛苦，我都看在眼里却无能为力，我明明知道也许死亡对她来说是种解脱，可我做不到那么洒脱。我还想过，也许我妈的死你事前是知道的，周承安，我真的怀疑过你，毕竟，林耀波跟我说过，你是有前科的人。"

她说了一大堆话，说着说着，忍不住有些哽咽，就连音量也低了下去。

"在你这里我是有前科的人，所以我以后是不是得更加努力才能洗去你对我的偏见？"周承安的呼吸近在鼻尖，倪晴几乎能感受到彼此的呼吸交缠，他们之间离得那么近，险些让她不知所措。

"但阿九说，你不是那样的人。"

周承安挑了挑眉："你对她倒是信任，她说不是就不是？她有多了解我？"

倪晴连忙摇摇头："阿九不会害我。"

周承安微微松了口气，拍拍她的额头，把她往里推："你快上去休息，我们明天再谈正事。"

"周承安，我今天看见你了，就在那家咖啡馆，你和莫北韩在一起。"眼见周承安就要关上门，倪晴连忙用脚抵住，连声说道。

"嗯，我看见你了。"

这下轮到倪晴惊讶了，她以为她们藏得很好。

"看到那样的场景，也难怪你会怀疑我，我一点也不意外。倪晴，以后无论遇到什么事，都要保持这样的怀疑态度，不管对方是谁，知道吗？"他说得这样认真，语气平淡，表情严肃，让倪晴鼻子狠狠一酸。

她看着周承安的身影逐渐远走，终于明白了阿九那句话的意思。

阿九比她更早看清，周承安是如此坦荡的人，他说一不二，从不替自己辩解，明明自己被怀疑，却还想着要为她好。

感情蒙蔽了双眼，她对他的了解，竟比不上阿九。

天刚亮，袁艾迪就敲开了倪晴家的门。倪晴顶着红肿的眼睛，在看到袁艾迪后，面无表情地准备关门，不想被袁艾迪眼疾手快地抵住了，他的脸瞬间放大了好几倍，倪晴皱着眉看他。

袁艾迪仔仔细细地看了她一会儿，方才松了口气，看她精神比前几日好了许多，便笑了笑，对她说："我来接你去拍片，你不会忘了今天安排了工作吧。"

倪晴看了他许久，皮笑肉不笑："原来袁设计师还没忘记我啊。"

"倪晴，跟我说话能不能别总这么夹枪带棒？"他说着就要走进来，却被倪晴狠狠一推，袁艾迪没有防备，瞬间被她推开了好几步，紧接着，门砰的一声，在他面前毫不留情地关上了。

倪晴的声音从里面传来："我洗漱换衣服，你怕是也不方便看吧？就委屈你在外面等我一会儿了。"

声音渐行渐远，但袁艾迪吊着的心却放下了。

看倪晴对自己的态度仍是这样，他反而感到安心，这至少证明在经过她母亲的死后，她的情绪已经没有一开始那么激烈了。

20分钟后，倪晴出现在他眼前，化了淡妆，比之刚才，整个人精神了不少。

没想到袁艾迪的车子刚驶近公司大楼，倪晴就瞧见楼下围了一大群的记者，起初倪晴并没有在意，毕竟这栋楼里经纪公司不少，常有大牌明星出没，没准今天有什么大牌刚巧要来公司，记者在这儿蹲点。然而当有眼尖的记者注意到车里坐着的是倪晴时，居然一哄而上，一堆人瞬间包围了袁艾迪的车。

连袁艾迪都没反应过来，他们面面相觑，好在袁艾迪反应快，立刻打电话给助理，马上就有大楼的安保人员出来帮助维持秩序。车子艰难而缓慢地前进着，他们足足用了半个多小时的时间才顺利进入了电梯。

直至进了摄影棚倪晴整个人都还是懵的，盛薇等在那里，一见着她，立刻扑了上来："我以为你又出什么事儿了呢。"

倪晴茫然地问她："下面什么情况？怎么那么多记者？"

"你还不知道？"这下轮到盛薇愣了，她抓起今早的报纸，指着大写加粗的黑体头条说，"你母亲的案子上报了，你看这新闻，说你妈的死没那么简单，从种种迹象来看根本不像是自杀，显然是他杀。上面还指名道姓地说最大的嫌疑人就是你妈的主治医生周承安，还把周承安前几年在纽约的医疗事故抖了出来。这么大的事儿，我以为你已经知道了呢。"

盛薇的喋喋不休到最后变成了嗡嗡作响，倪晴望着报纸上的标题呆呆地立在原地，全身冰凉，再一看这篇报道的记者：许依米。

居然是阿九？怎么会是阿九！

阿九昨天还振振有词地告诉她，周承安不是这样的人，今天却用一整篇毫无根据的报道狠狠打自己的脸，这根本不是阿九的作风啊，倪晴认识的阿九，凡事讲求证据，即使所有人都说那是真相，可在没有确凿证据之前，她从不会动摇自己的坚持。

难道说不过区区一个晚上的时间，阿九就已经找到了能置周承安于死地的确凿证据了吗？还有，阿九怎么会连带着抖出了周承安的那些过去？

倪晴猛地一个激灵，突然不敢往下想，昨天阿九明明还那么严正地告诉她不会是周承安……

她全身的血液仿佛彻底凝住了，手脚僵硬，心里惊慌失措得要死。她忙不迭地打电话给阿九，却始终无人接听，再打给周承安，对方的手机处于关机状态。

好像突然之间，所有的人都消失在倪晴的世界里了。

盛薇看倪晴慌乱得毫无章法，迅速握住倪晴的手，稳住她的情绪。这个时候盛薇才看出事态的不对，早晨看到报纸的时候她还以为倪晴已经知道了，但以现在倪晴的反应来看，她显然并不知情。

倪晴用力甩开盛薇的手，嘴里碎碎念着："我要去找阿九，我要问个清楚。"

一转身，撞上正进来的袁艾迪。

袁艾迪扫了一眼报纸的标题，尽量镇定地说："这些无中生有的报道你不必这么在意，清者自清，何况你认识周承安也不是一天两天了，他是什么样的人你不清楚吗？"

倪晴的眼泪在眼眶里打转，拼命地摇头，不是这样的，根本不是这样的，他们什么都不知道。她在意的不是这篇新闻报道的内容，而是这篇报道的撰写人，明明昨天仿佛还跟周承安是同一战线的人，怎么一夜之间就成了对立面呢。

"你们不要管我，我去去就来，马上。"她的声音都是抖的，看得袁艾迪心里止不住一疼。

袁艾迪再了解倪晴不过，下面又守着一堆好事的记者，最后没法，他只能换了一辆车，把倪晴藏在车厢内，才勉强应付掉了蹲点的记者们。

从蹲点的记者数量就能看出，这篇报道引起了多少轩然大波。

袁艾迪有些担忧地望了一眼已经从座位下直起身子的倪晴，她的脸色比刚才更白了，放在双腿上的手握紧了拳头，几乎在发抖。

"倪晴，是不是出其他什么事了？"

如果单单只是这个新闻报道而已，倪晴不至于这样。

倪晴却死咬着嘴唇，一句话都说不出来。

她冲进阿九供职的报社找了一圈，被人告知阿九今日请假，并未上班。她又匆匆让袁艾迪开车去周承安的医院，果然不出所料，医院门口的场景与倪晴公司大楼下好不到那儿去。

袁艾迪趁还没人注意到他们的时候迅速把车开进了地下车库，倪晴一进电梯，几个医护人员见到她，表情几乎都一言难尽。倪晴在熟悉的楼层，找了半天都没找到周承安的身影，于是随手抓住一个护士问周承安的去向，那位护士皱了皱眉，语气生硬又刻板。

"周医生啊，他今天没来上班，记者都堵在门口呢，他要是出现，不得被吃了啊。"

这名护士显然对那篇报道耿耿于怀，也对倪晴存有偏见。也是，这样一

篇新闻出来，损害的不仅是周承安个人的名誉，更是整个医院的名声，连这里工作的医护人员都连带着被拖累，说没有情绪那是假的。

倪晴不甘心，还想去找，却被袁艾迪拽住了手腕，袁艾迪强硬地把她拖到无人的楼梯间，按住她的肩膀强迫她冷静下来。

"倪晴，你还要疯到什么时候？你也看到了，现在周承安是处在舆论中心的人，他唯一能做的就是远离那些记者以免又被无中生有，你要是真为他好，这个时候就应该安安静静地自己待着，你这样到处乱晃，反而给那些人落了口实你知道吗？"

倪晴怔怔地看着他，双眼通红，她只是想确认一下那篇报道的真实性而已，她只是想知道为什么原本毫无瓜葛的两个人会变成这样，除此之外她还能做什么呢？

"你乖乖地听话跟我回去，现在引起那么大的骚动，周承安肯定不方便现身，也许他还忙着应付其他的事情，等他得闲了他肯定会联系你的。"

看倪晴可怜兮兮的，袁艾迪的语气也不由地放柔了一些。倪晴靠着墙慢慢滑了下来，抱着自己埋脸无声地哭泣。

从没有任何时候，像现在这样让她这么想念周承安，恨不得立刻见到他。

可偏偏在这种时候，她却失去了他的踪迹。

另一幢大楼的楼道内，透明的落地玻璃窗能清楚地看清对面的楼道里发生了什么。周承安双手抄在白大褂的口袋里，无动于衷地望着倪晴被袁艾迪拖走。

身边的阿九拧开矿泉水瓶喝了一口，润了润喉，说："倪晴现在心里一定很崩溃，估计得恨死我了。"

周承安望着前方，对她置若罔闻。

"她现在一定急着想找我们问清楚，可我们两一个都不出现这样真的好吗？喂，周承安，你到底打的什么主意？我可是相信你才不问缘由地发了那篇新闻，你别关键时候掉链子啊。"

昨晚，她刚到家，就接到了周承安的电话，也不知道周承安是从哪儿弄到了她的联系方式，一开口就要求她发一条新闻。等从他口中说出新闻内容后，她整个人都惊呆了，哪儿有人这么狠得往自己身上泼脏水啊，末了他还补充了一句，请务必给他这篇报道显眼的位置。

于是就有了今天一早大写加粗的社会新闻头条，阿九连夜赶出了这么一篇连自己都丈二和尚摸不着头脑的稿子，不知周承安葫芦里卖的什么药。

"放心，不出两天，就会有人坐不住。"周承安胸有成竹，阿九却苦逼兮兮。

她究竟要怎么跟倪晴解释那篇报道啊？

"如果倪晴问起……"

她还没问完，周承安已经抢了话："这是你写的报道，与我无关。"

阿九顿时一把火蹿上来："你要我替你背锅也得告诉我原因啊，这么莫名其妙的背锅我心里不爽。"

可脑子里突然闪过了什么，阿九一顿，试探性地将语速放慢了下来："你该不会是把自己当作鱼饵，引大鱼上钩吧？"

周承安的视线草草扫过阿九，他什么都没说，但阿九却已经得到了印证，她看着周承安远去的身影，感到五味杂陈。

一方面觉得周承安这一招并没有十足的把握，反而已经泼了自己一身脏，另一方面又庆幸自己没有看错人。

可是她要怎么跟倪晴解释呢？一想到倪晴现在必定难过得要死，阿九就觉得于心不忍，心有愧疚。

倪晴明明知道周承安故意躲她，她还是在公寓门口等了一天一夜。认识他以来，好像常常是她在等他，而他想不知所踪就不知所踪。袁艾迪知道劝不动倪晴，猜想周承安可能去了另一个地方，犹豫了片刻，驱车驶向另一个方向。

林家大宅位于北部的富人区，袁艾迪对这一片极为熟悉，从前倪晴与林

为安在同一片区，年少的时候他常常来找倪晴玩，也因此结识了林为安。他将车停在边上，没走几步，就看见了周承安的车。

他果然回了林宅。

周承安和倪晴不一样，倪晴如果没有回家，她大约是没有地方可去的，可周承安即使不回家，还有一个林家大宅可以安身栖息。

林为安打开大门的时候，猛地愣住，袁艾迪就在门口，一身云淡风轻，他见到她，一脸的平稳，轻声说道："我找周承安。"

林为安的心里一紧，找周承安找到这里来了？以前他是不屑进入林宅的，那时候无论她如何劝说，固执的他总也不肯踏进一步，她因此在他面前总是小心回避一些敏感的词以免不小心触到他那脆弱的神经。

她心里忽然升起一股恶作剧般的意味，侧了侧身对他做了请的手势："他在和我爸爸谈事情，你进来坐着等他吧。"

袁艾迪站着没动，看着她说道："麻烦你转告他一声，我在外面等他。"

那一刻，林为安心里说不清是失望还是其他什么感觉，过了这么多年，他依旧一步也不肯踏进她家里。她见他转身要走，下意识地想抓住时间与他多攀谈几句，出口的却是最蠢的话题："是为了倪晴来的吧？"

他脚下一停，静默不言。

这样的动作就等同于是默认，林为安心里更不好受了："倪晴都那么讨厌你了，你还为她做这些事情，她知道了会感激你吗？她只会觉得你多管闲事。"

"我为她做什么了？"

寂静的夜里，袁艾迪的声音几近荒凉，他回头看向林为安："事实上，我什么都没为她做过，我能为她做什么呢？"

林为安的瞳孔微微紧缩，是错觉吗？她竟然在他眼里看到了愧疚和……难过？这个男人正在为倪晴难过，当一个男人长久以来在内心觉得亏欠一个女人的时候，是不是感情也在相同的时刻内慢慢发酵了呢？

她忽地打了一个冷战，不敢再往下想，手里一用力，砰的一下关上了门。

她在担心什么呢？担心袁艾迪在那么多年后爱上倪晴吗？林为安闭了闭眼，慢慢冷静下来。总是这样，在别人眼里得体自持的林为安，唯独在袁艾迪面前无法自控，他轻易就能撩起她内心的涟漪，再也没有谁，比袁艾迪对她具有更深的意义。

即便从前，她试图将周承安当作内心的慰藉。

袁艾迪靠在车边抽完了第三根烟后，周承安出现在他面前。

两个几乎可以算是陌生人的人面对而立，并没有任何尴尬和不适。袁艾迪看了他一会儿，忽然打开车门，对他说："倪晴还在你家等着你，我送你回去。"

等他上了车，才发现周承安仍然站在原地没有动，袁艾迪索性隔着一扇大开的窗看他："我不管你葫芦里卖的什么药，至少不该让倪晴来承受这些莫须有的痛苦。"

"袁先生在用倪晴的设计图时，怎么没想过倪晴不该承受一些莫须有的痛苦？"

袁艾迪眼睛一眯，他终于明白为什么倪晴会对周承安这么着迷了。周承安那双仿佛能洞悉一切的眼睛对任何女人来说都是致命的，尤其是对倪晴。倪晴曾经对一个记忆里的少年异常着迷，到了在他看来已经无药可救的地步，又怎么会在多年后突然恋上另一个人呢？

一个想法在袁艾迪脑海里突然蹿来。倪晴看着周承安的时候，会不会只是透过他在看另一个人的影子？

"倪晴母亲的死真的跟你有关？"

周承安耸了耸肩，一脸无可奉告的表情。袁艾迪知道自己原本也问不出什么来，便继续对他说："倪晴是个感情十分脆弱的人，今天她疯了似的满世界找你，可现在一见你，我就明白你是故意躲着她的，说实在的，我觉得你们根本不是一个世界的人，如果你对倪晴并没有那么喜欢的话，不如放过她吧。"

"你以什么立场对我说这些话呢?"周承安的笑带着一些轻慢,他身上的慵懒又为他平添了几许贵族气息。

"以你曾经被她视为好朋友却又背叛她的立场?"

周承安的话如同一把钝刀,狠狠刮开袁艾迪的心脏。

袁艾迪知道,过去种种,将会永远横亘在他和倪晴之间。

永远。

天色渐亮,倪晴手脚僵硬地从昏睡中清醒过来,发现自己居然蹲在周承安家门口睡着了。走道上十分安静,再看身后紧闭的门,她伸手按了按门铃,半天没有回应,不禁苦笑,他又是一个晚上没有回来,不知究竟是为了躲她还是其他什么原因。

打车去医院的途中倪晴终于拨通了阿九的电话,明明是关系那么好的朋友,明明有一堆的问题想问她,可在听到她的声音后,倪晴突然像哑巴了似的,一句话都说不出口。

阿九清了清嗓子,耐心地等着倪晴开口。也不知过了多久,倪晴才低沉着声音,疲惫地说道:"阿九,我以为我们是可以无话不说的那种关系。"

"倪晴,我们一直都是这种关系啊。"她说得无辜,假装听不懂倪晴的画外音。

"那篇报道是怎么回事?为什么你在发那篇报道之前从没有对我提起过?是你的想法还是周承安的想法?"

电话那头的阿九捏着电话,靠在宽大的椅背上禁不住自嘲地笑。平日里倪晴虽算不得什么太精明的人,但也绝对不是什么笨蛋,等她冷静下来仔细想的时候就会发现这其中的种种破绽。而她,并不打算对倪晴有所隐瞒。

"如你所见,只是周承安拜托我发了一篇报道而已,而我恰好行使了我的职权,给了一个好的版面。"阿九的语气那么轻松,就好像在谈论今天的饭菜是否可口,她压根就不在乎那是不是一篇可能给人带来致命伤害的报道。

倪晴的手一再用力,恨不得捏碎电话。窗外的景色在眼前一闪而过,这么熟悉的城市，到处都有她曾经留下过的痕迹，可又这么陌生，陌生到这里的人和景都几近物是人非。

"阿九，你有没有想过，这也许会毁了他。"

"倪晴，没有人有权利插手别人的人生，同样地，也没有人有权利阻止别人选择自己要过怎样的人生，我只不过是帮了一个举手之劳的帮而已，你对此有什么误解吗？"

阿九越是说得云淡风轻，倪晴越是觉得这件事不简单。阿九是做事多谨慎的人，不可能无缘无故地帮周承安上了这么一个头条。

"倪晴，不要想太多，如果你真的喜欢周承安就应该相信他啊，他所做的事情必定有他自己的道理，如果他不想告诉你，即便你追着我问又有什么用呢？"

倪晴快挂电话的时候，阿九的声音就这么传入耳里，她恍惚间想起自己和阿九这么多年来一直维系着的关系，比好朋友又更亲一些，她当然相信阿九不会做出什么害自己的事来，她只是担心周承安为了一些事情会不惜以自己为饵，虽然她不知道那会得到什么后果，可她始终觉得这样做代价未免太大。

还没到上班的时间，医院里很是安静，倪晴靠在入口处一个隐蔽的位置，因为怕周承安对自己避而不见，她唯有在暗处悄悄观察。

工作人员来了一批又一批，等见到周承安的身影，倪晴的心跳猝然加快。她看着那个颀长的身影从远处而来，眼睛突然一酸，不过两天不见，就好像已经有一个世纪那么漫长了似的。她看着他英俊的脸在晨光中坚毅冷然，心里的那股思念突然疯狂蔓延。

"周承安。"

倪晴探出半个身子，在周承安即将踏入大厅的时候喊住了他。周承安侧目向她看来，漆黑如墨的眸子闪着隐晦的光芒。

周承安站在那里没动，倪晴干脆主动朝他走过去，从来没有过这种感觉，好像脚下的每一步都真的能离他更近一步。

等走到他面前，倪晴才看清他眼底深深的倦意，想象着他也许正为某些事烦心不已。

"你不是最爱惜自己的羽毛吗？"

周承安假装听不懂的样子，眉宇间的冷硬渐渐被柔光取代，他伸手拂过倪晴的刘海，露出一个清平的笑："你怎么来了？不是说最近工作排满了吗？"

"不要回避我的问题，至少让我知道你在为我做些什么啊。周承安，你总是这样，一声不吭，不管别人误解还是理解，从来不为自己解释，你不说，别人要怎么知道呢？"

这一瞬间倪晴太心疼这个男人，总觉得他心里藏着好多的事情无法诉说，只能默默地独自一个人承担，饶是如此，他还是尽自己所能地为她做着一些事。她以前觉得，周承安冷漠的性子里也有自己小小的自私，可现在才发现，大约真的只是她的思想太狭隘了。

周承安深深地看着倪晴，许久后说道："倪晴，我以为我不说你也能懂。"

倪晴鼻子狠狠一酸，倔强地别过了视线，他把信任毫无保留地给了她，这样义无反顾。

"周承安，那些子虚乌有的报道我不会信，别人更不会信，所以不要再往自己身上泼脏水了，不值得。"

"值不值得由我说了算。"周承安微微低头，拍拍倪晴的头顶，眼神也变得温柔了许多。

他愿意为她承担更多，在做下这种决定的时候就已经预料到了将来可能会发生的事情，前路可能满是荆棘，但他开始了，就不准备放弃。

倪晴望着周承安的眸子，仿佛从他的眼睛里读懂了许多的隐忍和温柔，她的心几乎溺在了他的眼眸中，直到上前狠狠抱住他，听到他胸膛有力的心跳声，才觉得一切都是那么真实，他依旧是她认识的周承安，真真实实地站在她面前。

Chapter 07 其实你并没有真的很喜欢他

有人肯用力地握住她的手,她还有什么好退缩的呢?爱情能够让两个人都变成更好的自己,这一刻,倪晴好像突然明白了这个道理。

他交代阿九发的那篇报道,也不过是为了引起幕后真正的罪魁祸首的不安而已,以动制静,有时候也不失为一步好棋。

明明已经到了上班的时间,医生办公室里却空无一人,周承安走到自己的位置坐下,视线被桌上的一个白色信封吸引了。他随手把信封往边上一放,开电脑,看病历,忙到快中午的时候,他才像是突然想起了这茬,从抽屉里拿出那个信封。

和信封一样简单的,是里面的一张字条:晚上7点,林宅旁边的小酒馆见。

没有署名,周承安看完后默默地把字条揉成了一团扔进垃圾桶里,能出入这里的人不在少数,所以猜测是谁没有任何意义。

"周医生,院长请您去趟他的办公室。"有小护士探头朝办公室里头吼了一声,周承安淡淡颔首表示收到。那小护士有些恋恋不舍地收回视线,都说这次院里出的命案跟周医生有关,可周医生那么儒雅的一个人,怎么会做这种事呢?不是听说他在跟那个去世的病人的女儿谈恋爱吗?这样逻辑上就说不通啊。

周承安倒是没少进院长办公室,对到这里的路也已经驾轻就熟,办公室的门敞开着,院长林耀强坐在宽大的办公桌后正低头处理正事。

周承安象征性地敲了敲门,等林耀强抬头的时候,他礼貌又疏远地问:"院长,听说您找我?"

林耀强放下手头的工作,示意他关门进来。

两个人面对面坐着,反倒使林耀强无法看透这个年轻人。按理说,周承安是他哥哥林耀波收养栽培的儿子,他应当觉得熟悉又亲切才对,可自从周承安进入这里工作后,他感受到的只有陌生和疏离。这个年轻人好像浑身都是秘密,教人走不进他的心里去。

林耀强轻咳一声，直入主题："承安，你知道你养父对你抱有多高的期望吗？我想他对你抱有的这些高期望里并不包括你跟一些心术不正的女人鬼混。"

周承安扬了扬嘴角，挑眉反问："院长口中心术不正的女人难道是在说倪晴？"

"你看看你自从跟她扯上关系后惹了多少事？这次又莫名其妙地被卷进这种不清不白的案件中，警察都已经说了，宋美妍是自杀，现在又出来个他杀，她究竟想干什么？是嫌我们院里给的赔偿不够想多捞一点是一点吗？"

林耀强对倪晴毫不吝啬自己的刻薄，说出来的话又难听又刺耳，他压根不在周承安面前掩饰自己对于倪晴这个女孩子的厌恶。

"院长就这么肯定我的病人一定就是自杀？这年头，任何人都可以在钱面前妥协，我为什么要相信这样毫无根据的推测？"

林耀强面色转冷："你在质疑谁？"

"院长，宋美妍之所以会在这里的原因你比谁都清楚，现在她出了事，院里就想撇得一干二净，我并不认为这是正确的处事原则。"

林耀强的脸色极差，周承安是有备而来，他沉默了片刻，叹了口气，说："承安，你就算不在意我们院的名声，也该在意你自己的名声，那篇报道言语之间全是抹黑，你至少得站出来为自己说些什么吧？"

周承安耸了耸肩，淡漠地摇了摇头说："我觉得那篇报道说得很对，我的确是最大的嫌疑人，为了还我自己的清白，我接受一切调查，包括记者。"

他最后把记者两个字说得极重，林耀强的反应让他十分满意。

这年头总有些人是难啃的骨头，只要有人执意追查，后面的黑暗总会被无情地暴露。

周承安不在意自己，他只在意倪晴是不是能看得到阳光。

Chapter 08 喜欢到爱屋及乌

林宅这片小区的边上,有一条高档酒吧一条街,混迹这里的人多是有些脸面的,故而酒吧也并未像那些普通的酒吧鱼龙混杂。

周承安早到了半小时,挑了个最昏暗的角落位置,从这里可以直接看到门口,他叫了杯长岛冰茶,不碰酒精,以让自己保持最高的观察力。看着酒吧进进出出不同的人,周承安的眸子微微有些迷醉。约莫过了20分钟的样子,一个熟悉的身影出现在门口,正是莫北韩,他神情一凛,不动声色地观察起来。

如果仔细想起来,莫北韩这个人的确是不得不防,也很值得探究,好像从他出现开始,事情就络绎不绝,不,应该说很多诡异的事情都是自他出现开始,才慢慢被提到了台面上。

莫北韩找了一圈,才在角落里找到周承安,逆着光,他分辨不出周承安此刻是什么表情,但就像是已经相熟的人一般,他大方地在周承安面前落座。突然觉得这种场景分外熟悉,似乎从他们相识以来,坐在一起的次数并不算少。

"是你约的我?"虽然是疑问,但语气却是陈述。

周承安对于此刻坐在自己面前的是莫北韩这一件事并不感到意外。

"你好像一点也不意外?"

"莫警官,我以为你虽然常对我怀有莫名其妙的偏见,但应当不会做些偷鸡摸狗的事,怎么,我们院里现在是你的后花园,可供你进出自由?"周

承安挑着眉说，眼里的不悦被莫北韩尽收眼底。

莫北韩神态自若，唤来服务生点了杯威士忌，放松地靠坐在宽大的椅背上："周医生，我就喜欢看你这副想怒又要忍着的感觉，你这么端着地活着，你累吗？"

"想怎么活着是我的自由，莫警官今天把我约这里来，想来应该是有什么更大的事要与我商讨吧？"

莫北韩的眼光在周承安身上打量着，觉得这个人时而儒雅，时而冷酷，但骨子里都有一种疏离的冷漠。

"你不是在查宋美妍的死因吗？我可以帮你。"

周承安耸了耸肩，摊手道："莫警官可能有什么误会，我并没有查，她的死因已经很清楚了，无须再多插手。"

"是吗？那么那篇报道又是怎么回事呢？说实话，我还挺佩服周医生你的，没多少人敢往自己身上泼脏水，尤其是功成名就的人，你就没想过自己会身败名裂？"

周承安慢慢眯起了眼眸，与他相比，莫北韩倒是多了几分从容，从医院顶楼那个死去的孩子到现在，莫北韩举手投足间都是对他的敌意，而他并不记得自己什么时候得罪过他。

随着深夜来临，酒吧里渐渐热闹起来，原本的清净也被喧嚣取代，而他们，不动声色地面面对视，好像这是一场无声的战役，谁先退却，谁就输了。

终于，周承安打破了两人之间的沉默："你说你可以帮我，你准备怎么帮我？"

莫北韩嗤笑一声，晃了晃头，说："周医生难道真的不知道我跟林耀波是什么关系？"

周承安不说，并不代表他不知道。他在林宅碰到过几次莫北韩，只是他生性漠然，不喜欢多管闲事，所以也从不探究莫北韩到林宅的目的，如今想来，莫北韩和林耀波暗中勾结已经有一些年头了。

莫北韩又说:"不过关于宋美妍的死,我还真不知道,你知道,林耀波是生性多疑的人,绝对不会给一个人太多信任,我跟你有同样的疑惑,按理说,宋美妍已经是个神志不清的病人,他没必要对她这么在意,更没必要多此一举除掉她。"

"看来莫警官已经把林耀波当作凶手了。"

莫北韩对此嗤之以鼻,翻了个白眼:"难道你不是吗?"

"所有的先入为主都不是什么好事,至少我不像你,一口咬定他就是凶手。"

对,莫北韩讨厌的就是周承安这种好像一切都了然于心的胸有成竹,事实上他们知道的事情掌握的证据都半斤八两,可在周承安眼里,别人就是比他没头没脑。

"那我们不谈这个,我们来谈一谈周医生的女朋友如何?"

乍听女朋友这三个字,周承安眼神蓦地一冷。

"倪晴这个人我之前就有所耳闻,她这些年活在林耀波的阴影里,知道周医生跟林耀波关系匪浅还义无反顾地选择跟你在一起,不会是有什么目的吧?要知道,她可是哪里有钱赚就往哪里钻的人,但周医生这么个职位,单位简直是清水衙门,根本没多少利可图,她千方百计地跟着你究竟图什么?"

"莫警官挑拨离间的本事倒是见长。"

周承安深知两人的谈话不会再有任何实质性的结果,叫来服务生结账,起身欲走,却被莫北韩唤住:"周医生,多一个朋友总比多一个敌人好,你说呢?"

周承安站着,居高临下地看了他许久,忽然说:"莫警官要是有什么新发现随时可以和我联系,不必偷偷摸摸地往我办公桌上塞字条。"

莫北韩望着他远走的背影,优然自得地喝了一口威士忌。

城市的夜光将孤独的背影照亮,周承安坐在驾驶座上却没有发动引擎,他闭着眼睛想象着倪晴的样子,她的故作坚强在他眼里实在是太蹩脚的演

技，大概是他给不了她真正想要的安全感，所以她才总是咬着牙自己独自坚持。

想见她，很想见她！

这个念头在一瞬之间疯狂地在周承安脑海里滋长，等他再睁开眼，眼底一片清明，找到了目标，就拼尽一切去实现，同样地，想见一个人，千山万水都不在话下。他发动引擎，车子在深夜里冲出去，往相反的方向驶去。

周承安刚到倪晴楼下，就被一辆熟悉的车吸引了，他再不喜欢多管闲事也能认得出来那是林耀波的车。他眉心倏然一皱，动作麻利地下车，迅速朝倪晴的公寓走去，然而才刚到楼下，就被一阵窸窸窣窣的脚步声拦住了去路。

算不得狭路相逢，可这样的碰面多多少少有些讽刺的意味。

周承安面对林耀波，刚才的戾气悉数收起，平淡地问："您怎么来了？"

林耀波面色不善："我倒是想问问你，你这个时间点为什么跑到这里来？承安，我给你最好的教育让你实现自己的理想，不是为了让你跟不三不四的女人纠缠不清还惹得自己一身腥，你才刚到研究院多久？现在倒好，还被推上了嫌疑犯的位置，你想干什么？"

"这种报道几分真几分假您又不是不清楚，记者要写，也不是我能左右的，何况，连我自己都觉得那个记者写得很有道理，在事情没有查清楚之前，我的确是最有嫌疑的人。"

"承安，别聪明反被聪明误。"

林耀波话里有话，周承安却置若罔闻："我知道，在事情还没有水落石出之前，我会安安分分做好自己应做的事情。"

言下之意便是，他也会配合各种调查，除非事情水落石出。

林耀波冷哼一声，他倒要看看周承安能玩出多大水花来。随即一行人在周承安的注视下渐渐走远。

倪晴家的房门敞开着，周承安进了门，看到倪晴自顾自在厨房切水果，心里一下子安心不少，眉眼也跟着舒展了开来。

"林耀波是来找你的?"

这么一句话,吓得倪晴狠狠一抖,她猛地一回头,发现周承安不知什么时候居然已经站在了自己身后,眼里的复杂一闪而过,只得呵呵地笑:"你怎么来了?"

周承安眼尖,看到倪晴雪白的手指上有一道伤痕,嫣红的血已经流了出来,他皱了皱眉,大步走过去捏住她的手指,不悦地说道:"你在切水果还是切手指?"

再看一眼水果,被切得乱七八糟,水果上面都已经血迹斑斑,她刚才到底是心不在焉到了什么程度?居然连自己流血了都没发现,手指被切到了不会痛吗?

倪晴怔怔地看着他,动了动嘴唇,笑得比哭还难看。

周承安安静地替她包扎好手指,又收拾完厨房,坐到她身边,强迫她看着自己,问:"刚才林耀波对你说了些什么?"

倪晴下意识地摇头否认:"什么林耀波?我没见着他啊。"

"是吗?我在楼下正巧和他碰到,我还以为这栋楼里只有你和他有些渊源。"

倪晴没想到事情居然会这么巧合,林耀波走了,周承安来了,两个人碰到了一起。

"他……没对你说些什么不好的话吧?"倪晴小心翼翼地问道。

周承安的心里又是一闷:"这话应该我问你才对吧?倪晴,你总是逞强,会让身边的人很累。"

"我让你感到累了吗?"

"我也想为你做些什么,可你总是把自己藏在壳里,你一副这都是你自己的事情和别人无关的表情,会让我觉得,其实我们离得很远。"

倪晴怔住,她没想到周承安居然会有这种想法,在她眼里,周承安像是天之骄子,他什么都有,又十分能干,明明自卑的那个人应该是她好吗。

她渐渐收起了笑容,转过头去。

"不是吗？周承安，事实上，我们的确离得很远啊。"

他们之间隔得又何止是千山万水，还有永远无法跨越的心里的界限，本就是两个世界的人，却因为她的一厢情愿而被捆绑在了一起。那个时候的倪晴只是一厢情愿地认为自己喜欢周承安就够了，那种想要跟他在一起的心情让她顾不得那么许多，死皮赖脸地跟着他，待在他身边，谁会想到后来会发生这么多事呢？

倪晴其实也后悔过，如果那时候自己不对周承安抱有那样不切实际的幻想，到如今是不是不会发生这么多乱七八糟的事？她母亲是不是……也能活得更长久一些？

周承安听到倪晴的话，起先是愣了一下，随即冷笑了声："倪晴，你是被林耀波影响了吗？你不用说我也知道他会对你说些什么，其实你没必要把他的话放在心上，他是他，我是我，我们是两个完全不同的个体，他没权力左右我的人生，我也没必要为他更改我的人生轨迹。"

"可他不还是改变了你的人生吗？"倪晴突然回头打断他，看着他的眼睛，一字一句地说，"如果不是他收养了你，你还是现在的你吗？你还能像现在这样生活吗？你一再表示他没有权力左右你的人生，而事实是，从你们相遇那刻起，你的人生就已经被他左右了。周承安，别说得好像我有多重要似的，我再重要，能重要过他吗？也许你表面上不愿意承认，可他对你的养育之恩，你能否认？"

周承安蹙眉盯着倪晴，他不懂倪晴这样突如其来的改变究竟是什么原因。

倪晴缓了口气，说道："周承安，你为了我发那样的报道泼了自己一身脏水，就是想引起外界的注意，好让警方重新调查我妈妈的案件吧？这样你也有理由插手这个案子里，因为你被污蔑了，你要亲手找出真相，是这样吧？"

"我并不认为这个方法不可行。"

"可你有没有想过，也许代价是我们都承受不起的呢？"自从倪晴知道这件事后，就日思夜想，她觉得自己快要疯了，林为安说得没错，她就是个害人精，至少她把周承安从原本平静的生活中拖了出来。

"对林耀波来说，我还有利用价值，所以他不会轻易放弃我。"

"这就是你敢这么玩的资本？"倪晴瞪大眼睛，"那如果对他来说你只不过是颗可有可无的棋子呢？"

"那我接受最后的局面，无论变成什么样子。"

他的语气那样冷静，可看在倪晴眼里，她却难过得想死，怎么会这样……最开始知道的时候，她为他能为了自己做这些事而感动，可林耀波的一番话又把她打入谷底，让她也渐渐开始觉得，自己好像真的是那样不堪的女孩子。

就在20分钟前，倪晴的家里突然来了一位不速之客，居然是林耀波。倪晴当即就想关门谢绝见客，可林耀波身边的人眼疾手快，一把抵住了她的门，让她不得不和林耀波面对面。

林耀波也没有进门的意思，只站在那里对她说："我只是想和你谈一谈，耽误不了你多久时间。"

倪晴固执地抵在门口没动，如果眼神可以杀死人，那么林耀波已经不知道在她面前死了多少次了。

"倪晴，我知道你恨我，当年你爸爸的事情你一直以为是我动的手脚，这么多年来我也为当年那件事自责，我知道你不会信我，所以我也不想再为自己多加解释。但是周承安那孩子是我一贯看好的，他对你怎么样我相信你也看在眼里，如果你有那么一点点真心对他，是不是也该想想怎么样才是为他好？"

倪晴紧咬着嘴唇，强忍着自己想抽他的冲动。

"你也看到了，现在他为了你成了嫌疑犯，即使到最后水落石出，大家也只会记住他曾经被人怀疑杀人，这种污点会伴随着他一生，你就真这么心安理得？"

倪晴笑了："林总，这是他自愿的，我没有拿刀拿枪逼着他，你要说教也该是找他，而不是找我。"

"你的确没有拿刀拿枪逼他，但有时候，爱情比刀枪更锐利。"

周承安的脸那时在倪晴脑海里划过，想起他们相处时的点点滴滴，他虽算不得是多体贴的男朋友，可细细想来，他竟为她做了全部他所能做的事。到底是从什么时候开始，由她的一厢情愿转化成两个人的两情相悦呢。

其实连倪晴自己都觉得周承安并没有外人以为的那样爱她，可偏偏，他又为她做了那么多也许在别人看来不会做的事情。

"倪晴，你也看到了，他的事业很好，将来他的前途不可估量，我觉得，你们两个并不合适，至少你不是可以让他能更上一层楼的人。"

倪晴总算听懂了他话里的意思，嘲讽道："林总觉得自己的女儿才是可以助周承安一臂之力的人吧？"

林耀波忽略了她话里浓浓的讽刺，正色道："我的意思是，好的爱情是可以让两个人都变得更好，可你们在一起，却让他变得更糟。"

倪晴如被人当头一棒，霎时仿佛失去了语言的能力，呆呆地愣在那里。林耀波的确善于抓人心，他这么轻易就抓住了倪晴心里的痛处，像痛打落水狗似的不费吹灰之力就把她贬低到了尘埃里去。

"林总，说的好像你有多爱惜他似的，可你自己不也一直在利用他吗？对你来说，他和你的这些手下又有什么分别？"倪晴往边上努了努嘴，极力克制着自己的情绪。

林耀波摇了摇头，纠正她的错误："你错了，倪晴，在我这里，他就像是我亲生的，我对他的一切严厉都是为了他好，可能在你眼里那是利用，但我认为，用成长这样的字眼更恰当些。"

倪晴呵的一声冷笑了出来，不愧是林耀波啊，连这种事情都可以说得这么冠冕堂皇理直气壮，若玩文字游戏，她怎么会是他的对手呢。

"是吗？可那又怎么样？我跟林总生来犯克，就算林总珍视他又怎样，那又跟我有何关系？我和周承安之间的事情，轮不到任何人插手。"

两个人对峙着，倪晴毫不示弱又带着某种挑衅地冲他挑了挑眉。

周承安当然知道倪晴的突然转变是因为什么，林耀波总有这样那样的本事，能够将人心玩弄于股掌之中。他们无话可说，来的时候对倪晴满心的那种思念，在面对倪晴之后散了许多。漆黑的夜，平添了许多的惆怅和无奈。

次日下午，周承安结束完手头的工作，刚准备要巡视病房，一个小护士突然匆匆地跑来，畏畏缩缩地对周承安说："周、周医生，我、我有些事想跟你说。"

周承安只当又是一些不切实际的花痴女想跟自己表白——毕竟他经历了太多，于是眼皮都不抬地说："不好意思我很忙。"

"不、不是的，是、是这个。"小护士急急地说道，伸手把几张相片放到周承安面前。

周承安随意瞄了一眼，随后就怔住了。

这几张照片都跟宋美妍有关，其中有莫北韩、林耀波分别和宋美妍在一起的照片，从角度来看，便知是偷拍的。他抬头看向那名小护士，询问她："这些是从哪儿来的？"

"是、是今早我去更衣室换衣服的时候，见诗雅姐姐的更衣柜里露出了几张照片的角，于是好奇抽出来看了看。我想到周医生你最近不是在查宋美妍的事情吗，想着可能对你有帮助，就拿过来给你了。"

小女孩说话都哆哆嗦嗦的，看上去不像是会说谎话的样子。

周承安却表情一沉："你怎么知道我在查什么？"

小护士看上去更慌了，她给周医生提供情报，周医生不是应该高兴才对的嘛？怎么、怎么好像跟想象的不一样？

"这……大家都知道啊，这几天大家都在讨论这件事情，想着要怎么帮周医生呢。"

院里人多嘴杂，再加上他这件事情托阿九的福，上了社会版头条，难免被人议论纷纷。

周承安扬了扬手，对她说："这些照片暂时先放在我这里，以后不要再

过问这件事情了,好好工作。"

小护士的眼睛直直地盯着周承安看,打从她一进院里就觉得周承安又帅又沉稳,其他姐姐们都说周承安冷漠得几乎不近人情,可他明明对自己的女朋友那么温柔体贴啊。

她眼见周承安把照片扔进抽屉里,拿着病例就走了,好像没有要跟自己多说的意思,于是也跟着周承安出了医生办公室。

待那名小护士走远了,周承安才停下脚步来:刚才她口中所说的那个诗雅……就是之前一直负责照顾宋美妍的那个诗雅吗?

等查房的时候,周承安随意瞟了眼在病房内的某个十分眼熟的护士的胸牌,已经有了答案。他以前常听倪晴提起过,说整个院里只有照顾她妈妈的那个护士心肠好,其他人因为林耀波的关系,都很是疏远她妈妈,只有诗雅护士,像照顾自己的妈妈一样照顾她妈妈。

周承安目送着诗雅的背影离开病房,在心里禁不住冷笑。

这世上果真是没有无缘无故的免费午餐啊。

阿九终于被倪晴在她们常去的那家餐厅逮个正着。说实话,她又没做什么亏心事,可一见到倪晴,整个心就开始颤抖起来。

倪晴把阿九堵在餐厅门口,双眼盯着她,阿九实在敌不过她的眼神,最后两个人纷纷在熟悉的位置落座。

正是晚餐高峰期,用餐的人喧嚣地挤满了餐厅,她们面对面坐着,似乎有些无话可说。

倪晴心里有很多很多的问题想问她,可见到阿九,又觉得好像有些问题都是多余了。她们认识这么多年,阿九是什么样的人她比谁都清楚,不管阿九是不是有事瞒着她,唯一可以肯定的是,至少阿九不会害她。

"倪晴,我知道你有很多问题,其实我也有很多问题。"阿九率先打破了沉默。

那时候周承安对阿九说,请她一定要排除万难地去跟这个新闻,只有记者介入了，有了篇幅有了报道，人们才会去关注这件事情，才会给有关人员施压。阿九自然知道周承安的意思，可在报社里，她毕竟也只是个记者而已，很多时候根本没有话语权。这也是为什么到了现在，除了那天的头版之外，后来再也没有任何关于这个新闻的原因了。

倪晴端起水，对阿九说道："阿九，我以茶代酒，谢谢你为我做的这些。"

阿九有些懵了，倪晴这是玩的哪出？饶是如此，她还是和倪晴碰了碰水杯，两人当真像是做了什么重要决定似的，一饮而尽杯中的水。

倪晴放下水杯，说："我知道，你和周承安做这些都是为了我妈妈的案子，其实我妈妈出事，我心里也是有怨有恨，我恨不得第一时间把凶手抓到我面前，问问他我妈妈跟他无冤无仇，我妈妈现在都已经变成了这么一个人，他为什么不肯放过我妈妈。但这几天我想了很多，人生里发生的很多事情哪里有什么原因，只不过是命中注定罢了。我妈妈死后，我突然释然了，从前活得那么累，现在是不是可以轻松一些呢？我最近常常这么问自己，可我发现不是的，活得累的时候，是因为我心里有目标，可我现在心里空落落的，好像一下子失去了所有生活的动力。"

阿九握住倪晴的手，她特别能理解倪晴现在的感觉，就好像一直以来为之奋斗的目标突然间倒塌了似的。

"倪晴，周承安是真的在意你，光是他为了你可以往自己身上毫不犹豫地泼脏水就可见一斑。你要相信他，他既然这么做了，就表示他有把握，你要做的，就是静观其变，不要在这个时候给他任何压力。"

倪晴摇了摇头，想起那晚两人谈话的无疾而终，她知道她说的有些话像刺一样钻进了周承安的心，周承安是多骄傲的人，他的骄傲当然包括对万事的笃定，可她不是他，她猜不透他下一步会做什么，又会走到哪里去。她承认，林耀波的话的确起到了作用，尽管她表面上对林耀波并不苟同，可又不能否认林耀波说的那些话句句在理。

"也许我并不是最适合周承安的人。"

阿九嗤的一声笑了出来："这种话可不像是从我认识的倪晴口里说出来的，你当初那么大张旗鼓地去追他的时候怎么没有这种觉悟？现在把人追到手了，反倒说这种话？你现在要是真有这种想法，我会觉得周承安才是可怜，在他不知不觉爱上你为你做了那么多的时候，你却想着和他分开。"

"阿九，我那个时候……我那个时候接近他并不是因为真的很喜欢他……我……"

"我知道，你是为了能找一条路把你妈妈从那个鬼地方弄出来。"阿九一脸已经看透了她的表情，"但那又怎么样，目的不纯可是感情纯就够了呀，如果不是一开始有这样的想法，你们怎么会走到一起？"

倪晴愣愣地看着阿九，明明阿九的话好像并没有多少逻辑可言，可是怎么听着又那么有道理？

"好了，别疑神疑鬼想那么多了，我们来谈谈正事，你对院里负责照顾你妈妈的那个护士熟吗？"

护士？照顾妈妈？倪晴皱起眉想了想，不假思索地说道："熟啊，四年来一直是她在照顾我妈妈，我妈妈一有什么风吹草动她都会第一时间告诉我，很好很负责。"

"有没有其他护士一起帮忙照顾你妈妈？"

倪晴摇着头说："因为林耀波交代过要好好看着我妈妈，所以院里专门安排了她照顾我妈妈，就像私人看护那种，她对我妈妈也算是无微不至。"

阿九居然煞有其事地边听她的话边记着笔记，倪晴觉得有些奇怪，阿九怎么突然问她关于诗雅的事情？

"诗雅出什么事了吗？"

"诗雅？"阿九抬眼看她，一脸思考，"是那个护士的名字？"

在得到倪晴的肯定后，阿九盯着笔记本开始深思。这个叫诗雅的护士照顾了宋美妍四年，人非草木孰能无情，按道理她们之间相处四年，总归是有些感情在的吧？假设是她在宋美妍的水或食物里下了药，那她的目的是什么？

一个小护士不可能有这个胆量干出这么大的事来，除非背后有人撑腰。

倪晴试着慢慢问道："你的意思是……我妈妈的死跟诗雅有关？"

"我不确定你妈妈的死是不是跟她有关，但我确定她一直都在监视你妈妈。"说着，阿九将周承安几个小时前给她的照片扔给倪晴，"她对你妈妈的行踪真是了如指掌，今天见了谁，明天又是谁来找你妈妈，她都拍下来了。按理来说，她如果只是想确保你妈妈没事，不需要拍照片，那么她拍照片大约只有一个目的，就是有人需要。"

倪晴盯着照片，脸色渐渐变白。怎么可能！诗雅怎么照顾她妈妈的她自然看在眼里，很多时候她因为要赚钱没办法赶过去，都是诗雅代为效劳的，她无论如何都没法把诗雅和害死妈妈的人画上等号！

"阿九，你确定吗？"

阿九很认真地点了点头，打消了所有倪晴还残存在心里的侥幸。这个世界有时候就是这么残忍，你不愿意相信的事情却真的发生了，你一直信任着的人却真的出卖了你。

"这些照片你是从哪儿来的？"

"周承安给我的。"阿九说话的时候仔细观察着倪晴的表情，倪晴在听到这句话后表情自然，倒也没什么不同的地方，"应该是某个暗恋他的小护士吧，在你所说的诗雅的更衣柜发现了这些，她觉得可能跟你妈妈的事情有关，就交给周承安了。"

倪晴淡淡一笑："倒是真有可能，毕竟他在医院很抢手。"

"你不要觉得亚历山大，我觉得我们周医生眼里心里就只有你而已。"

阿九试图让气氛变得更轻松一些，可是两个人都心事重重，就连美味佳肴当前都无心品尝。

用过晚餐，阿九把倪晴送回家，车子停下的时候倪晴却没有下车，阿九知道她还有话要说，于是熄了火，安静地等着她。

其实倪晴的性子本就是这样的，她所认识的倪晴，虽然有千金小姐的优越，骨子里却是婉约保守的。可过去的四年，生活将她磨砺成了那么张扬的

样子，如今卸下了包袱，她是不是可以轻松些，可以不用再像从前那样时刻做好准备战斗的姿态？

良久，倪晴才伸手去解安全带，边解边说："阿九，以后有什么事情可以直接告诉我，你这样躲着不见我，会让我觉得是不是发生了大事。"

"天地良心，我真没躲着不见你，好吧，要说躲你，也只有新闻出来第一天的时候躲着你，那时候怕你一时接受不了，再加上你那么喜欢周承安，我怕你对我有偏见，我又没想好措辞不知道怎么向你解释，但是后来，我是真心忙得不可开交。"

倪晴笑笑，越过座位抱了抱阿九："阿九，我们是好朋友啊，如果我连你都不信我还能去信谁？你知不知道那天我找你们找得都快疯了，不过好在大家都没事，以后再有这种事，真的可以在第一时间直截了当地告诉我。"

阿九拍着倪晴的肩膀淡笑出声，说出来后反而觉得轻松了许多。她和倪晴道别，看着倪晴走上楼，刚要发动引擎，忽地发现似乎有一道目光从某处一直注视着自己，这种感觉令她分外不舒服。她扭头私下张望，终于在另一面看到一个倚靠在车边的男人。

黑暗里，他指间那一抹光亮忽明忽灭，分外引人注目。

阿九想了想，决定下车看看。

走近了才发现，不是别人，正是莫北韩。

阿九忍不住侧目，怎么到哪儿都能碰到这人？他是监视倪晴监视上瘾了吗？

"真巧。"莫北韩吸完最后一口烟，笑着摁灭了烟头。

阿九脸上则全是漠然："莫警官放着那么多事不做，老跑来找倪晴的麻烦，该不会是看上倪晴了吧？"

莫北韩听到这句话，眉心狠狠一蹙。

阿九见莫北韩神色微变，更来劲儿了，上来就凑到莫北韩边上使了个眼色："嗳，莫警官，要不你直接承认了吧，你是不是真看上倪晴了？你来看倪晴的次数比周承安都多，你这说没有其他意图也没人信啊。"

"你们当记者的都喜欢这么瞎编故事？"

阿九忙打住："这可不是瞎编故事，我可是经过推理得出来的结果，你们警察不是都讲证据吗？在我看来，你这么不厌其烦地跟着倪晴，找倪晴麻烦，这就是你喜欢她的证据嘛，所谓打是情骂是爱，没有无缘无故的跟踪对不对？"

莫北韩还是头一次碰到这么瞎话不着调的女孩儿，冷哼道："我劝你还是不要插手这烂摊子，倪晴自己都一头雾水，何况你这个局外人。"

"这话说得，好像莫警官你不是局外人似的，莫非你是局内人？"阿九凑得更近了，观察着莫北韩的脸色变化。

"你是想从我这里套什么话好回去再编个头条出来博眼球？"

阿九无视他话里的讽刺，大大咧咧地点头："也未尝不可啊。"

莫北韩眼见阿九没有半点要离开的意思，想着今天大约也不会有什么新的发现，于是不想再跟她多废话，开车离开了。

阿九拨通了周承安的电话，半开玩笑似地说："你可得看住你女朋友了，我发现觊觎倪晴的男人可不少啊，你那个养父，还有那个哪里都能见到的警察。"

彼时周承安仍在院里，对阿九的话充耳不闻，说道："倪晴那儿没什么问题吧？"

"你希望有什么问题？她为了你可是患得患失，我觉得你即使想做什么也该跟她商量商量才是，像现在这样她什么都不知道被蒙在鼓里，换我我也会跟你急。"

"下次见了面再详说，我这儿还有事，先挂了。"

"我重要的事还没跟你说呢，你可提防着点莫北韩，我总觉得他不是冲着倪晴，他是冲着你来呢。"

周承安向阿九道了谢，收线，走向正在值班的诗雅。

诗雅看了一眼周承安，心里有些疑惑。周医生是院里特聘的，往常他是从来不值班的，所以这么晚仍然能在医院见到他实属意外。她笑着向周承安

打了声招呼，没想到周承安破天荒地晃了晃手里的罐装咖啡，用眼神询问她是否需要。

时间将近午夜，并没有什么特别情况，诗雅交代了其他护士，跟着周承安走了。

院里有一个24小时营业的小便利店，他们就坐在便利店靠窗的长桌边。诗雅坐在周承安身边，仍是觉得不可置信。

周承安为人冷漠，很少与人有所接触，除非是工作上的事情，他和任何人都保持着距离，别人靠不近他，他也从不主动亲近别人，所以周承安会主动提出和她一起喝一杯，对诗雅来说简直受宠若惊。

周承安将打开的罐装咖啡推到诗雅面前，轻声问道："你似乎有些怕我？"

诗雅听了连忙摆手否认："没有没有，我只是、只是有些紧张而已。"

"紧张？我看上去有这么吓人？"

周承安玩笑似的话让诗雅又是一愣，所有人眼里不苟言笑的周医生，居然也会开玩笑？

诗雅也开始放松了起来，眉眼间全是笑意。周承安的手指摩挲着罐装咖啡的瓶身，像是无意间问道："常常听倪晴说，你照顾她母亲照顾得十分周到，因为有你，她母亲在院里才稍微能好过一些。"

乍听倪晴这个名字，诗雅本能地紧张了一下，但随即发现是自己想太多，大半夜的便利店里除了打着瞌睡的营业员之外，只有他们两个人。面前橱窗上倒映出两个人的身影，令诗雅觉得世事真是奇妙，从前她从未想过，有一天居然会和周承安这么亲近地坐在一起，要知道，周承安几乎是整个院里未婚女子的梦中情人。

诗雅仿佛陷在回忆里似的，周承安不动声色地把她拉回了现实："倪晴一直很想好好感谢你，但你也知道，这段时间发生了很多事情，她的情绪也一直没有调整过来，所以也没来向你道谢。"

"不用的，这是我应该做的。"诗雅急急说道，"宋阿姨不发病的时候其实人很好,谈不上照顾得好不好,这是我分内的事情,只是如今出了这档子事,我也挺难过的,毕竟跟宋阿姨相处了这么久都处出感情来了。"

"那倒是,据说你一毕业就进了院里,一进院里就被分去照顾宋美妍了,这么想来,宋美妍是你的第一个客户?"

诗雅一愣,用客户形容病人她还是第一次听到,但周承安出了名的不按牌理出牌,从他嘴里听到这样的话倒也不稀奇。

"对了,周医生,恕我冒昧,你为什么会突然之间变成嫌疑犯了呢?"这事儿她一直没搞懂,从报道发出来到现在几天过去了,一般人不是都该努力找出各种证据来证明自己的清白才对吗,怎么偏偏他跟个没事人似的,照常上下班,而且院长居然也没有找他麻烦?

周承安无所谓地喝了一口咖啡,轻描淡写地说:"倪晴有个记者朋友,两个人关系好得如同亲姐妹,记者最擅长的是什么你不知道吗?死的也能说成活的,我变成最大的嫌疑人这一点也不奇怪。"

"可你那么照顾宋美妍……"

"那又怎样,任何人都能看出来,若要对宋美妍下手,我这个主治医生简直有天时地利人和的机会。"

诗雅安静了下来,周承安不愧是周承安,即使是这样的处境,他都能一派安然,好像什么事都没发生似的。

"那周医生……你认为宋美妍的死真的是有人刻意做了手脚吗?"她小心翼翼地问着,期间偷瞟了好几眼周承安,周承安的侧脸好看得几乎令她痴迷。

"我不知道。"他淡漠地说出了那四个字。

"不是说……她的尸检报告里检验出了类似于安眠药之类的药物吗?"

周承安猝然看向诗雅,诗雅被周承安的目光吓了一跳,脸色蓦地变得惨白,结结巴巴地说:"我、我说错什么话了吗?"

"你怎么知道宋美妍的尸检报告检测出了一些成分不明的药物?"

"呃……院里都在传啊,所以这件事传得人心惶惶的,大家都怕一个不小心麻烦就会降临到自己头上来，所以说话做事都比以前谨慎了很多。"

"是吗？"周承安若有所思地敲击着桌面，"宋美妍那会儿有法医给做过尸检？"

"啊？好像是吧，我也不是很清楚，大家都这么说。"

诗雅低着头，双手在瓶身上摩挲着，心事重重的样子。周承安喝完最后一口咖啡，问她："宋美妍死的那晚你在院里吗？"

"不在。"几乎是第一时间，周承安话音刚落，诗雅便极力地否认了。

周承安眉眼舒缓了一些，嘴角勾了勾，扬起一抹淡淡的笑意。

"真可惜，倪晴一直跟我说，如果那晚诗雅在，她妈妈就不会出事了，说你每个晚上都会去看她妈妈好几次。"

他语气里透露出来的叹息令诗雅心里狠狠一揪。

"好了，你去忙吧，出来了这么长时间陪我废话，谢谢你。"

诗雅呆呆地望着周承安，今晚的周承安与她平时认识的周承安简直判若两人。她不禁想：哪个才是真正的周承安呢？他口里三两句都不离倪晴，应该很喜欢她吧？

诗雅转身走出几步，又狠狠捏了捏拳头，回头问他："周医生，我能问你一个问题吗？"

周承安仍坐在那里，对她微微颔首。

"你很喜欢倪晴吧？喜欢到爱屋及乌，所以才会对倪晴的母亲那么关心？"

"就算不是倪晴，我也会对宋美妍关心，因为她是我的病人，我还有基本的职业道德。"

诗雅顿足了一下，明明还想再说些什么，可看着周承安的脸，却又觉得说再多都是多余的。她走出便利店，身后的目光仿佛时刻跟着自己，但在吸到新鲜空气之后，终于觉得松了口气。

她不否认自己对于周承安的那份仰慕，可在面对他的时候又紧张得小心谨慎，想起倪晴在他面前的自若和任性，所以大概也只有那样的女孩子才能站在周承安身边吧。

　　周承安在回办公室的路上路过宋美妍曾经的病房，下意识地往里看了看。宋美妍从前是一人病房，所以里面除了她的东西之外没有别人的痕迹，房间至今空着，玻璃窗仍旧是破的，出事之后就没人来修理过。他走到床边，打开抽屉，抽屉里乱七八糟地塞满了一堆，大多是倪晴买来给宋美妍打发时间的小玩意儿。周承安随意翻了翻，正要关抽屉，忽然动作一顿。

　　抽屉角落最不显眼的位置，一个类似于纽扣电池一样的东西粘在抽屉壁上。

　　周承安用力把它扯下来，仔细看了很久，眉心越蹙越紧。夜渐渐深了下来，他在漆黑的病房里，伫立成了雕塑一般。

Chapter 09 命中注定

那是一枚只有指甲大小的东西，周承安曾在林耀波那里见过类似的东西。如果他没有猜错的话，这应该是个十分小型的窃听器，但看它的损坏程度，恐怕早已被废弃丢在抽屉里，这么个小东西，不管是谁看到都不会特别注意。

他把这东西交给相识的专家看能不能恢复，然而对方给了他十分肯定的答案，称这个小型窃听器被破坏严重，根本无法作任何修复处理。

究竟是谁这么处心积虑地监视着宋美妍？林耀波吗？可是这医院本就是林耀波出资开的，他要监视宋美妍轻而易举，根本不必多此一举。

阿九眼见坐在对面的周承安只自顾自沉思，压根把她当空气一般，便刻意放低了声音轻咳一声，见对方还是没有半点反应，她干脆重重拍了拍桌子，周承安仿佛这才反应过来自己并不是一个人，不悦地拧起了眉。

"周承安，你把我叫来又不说话，你想干吗？我的时间可十分宝贵，麻烦你长话短说。"

周承安挑了挑眉，神情总算舒缓了些："你查那个护士查得怎么样了？"

"什么护士？"阿九装疯卖傻，一脸听不懂他在说什么的表情。

"别装了，刘诗雅，我告诉过你的那个专门负责照看倪晴母亲的护士。"周承安喝了口柠檬水，神色淡定。

"你怎么知道我在查她？"

Chapter 09 命中注定

"你们记者的天性不就是追根究底吗？既然有了线索，没道理不查不跟吧？"

阿九听了先是一愣，而后猛地一拍自己的脑袋，恍然大悟，指着周承安咬牙切齿地说道："你利用我？故意告诉我这个新线索好让我变成一个免费跑腿的？"

周承安摇着头说："No，在这件事上，你比我更有优势，我在北城认识的人不多，很难查到什么实质性的东西，再加上我现在的处境，多少双眼睛盯着？你去查最合适不过，这不是你的专长吗？"

阿九怎么听都觉得周承安这话像是讽刺，可又找不出他话里的破绽来，认真看了他几分钟后，终于从随身的包包里拿出一沓资料扔到他面前。

周承安说得没错，从他将刘诗雅这个人告诉阿九之后，她就开始查这个人了，难怪周承安会主动和她分享情报，原来竟然另有目的！这男人真是个心机男啊。

"这个刘诗雅，一毕业就进了你们院里，没经过任何正轨途径，直接由你们院长林耀强带进去的，一进去就被分去照顾倪晴的妈妈，而且据说她的主要工作就是负责照顾倪晴妈妈，你们院里其他护士应该没有这待遇吧？居然只要负责一个病人！不过因为院里都知道倪晴妈妈的特殊原因，所以也没去多想刘诗雅的事情。林耀强对她可很是照顾，她读护士学校的时候所有学费都是他资助的，她家里除了一个生病的外婆之外就没别人了，家里应该比较困难，可你看她，手挎各种名牌包包，一个星期每天都还不带重样的，你说这钱是从哪儿来的？"阿九一边说一边把一沓照片摊开来分别放到周承安面前。

每个人都有选择怎么生活的权利，所以阿九并不排斥那些整天想着要钓个金龟婿嫁入豪门的女人，但不排斥不等于欣赏，她打从心底里不喜欢这样的女人，如果靠着自己的能力得到想要的东西那是自食其力，可靠着别人得到自己想要的东西，那性质就完全不一样了。

周承安抬了抬眼皮瞧了一眼阿九，阿九也正看着他，眼底里透露出满满

的不屑。

"你们院里的工资不算少,但应该也没有多到可以买得起这么多名牌包包吧?"

"就不允许人家背仿版吗?"周承安淡淡地说道。

阿九一听这话立刻就炸了:"周承安,我可是从小在一堆名牌中长大的,你是在怀疑我鉴别真伪的能力?"

"你现在是在向我炫富?"

阿九干脆手一摊,靠上身后的椅背:"不信的话你可以去找倪晴鉴别呀,倪晴也是从小看着这些东西长大的。话说回来,周医生,你干吗就这么不相信我?"

周承安倒不是不相信阿九,只是在没有证据前他不习惯以恶意去揣测别人。

"噢,对了,我跟她的这几天,发现她跟林耀强关系匪浅啊,林耀强送过她回家好几次,可别告诉我你们院长就是这么平易近人地对待手下的医护人员呦。"

"林耀强跟倪晴一家有什么过节吗?"周承安仍旧盯着照片,想起刘诗雅在院里其实一贯都十分受人喜欢,由此可见她的性格应该不赖,上次同她聊天之后,又觉得她不像是那种有胆量做这种事的人。

阿九摇头说:"没有,要说有也是跟林耀波啊,但他们两兄弟,不同行业,而且基本上平时又互不相干,认真说起来,林耀强跟倪家半毛钱关系都没有。"

过了一会儿,周承安忽然说:"你说刘诗雅家里还有一个生病的外婆?"

阿九点点头。

"把她家地址给我。"

"她外婆应该在乡下,听说刘诗雅每个月都会寄钱回去,托街坊邻居照顾,具体地址我并不知道,不过你想知道应该不难啊,你们院里总有她档案吧?再不济,去她学校一查不就知道了?"

Chapter 09 命中注定

周承安收起阿九给的一堆资料和照片,叫来服务员买单,阿九忙制止他:"嗳,我还没吃东西呐。"

"你自己叫吃的,记我账上。"

说完,起身就走了。

阿九目瞪口呆,所以这人现在是过河拆桥吗?她望着周承安离开的背影,竟有种无语凝噎的感觉。

周承安回到公寓的时候,公寓的门居然是敞开着的,他心里一凛,放慢了脚步,轻轻走进去,才刚踏进门一步,里面就传来饭菜的香味,厨房里传来噼里啪啦的声音,似乎有些手忙脚乱的样子。他几乎下一刻就猜到了来人是谁,心里的警惕一下子放了下来,走到厨房门口一看,果然在里面看到了倪晴忙碌的背影。

倪晴对于烹饪这件事并不热衷也不熟悉,以前父母还健在的时候家里都有阿姨做饭,她是典型的十指不沾阳春水,父亲去世后,她基本不是外卖就是泡面,也鲜少自己下厨,可遇见周承安之后,她一直的一个心愿就是有一天能为周承安做一顿饭,哪怕味道并不那么如意。

周承安悄无声息地走到她身后,一低头,把脸搁在了她肩膀上。

倪晴吓了一跳,转脸一见周承安的脸陡然放大在眼前,又好气又好笑,忙把他推出去,说:"你再等一会儿,快好啦。"

周承安也就随了她,进去把东西放好,洗了个澡,再出来的时候,一桌子的菜肴,不知道味道如何,至少卖相不错。

"今天是什么日子?"他接过倪晴递过来的红酒,晃了晃,问她。

"心情不错的日子。"

不知道是真的心情不错,还是只是随口说说,但看现在的倪晴,较之之前因为母亲去世差点一蹶不振比起来,的确好了不少,虽然她的脸色依旧惨白,面无血色。

"你怎么进来的?"

倪晴得意地看着他说:"你在输密码的时候被我偷看到了。"

"本事不小。"

倪晴嘿嘿地笑着,喝了一杯又一杯的红酒,喝到尽兴之处,趴在桌上看着周承安忽然说:"周承安,你知道这里从前是我家吗?"

周承安的脸上没有一丝意外的表情,目光柔和地望着她。

倪晴一看他的表情就全懂了,挥了挥手说:"原来你早知道了啊,亏我还一直没告诉你。这里是我爸买给我的,不过我爸死后,我家没了钱,这房子也被法院封了,没想到居然有一天会被你买下来,你说咱们这是不是缘分呐?"

"这叫命中注定。"周承安起身,绕到倪晴边上蹲下来,仔细看着她,"倪晴,这说明,我们命中注定就是要遇见的。"

倪晴怔住,是吗?命中注定要遇见吗?遇见了之后呢?相爱,还是分别?现在的日子有多浑浑噩噩,她就觉得自己和周承安的感情有多荒唐,一切都像是一场梦,梦醒后,她即将变得一无所有。

"周承安,你会离开我吗?会因为一些莫名其妙的原因离开我吗?"

周承安觉得今晚的倪晴有些奇怪,伸手捧住她的脸,她的脸颊火热,下一刻,她的眼泪便悄然流进了他的掌心内,烫得灼人。

"倪晴,是不是发生什么事了?"

倪晴摇摇头,把脸从周承安的手里抽出来,仰头狠狠把眼泪又都逼了回去,然后笑着说:"周承安,不如我们分开一段时间吧。"

周承安僵在那里,倪晴的声音像是有回音似的在自己耳边晃动着。

周承安,不如我们分开一段时间吧。

她看着他,语气那么认真肯定,不像是在同他开玩笑。周承安漆黑如墨的双眼一动不动地停留在她身上,很久以后,才开口问她:"为什么?"

可心里的钝痛,慢慢蔓延到了整个心脏。

为什么呢?

第一次相遇,在富丽堂皇的酒店里,他的眼睛仿佛有一种魔力,直指人心，她以为他就是自己心心念念想找的那个男人，可是他一再否认，那种熟悉的感觉几乎扼住倪晴的喉咙，明明那么相像的人，为什么却不是呢？一种抑制不住想要靠近他的心情让她不断出现在他身边，她明明动了心，却不敢真正敞开心扉。

如果有一天，她对另一个男人产生了爱情，是不是就等同于背叛了心里14年来的坚持呢？年少的时候，总有一股倔强，觉得就算翻山越岭，也要把心里的那个少年找出来，长大后才发现这世上有那么多的力不从心，世界那么大，即便她有耐力，可要找出一个十几年未见的人又谈何容易？缘分这东西支撑不了太多的未来。

她和周承安亦是同理，周承安有着他自己不愿诉说的过去，他的生活太隐晦，紧闭到根本不容许她进去，她甚至来不及弄清楚他究竟是个什么样的人。所有人口中的周承安，跟她所看到的周承安，像是两个完全不同的人。和他在一起后，她越来越觉得，自己快要迷失了。如果一份感情带不来安全感，那么维系下去一定会举步维艰吧。

倪晴霎时回头，对周承安笑笑："周承安，你敢拍着胸脯说，你对我很坦诚，并没有一丝一毫隐瞒？就拿这个房子说吧，其实你早知道这个房子之前的主人是我，然而你当做什么都不知道，你总是这样，明明心里跟明镜似的，偏偏藏在心里看别人讲蹩脚的谎话，我觉得你这人有时候挺没劲的，一直这么端着活着多累？我觉得我们根本不是一个世界的人，趁感情还不深，不如断了吧。"

周承安站起来，靠在桌边，眼底的黑暗深不见底。

"如果你觉得是我没有对你坦白，那我承认，有些事不向你说明，是因为我还没有十足的把握，连自己都不确定的事，你需要我怎么跟你说？倪晴，不要意气用事，我说过我会在你身边。"

"可是我不需要。"倪晴的态度很是坚决，她拿起酒杯，朝他示意，"这就算是我们之间的散伙饭吧，周承安，毕竟也曾经好过，好聚好散吧。"

倪晴眼里的决绝像冰刀一般，狠狠刮过周承安的心。周承安看着她没

动，倪晴仰头一口喝干杯子里的红酒，放下酒杯欲走，却被周承安狠狠拽住了手腕。

下一刻，倪晴被周承安用力拽进了怀里。

周承安把她抱得这么紧，倪晴心里竟然开始微微颤抖，悬在半空的手，硬是生生地克制住了想回抱他的冲动。他一贯都是冷静克制的，从不会做出过分的动作来，倪晴的脸埋在他怀里，难过得想哭。

周承安一手按住她的后脑勺，低低耳语道："倪晴，这就是你想要的吗？"

倪晴在他怀里，觉得自己几乎快要不能呼吸了，忍着心里的痛，狠狠点了点头："周承安，看在我们一场情分，请放我走。"

"好。"

他的一个字，如千斤锤重重落在倪晴心里，这明明是倪晴想要的结果，可为什么心里那么难过，难过得几乎想要死掉……

周承安抬起她的头，一个吻深情落下，倪晴招架不住他的吻，下意识地张开了嘴，他就这么深深吻住了她，这吻像道别，又像是舍不得的眷恋，他抱着她，恨不得把她揉进心里去。所有的柔情蜜意，在这一刻，都稍显多余。

最后，倪晴瘫软在周承安怀里，泣不成声。

那么那么舍不得，却不得不道别。

第二天，倪晴在周承安的床上醒来，整个公寓里安静得可怕，除了她似乎再没有第二个人了。她想起昨晚自己几乎哭得晕厥，不知不觉就睡了过去，没想到这一睡竟是一夜。

她猛地一拍自己的脑袋，懊恼了半天，不是说好来跟他说分手的吗，怎么反倒在他家里赖了一夜，这样他会怎么看她？她滚下床收拾了一下自己身上完好的衣服，心里居然有那么一点点的失望。走遍整个公寓，才发现周承安已经走了，昨夜厨房和餐桌的狼藉已经被他收拾干净，桌上还放了早餐，倪晴愣在那里，鼻子又是一酸。

Chapter 09 命中注定

他总是这样周到，可她呢？这么任性地跑来要和他分手，即便如此，他也只是一个好字就这么轻易地放她走了。她这样的人根本不配得到周承安的喜欢。

倪晴恋恋不舍地关上了公寓的门，下次再来这里不知道又会是什么时候？电梯直下，倪晴原本就沮丧的心情在看到等在外面的人时终于达到了顶点。

又是莫北韩！为什么这个人总是这么阴魂不散地跟着自己！他到底想要干什么？他们之间明明没有那么多过节，可他的一举一动仿佛都在提醒着她他们之间结怨很深。

莫北韩好像看懂了倪晴心里的那些话，笑着为她打开车门："我知道你现在心里一定很恨我，但我认为不管再怎么恨，感激总该多于恨，如果不是我，你准备跟周承安一起走到什么程度？"

"莫警官，我求你放了我吧，如果你只是见不得我们好，那现在已经如你所愿了，我跟周承安掰了，并且我现在只是个没有任何价值的人而已，你真的没必要在我身上浪费那么多时间。"

倪晴这么讨厌莫北韩是有原因的，不仅仅是因为从前的恩怨，更因为几天前他跟自己说的那些话。

他当时问她："你知道周承安手里握着什么证据吗？他应该什么都没告诉你吧？是怕你闹还是怕你会做出什么出格的事来？"

倪晴实在无法忍受他的阴阳怪气，当时就想离开，可他在她背后说道："倪晴，你应该不知道吧？法医在你妈妈的尸检报告中注明，你妈妈的体内含有大量不明成分的药物，而那些药物足以让你妈妈在神志不清的情况下跳下高楼。我都说得这么明白了，如果你还不明白我在说什么，那我只能说，周承安对你的洗脑异常成功。"

他的话成功吸引了倪晴的注意，倪晴回头疑惑地问："法医？尸检报告？"

莫北韩一脸的笃定："看来你果然不知道这件事情，那份尸检报告被周承安一个人揽了下来，没有任何人知道。我也是从当时做尸检的法医那里打听来的，毕竟要想人不知，除非己莫为，这世上哪有什么不透风的墙。"

"你说的……是真的？"

"你觉得我有骗你的理由？"

倪晴和莫北韩一向不对盘，莫北韩没必要这么好心告诉自己这些，所以他想要的无非就是……看她和周承安决裂吗？

"你就那么讨厌周承安？"

莫北韩摇着头纠正她："不，讨厌太清浅了，是恨。"

恨这个字眼蹦进心里，倪晴浑身一颤，莫北韩的眼神就像是要杀人一般，恨不得下一刻就把周承安生吞活剥。他们到底有什么仇？周承安那种不喜欢与人接触交际的人，怎么会跟别人有这种深仇大恨？倪晴实在想不明白。

倪晴猛地一个激灵，把自己从回忆里拉出来。莫北韩一脸的好心情，他的目的达到了，自然开心得很。可倪晴却懒得跟他纠缠不清，直接越过他，不想再跟他多说一句话。

"倪晴，我们可以合作啊，难道你不想看周承安身败名裂的样子吗？"

倪晴笑着回答他："莫警官，我对任何你想对周承安做的事都没有兴趣，我跟周承安已经分手，我们之间也没什么瓜葛了，你要做什么你请自便，不要扯上我。"

"看来你对他仍旧念念不忘啊。"

倪晴白了他一眼，突然觉得自己真的难以跟这个人沟通，究竟是他理解能力有问题还是她的表达能力有问题？

她叫了辆出租车，上车将莫北韩隔绝在了外面的世界。

阿九的电话猝然来袭，倪晴起先没接，她不知道该怎么跟阿九说自己和周承安的事情，但阿九的持续来电她终归招架不住，只能举手投降。

等到了约定的地方，阿九已经喝下两大杯咖啡，龙飞凤舞地刷刷刷在记事本上写着什么。倪晴无精打采地朝她打了个招呼，便一头栽进对面的沙发里。

阿九瞄了她一眼："怎么了？一脸没睡醒的样子，我听说你跟袁艾迪提出辞职了，袁艾迪没同意不是放了你一个月假吗？你现在应该有的是时间休息才对呀。"

可是就算袁艾迪同意了她提出的辞职，她的公司也不会同意。

倪晴耷拉着脑袋，神情怅怅地盯着某处看，很久很久以后，才放低了声音对阿九说："阿九，我失恋了。"

阿九笔下一顿，蓦然抬头看向她，眼里有些微的不可思议："你再说一遍。"

倪晴有些招架不住阿九的眼神，明明没有做什么亏心事，可就是有一种好像做错了事的感觉。

她深吸一口气："我说，我失恋了，我跟周承安分手了。"

阿九怔怔地看了倪晴很长时间，倪晴的样子不像是开玩笑，当然，她也绝对不会拿这种事情开玩笑，阿九不明白的是，当初倪晴死缠烂打地要跟周承安在一起，现在得手了，怎么反而退却了呢？

"什么情况？我前几天跟周承安见面的时候你们不是还好好的吗？"

倪晴放松下来，强颜欢笑："我觉得我们不合适。"

"你追他那会儿怎么没觉得你们不合适？倪晴，不带这样玩的，他还没喜欢上你的时候你拼了命地跟在人家后头，现在人家喜欢上你了你反而一脚把人踹了？"

"你怎么这么肯定一定是我提的？"

"因为周承安不太可能会主动提这事儿。"阿九虽然对周承安不算特别熟悉，但以周承安的性子，怎么可能主动跟倪晴说分手，他如果是这么轻易放弃的人，当初就不会选择和倪晴走到一起。

倪晴恍惚间觉得，好像阿九比自己更了解周承安似的，这种感觉令她十分不好受，但她又不知道该说些什么，烦躁地喝了口红酒，把自己蜷缩成一

团扔在沙发里。

"说吧，到底为什么？"

倪晴不说，阿九也知道一定有原因，倪晴这性格也不是轻易说不玩就不玩了的人。

"阿九，你听说过我妈妈尸检这回事吗？"

阿九听后，顿时恍然大悟。

"前几天莫北韩找我，跟我说了一些事情，他提到我妈妈尸检的事情，说尸检报告中提到我妈妈身体里查出一些不明成分的药物，但是周承安自己藏着掖着没让别人知道。"倪晴的声音很轻很轻，皱着眉头，像是有什么解不开的疑云。

"你相信了？"阿九问她。

没想到倪晴却摇了摇头："没有人比我更清楚我妈妈过世的时候是什么样子，我亲手替我妈妈擦的身体，她的身体根本没有被解剖过，又何来尸检一说？所以我猜想，可能是周承安故意放出去的消息，为的就是想让心里有鬼的人主动上钩，而莫北韩又相信了这个说法，更加肯定周承安一定还有其他不为人知的秘密。"

阿九总算松了口气："看来你还不笨。"

倪晴不理阿九的取笑，接着说："我觉得有人在针对周承安，只不过我现今和周承安走得近，所以我身边发生的事情被当枪使了。阿九，你知道莫北韩的底细吗？他今天又跟我说了一些莫名其妙的话，言辞里对周承安满满的都是恨意，好像周承安挖了他家祖坟似的。"

"跟挖了他家祖坟也差不多了。"阿九幽幽地接了一句。

倪晴不解地问："什么意思？莫非他们真有什么世仇不成？"

"倪晴，你记得你上次告诉过我，周承安在美国的时候因为药物意外导致病人死亡的事情吧？其中一个病人是个华人，因为严重的精神分裂而到美国求医，原本满心欢喜地以为就算病情不能完全得到医治，至少也会有所好转，但没人想到，他一去就再也没有回来。这个病人有个儿子，出事的时候他的儿子正上大学。"

倪晴起初不大明白阿九的意思,但是顺着阿九的话往下一想,猛地一个哆嗦,周身忽然泛起一股凉意,难道……那个死者的儿子……是莫北韩不成?

"对,就是莫北韩。"阿九像是看透了她的想法,毫不避讳地给了她肯定的答案。

倪晴急得忙一起身,条件反射地问她:"那周承安知道这件事吗?"

阿九拍拍倪晴的手,示意她坐下:"你能不能冷静一点?周承安早知道了,不然你以为他会放着一个处处跟自己作对过不去的人在身边啊?但我确定莫北韩并不知道周承安已经知道了他的身份。莫北韩精得很,他爸爸出了那档子事后,他立刻改头换脸,换了个新名字重新生活,我想他背后应该有人帮助,不然林耀波不可能查不到他的过去反而跟他保持良好的合作关系。"

倪晴听得云里雾里,莫北韩背后还有人?

"所以啊,这幕后玩家还没现身呢,你也别急,周承安自有他的安排。你要做的就是好好看着自己,别给周承安添乱。"阿九笑笑,顺便按下电脑键盘上一个回车键,顺利发回报道,然后若有所思地瞄了一眼倪晴,"不过好像你已经给他添乱了,你说你这个时候跟他提分手,这不是打乱他的计划了吗?"

"阿九,我觉得我现在跟周承安在一起完全是负负得负,可能我跟他分开之后他比较不会被束缚手脚,也许林耀波也正等着我们决裂的这一天呢。"

阿九忽然听明白了倪晴的意思,不确定地问:"你是说……你是故意甩了周承安的?"

"不,我是说,我和周承安,我们两个现在都有各自要做的事情,与其负负得负,不如想点办法让负负得正。"

倪晴朝阿九挤眉弄眼,刚才还装得惨兮兮的女人,现在脸上完全看不出一丝丝的悲伤难过来。

"那周承安知道吗?"

倪晴并不确定周承安是否知道自己的用意，不过那个时候她也想不了那么多了，她相信周承安是能够理解自己的："也许吧。"

"看不出来啊，倪晴，你居然这么有心机。"阿九端起咖啡杯朝倪晴示意，"来，为了我们的小白兔变成大灰兔，干了这一杯。"

"你好像很高兴看到小白兔成长为大灰兔？"

"可不是，倪晴，我之前还担心这么多事你一个人应付不过来，不过有周承安在，现在看你这么有心机的样子，应该也吃不了多少亏。"

"阿九，你可以不用说得这么直白。"

阿九呵呵地在那边直笑，突然想起一件事，说："那个什么尸检报告完全是周承安自己胡编乱造忽悠人的，你可别被莫北韩骗了，他自己被忽悠就算了，还来教唆你。不过莫北韩也算小心谨慎，还亲自去问了法医，奈何周承安早就想到这一出了，那个法医是他以前的同学，只不过帮了他一个小忙，就成功把莫北韩忽悠过去了。"

这看上去真不像是周承安会干的事。

"可是……莫北韩他爸爸真的是因为……"

"是，的确是因为周承安。"

倪晴不太敢往深里想，她认识的周承安虽然不是什么善良的人，但也不至于做些违背良心的事，这件事周承安曾经提起过，但显然并不愿意多说。

阿九继续说："不过你也知道，周承安向来听林耀波的话，莫北韩他爸究竟怎么死的谁知道？我猜啊，应该是林耀波想他爸死，所以最后他爸就死了。莫北韩他自己应该也知道这一点，所以处心积虑地跟林耀波搞好关系，就是为了能查当年的事吧。"

有时候倪晴不得不佩服阿九的联想能力，阿九不愧是当记者的，总能把一些看似不相干的事情天衣无缝地连在一起，并且不让人觉得奇怪和突兀。经阿九这么一说，倪晴有种恍然大悟的感觉，人与人之间的关系永远都不可能是表面看上去的那么单纯，每个人心里都有自己的小九九，所有的防备和伪装都必须时刻准备。

Chapter 09 命中注定

倪晴其实已经厌倦了这样的生活。

人民广场后面的酒吧一条街，嘈杂又喧闹，与凌晨街市的安静形成鲜明的对比。

袁艾迪正在一间间酒吧寻找林为安。他刚踏进其中一间酒吧，就与几个抬着林为安正往外走的男人撞个正着。彼时林为安早已醉得不省人事，嘴里还在碎碎念着再来一瓶之类的胡话。

袁艾迪从未见过林为安喝得这么醉过，心里猛然一揪。

"你谁啊？没看我们要出去啊？别挡道。"其中一个男人见袁艾迪杵在他们面前没有要离开的意思，不耐烦地朝他吼道。

袁艾迪眯着眼睛，慢条斯理地说："你知道她是谁吗？"

"别跟我废话，我劝你别多管闲事。"

袁艾迪压根不搭理他，自顾自地说："听说过林耀波吗？那可是有头有脸的大人物，你们手里这女的是他女儿，他女儿要出个什么事，你们这些个小混混能担待得起？"

其他人一听，脚步不由自主地往后退了退。

为首的那人一听对方不是个好惹的主，刚才的嚣张气焰也下去了一半，笑呵呵地说："哎呀，这位先生，我们只是看这位小姐喝多了，想给她找个地方让她休息休息，这么看来你们应该认识吧？要不你带她走？"

袁艾迪的目光凛冽地扫过他们，上前一步，从他们手里接过林为安。林为安整个人瘫软在袁艾迪怀里，她一身的醉意，眼角竟然还有些泪渍。

又是为了周承安吗？明明周承安对她无意，也从没有给过她好脸色看，为什么她偏偏就对他上了心？

"为安，你就这么为他自甘堕落？"

袁艾迪把她抱上副驾驶座，为她系好安全带，双手撑在车门两侧，低低地说道。

夜晚的冷风吹过，林为安一个激灵，混沌的双眸慢慢睁开了一些。

她看了很久才好像看清了袁艾迪，眼泪倏然落下。

"你还来我身边做什么？你不如不要出现在我面前。"

林为安曾经在回忆里把袁艾迪深深地封闭了起来，她以为只要自己不去想，这个人就会永远地消失在自己面前。那年，当他决绝地离开她之后，她就发誓，要彻底把这个人逐出自己的世界，可事与愿违，世界那么大又那么小，他们偏偏还是重新相遇了。

她躲着他避着他，可这个人突然就像是影子似的，她到哪里都会遇见，尤其当看到他和倪晴在一起的时候，心里那股无名怒火总会被轻易激起。林为安不想承认这是嫉妒，可她找不出任何其他的托词。

年少的时候她就不喜欢倪晴，因为在袁艾迪心中，倪晴这个所谓的朋友占据了太过重要的位置。说她小心眼也好，羡慕嫉妒恨也罢，她就是看不惯这两个人站在一起的画面。不管是过去还是现在。

袁艾迪掏出纸巾为她擦去额上的细汗，刚想收手，林为安却不自觉地抓住了他的手腕，几乎带着哭腔似的说："为什么你们一个个都要站在她那边，她有什么好，我又有什么地方比不上她……"

她的声音在夜里格外动人，令袁艾迪的心微微一酸。如果当初他没有执意离开她的话，那么现在的林为安应该还是像年少时那么自信张扬吧？现在的她虽然看上去仍然活得优雅大方，但骨子里总归有些不一样了。

"为安，你醉了，我先送你回家，你闭上眼睛睡一会儿。"

"我没有醉。"林为安更来劲了，"你们都觉得我拥有一切，所以都站在她那一边，我过得比她好是我活该吗？何况，我真的过得比她好吗？你也是，周承安也是，你们只看到她的痛苦，你们从来看不到我的痛苦。"

喝醉的时候，她终于能够坦然地说出这些藏在心里的话，所有人都会下意识地同情弱者，可强者又有什么错？过得比他们好就活该被遗弃被利用吗？她多不甘心……袁艾迪离开的时候她那样不甘心，周承安笑着对她说倪晴是他选择的女人之后她也那样不甘心……可是所有的不甘心换来的也不过是不自量的奚落而已……

Chapter 09 命中注定

"为安,至少你还没感受过失去双亲,一夜之间从高处跌入谷底的痛苦。"

袁艾迪的声音钻进林为安的耳里,她狠狠一震,迷离的目光望着不知方向的前方,闭上眼睛,无声地流泪。

到林宅的时候,林为安已经在车上睡着了。袁艾迪想叫醒她,无奈醉酒的人往往睡得太沉,几次三番之后,他终于弯腰将她从车里抱出来,敲开了林宅的门。

来开门的是林宅的老佣人,一见林为安喝成这样,一身酒气,急得大叫起来。袁艾迪被她叫唤得头疼,立刻打断她说:"我不知道你们小姐的房间在哪里,麻烦带路。"

老佣人这才惊醒过来,立刻为袁艾迪带路。

他将林为安安顿好后,视线扫过她的房间,依旧是记忆里的样子,尽管多年过去,依旧没有半点变化。她从前说,她是念旧的人,她没有骗他。

下楼,在即将穿过客厅的时候,袁艾迪原本沉稳的脚步蓦然顿住。

客厅的沙发上赫然坐着林耀波,他进来的时候明明记得客厅里并没有人,不用说,大约是林耀波听到了动静才出现在这里的。

袁艾迪站定,沉默地看着林耀波。他和周承安不同的是,林耀波对周承安谈不上多喜欢,但不讨厌,但他深知自己被林耀波讨厌,因为曾经一无所有的穷小子爱上了他捧在手心里的宝贝女儿。

癞蛤蟆想吃天鹅肉,也不怕噎着?

袁艾迪一辈子都不会忘记这句话。

"听说你回国很久了,混得不错。"林耀波手里拄着拐杖,一派威严。

袁艾迪满不在乎地笑笑:"只是混口饭吃罢了。"

"我以为你和为安不会再有联系。"

"我也不想,但大约是我跟您的女儿太有缘分,总能遇到。"

"袁艾迪,你当年走的时候,不是信誓旦旦地说你好马不会吃回头草的吗?"

袁艾迪的目光锐利了些，大方地摊了摊手："如您所见，如果我真的想吃这套，您女儿现在应该是在某个酒店的房间里而不是安然地躺在自家的房间里。"

林耀波这才开始正视起这个年轻人，从前唯唯诺诺的少年，竟长成了如今这般青年才俊。

袁艾迪自认与林耀波之间无话可说，也无旧可叙，抬步离开了林宅。这座宅子曾经让他受尽屈辱，如果可以选择，他是决意不愿意再踏进这里一步的。

林为安醒过来的时候头痛欲裂，她强忍着全身上下的不适感，恍惚间想起好像昨夜有人送自己回家，脑海里停留着的是袁艾迪的模样，可很快地她就否定了自己这个荒唐的念头，她和袁艾迪已经再也没有交集，他怎么可能会管自己死活？但直到早餐中，父亲突然提起这个人，她才反应过来，原来昨夜那个温柔的怀抱并不是她的幻觉，而是真真实实存在着的。

"你和袁艾迪还有往来？"

林为安被父亲突如其来的话打断了思路，不解地皱眉看向他："什么意思？"

"昨晚你喝得酩酊大醉，是他送你回来的，你不记得了？"

林为安心里咯噔一下，放在餐桌上的手蓦地握紧，心脏扑通扑通直跳，好像下一刻就会从喉咙里蹦出来似的。

"我记得当年你说过，再也不会和他有任何来往，怎么时至今日，还是跟他牵扯不清？为安，你不会还是对他旧情难忘吧？"

林耀波的目光投注到女儿身上，自家女儿，他当然比谁都更了解，为安从小性子刚烈，事事都要争第一，要强又好面子，袁艾迪是唯一一个从不给他这个宝贝女儿面子的人，大概是逆反心理的作祟，袁艾迪越是这样，反倒越是吸引林为安。

"为安，爸爸知道这些年你虽然不说，但对于我当年把你们分开始终都有埋怨，爸爸老了，不求你的理解，但你要知道，爸爸做任何事情都是有理由的，你和袁艾迪，你们当年不合适，现在同样不合适。"

林为安听着这种类似的话，茫然间嘴角泛起一抹冷笑。这些话她不知道已经听过多少次了，不管她交怎么样的男朋友，只要在她爸眼里没有利用价值，那就是不合适，没钱在她爸那里就是原罪。

她抬头看向父亲，语气里不由得也多了一丝嘲讽："爸，您当初分开我们是因为他只是个穷小子，现在他功成名就，成为顶尖的设计师，名利双收，更不差钱，您仍然觉得我们不合适，我突然就明白了，到底在您心里，您女儿的价位在哪里？"

"你何必把自己摆在一个物品的位置上来衡量？"

"这么些年，可不就是您对我明码标价吗？您老想着找个对您事业有帮助的女婿，可您忘了，钱是挣不完的，您挣再多钱有什么用？百年之后，也不过是一堆废纸而已。"

林耀波脸上倏然闪过一丝不悦之色："为安，你从不跟爸爸这么说话。"

"对，我是从不跟您这么说话，因为我知道，即便跟您说了也无济于事，这大约是我第一次，也是最后一次跟您说这些，往后，我自己的幸福自己会看着办，就算不是袁艾迪，也会是我喜欢的男人，是我喜欢，并且他也喜欢我的男人。"

林为安放下筷子，起身离桌。

不知道是不是酒劲未消，她第一次对她父亲说出这些话来，从前她觉得，只要父亲高兴，就算嫁给一个自己不爱的人又怎么样呢？可直到现在她才意识到，不管如何麻痹自己，心里藏着的那个人始终都在那个位置牢牢占据着那部分微小的空间，所有自以为的遗忘不过是自欺欺人的谎言，当那个人重新站到自己面前，她发现自己完全没有一点抵抗能力。

她收拾好出门的时候，林耀波已经不在家里了。看着老佣人正在收拾饭桌上的剩菜残羹，林为安心里不免一阵难过，她跟她父亲的关系算不得好，但也算不得差，总结来说就是他是专制的父亲，而她是不那么喜欢抵抗的

女儿。

她唯一一次用力顶撞父亲,也是因为袁艾迪。

呵,袁艾迪果然是她生命里的克星。

林为安驱车前往医院的途中突然想起倪晴,倪晴母亲死后她好像就没再见过倪晴了,那个用嚣张跋扈来伪装自己的女人此时应该悲痛万分吧?她这么想着,不由自主地换了个方向,朝倪晴的公寓开去。

清晨的公寓楼全是人烟味,林为安在远处停好车,走向公寓。可就在快要走近公寓的时候,像是被什么重重击打过一般,脚步骤然停顿。

那辆车即便她再不愿意记住也认得,那是袁艾迪的车。

而昨夜还温柔地环抱过自己的男人,此时此刻,在另一个女人身边,喜笑颜开。

林为安的心轻轻地抽颤着,那一刻,她觉得自己跟父亲的争执是多么愚蠢可笑。

Chapter 10 不如和解吧

倪晴从袁艾迪的肩头转头,看见远处的林为安,与从前相比,现在她再看林为安,好像也少了那种讨厌,隔着那么一些距离,她都能感受到林为安眼里的雾气。她朝那边努了努嘴,袁艾迪迅速反应过来,一回头,眉头微微紧蹙。

"你心目中的女神这下是不是会更讨厌我了?"倪晴淡漠地笑笑,推开他兀自上了车。

倪晴那种动作在林为安眼里与挑衅无异,她分明在告诉她,对袁艾迪来说,她倪晴要比林为安重要得多。

林为安猝然转身,她不要把自己摆在这么卑微的位置,即使喜欢过,那也只是过去的事情,她为什么从来不肯承认自己和袁艾迪已经成为过去式了呢?这些年里,她跟任何男人在一起,都会忍不住把袁艾迪拿出来比较,也只有周承安,才能让她稍稍不那么想念袁艾迪,可惜这两个男人到头来,都站在了倪晴身边。

她果然和倪晴是做不了朋友的。

袁艾迪快步上前,一把抓住林为安的手腕,林为安想甩掉他钳住自己的手,奈何他用力十足,甩了好几次都无法挣脱,最后只得瞪着他。

"酒醒了?有没有哪里不舒服的地方?头疼吗?"

他的声音在清晨里显得格外清脆且轻柔,林为安仰头望着他,这个男人明明这些年一直都驻足在自己心里,却让她觉得他们之间已经遥远到连说话都有些生分了，自重逢后，她第一次这么深深地望进他眼底去。

如果之前她还没有对他抱有一些希望的话，那么昨夜醉酒之后，她才终于看清，她对袁艾迪那种难忘意味着什么。

"袁艾迪，在你心里，究竟是倪晴重要一些还是我重要一些？"她的眼里微微闪着泪光，看得袁艾迪心里一揪。

林为安向来不会问他这么直接的问题，如今她将问题摆到了台面上。他凝望着她，不知不觉，手上的力道慢慢松懈。

在他的沉默间林为安的心也跟着沉了下去，她嘴角露出一抹笑，好似早已预料到了似的："对，我知道，倪晴是朋友，是不能割舍的朋友，袁艾迪，你就抱着你的朋友去过一辈子吧，麻烦以后不要再招惹我，你这样会让我觉得你很无耻。"

年少时的种种闪过袁艾迪的脑海，袁艾迪除了苦笑之外居然没有第二种表情，他看着林为安上了车扬长而去，长久地伫立在原地。

倪晴从后视镜看到了完整的一幕，有一种自己是绿茶婊的感觉，她那么讨厌袁艾迪，可在林为安面前又表现得和袁艾迪如此亲近，如果换了是她，恐怕心里也会受不了。

"你就这么放她走了？不怕以后再也没有机会啦？"

袁艾迪自顾自地系好安全带，瞄了一眼倪晴，一副有什么想说却又强忍住了的表情，撇了撇嘴角，发动了车子引擎。

倪晴兀自耸了耸肩，她也不是什么多管闲事的人，袁艾迪既然不说，她也懒得刨根问底，他把她送到拍摄地点就开车离开了。这段时间盛薇并没有给她安排很多工作，所以时间一下子变得充裕起来，以前觉得人生就像陀螺，只能一直转一直转无法停息，现在才发现只不过是自己把自己变成了陀螺，生怕一个不小心停下来之后就再也转不动了。

她以前为了母亲而活，现在只能选择为自己而活。

自从倪晴母亲过世后，盛薇连说话都比以前小心谨慎了许多，生怕一个不小心就戳到了倪晴心里的痛处。倪晴倒是十分敬业，在拍摄过程中该微笑

Chapter 10 不如和解吧

微笑该高兴高兴，可那些笑容看在盛薇眼里，多多少少有些哀伤。

休息间隙，盛薇问倪晴："怎么最近没见周承安送你？"

倪晴喝了口水，佯装不在乎地说："哦，分手了。"

"分手？！"盛薇猛地跳了起来，一脸的不可思议。她的声音引起了周遭人的关注，倪晴使劲扯了扯她的衣角朝她使了使眼色。

"你能不能低调点？"倪晴白了她一眼，示意她坐好。

盛薇惊觉自己反应太过激烈，捂了捂嘴，重新坐回她身边。怎么会分手呢？倪晴对周承安不是爱得要死要活的吗？当初还是她主动追的周承安啊，这会儿怎么就突然地分手了？而且再看倪晴的表情，不悲不喜，仿佛这是一件对她完全造不成任何影响的事一般。以盛薇对倪晴的了解，倪晴不是装的就是装的。

"到底怎么回事？你提的分手还是他提的分手？你们不是好好的吗？是不是有什么误会？"盛薇一连抛出好几个问题，像个好奇宝宝似的盯住倪晴死死不放。

"你这么多问题我到底要回答你哪一个？"

"倪晴，你别给我打岔，当初你死乞白赖地扒着他不放，这会儿装什么洒脱？"

这话倪晴可就不爱听了，她戳了戳盛薇，说："什么叫死乞白赖？明明就是我们两情相悦。现在觉得没有必要在一起了，就分手了呗，男女之间这种事情，好聚好散，人周承安都比你能接受，你在这儿可惜个什么劲儿？"

这话乍听之下实在太没心没肺。

盛薇看着倪晴，不知道为什么，自从倪晴母亲过世后，她总觉得倪晴好像变得哪里不一样了，但具体是哪里的变化她又说不上。倪晴表面上看起来似乎已经从母亲去世的阴影里走出来了，她能说能笑，甚至表现得一脸无所谓的样子。可实际上呢？她比谁都更了解倪晴为了母亲付出了多少代价，经历了多少困苦，正因为那些过去，才让倪晴没有办法那么轻易地走过这道坎。在盛薇看来，倪晴只不过是用力把伤口藏了起来，她一贯就是如此，明明心里疼得要死，脸上还能笑得开怀。

"倪晴，你不必这么为难自己，谁都有哭的权利。"

倪晴怔怔地盯着手里的矿泉水瓶，心里却空荡荡的。盛薇这话错了，真的不是谁都有哭的权利的，有些人只能选择独自承受，如果哭能解决任何问题，那么眼泪未免太过值钱。四年前她就知道，哭只会让别人觉得你软弱不堪，所以在这种时候，她更要咬紧牙关坚挺过去，或许某个人正在背后等着看她泪流满面的笑话。她母亲去世的时候她哭得昏天暗地，已经足够了。

倪晴拍拍盛薇的肩膀："好了，我继续开工了。"

反倒是盛薇有些不能释怀了，这个年纪的女孩子，有多少还在父母的庇护下过着无忧无虑的生活？而倪晴却要独自承受这么多突发事件，四年，究竟能把一个人变成什么样子？

收工后，倪晴原本准备跟盛薇一起回公司，但中途不知收到了什么短信，又果断地跟盛薇分开了，盛薇看着她下车重新叫了辆出租车离开，一脸的问号。倪晴现在是在干特务吗？为什么行为举止这么怪异？她要不要跟上去看个究竟，然而在这些思考的时间里，倪晴所乘坐的出租车早已不知所踪。

倪晴紧握手机，上面一条简讯让她心跳陡然加速，一个酒店的名字，以及一个房间号码。

酒店档次挺高，装修大气。倪晴到达所在房间的楼层，轻易就找到了目标房间。她找了个转角可以看清那个房间门口的位置，心跳突突突地不断加速，像是做亏心事似的，紧张得不由手心冒汗。

没过多久，走廊里忽然传来一阵骚动，倪晴起初并没有十分在意，可有个娇滴滴的女声听上去分外耳熟，她偷偷探出头望去，一怔。

只见林为安被三个男人架着往其中一个房间拖，她看上去神志不清，明显是喝多了。倪晴心里一凛，这林为安该不会是借酒消愁去了吧？可这也不是她的行事作风啊，她认识的林为安永远都要把自己伪装成高高在上的公主。公主怎么可能去酒吧买醉，还是在大白天？

倪晴决定当作没看见，这时门砰的一声关上了，走廊上瞬间就安静了下来。

5分钟过去，倪晴的手心比刚才更湿了，她不由自主地走向刚才林为安被拖进去的那个房间，正巧这时有个服务生过来，敲开了房间门，来开门的男人已经脱掉了上衣，然后倪晴看到服务生递进去的居然是一盒——避孕套！

避孕套！！！

而林为安可不是个作风这么开放的女孩！

倪晴在心里权衡利益，就算今天她把林为安从里面拖出来，林为安也不会领她的情，甚至可能还会觉得她是在看她笑话。

可如果她坐视不理，日后发生了什么事，袁艾迪会怎么看她？

周承安又会怎么看她呢？

倪晴闭了闭眼，心跳通通通地跳着，然后深深吸了口气，冲到酒店大堂找了安保人员，快速说明情况后，安保人员跟着她一起上楼。

倪晴啪啪啪地敲开了房门，一个下身只挂了一条浴巾的男人不耐烦地打开房门："谁啊。"

一见门外的场景，顿时懵了。

倪晴忙推开他往里面冲，一见到床上的林为安几乎已经被扒光了衣服，问题是林为安这个时候还神志不清，满脸通红，一看就是吃了什么不正当的东西。倪晴心里一紧，忙用被子把她的身体盖上。

屋里另外两个男人也是衣衫不整，一见有人进来坏他们的好事，立刻凶了起来。

"你们是什么人？"其中一个男人问道。

因为有安保人员在，倪晴胆子也大了起来，指着床上的林为安说："你们给她吃了什么东西？"

"用得着你管吗？"然后转头看向酒店安保人员，"你们这么随便地闯进客人的房间我可以投诉你们的。"

"那你们带着一个不省人事的女人进酒店蓄意强奸我也可以报警告你们的。"倪晴的音量猛地提高,"三个人呐?你们口味真重,这也下得去手?你们没读过书还是怎么着?这是犯法不知道?"

另外两个男人脸色猛地一变,倪晴更加确定他们跟林为安素不相识。

那个男人还在嘴硬:"她是我女朋友,她当然是自愿跟我发生关系的,否则她怎么会这么温顺地跟我来酒店?"

"你女朋友?这位先生,你心真大,居然可以和朋友共享女人啊。"倪晴别有深意地往另外那两个男人看了一眼,随即走到床边抓起电话说,"你们是自己滚还是我叫警察来?"

"你他妈是谁啊,敢来坏老子好事,活腻了是吧。"那男人抡起拳头就想朝倪晴砸来,显然是恼羞成怒了。

幸好安保人员及时挡在了倪晴面前,面色强硬地说:"先生,你能说出这位小姐叫什么名字吗?"安保人员指了指床上的林为安,"如果你能证明你们之间是认识的,我们就立刻离开。"

男人这下开始支支吾吾了,支支吾吾了半天也没支支吾吾出个什么来,最后来了一句:"我们就是在酒吧认识的,才刚认识没多久,还没来得及互相自我介绍呢。"

倪晴冷笑出来:"你们这么饥渴,怎么不去找小姐啊?你们知道这是谁吗?你们今儿要是真跟她发生了关系,我估计你们明儿的小弟弟就得跟你们分离了,我这是大发善心救你们,这女人你们惹不起,赶紧圆润地滚吧,要真到了警察局,我保证你们几年内出不来。"

几个人互相看看对方,觉得倪晴又不像是在说谎,可一个个站着却不动。

"真要我打电话报警啊?"倪晴不悦地皱眉,作势就要去拨电话。

"嗳,等等!得,我们走还不行吗?姑奶奶你大人有大量,我们这就走。"

Chapter 10　不如和解吧

倪晴其实心里怕得要死，周承安曾经说过，她太会虚张声势，如果面对一只老狐狸，一眼就能看穿她，越是虚张声势，越是怕。

等那三人走了，两个安保人员看向倪晴，一脸难色："小姐，这……"

倪晴摆了摆手，知道酒店一定是不希望报警的，毕竟这也算不得是什么光彩的事："我不报警，但你们也别让那三个男人再回来就是了，我一个女孩子家家的可不是三个大男人的对手。"

"是是是。"两个人瞬间放松下来，却还是忍不住问，"可是您和这位小姐真的认识吗？"

"她叫林为安。"倪晴双手抱胸说道，目光随意一瞥，就瞥见仍在一边的包包，遂过去在包包里翻了会儿，才找出身份证给他们看，待确认了之后他们才离开。

倪晴冷眼看着还在昏睡中的林为安，想不到这个总是把自己包装成高冷公主的女人也会有这一天，要是换了以前，倪晴一定把林为安这副模样拍下来好好取笑一番，但现在，她早已没了那种恶趣味的兴致。

她正想着是要把林为安直接扔在这里还是打电话给袁艾迪做个顺水人情，突然脑袋一懵，蓦地冲出房间。

天呐，因为林为安这件事情，她差点忘了自己来这里的目的，可冲到那个房间一看，房门大开着，房间居然退了！她冲进去一看，除了正在里头打扫房间的服务生之外别无他人，倪晴在服务生疑惑的目光下呆呆地立在门口。

"您好，请问您是……"服务生停下手里的工作，礼貌地问她。

倪晴僵硬地笑笑："这是我一个朋友开的房间，我刚才因为其他的事耽误了，没想到来晚了，她……他们已经退房了？"

"是的。"

倪晴环视了一圈，出去的时候在门口的清洁车上停顿了一下，上面有张表记录着每个房间的入住情况及登记人姓名，她看了看，果然这间房间的登记人就是刘诗雅！她不可能无缘无故一个人来开房间，必定还有另外一

个人。

"我想问一下，这房间退房的时候走的是几个人呀？"

服务生想了想说："两个，一位小姐和一位先生。"

"你能跟我描述一下那位先生长什么样子吗？我怕我朋友年纪小，看错人。"倪晴随口编了个谎话，服务生听了不疑有他，慢慢地描述起那位和刘诗雅一起离开的男人的长相。

经她的描述，倪晴的心里慢慢有了一个大致的轮廓，可这个轮廓一出，她只觉得心惊肉跳。

为什么服务生描述的这个人这么像林耀强？！

难道堂堂一个医院的院长还需要在酒店这种暧昧的地方找一个小护士谈话不成？倪晴越想越觉得不可思议，当初阿九只告诉过自己诗雅可能和她妈妈的死有关，可从来没有说起过林耀强啊。

倪晴实在搞不懂这其中的复杂关系了，歪着脑袋走回林为安的那个房间，看林为安脸色绯红的不同寻常，思忖片刻，于是找服务生要了个水桶，装了满满一桶的冷水，想也不想就朝林为安身上猛地泼去。

林为安一个激灵，蓦地挣扎了一下直起身子，浑身冰冷，呆滞地望着前方，不声不响，冷水顺着她的发丝流淌下来，她一脸湿透。

"还没清醒吗？要不要再来一桶？"一旁的倪晴冷眼说道。

林为安这才看向倪晴，眼神仍是懵懵懂懂的，那目光，好像压根不认识倪晴似的。过了很久，她的意识才慢慢清醒过来，对倪晴也露出了那种惯常的淡漠表情："你怎么会在这里？"

倪晴冷笑着说："你难道不该想一下自己为什么会在这里吗？"

林为安身上很凉，她头一低，整个人都惊呆了，自己身上居然一丝不挂，心跳有一瞬间的停止，随即才意识到发生了什么事，拿起被子往自己身上一遮，倏地问倪晴："发生了什么事了？"

声音很明显地颤抖着。

很好，她也知道会害怕啊。

倪晴扔了水桶，走到床对面的沙发上一坐，恶意说道："你全身上下一丝不挂还能发生什么事？你就没觉得身体有什么异样？"

林为安本能地摸了摸自己的身体，倪晴不说她没觉得，倪晴一说，她就觉得自己浑身上下都不舒服，想到可能发生的事情，忽然有种想呕吐的冲动。

"林为安，你平时不是装得挺好吗？怎么不一直装下去啊？高贵冷艳小公主什么时候也学会大白天上酒吧买醉去了？我还以为这种事只有我们这种人才会去做呢。"倪晴刻意把"我们"两字说得极重，语气里满是讥讽。

但即便是这种时候，林为安也是不会示弱的："你不必在这里看我笑话，你我半斤八两，五十步笑百步而已。"

倪晴忙纠正她："不，我俩可不是半斤八两，至少我从来没有被三个陌生男人拖进过酒店房间差点被……"

后面的话她没说出来，但见林为安脸色煞白，想必也知道自己刚才遭遇了什么。

"林为安，现在这么看下来，我好像很不凑巧地成了你的救命恩人？"

林为安像是突然失语了，一声不吭，默默地爬下床捡起衣服一件一件穿上。

"其实我们之间原本有机会可以化解误会的，不过现在我倒是觉得，化不化解都无关紧要了，就算化解了误会我们也不可能和解，对吧？"倪晴轻松地靠在沙发上，与林为安相比，她整个人轻松自若，这让林为安更加感到讽刺。

林为安轻蔑地看向她："误会？我怎么不知道我们之间存在过误会？"

倪晴无所谓地摊摊手："我本来就不想插手你跟袁艾迪之间的事，不管是过去还是现在，你们两个变成什么鸟样都跟我无关。不过有一个立场我必须表明，林为安，别老想着好像是因为我袁艾迪才离开你，明明是你父亲自己作的孽，你凭什么按在我头上？我倪晴虽然躺过不少枪，不过这个锅我可不背。"

林为安一怔,手上的动作也顿了顿:"你说什么?"

"我说,你怎么不去问问你那个好爸爸呢?问问他当初对袁艾迪做过什么?"

倪晴的嗤笑,林为安的窘迫,没想到有一天,她们会以这样的状态对视。

"还有,你那个叔叔,林耀强,我记得是不是已经有老婆孩子了?"

林为安皱了皱眉,听倪晴继续道:"林为安,我真的没看出来,你们家果然个个都是大慈善家,你爸在人前装得一副慈善家的好人样子,你叔叔做好事不留名,不仅资助别人上学,还帮别人找工作,是不是也顺便帮别人解决解决终身大事?"

"我不懂你在说什么。"林为安突兀地别过头,下意识地想拒绝倪晴接下来要说的话,可惜她失望了。

"不懂没关系,你总有一天会懂的。"

倪晴笑笑,起身离开了房间。

"你说什么?你找私家侦探跟踪刘诗雅?"

阿九听了倪晴在酒店里的事情,就差没跳起来了,她万万没有想到倪晴居然会这么沉不住气,干出找私家侦探这种事情来。好吧,虽然倪晴曾经也干过这种事,可她以为倪晴至少会跟自己商量一下。

倪晴波澜不惊地抬眼打量了她一下,说:"我以为你会对林为安的事情感兴趣才对。"

阿九压根不理她,径自说:"倪晴,你有没有想过万一被发现了怎么办啊?如果刘诗雅发现有人跟踪自己,她提高了警觉,我们往后要再找证据可就要难很多了。"

"我知道,所以我让那个私家侦探先休息几天再继续。"

阿九扶额,吸着吸管,手指在桌面上画圈圈:"你最近跟周承安就真没联系了?"

"没，他忙，我也忙。"

阿九对此嗤之以鼻，明明两个人互相都关心彼此，却要装出一副已经毫无瓜葛的陌路样子。有时候她真的不懂这两人葫芦里到底卖的哪出，周承安本就生性沉默，可倪晴这几年张扬惯了，这么快刀斩乱麻也是头一次见。

"倪晴，你不是说他很像你小时候在布拉格遇见的那个小哥哥吗？"

倪晴每次被问到这件事，就会沉默下来，这次也不例外。记忆有时真是伤人，拼命想放下的回忆反而难以割舍，她不由低头自嘲地苦笑："可他不是他啊，世界那么大，恐怕这辈子再也无法相遇了吧。"

阿九试探地问："你就那么喜欢他？比喜欢周承安更喜欢？"

倪晴摇着头说："不能这么比，毕竟当初，我会被周承安吸引也是因为他们两个身上的感觉太过相似。"

"你就这么确定周承安不是他？"

倪晴以前也想过，也许他们就是同一个人呢。可周承安再三否认，再加上这个世界真的太大了，她连想都不敢想有一天居然还会和小哥哥重逢。曾经她一度想过，如果再相逢他不再认得她该怎么办，可现在已经变成了如果他们再也无法相逢该怎么办？嗯，大概也许此生，他们的缘分也就只有这样而已吧。

"周承安说他不是，那他就不是。"

阿九没再多说什么，咬着吸管想自己的事情，这时放在手边的手机突然响起来。一看到上面的来电显示，她下意识地看向倪晴，倪晴也看到了屏幕上的"周承安"三个字，挑了挑眉说："看我干什么？接啊。"

电话接起又挂断，时间不超过1分钟，倪晴本不想问什么事的，可有时候说出的话比脑回路实在要快上许多。

"什么事？"

"周承安说他查出刘诗雅老家的地址了，离北城不远，开车过去大概三个小时左右，他想亲自过去看看，问我要不要一起去。我让他来这里接我，你要一起吗？"

倪晴毫不犹豫地点头说:"当然。"

想来周承安大约就是在这附近,不出10分钟他的车就停在了餐厅外,阿九结账,和倪晴一起走人。倪晴跟着阿九爬上车子后座,前面的周承安似乎没料到倪晴也在,眉心几不可见地微微一动。

再见周承安,倪晴不知道为什么,居然有些微紧张。她偷偷看向周承安的侧脸,这些日子他过得好不好?医院的工作忙不忙?林耀波还有没有再为难他?倪晴这才发现,她远比自己想象的要对周承安关心得多。

车里的气氛一时之间有些尴尬,但好在有阿九在。

阿九试着打破了沉默,问周承安:"你是不是查出什么了?"

"也没什么,刘诗雅在院里登记的地址是现在住的地方,我通过她学校找到的老家地址。她外婆的病据说每个月都需要不少开销,这么一大笔钱如果单靠她一个人恐怕不是那么容易赚到的。"周承安顿了顿,接着说,"还有,刘诗雅有男朋友,比她大两届,现在是个外科实习生。"

"有男朋友还跟个老男人纠缠不清上酒店开房?这简直是个大新闻啊。"阿九一拍腿,一下子激动起来。

"酒店开房?"周承安不大明白阿九的意思,"和谁?"

阿九看了眼倪晴,幽幽地说:"有人雇了私家侦探跟踪刘诗雅,发现刘诗雅跟一个疑似林耀强的男人在酒店偷偷幽会,其间还撞破了一起小案子,英雄救美了一把。"

倪晴假装什么都不知道,装傻似的看向窗外。

连日来的连轴工作让倪晴很快在车子的行驶中睡着了,周承安的车子开得很是平稳,以至于她居然一觉睡到了目的地,等车子一停,她下意识地睁开眼睛。

阿九凑到她面前挖苦她:"哇,你终于睡醒啦?我们还在商量是把你留在车里继续睡呢还是叫醒你。"

倪晴睡眼惺忪地将目光从阿九移到周承安那边,周承安也正看着她,低声问了句:"没休息好?"

Chapter 10 不如和解吧

倪晴霎时脸一红，说："挺好的，我一向都是超过 30 分钟的路途就忍不住睡意你又不是不知道。"

话虽说得极轻，但这么极为自然地说出来之后连倪晴自己都吓了一跳，她看到周承安眼里划过一丝笑意，有些窘迫地连忙跟着阿九下车。

刘诗雅的老家在一个距离北城不远的小县城里，交通不方便，经济也不发达，县城里普遍还是北城几十年前的样子。他们穿过并不算整洁的道路，走了约莫 10 分钟，最后在一幢看上去已经十分古老的破旧公寓楼前停了下来。

周承安再三确认了自己手里的地址，而后收起来，准备往上走，阿九及时唤住了他："你确定是这里？还有，你进去之后打算说些什么？"

"你不是做记者的吗？这事儿你应该比我擅长才对。"周承安理所当然地说着，那意思仿佛在说：不然我叫你来干什么？

阿九呵呵地僵笑，倪晴在边上偷偷忍着笑，想她认识的那个阿九什么时候吃过这种瘪？阿九一向伶牙俐齿惯了，在周承安面前却讨不到一点便宜。阿九恨恨地瞪了一眼倪晴，跟着周承安上楼了。

门敲了三下，很快就有人来开门了，开门的是个看上去大约三十左右的女人。

"你好，请问这是刘诗雅家吗？"

女人一听刘诗雅这个名字，立刻点点头问："是的，请问你们是……"

周承安面不改色地说道："我们是她单位的同事，听说她家的特殊情况，所以想来看看，她一个小姑娘在外赚钱打拼也不容易。"

周承安说得头头是道，连倪晴都不得不佩服他的演技。同样地，这种一本正经说着谎话的男人居然第一次让阿九 get 到了帅点。

一行三人被迎进门。房子很小，只有一个卧室，卧室的门开着，他们一眼就看到了里头躺在床上的老人，不用想也能猜到，应该是刘诗雅的外婆。

"请问你是诗雅的……"

"哦，我是刘小姐请来的保姆，刘小姐在外工作忙，不能经常回来，所

以请我来家里帮忙，我就住在这里。"

"那诗雅一般多久才回来一次？"

保姆想了想，又算了算，不太确定地说："以前回来得挺勤快，但是最近已经有很长时间没回来了，不过她回来了也没什么用，老婆子现在躺在床上什么都不能做，动也不能动，根本认不出外孙女来。"

"她外婆的病情已经这么严重了？"倪晴往里看了看，她没想到老人家居然会病得这么重。

保姆叹了口气说："年纪大了，各种毛病都挤一块儿了嘛，难免的。"

"你一个月的工资是多少呀？再加上她外婆这个病的医药费，一个月开销不小吧？"阿九问道。

"我也算过，怎么着也要小两万吧。"

阿九看了看周承安，以她对这个行业的了解，刘诗雅就算一天24小时不吃不喝地工作，一个月也挣不到这么多钱。

"她跟你说过她是做什么工作的吗？"

保姆摇摇头说："我也不知道她具体做什么工作的，她只说是医生护士什么的，她对她外婆特别孝顺，是个好姑娘。那什么，是不是她犯了什么错了？"

"没有没有，她工作特别努力认真，我们就是路过顺道来看看而已，你千万别多想。对了，诗雅她有男朋友吗？"

"那我倒不清楚，她没带回来过，不过她说过她一个人在外头还算顺利。"

其实根本也问不出什么有用的东西，周承安在保姆的同意下在房间里溜达了一圈，房子实在太小，一眼就能看完。然而，当他正准备出来的时候，视线猛地被玻璃橱窗上一张相片吸引，他站在那里，眉心紧紧拧成一团。

那张相片上的刘诗雅穿着毕业服，手里拿着毕业证，应该是毕业那会儿拍的，而与她合影的这个人，他再熟悉不过了。

他拿起相片问保姆："你知道这相片上的男人是谁吗？"

Chapter 10 不如和解吧

保姆仔细看了看,说:"哦,这是一直资助诗雅上学的好心人,诗雅毕业那天他还去学校参加毕业典礼,诗雅很是珍视这张相片,一直摆在家里头显眼的位置呢。"

在场的其他三个人心里顿时如明镜似的,这么说这一趟也算没白来,至少证实了刘诗雅和林耀强的确关系匪浅,并且已经认识了很多年。

聊得差不多了,他们终于准备起身告辞。

"倪晴,可以下定论了,那天和刘诗雅在酒店的应该就是林耀强没错。"上了车,阿九忙对倪晴说。

"从被资助者到小三,新闻够劲爆啊。"

"可是没有证据证明他们有感情上的关系吧。"倪晴说道。

然而这句话说出,连倪晴都觉得并没有什么说服力,毕竟每一个人都更相信自己眼睛看到的一切。

而他们看到的东西,足以说明那两个人的暧昧关系。

回去的路上车内一阵沉默,三个人各怀心事。倪晴觉得心里又悲哀又难受,怎么也想不通,她母亲跟刘诗雅无冤无仇,刘诗雅为什么要做出这样的事?

周承安先将阿九送回了报社,接着直接把倪晴送回了家,直到车子停在了公寓楼下,倪晴仍怔怔地想着白天的事,完全没有察觉。

周承安叹了口气,熄火,身子往后一倾看向倪晴。倪晴在昏暗中迎上周承安的目光,他漆黑的瞳孔里好似有说不完的话,可最终也只是淡淡地对她说了一句:"倪晴,不要想太多,上去好好睡一觉,明天醒来什么烦恼都没有了。"

倪晴忍不住嗤笑:"真的睡一觉就没有烦恼了吗?这个世上哪里有这么简单的事情……"顿了顿,她又向他道谢,"周承安,谢谢你。"

谢谢你在这种时刻还在我身边,谢谢你把我母亲的事情放在了心上,谢谢你……还在那里,在我一转身就看得到的地方。

"倪晴,你知道的,我要的一直都不是谢谢这两个字,这些日子你对我

说得最多的是什么大概连自己都没察觉,谢谢、对不起等等,诸如此类的话,以后不要对我说这么多,显得生分。"周承安的语气有着凉薄和淡漠。

倪晴静静地注视着这个男人,最初遇见他的时候就知道他是个冷漠的男人,却不知道后来两个人会有这么深的纠缠,她从来不知道,原来喜欢一个人是这种滋味。记忆里的那个少年似乎已经离她越来越远,取而代之的是周承安很少才会出现的笑容。

她猛地甩了个头,甩掉脑子里突然出来的这个荒唐想法,她怎么能忘了小哥哥?她在梦里等了那么多年的少年,怎么能轻而易举地就被其他人取代。

周承安的目光定格在倪晴身上,好似看出了倪晴刚才一刹那内心的挣扎,嘴角凝起一抹苦笑,有时候他宁愿自己没有这种看人心的本事。

倪晴的身影就这样消失在夜色之中,周承安坐在车里抽完一根烟,这才发动车子引擎驱车离开。

周承安没想到第二天自己就被叫进了院长办公室。

他和林耀强面对面而坐,两个人在沉默中像是无声的对峙,彼此望着,谁也不想开口先说话。周承安有这个耐心等他开头,在这种时候,该急的是林耀强而不是他。

林耀强不自然地推了推鼻梁上的眼镜,终于直截了当地开口问他:"你们昨天去了什么地方?"

"我们?我和谁?"

周承安的明知故问让林耀强更加恼火,他咬牙切齿道:"周承安,你到底想干什么?你忘了自己是哪边的人了?你养父没有告诉你不要再掺和这件事吗?"

事实上林耀波大约是还没来得及告诉他,就被林耀强着急叫进了这里,周承安因此无辜地耸了耸肩:"这个真没有。"

林耀强的面部肌肉在抽动着,这个周承安,以前他就觉得他将来会是个

Chapter 10　不如和解吧

大麻烦，没想到居然这么快就被自己一语说中。

"周承安，你究竟想要什么？"

周承安直直地看向林耀强，脸上的表情像是嘲讽，又像只是普通的表情变化。他淡漠地说道："林院长，您也曾是医生，医生的职责和信仰你怕是已经忘得一干二净了？"

"你没有资格说这句话，周承安，你干的那点破事比我还不如。"

"是啊，所以我从来没有把自己当成真正的医生看待，可是林院长您几十年始终当自己是一个救死扶伤的医生不是吗？原来医生也可以杀个人连眼睛都不眨一下？"

林耀强的脸色猛然间变色，狠狠地瞪向周承安，几乎下意识地开口："周承安，你知不知道自己在说什么？你在血口喷人。"

周承安笑笑，显然对林耀强的话并未放在心上："是不是血口喷人，等到真相水落石出的那天就知道了。"

周承安不再像以前那样对林耀强尊敬，不，他现在连表面上的功夫都懒得再装，在林耀强愕然的目光下，出了院长办公室的门。

今天的阳光很好，可阳光却照不到有阴霾的地方。

倪晴独自坐在偌大的楼道上，偶尔有来人过往，她都充耳不闻，一个人在那里不知道坐了多久，高跟鞋踩着的脚步声才由远及近，到了她身边。

盛薇站着看了她一会儿，这才叹了口气，在她身旁坐下："倪晴，你真的想清楚了？不想再在这行干了？自从你演了那个电影后已经小有名气了，你不是一直想出人头地想赚大钱吗？如今机会来了，现在放弃岂不是太可惜了？"

听到盛薇的声音，倪晴才怔怔地从自己的回忆里走出来。她回过头，对盛薇轻轻一笑，可这笑容在盛薇眼里却毫无生气。盛薇记得以前的倪晴，尽管脸上的笑大多数时候也只是虚情假意的强颜欢笑，但好歹是笑得漂亮的，可现在呢？自从倪晴的母亲去世后，倪晴就算是笑着的，也难看得几乎像

在哭。

"盛薇，我以前拼命地想赚大钱，我想等我有了钱之后把我妈从那个鬼地方带出来，我想给她安稳的生活，再也不用在里面受苦了，为了这个目标我可以奋不顾身，但现在我妈死了，我想不到任何理由再让自己陷在这种窘境中。"

盛薇当然知道从前的生活并不是倪晴想要的生活，从前的倪晴也不是真实的倪晴，倪晴从小家境优渥，她父亲几乎把她宠成了名副其实的公主，她的骨子里一贯都是骄傲的，所以很多时候，即便她陪在那些暴发户身边，想尽办法取悦他们，赚他们的钱，可倪晴却从来看不起他们。

一个人的出身注定了很多事情，也注定了人的一生。

盛薇知道自己无法说服倪晴，所以也不再强求，叹了口气，对倪晴说道："你的合约还有三年才到期，我会想办法说服老板让你和平解约的，你的心思我知道，我们好歹也朝夕相处了这么多年，放心吧倪晴，我知道该怎么做。"

倪晴对盛薇的感激无法用语言来形容，如果非要用一个词来形容她们之间的关系，她想"战友"这个词会更贴切一些。当倪晴一无所有的时候，和盛薇一起奋斗；最困难绝望的时候两个人也是相携走过的。

一声谢谢哽在喉咙，倪晴知道盛薇并不需要她的这声谢谢，于是倾过身抱了抱盛薇，无声之中感谢她这么多年在自己身边。

"倪晴，事到如今，失去的也无法挽回了，从前你总为你母亲而活，现在你也该为自己活了。"

倪晴的脸靠在盛薇肩上，无声地流下了眼泪。

两天后，盛薇打电话给倪晴，说老板同意和平解决，并且免了合同上那一大笔违约金。倪晴起先并不相信老板会这么好，毕竟以她对那个老女人的了解，怎么可能这么轻易就放过现在好不容易有了起色可以开始赚大钱的摇钱树？经过倪晴的几番逼问下，盛薇才支支吾吾地道出了缘由。

原来老板会答应，是因为袁艾迪出面替倪晴当了说客。那天袁艾迪刚巧

Chapter 10 不如和解吧

去找倪晴的老板谈事情，恰巧听到盛薇在办公室里哀求老板，老板的态度相当坚决，要么继续留下来工作，要么付掉那一大笔违约金，没有第三条路。

后来等袁艾迪他们谈完事后，才将话题又绕回到了倪晴身上，盛薇并不知道袁艾迪究竟对老板说了什么，又是怎么说服她的，只知道之后袁艾迪就签下了原本一直迟迟没有签下的合约。

倪晴再傻也知道袁艾迪一定是让出了什么利益，商人最注重利益，尤其是倪晴那个见钱眼开的吸血鬼老板。

倪晴挂掉盛薇的电话之后匆匆找到袁艾迪的工作室，被告知袁艾迪今天外出，很晚才会回来，她便等在了工作室的会客厅里。直到外面从白天到了黑夜，才看到袁艾迪风尘仆仆地回来。她一见到他，霍地一下站了起来，手里捂着一个杯子，一时间竟然无语。

袁艾迪的目光扫过她的脸颊，屏退了其他人，会客厅里安静得让倪晴觉得下一刻自己就会窒息。

其实很多事情倪晴并不知道该怎么用语言来说，她曾经那么恨袁艾迪，不，现在也恨，只是这恨随着时间推移，好像又变得不大一样了。

当初她难过的是袁艾迪一声不吭偷走了自己的作品，后来难过的是她就这么失去了一个对自己来说十分重要的朋友，原来他们的友情还抵不过一幅设计图。

袁艾迪等着倪晴先开口，他们面对面坐着，倪晴垂着眼盯着自己手里的杯子，好半晌之后才长长松了口气，似乎终于打算和他说话了，她看向他，眼里已经没了波澜。

"听说你为我求情了？"

"你是特地来感谢我的？"

"是。"

袁艾迪笑了，接着他的视线总算定格在了倪晴脸上，轻声对她说了一句话。

"倪晴，不如我们和解吧。"

Chapter 11 倪晴，你就这么想死？

倪晴，不如我们和解吧。

再往前推个几年，也许倪晴还会因此而欣喜，可是时间已经过了这么久，早已将她当时对袁艾迪的期待吹得灰飞烟灭。她望着袁艾迪，嘴上说着的谢谢，终究还是抵不过心里对他的怨。

"袁艾迪，你觉得夺走一个人的梦想是可以这么简单就能被弥补的吗？"

只是这一句话，就让袁艾迪知道了自己和倪晴之间的距离仍旧差着十万八千里远，因为太了解倪晴，所以更理解倪晴不愿意同他和解的原因。他低头兀自嘲讽地笑着，听到倪晴起身的动静，没有抬头，也没有阻拦她的离开。

她的声音从头顶传来，轻轻地说道："谢谢你帮了我这个忙，希望以后……我会有能还你这次恩情的机会。"

她渐渐走远了，袁艾迪却觉得心里的某个地方空了似的，不管他们之间发生过多少故事和多少不愉快，倪晴一直都是他心里最重要最无可取代的朋友，这一点毋庸置疑。

下了楼往左转，在第一个红绿灯的路口，倪晴却停在了那里没有动，往事一点点从心底划过，年轻时候的梦想，后来竟成了如此大的奢望。她低着头盯着自己的脚尖，走了那么多路，还是没法走进自己想要的理想里去。

呵，现实有时候真是悲哀得让人无法直视。

嘟嘟——刺耳的喇叭声忽然突兀地响起,倪晴下意识地抬脚就要走,却发现前方已经是红灯。她皱着眉看向声音的来源,蓦地,一辆熟悉的车子映入眼帘,隔着挡风玻璃,她远远地看着驾驶座的那个男人。周承安永远都是一副云淡风轻的样子,好像什么事都无法扰乱他的心神。

他在车里朝她招了招手,示意她上车。倪晴想了一下,还是慢吞吞地绕到了副驾驶座的位置,她的每一个动作都被周承安看在眼里,周承安突然想究竟是从什么时候开始,原本他被渐渐吸引的那个倪晴不见了?她不再像从前那样活泼肆意,那时他见到她,觉得这个女孩子活得又张扬又张狂,一副天不怕地不怕的样子,那副样子,曾让周承安深深地喜欢。然而现在呢?现在也是喜欢的,只不过他难过的是,他喜欢的那个女孩子因为外界发生的种种事情,而渐渐地变成了另一副模样。

比如……倪晴不再像以前那么爱笑了,更多的时候,她常常陷在自己的回忆里,仿佛周遭一切都与她无关似的,就连阿九都说,倪晴好像慢慢变得不再是以前她认识的那个倪晴了。可那又怎么样呢?不管倪晴变成什么样子,她依旧都是倪晴不是吗?

倪晴上了车乖乖系好安全带,转眼看向周承安:"这么巧?你怎么会在这里?我记得去医院的路和这里不顺路啊。"

周承安只是扬了扬眉,没有回答她的问题。

他自然不可能真的这么凑巧路过,只是恰巧过来找袁艾迪商量一些事情,这事情当然和倪晴有关。关于倪晴为什么对画画这件事这么忌讳,他想来想去,觉得大概真的只有袁艾迪才能替自己解惑。周承安原本并不确定袁艾迪是否会告诉自己,但没想到袁艾迪听完,脸色几不可见地一变,沉默了很久之后,他才将倪晴小时候的故事告诉了周承安。

倪晴小的时候很爱画画,教她画画的老师说倪晴十分有天赋,是块学艺术的料。倪晴的父母也有意把倪晴往这方面培养,再加上倪晴本身喜欢,她很小的时候就喜欢替自己的芭比娃娃设计衣服,速写本上全是一套又一套看上去并不成熟但很有创意的设计。袁艾迪那时候跟倪晴关系特好,也跟着倪

晴一起学，他们是同一个画画老师，但老师明显更看中倪晴的天分，花在倪晴身上的时间也更多一些。

后来发生了一件事，倪晴自己喜爱的设计被人偷了，那人用最快的速度发表了这些设计稿，一夜成名，倪晴觉得自己受到了伤害，从此以后再也没有拿过画笔。

这件事情周承安自然是知道的，虽然袁艾迪说得这么隐晦，但周承安一早就知道这个拿走了倪晴设计稿的人就是坐在眼前的这个男人。

袁艾迪垂着眼睑，低低笑着说道："不过倪晴家道中落之后只顾着要赚钱养她母亲，所以没有再想画画这件事情，也是另一个原因。"

袁艾迪没有去看周承安的目光，确切地说，更像是在躲避。周承安收回在他身上的视线，恰在这时，袁艾迪的助理过来对他说有位小姐在楼上已经等了他很久，根据助理的描述，那两个男人几乎一下子就猜到了是倪晴。

所以怎么会是巧合呢，袁艾迪走后，周承安就一直在楼下等着她出来。

"你怎么不说话？"倪晴觉得有些奇怪，往常周承安虽然话也少，但总归会回答自己的问题。她斜着头，不由分说地紧紧盯着他看。

"在想等会儿带你去吃什么好吃的。"周承安难得语气轻松，手指平和地敲打着方向盘。

倪晴愣了一下，才忍不住出声提醒他："周承安，我们已经分开了。"

"那又怎样？朋友之间连一起吃个饭都不行吗？"

"我不饿。"她固执起来谁的话都不管用，就这么语气硬邦邦地说道，"我想回家。"

"倪晴，你为什么一定要活得这么倔强？其实只要你愿意往回看，会发现有很多人在那里想要帮你。"

倪晴深吸了一口气，视线看着前方，淡淡说道："周承安，四年前我家道中落，就已经尝尽冷暖，所以我知道自己该做什么不该做什么。别人再好那也是别人，自己再糟糕那也是自己，我学着不去依靠别人，是因为我知道没有人永远会在我身边，也没有人有这个义务来负担我的人生。我努力让自己看起来很独立,不成为别人的麻烦和包袱,我自认为自己做得很成功,所以请你不要试图打破我这几年来的努力,好吗?"

车内的温度一下子降到了冰点。

两个人都不再说话,可倪晴还是意识到了自己说话有些微的过分,她拿眼偷偷瞄了眼周承安,周承安仍旧面不改色,保持着一贯的那个样子。

车子开到一半路过一家餐厅的时候,周承安把车停在了路边,熄火,对她说:"我去打包些食物,你在车里等我。"

她一个不字还没来得及说出口,周承安已经下了车。倪晴看着他的背影,突然觉得自己真不是个东西,她说不想跟他一起吃饭,想回家,他就替她去餐厅打包食物,她是不是有些不知好歹了?

倪晴看到对面有个便利店,想下去买些日用品,她拔掉周承安的车钥匙,下车锁了车门,正是绿灯,她想也不想便要往前走,然而就在这时,一辆车子快速地朝她冲来。

倪晴发现的时候心脏猛地一停顿,脚下突然如千斤重,无法挪动一步,明明是红灯,可那辆朝自己方向开来的车却一点也没有要减速的意思。她知道自己应该迅速避开以免被撞到,可那个时候……那个时候她居然鬼使神差地站在那里,一动不动……

车灯刺眼的光芒朝倪晴直直刺来,倪晴下意识地闭上了眼睛,那一刻脑海里一片空白。

周承安看到那个画面的时候才知道什么叫肝胆俱裂,手上力道一松,打包盒子散落一地,眼见那辆车子就要撞上倪晴,他大喊了一声:"倪晴——躲开——"

随着话音,他以最快的速度冲到了倪晴身边,那辆原本看上去似乎就要撞上倪晴的车子,在倪晴只有一步距离的位置蓦地刹车,而后调转方向,迅速撤离了现场。

他抱住倪晴,死死地把倪晴的脸摁进怀里,感觉到自己全身上下都在颤抖着。他不敢想象如果刚才那辆车子再晚一步刹车会有什么后果,也许现在

他只能……只能看着躺在血泊里的倪晴……

有那么一刻,倪晴像是灵魂出窍了似的,记不得发生了什么事,只知道周承安颤抖的双手紧紧抱着自己,她好不容易才仰起头,怔怔地望着周承安问:"怎么了?"

她这样无辜的表情让周承安心里的怒火更加旺盛:"倪晴,你就这么想死?你就这么不想活着?对你来说活着有这么痛苦?"

周承安的声音在倪晴耳边回响,倪晴一时说不出来,心脏扑通扑通地直跳,然而周承安脸上那种痛却那么真切,就像痛在倪晴身上一样,连带着她自己的心也开始慢慢地疼起来。

"我没有……"

"为什么不躲开那辆车?"

"我……我也不知道当时怎么了,鬼使神差地就是动不了……"倪晴说得委屈,周承安的脸色却越来越严肃。

周承安闭了闭眼,他居然不知道,原来倪晴对于生的希望竟然已经到了如此微薄的地步。

当周承安把那天发生的看似没什么大不了的插曲告诉阿九之后,阿九却震惊得说不出话来,呆呆地望着周承安,好半天才回过神来。

"你……你是什么意思?那辆车难道是故意朝着倪晴冲过去的?是不是他原本是想撞死倪晴的,后来因为其他什么原因突然改变主意了?你记得那辆车的车牌号吗?我马上让人去查。"她说着就要找人去查那辆车,却被周承安制止了。

"车牌号肯定是假的,看样子并不是无意经过那里的,想来应该就是针对倪晴而来,至于突然停下来的原因……我后来想了想,会不会是对方其实并没有想伤倪晴,只不过是一个什么警告?"

"警告?"阿九的眉头紧紧皱起,"警告什么?"脑海里忽然灵光一闪,她猛地一拍自己的脑袋,"该不会是因为我们在查倪晴母亲的死而触犯到某些人的利益，所以有人坐不住了，用这样的方式来警告我们适可而止？"

周承安的表情告诉阿九，阿九说对了。如果真是这样，那事情恐怕有些棘手了，这个时候，即便他们心里清楚地知道对方背后藏着的会是些什么人，但再怎么说都是敌在暗我在明，不管做什么，出了这件事后，他们都站在了被动的位置。

阿九琢磨了一会儿周承安的表情，遂问道："你认为会是谁干的？"

"你心里已经有了底，何必还来问我？"

阿九耸了耸肩，心想本来只是想交换意见，不过他们心里怀疑的对象约莫都是一样的人，所以再说出来其实也并没有什么用。

"对了，你最近有没有觉得倪晴有没有什么不对劲的地方？"

阿九被周承安这个问题问得有些丈二和尚摸不着头脑，她最近因为手头上事情比较多，自从那次一起去了刘诗雅老家后就没再见过倪晴了，相比较而言，明明应该是周承安见她的机会比较多才对。

"你想说什么？"

"我觉得倪晴的情绪有些不太对劲，昨天她站在马路中央，那辆车将要撞上她的时候她根本没有任何要闪躲的意思，也就是说在她的潜意识里，其实是有想过不想活了的。我怀疑……她的精神可能出现了抑郁。"最后，周承安给倪晴下了定义。

阿九知道，如果连周承安都这么说了，那么十之八九应该是错不了的。周承安是这方面的专家，对于这类病情，没有人比他更专业。她以询问的眼神看向他："万一她真的只是惊吓过度来不及反应呢？"

周承安却摇了摇头："人的身体在那一刻逃跑应该是下意识的反应，而她的意识里让她有不想活下去的想法，所以在那一刻她才会站在那里任由车子朝自己撞过来。阿九，我需要替倪晴做一个全面的检查，但你知道，我没有办法说服她，我需要你的帮忙。"

"你想我怎么做？"

第二天正巧是周末，阿九早早敲开了倪晴的公寓门，盯着倪晴一脸睡意惺忪的脸，高兴地捏着倪晴的脸说："看来你睡得挺好的呀，是不是失眠症好多了？我就说我介绍给你的那款安眠药效果不错吧？"

倪晴白了她一眼，转身窝回床上。阿九一看床头果然放着自己给倪晴的那瓶药丸，随意一看，眼睛猛地一眯，瓶子里只剩几颗零星的小药丸，几乎空了。她一把扯过倪晴，正色道："倪晴，这玩意儿不能多吃，这才几天啊，你是当饭吃了吗？"

倪晴不耐烦地撇开阿九的手，困得要死，掀开被子把自己藏进被窝里。阿九的眼神闪过一丝凛冽，她起初以为周承安只是杞人忧天而已，但如今一看，恐怕倪晴真的出现问题了，没有一个正常人会成倍成倍地给自己灌安眠药。

"倪晴……那天那辆车子朝你撞来的时候你为什么不闪躲？"

原本在被窝里困得一塌糊涂一动不动的倪晴，在听到阿九的问话后愣了愣，为什么？那个时候周承安也问过相同的问题，可是她没有答案。后来回到家，不是不知道答案，而是不敢想，不敢想象为什么在当下，自己的脑子里会出现那么可怕的念头，甚至……她觉得自己好像病了……

她慢慢地掀开被子，望着阿九的眼神慢慢起了变化，对于阿九，她没办法撒谎，更多的却像是倾诉："有一个声音在我心里不断叫嚣着：就这样吧，倪晴，就这样让它撞上来吧，这样你就解脱了……"

阿九的内心震动，难以置信地看着倪晴，倪晴的心里当时怎么会出现这么荒唐的声音？

"阿九，我当时想，不如就这样结束了吧，也许对我来说也不是什么坏事呢？这些年我活得太累了，我想停下来休息一下……"

"倪晴你疯了吧？你爸妈要是知道今天的你居然起了轻生的念头他们该多难过？你忘了你妈在那个医院里受的那么多苦了？为了她受的那些苦，你也得忍下来啊，你妈妈活得那么痛苦都一直在努力活着，你凭什么能产生去死的念头？"

倪晴只觉得头痛欲裂,脑袋快要炸裂了,她何尝不知道阿九说的没错,也知道阿九是为了自己好,可她不知道,当一条路,没有人知道对错的时候,就意味着只有自己才能做出抉择。她对于这个一直没有答案,这也是为什么当时,周承安问她为什么的时候,她不知道该怎么回答的原因。

阿九把倪晴从床上拽起来,说:"倪晴我带你去个地方吧。"

到嘴边想拒绝的话在看到阿九坚决的表情后,还是默默地吞咽了回去,倪晴快速拾掇好自己,下了楼才发现周承安的车已经等候在楼下,她蓦然看向阿九:"你们说好的?"

"是啊,我想带你出去玩,所以找了个司机,周医生表示他很乐意为我们效劳。"

倪晴嗤笑:"他什么时候这么乐意为人民服务了。"

阿九眨了眨眼,把她推进了车里。路上倪晴问阿九她们要去什么地方,阿九一直故作神秘地不肯告诉她,至于专职司机周承安,则是一声不吭,好像心事重重的样子。倪晴几次到嘴边的话又活生生吞了回去。

等到了目的地,倪晴才知道原来是科技馆。阿九居然会带她来科技馆?这在倪晴看来是件不可思议的事,因为她记得阿九曾经嗤之以鼻地说过这里有的只不过是一些骗孩子们的高级机器而已。当时科技馆刚刚建成的时候倪晴一直很想来玩一玩,但因为各种原因,从来没有成行,没想到这一次成行,居然会是在阿九的带领下。

阿九显得兴致勃勃,拽着倪晴一个个玩过去,那笑容天真得仿佛孩子,倪晴也跟着被感染了,原本灰暗的心情总算得到了好转。

她们转悠到了三楼一个看上去十分高大上的房间前,里面有一台超大的机器,像是太空舱,人坐进去后可以轻吐心事,而这些心事只有机器才能听到,保证不会外泄一点点内容,所以房间的外面挂着的一块牌子叫:真心话太空舱。

阿九迫不及待地就进去了,倪晴等在外面,等了将近20分钟,才等到阿九出来,相比较进去之前,出来之后阿九整个人看上去更精神了。

"倪晴你也进去吐吐槽吧，反正也没人，让自己爽一下。"

倪晴脸上仍有犹豫："这不太好吧？"

"有什么不太好的，这不写着是真心话太空舱嘛，那就得接受咱们的吐槽呀，快去快去。"她边说边把倪晴推了进去，不给倪晴后退的机会，啪的一下关上了门，拍着胸口长长吁了口气。

其实这是周承安想出来的鬼主意，这哪是什么真心话太空舱，只不过是一个再普通不过的机器，因为阿九托关系找了馆长才将这个房间空置出来临时改造了一下，就是为了能让倪晴在最自然的状态下将心事说出。

阿九在外面等啊等，就是不见倪晴出来，她又忐忑又不安，不住地往房间看去，终于，当倪晴出来的时候，她几乎就要扑过去，随后抓着倪晴的手臂问："怎么样怎么样？吐槽完是不是舒爽了很多？"

倪晴勉强笑了笑点了点头说："好像是有一点儿。"

之后，两个人没了玩的兴致，用过餐后周承安和阿九就匆匆把倪晴送回了家。倪晴一走，车里顿时只剩下他们两个人，阿九沉吟片刻，才问："怎么样？"

"应当是有些轻微的抑郁倾向，不过问题不大。"

当时周承安就隐藏在那个房间其中隐蔽的角落里，听到了倪晴说的每一句话。他无法像正常医生那样对倪晴看诊，因为以倪晴的现状来说，她会从心底里感到排斥，所以只能靠着这个方法，听一听倪晴的内心想法，才能稍稍作出些诊断。

"我今天早上去她家里接她的时候发现她在服用大量的安眠药。"

"嗯。"周承安顿了顿，忽然回头对阿九说，"你能不能把她家里的安眠药给换了？"

阿九一时间没有反应过来，怔怔地望着周承安不明所以，这是什么意思？是要她偷偷潜伏进倪晴家里扔了那瓶安眠药吗？可那药倪晴都已经快吃得差不多了。

"你不是说那药是你给倪晴送过去的吗？"

这下阿九几乎秒懂了周承安的意思，周承安是说，让阿九将已经换掉了的药当成安眠药给倪晴送去。

"换成抗抑郁的药？"

周承安摇了摇头："按你说的她的那种服药量，如果换成抗抑郁的药，后果可就更严重了，换成维 C 吧。"

阿九能够感觉到周承安身上那种无可奈何的感觉，可是却什么都帮不了。周承安比倪晴要内敛许多，很多事情他只会放在心上，因此也比别人显得深沉一些。他不习惯将事情说出来，只选择默默地去做。

又过了几天，当所有事情好像都趋于平静的时候，一则报道却炸开了锅，再度成了人们茶余饭后的谈资。这是一则读上去没有什么实质性内容，但十分八卦的新闻。

新闻内容是某个医院一个德高望重的院长跟一个平凡的小护士之间的爱情故事，两个人多年的缠绵悱恻的故事看得人脸红心跳，但重点是，这个德高望重的院长已有妻室，并且女儿的年龄跟这个小女朋友差不多大。虽然没有指名道姓，但这则报道的指向性十分明确，令所有看过报道的人都开始猜测新闻里的主人公是谁。一夜之间，几乎所有医院的院长都被纷纷拉下马，无辜躺枪。

不用说，这则报道自然出自阿九之手，阿九自做记者以来，一贯是什么都敢写什么都敢报的，倪晴在佩服阿九之余也开始担心，万一因为这件事而给阿九带来麻烦可怎么办？但麻烦还没来，阿九的消息倒是先来了。

倪晴比周承安要早一步到阿九约好的地点，她刚坐下，周承安后脚便从外面走了进来，两个人两两相望，却是倪晴率先败下阵来，心里乱跳地别开了视线。她对周承安依旧放不下，一个人胡思乱想的时候，周承安的脸庞总会在自己眼前掠过，当时胡搅蛮缠死缠烂打也想绑在身边的人，一夕之间却又被自己推到了对面的位置，想想不免觉得唏嘘，时间真是残忍，能将人心割裂得无法自已。

阿九轻轻咳了一声，打断他们各自的思路，神秘兮兮地说："那则报道发出不到24小时，我们总编亲自找上我，教育警告了我一番，并且很迅速地撤了报道，你们猜是谁先沉不住气找上门来？"

倪晴了无生趣地托着下巴，懒懒地回答："这很难猜吗？一定是事件的主人公呗。"

阿九愉快地打了个响指："答对了，那天我看到他出入我们报社的身影，我们总编把我狠狠骂了一通，骂得狗血淋头，不过最后也只是让我不要再报道这些子虚乌有的东西而已。我猜我们总编跟他也不对付，只不过碍于林耀波的面子，所以对林耀强还算是客气。"

"你们总编就没顺便八卦一下那个报道的真实性？"

"他从不怀疑我写的新闻的真实性，我从事这行到现在从来没有写过假新闻，而且林耀强亲自登门公关，要求撤了相关报道，从侧面就证实了报道的真实性啊。这个林耀强看来还是没他哥林耀波精明，这事要是换成林耀波，才不会亲自出面。"

一直在旁沉默的周承安忽然接话："如果是林耀波，恐怕不会这么善罢甘休。"

阿九眉心一挑："你觉得我会怕他？"

倪晴轻轻地笑，自然是不怕的，阿九的家境要比林家优渥很多，即使真的得罪了林耀波，也有家里帮忙撑着，这也是当初倪晴请阿九帮忙的原因，至少阿九能保证自己的人身安全。

这个时候周承安接了一个电话后便匆匆走了，阿九和倪晴同时看着他的身影离开，他们之中周承安是最了解林耀强的，不单单是因为林耀强是他的上司，还因为林耀强是林耀波的弟弟，算起来，他们还算有点关系。

"倪晴，其实你妈妈的死，我们差不多已经知道了是被谋杀的，如果将真凶绳之以法后，你有什么打算？"阿九吸了口饮料，耸了耸肩说，"毕竟，我觉得这件事快要到终点了。"

不只是阿九，倪晴也觉得，她母亲的案子就目前的情况来看，其实只不过是等一个大结局而已了。她呆呆地盯着桌面，兀自摇头："我也不知道，也许……会出去待一段时间吧，这些日子发生了太多的事，我觉得我需要时间好好消化一下，反正我现在已经是自由身了。"

"那跟我去纽约吧？"

这个提议被倪晴想也不想地拒绝："阿九，我不能老依赖你们，毕竟以后的日子是我一个人过，很多事情也需要我一个人去面对，你们总在我身边，会让我失去思考的能力。"

"那周承安呢？"

周承安呢？倪晴也不知道，她放不下这个男人，却又觉得他偶尔和自己很近，偶尔又像是遥不可及。其实说起来，他们根本就是两个世界的人，最初遇到的时候，她只是一个眼里只有钱的小模特，他却是业界精英，是她一意孤行地强行进入了他的世界，让他们之间变成现在这个样子。

"也许我们的缘分够深呢？你知道的阿九，缘分比什么都重要。"

"但缘分抵不过人心刻意的疏离。"

倪晴心里狠狠一痛，别过头，假装听不懂阿九的话。她一直这样，用逃避来面对一些事情，不知道这样的逃避也许会给别人带去难过和痛苦。

这一次，周承安被林耀波叫回了林宅，林为安的电话打来的时候他便觉得事有蹊跷，等到在宅子里见到林耀强后，他总算明白了是怎么回事。

客厅的宽大沙发上，林耀波和林耀强两兄弟隔着一个茶几坐着，林为安则在另一边，担忧地看着周承安。自林耀强来了之后，家里的气氛似乎古怪了起来，她当然也看到了那些八卦新闻，但怎么都无法跟自己这个叔叔联系在一起。

林耀波扬手让林为安上楼，通常这个时候便是有重要的事要商谈，而她在这里显然并不合适。林为安一步一个回头看向周承安，后者立在那里，眉宇间的从容仿佛在诉说着他早已知道会发生什么事。

"承安，你看了那篇报道了吗？"林耀波摁灭手里的烟头，抬头问向周承安。

周承安却是明知故问："哪篇报道？最近院里挺忙的，没有时间看报纸。"

"是吗？难道那篇报道不是出自倪晴那个好朋友之手？"

周承安耸了耸肩，表示自己对此并不知情。林耀强到底不是商人，没那么精明，此刻事情落到自己头上，更没那么沉得住气，起身说道："你还要狡辩吗？那个许依米不是跟你很熟吗？经常到院里来找你，你现在跟我说你不知道？"

周承安淡淡地看了他一眼，只这一眼，却让林耀强心里一骇，不由得往后退了一步，他对林耀强说道："我并没有否认我跟许依米的关系，至于你说的那篇报道，我真的没有看过。"

啪——林耀波将那份报纸甩手扔给周承安，既然如此，周承安便拿起来看了看，随后嘴角向上裂开一个弧度，却是看向林耀强："林院长这么紧张地跑来质问我，想必这份报纸上说的都是真的？"

"周承安，你别给我在这里惺惺作态，我不相信这件事你毫不知情。"

周承安耸了耸肩，面上却没什么表情。林耀波最是了解周承安，不动声色地将视线从周承安身上越到林耀强身上，不悦道："你自己做事不干净，就别怪别人抓你的小辫子。"

林耀强一听连林耀波都帮着周承安说话，刚才的怒气一下消了下去，在林耀波面前，大多数的时候，他都是敢怒不敢言。林家，毕竟还是林耀波说了算。

林耀波手里夹着一支雪茄，起身来到周承安身边，拍拍他的肩膀，说："承安啊，你这么大费周章地搞这些事出来，无非就是替倪晴的母亲抱不平，可人已经死了，你不觉得你做这些也都是徒劳而已吗？"

"也许吧，人已经死了，就算找出真正的杀人凶手，她也活不过来了，是吗？"

周承安没有看林耀波，而是看着林耀强："可是人已经死了，伤痛会永远在心里。林院长，我从不故意针对任何人，我只要真相。"

"真相就是倪晴的母亲自己失足摔下楼的。"这时林耀波忽然提高了音量，声音里出现了某种警告的意味。

周承安忽然笑了笑，想起了什么似的，到嘴边的话淡漠地吐出。不知怎么的，他的这种目光竟然连林耀波都从未见过。

"那天突然撞向倪晴的车子，是你们的吧？"

周承安一直记得这件事，那个几乎让他失去倪晴的时刻，他想自己这辈子都忘不了。每一个辗转难眠的夜里，只要一想起倪晴那时候抱着的居然是想死的信念，他便觉得好不容易拾起来的努力顷刻间又荡然无存。

遇见倪晴之前，周承安觉得自己也不过只会是这样日复一日地过着相同的日子罢了，没有激情，没有未来，也没有自我，可倪晴就像是一束阳光突然闯进了自己的人生里，让他的生活从过去的黑白两色开始变得五彩斑斓。他喜欢看倪晴笑，更喜欢那个时候倪晴无赖似的张扬，那是她的自我保护伞，却是最初他会对她心动的原因。

所以对于那天企图撞向倪晴的那辆车，在周承安的内心深处，其实是无法容忍的。

这话一出，两个人的脸色行成鲜明的对比，林耀波面色毫无波澜，但林耀强脸色却是一变，但周承安从这细微的变化里就已经看出来，不管是谁做的，这件事，他们两个人都知情。

"为什么找了人去撞倪晴，中途又放弃了呢？是司机变卦了，还是原本就只是想吓吓倪晴，对她做出一些无关痛痒的警告而已？"

话到了这个分上，似乎已经再也没有了隐瞒下去的必要。林耀波的威严与生俱来，但即便如此，和他对峙着的周承安也丝毫不落下风，周承安直视着林耀波，从未在心里如此痛恨过自己曾经为他做事。

他曾以为，林耀波即使做过一些不好的事，都是出于商人所处的那个位置，而很多事情，在那个时候看来其实并没有更好的选择。可如今重新开始审视起那时候，才觉得林耀波始终只是为了自己的利益考虑罢了，人命在林耀波的眼里，根本不算有价值的东西。

"承安，你一定要多管闲事，把自己也搭进去？你现在是在用行动告诉我，你坚定地站在倪晴那里，哪怕她根本没有赢的可能？"

"她从未想过要赢，她只不过想找回属于自己的公道，她的母亲不能白死。"

"什么是公道？你跟在我身边这么多年难道还看不清？这个世界上哪里有所谓真正的公道？公道只不过是一些强权用自己手里的利益争取过来的东西而已，你难道真的天真地以为，以你的一己之力能改变些什么？"林耀波淡漠地看着周承安，从他的眼神里看不出是厌恶还是失望。但那一刻，周承安觉得，林耀波对自己的忍耐已经到了极限。

"这就是你一直刻意打压倪晴的原因？为什么？难道四年前倪晴家里出的事和你有关？"显然周承安已经越界，所以他不介意自己再越界越得更深一些。

"承安，你和为安的婚约，不日我就会登报，希望你能对为安好，不辜负为安对你的信任，也不辜负我对你的期望。"林耀波突然话锋一转，令周承安不悦地拧起了眉。

他记得自己和林耀波说得很清楚，他和林为安之间只不过是逢场作戏，不会有任何结果，如今这老狐狸又旧事重提，恐怕没安什么好心。他的目光几不可见地往楼梯的方向扫过，回到林耀波身上时又恢复了平静。

"为安知道这件事吗？"

"她心里想的我这个做父亲的难道会不知道吗？承安，为安一直都喜欢你，你们两个在一起才是最登对的，郎才女貌，你和倪晴根本就是两个世界的人，你们不该在一起。"

"是吗？"周承安轻笑，"为什么我却觉得，我跟为安才是两个世界的人？我只不过是您从垃圾场里捡回来的孤儿而已，可为安是您的千金，是您捧在手心里的宝贝，让她跟我这样的人在一起，您不觉得委屈了为安吗？"

林耀波的脸色渐渐阴沉下来，面色不再像刚才那么和煦："你这话是什么意思？你看不上我女儿？"

"不，是我自认为配不上为安。"

"周承安，我当年把你从底层里带出来，可不是为了让你在这种时候打我脸的，你当初跟我说你跟为安只是逢场作戏，我怎么看不出我女儿对你也是逢场作戏？你要是对为安没有一点点感情，就不该一直在她身边让她误会。"

周承安对于林耀波毫无畏惧，他迎面而上："可是当初，不是您要求我陪在为安身边的吗？"

客厅里瞬间鸦雀无声，了解周承安的人都知道，周承安话已经说到了这个分上，就已经算是十分坚定地表明了自己的立场，这也就意味着，不管对方说多少做多少，都不会动摇他的决心。

林耀波到这个时候才发现，自己已经无法像过去那样掌控周承安了，一个倪晴，就让周承安变得不再像他。

"你……"林耀波抬起手，刚想厉声说些什么，忽然林为安从楼梯上冲下来，直直到周承安面前，双眼猩红地看着周承安。

周承安与她四目相对，眼波平静，林为安看着他这般，心里更加不好受了："周承安，你算什么东西？我就这么入不了你的眼，要被你这样羞辱才肯罢休？"

"为安……"林为安一回头阻止了父亲，"爸，这是我和他之间的事情，让我自己解决好吗？"

林耀波虽然常对外人心狠手辣，对这个女儿却极为疼爱，在周承安的印象里，林耀波几乎对林为安百依百顺，从小她说什么就是什么，就算犯了大错也能被轻易原谅。投胎是门技术活，显然林为安的这门技术十分成熟。

"我们出去说。"林为安对周承安努了努嘴，率先向门口走去。

周承安仍站在那里，看向的却是一直沉默的林耀强："林院长，事已至此，已经没什么好隐瞒的了，希望事情水落石出的那天能够早点到来。"

"你！"林耀强被气得说不出来，再看周承安向林耀波微微欠了个身，便跟着林为安走了，他心里一肚子的火无处发泄，转而看向林耀波，"大哥，

你就随着那小子这么胡闹？"

"你还有脸说？要不是你自作主张做了那档子蠢事，现在火能烧到你的眉毛上？"

"可我也是为了大哥你好啊，解除了你的心腹大患，一切不都尘埃落定了吗，何况她在我们那个院里待了四年，我就担惊受怕了四年……"

林耀波叹了口气："耀强，有时候做事情是需要靠脑子的，你以为解决的是心腹大患，其实只是点着了那根本来就脆弱的导火线。倪晴一直对四年前家里发生的惨案耿耿于怀，她这几年忙着她妈妈的事才没工夫搭理这件事情，你现在倒好，反倒给了她这么一个反扑的机会，你做那件事的时候有想到这一层吗？"

林耀强被说得哑口无言，一时之间竟然完全找不到措辞，只能支支吾吾地说道："你……你是说那丫头一直……一直都盯着你？"

"换成是任何一个人家里出了那么大的事，都会怀疑我，我可以理解。总之耀强，这段时间你给我少惹麻烦，你也看到了，承安已经盯上你了，指不定什么时候他就咬上来了。"

林耀强唯一没想到的是，林耀波会控制不住周承安。

周承安跟在林为安后头，直到林为安突然停了下来，他才看向她。

林为安脸上已经没有了刚才的那种恼羞成怒，看上去平静了不少，她没有看他，说："别再惹怒我爸了，你明知道自己不是我爸的对手，干吗还一定要跟他硬碰硬？"

"我没有跟他硬碰硬，我只不过是叙述事实罢了。"

"事实……"林为安冷嗤道，"周承安，你该不会觉得我真的很想嫁给你吧？"

"我不想娶，而你也不想嫁，我一直都知道。"

"我爸会突然提到这件事也是因为他觉得你现在越来越脱离他的掌控了，其实你刚才不应该正面顶撞他，这样只会让他更加讨厌倪晴，对你和对倪晴都没有任何好处。"

这些当然都不需要林为安来教自己,然而那个时候周承安想表达的只不过是自己的态度和立场而已,告诉林耀波,他早已不是当初那个可以随意任人摆布的少年,他会愿意替他做事,并不是因为畏惧,而是因为心底尚且存在的那一份感恩。

周承安轻轻摇了摇头,对林为安轻声道谢:"还是谢谢你刚才拉了我一把。"不是林为安,他现在还陷在里面出不来呢。

说完,转身朝自己的车走过去。林为安的心里隐隐感到发酸,一起长大的少年,已经长成了她再也看不清的样子,小时候的事情还历历在目,他们之间却早已渐行渐远。

等周承安快要坐进车里的时候,林为安还是忍不住喊住了他,周承安就站在那里,静静地看着她。

"承安,倪晴对你来说,真的就这么重要?"

其实林为安没有奢望周承安会回答自己这个问题,可第一次,周承安正面回答了她。

"阳光照不到的阴霾地方,她能照到。"

Chapter 12　图钱，还是图他这个人？

"阳光照不到的阴霾地方，她能照到。"

车子已经扬长而去，林为安听着这句话，却像是受到了冲击似的，一时间无法动弹。她想过倪晴对周承安的重要性，也想过周承安对倪晴的感情来得迅速而猛烈，可从来没有想到竟已深刻至此。

他们才认识多久，怎么倪晴已经将周承安收得这么服服帖帖了吗？

林为安看着早已消失了的周承安的身影，一滴泪从眼底流了出来。

"为安，你这么为他着想，可他从没顾及过你的感受，这样值得吗？"林耀波不知何时出现在了身后，林为安立刻抹掉脸上的泪，转身朝父亲笑。

"爸，就你喜欢乱点鸳鸯，我和承安就像是兄妹一样，什么时候有婚约了？那些外人乱传的谣言你也信？"

"你爸爸虽然老了，但还没到老眼昏花的地步，你真的以为爸爸看不出来你对周承安的感情？"

林为安不知道该怎么跟父亲解释，但无论如何，父亲会这么做完全出于对自己的关心和爱护，她抱了抱父亲，在父亲耳边说道："爸，我的事情我自己能处理好，我已经不是小时候那个什么都不会的小姑娘了。"

"可在爸爸的眼里，你依旧是那个遇到挫折只会哭哭啼啼的孩子，你在爸爸面前永远长不大。"

林为安暖心地呵呵直笑，可在这个时候，脑子里却突然闪现出倪晴的脸颊，她们相仿的年纪，她还有父亲疼，有家可依，可倪晴却什么都没有，还要残忍地亲眼面对唯一的亲人的死亡，不知怎么的，林为安心里抽了一下，明明那么讨厌倪晴，可却对她产生了不该有的……算是同情吗？

"为安，爸爸告诉你，就算那个人不是周承安，也不能是袁艾迪，这一点，我希望你能清楚，我对袁艾迪的立场自始至终都没有变。"

一提到袁艾迪，林为安脸色顿变，笑容也一点点收了回去。她就知道，在父亲面前说什么都没用，她父亲一辈子专制惯了，说什么就是什么，就算他疼女儿，也不代表女儿的选择就是他的选择。

"那如果……我非他不可呢？"林为安原本只是想试探试探父亲，可父亲接下来的一句话，却让她几乎绝望。

"你最好不要想这个可能。"

她不知道，父亲对袁艾迪的讨厌竟然已经到了这种地步，可是为什么呢？不管她怎么问，父亲却总也不松口告诉她原因，父亲讨厌袁艾迪，好像变得没有任何理由。

车子一路飞驰，周承安心烦意乱，不想回院里，也不想回家，索性将车子开到了倪晴家楼下。倪晴住着的这一片公寓算是老片区了，一眼就能看出岁月痕迹的墙壁以及周围的市井烟火气都让这一片看上去更有生机。就像是倪晴这个人，永远充满活力，永远活得自我和乖张。

嗯，他说的是从前。

倪晴回家的路上遇到了袁艾迪，看上去并不像是偶遇，袁艾迪更像是特意过来找她的。倪晴停下脚步望着他，等着他先开口说话。不知道为什么，倪晴其实不是很愿意跟袁艾迪说话，袁艾迪却好像比刚回国那会儿更亲近了自己一些，或者说，他是在为自己从前做过的事情赎罪？

"倪晴，虽然我知道有些唐突，不过还是想问一问你。"他顿了顿，仿佛下了决心一般，又说，"我可以为你争取到巴黎某个设计学院的学习名额，不知道你感不感兴趣？"

果然，倪晴立刻阴沉下了脸，像看陌生人似的看着他，许久之后才说：

"袁艾迪,你现在这是在做什么?可怜我还是弥补我?"

"倪晴,我希望你能认真考虑这个问题,你不是喜欢设计吗?这正好是一个十分好的深造机会,而且你从小在这方面就有天赋,我想重新学起来对你来说并不是件难事。"

"所以呢?你施舍给我的我就必须接受吗?袁艾迪,你别忘了,当初若不是你,也许我的梦想不只是梦想而已,你亲手撕碎我的梦想,现在又来想办法补救,你这算什么啊?我倪晴活该就被你耍吗?"

夕阳下,两道剪影拉得很长很长。袁艾迪唇边只剩下苦笑,他知道的,自从家里出事后,倪晴的性情大变,再也不是当初他认识的那个性格温柔的姑娘,她变得像只刺猬,竖起了自己尖锐的刺,明明知道给予的帮助在她眼里只是无敌的施舍,可仍然见不得她不好。

年少的时候我们都会犯错,有时候,某些错误,只能用一辈子来偿还。

"倪晴,你明明知道我不是这个意思,你为什么要活在自己的壳里不出来呢?接受别人的帮助并不等于被施舍,你不是一向觉得自己活得很通透吗?怎么在这件事上就拐不过弯来?"

倪晴冷笑一声,眼光如炬:"没错,我的确自认为活得很通透,但除了和你有关的事,你当年走的时候我说过什么?我说我一辈子都不会原谅你,抱歉,我的一辈子还有很远很远,所以暂时没有打算要和你走近。"

倪晴说着就要越过袁艾迪,袁艾迪闭了闭眼,深吸了口气,回头喊住倪晴:"倪晴,这个名额我可以保留两个月,两个月之内你如果改变了主意,随时都来找我。"

倪晴的脚步微微一顿,终是没有回头地往家的方向走。

疲惫不堪地到了家门口,总算从包包里掏出了钥匙,一个男声却在昏暗里突兀地响起,吓了倪晴一大跳。

"不愧是青梅竹马的感情,袁艾迪最近好像总是围着你转。"

倪晴心里一动,转头看过去,周承安的脸一点点从昏暗的光线中清晰起来,依旧英俊的脸上却出现了倪晴不熟悉的疲倦。在倪晴的眼里,周承安是个十分精神的男人，哪怕他前一天晚上熬了通宵，也能将精神保持到最佳状态，现在这般毫不掩饰地流露出来倦意真的十分少见。她手里的动作停顿，看着他，不禁有些痴了。

楼道里的光线很暗，可他侧脸的轮廓线条却异常有力。

周承安从她手里接过钥匙，一转，门开了，而后低头对她示意："不进门吗？"

她这才窘迫地从他手里抢回钥匙，一股脑儿冲了进去，反观后者，优雅从容地进屋，像回到自己家一般熟稔地从冰箱里翻找出一瓶矿泉水拧开瓶盖喝了一口。倪晴双手抱胸冷眼旁观，忍不住嘲讽道："你好像一点也没有到了别人家里就是客的自觉？"

"你也没有身为主人应当热情相迎的自觉。"意思是，说到底，他们两个也只是半斤八两，谁也别想着嘲笑谁。

"我可不认为我们是可以热情相迎的关系。"

周承安这才放下矿泉水，双手舒展靠向身后的沙发，漆黑的目光扫过她的脸颊，那眼神明明有千言万语，却被深深地藏了进来。倪晴始终记得，每一次望进周承安的眼睛里时，总会被他深不见底的深沉吸引，仿佛进入了一个黑洞。

"倪晴，我们必须要好好谈一谈。"

倪晴却是摇头："分手那天，我想我们已经谈得很清楚了，周承安周医生，在我们各自都还没有想清楚自己想要什么之前，先冷却一段时间不失为一件坏事。"

然而周承安却不是来和她谈这件事的，他垂眸似乎想了一会儿，忽然说："你觉得我和林为安订婚怎么样？"

倪晴的心猛地一跳，原本不知道该往哪里放的目光直直地扫向周承安，眼里闪着难以置信，连她自己都没有发觉嘴唇竟然颤抖得险些说不出话来。

订婚？和林为安？他不是说他从来没有喜欢过林为安吗？不是说他们之间只不过是逢场作戏吗？为什么突然会提出这个荒谬的问题？

没错，倪晴只觉得荒谬。

"你看上去好像很不相信，实不相瞒，连我自己都不相信。"

"你在逗我玩吗？"

"没有，我是很认真地想要听取你的意见，毕竟于我来说，娶林为安似乎并没有任何坏处。"

倪晴急忙道："可是你不爱她。"

"感情可以培养。"

"周承安，你现在是在跟我开玩笑吗？"

她眼底的隐忍被周承安一览无遗，他有时候真想狠狠撕碎倪晴的故作坚强，她有自己的骄傲和底线，他愿意包容，并不代表会一味地纵容。

周承安耸了耸肩，垂下眼睛笑道："我也希望我是在开玩笑，多希望当初你跟我说我们分开吧的时候，也只不过是一个无关痛痒的玩笑而已。"

倪晴的心痛得几乎无法呼吸。和周承安的过往一幕幕回荡脑海，曾经那么死皮赖脸地想赖在他身边，结果却是她先走掉了。

他再次抬起头，那眼神像刀子一样扫进倪晴的心里，将倪晴的心生生刮成许多片。

"可是倪晴，你说走就走，你从来没有想过，被你推开的那个人也会痛，一直等在原地的人也会怕。"

你从来不知道，一直等在原地的人也会怕，怕你再也回不来，怕你找到更好的地方，更安全的港湾，更温柔的怀抱。

他们两个人彼此对视着，四目相对，却仿佛隔着十万里的距离，如果时光可以倒流，第一次见到周承安的时候，倪晴一定不要让自己陷进他的那双眼睛里去，这个男人，有一双能够吸引人的眼睛和一张全世界最好看的脸。她那么喜欢那么喜欢这个男人，可是即使那么多的喜欢，也无法搭成走向他的那座桥梁。

至少在她妈妈的事情水落石出之前，她无法安心地跟周承安在一起。

倪晴有些心酸地别过了头，声音涩涩地问他："你不会真想跟林为安在一起吧？你又不是不知道林为安这么多年心里一直喜欢的都是别人……"

"可她父亲不同意他们在一起不是吗？林耀波一直希望我跟为安在一起。"

"周承安，你不要对我说这些，我一点也不想听。"倪晴慢慢地开始烦躁起来，蹲下来抱紧自己，目光木讷地盯着地面，"其实你知道怎么样才能让我原形毕露，我一直都了解，你能轻易将我看透，不管我在你面前怎么伪装也跟一张白纸没什么分别，我们根本不是棋逢对手，你何必还要用这种方式来套我的话？"

周承安的喉间一紧，看到倪晴这种自我保护的姿势，突然开始后悔刚才自己说的那些话。是啊，倪晴一直都是这么没有安全感的人，那些张扬只不过是自己的保护色，失去这些保护色之后，她脆弱得就像一个孩子。

他小心翼翼地观察着倪晴的情绪，叹了口气："好了倪晴，我们不闹了，刚才我只是跟你开玩笑呢，我太想靠近你了，可是你的自我保护意识太强了。"

倪晴的情绪终于慢慢地平复下来。

"最近睡得怎么样？有没有什么胃口？倪晴，你有没有意识到自己的身体有哪里不舒服吗？"

倪晴怔怔地看向周承安，不明白他话里的意思。

"我是说，你有没有觉得自己最近经常无法抑制自己的情绪？"

经周承安这么一点拨，倪晴这才镇定下来，就像刚才在自己的情绪里慢慢失控那般，的确，最近总是这样，突如其来的烦躁，陷在自己的情绪里出不来，有时候遇到怎么都解决不了的棘手问题便觉得还不如死掉算了。

她的眼光从刚才的平静渐渐变成一种不确定，周承安走近她，蹲下来，捧起她的脸，像是怕她受到惊吓似的，在她额前轻轻一吻："倪晴，你想不想让自己变好？"

这句话对倪晴就像一个无声的打击，她呆住了，不受控制地抓住他的手臂："你是说……你是说我会变得跟我妈妈一样？"

变得连自己是谁都不知道,变得情绪任人摆布,变得像个精神病那样成为很多人眼里的疯子?

周承安笑着摇摇头,温柔地替她捋顺长发:"才没有那么严重,只不过是轻微的抑郁症而已,但你必须要开始服用抗抑郁药物,倪晴,我想你该知道怎么配合医生,嗯?"

倪晴像是突然明白过来什么了,望着他,神情有些呆滞:"所以……所以你刚才说的那些话只是为了故意激怒我,或者说……是为了让我的情绪失控?"

"我只是想确认我的猜测而已,没什么大不了的倪晴,抑郁症是很常见的病,我保证,只要你认真听话,按时吃药,很快就会好起来的。"

可是……可是要怎么好的起来?

倪晴就算没有得过抑郁症,也知道一旦抑郁症发作,人就会痛苦地想死去,她根本不确定自己是不是能从那种生不如死的状态里走出来。

周承安摸摸她的头,声音温柔得仿佛能溺出水来:"倪晴,你不相信我吗?"

相信啊,当然相信,在这个世界的灰暗里,如今的她只能相信他。

她靠近他怀里,以只有他才感受得到的力度,轻轻地点了点头。

刘诗雅从院长办公室出来后就有些魂不守舍,经过周承安的办公室时,脚步微微一顿,下意识地往里头看去,清静的办公室内空无一人,办公桌上除了一台电脑和几沓文件之外,干净得就像他这个人。

方才在院长办公室的时候,那个人背对着她,语气略显无奈地说:"我们最近不要私下里见面了。"

为什么?她几乎就要把疑问冲口而出,可她知道,和他在一起,她一向都是没有资格问为什么的那个人,她永远只能站在他的身后等待他的召唤,如果爱一个人是如此卑微的话,那她想她大约已经卑微到尘埃里去了。

像是知道她想问什么,他又轻轻开口,对她说道:"周承安一直在查宋美妍的死，事情才过去没多久，他有很多可以查询的线索，何况，他已经去过你家，几乎肯定了我和你的关系，如今不说破，恐怕另有打算。你最近……自己小心些吧。"

刘诗雅心酸地闭了闭眼，低着头，她没有办法直视着他的眼睛对他说话，因为对她来说，林耀强就是需要她仰望的对象，他事业有成，成熟稳重，长得不赖，身上一贯都有种儒雅的温和气质，更重要的是，他是资助她长大的人，他们之间的关系比亲人还要亲密，至少在她认为，他们胜过爱人。

"你怕我会把你拖累？因为你是有家室的人，而我只是个微不足道的孤女……"

"如果我介意，这些年就不会和你走得这样近，诗雅，到现在你还不明白吗？"林耀强突然有些烦躁地打断了她的话。

两个人之间毕竟有年龄差距摆在那里，纵使刘诗雅一直说服自己爱情和年龄无关，可每每只要想到旁人知道了他们的关系后会出现的那种眼神，她就觉得难受，说到底，她终究还是没有做好迎接闲言碎语的准备。

她知道他们之间的谈话最后很有可能又会演变成一场毫无意义的争吵，于是率先终结了话题："你放心，不管发生什么事，该我承担的我绝不会拖累任何人，护士台那边还有很多工作要忙，我先回去了。"

身后的那个男人，想唤住她的声音被生生地哽在了喉，即使叫住了她又能怎么样呢？多年前错误就已经发生，变得一发不可收拾，现在一步处理不好，就会溃不成军。想过要牺牲她吗？也是想过的，只不过每一次都还是没忍心做到那一步。

刘诗雅收回心思，叹了口气，抬头正要往前走，突然一个声音从身后不冷不热地响起。

"你找我吗？"

她被吓了一跳，回头一见到周承安，像是做了亏心事的人一下就避开了他的眼睛，忙不迭地摇头说："没、没有，只是刚巧路过，看看周医生有没有在里面。"

周承安那双眼睛，深得令人生畏，刘诗雅不敢再看他，觉得自己在他面前就像一个没穿衣服的人，也许他早已看穿她所有拙劣的伪装，等着看东窗事发后的笑话。

想到此，刘诗雅的心里更不好受了。

周承安点了点头，状似无意地问道："你跟林院长认识多久了？"

这个问题又让刘诗雅心里一惊，额头冷汗直冒。他想干吗？他明明已经知道了他们的关系，为什么还要故意问出这个问题？是饵吗？如果她的答案令他满意，他是不是就会顺着他的答案再进行下一个提问？

"这个问题很难回答吗？"

见刘诗雅长时间的沉默，周承安紧接着问道。

看来他是不打算放过她的，可从他的语气里也能听出他原本并不打算为难她。诗雅低下头，有一种被人看扁的感觉："周医生，每个人都有自己的隐私，我也可以选择不说……"

"噢？你用隐私来形容你跟林院长之间的关系？所以……你们并不是正常的上下属关系？"周承安果然很会找别人话里的关键词，一下就抓到了诗雅的痛处。

诗雅死死咬着下唇，几乎要咬破嘴唇。

"周医生，你为什么要咄咄逼人呢？"

"你觉得这是咄咄逼人？刘护士，我可不认为自己咄咄逼人的样子会是这么温和。"他笑笑，走进了自己办公室。

刘诗雅怔在那里，所以刚才他是故意的？他只不过是为了试探她而已，而她的反应已经出卖了她？她不由紧紧蹙起了眉，果然林耀强说得没错，周承安的心思和城府真的很深。

刘诗雅刚想走，又听到周承安的声音幽幽传来。

"林耀强这么多年一直维持着好男人的形象，家庭幸福美满，你和他在一起究竟图什么？图钱，还是图他这个人？"

Chapter 12 图钱，还是图他这个人？

刘诗雅的目光渐渐露出震惊，周承安在这个时候和她说这些到底想干什么？她记得周承安跟林家渊源颇深，明明应当是站在林耀强这一边的啊。可是周承安仿佛什么都没看到，继续说道："或者，你两样都图？"

或者，你两样都图？

连刘诗雅都被周承安的这话吓了一跳，周承安仿佛有第三只可以看透人心的隐藏着的眼睛，轻易地抽丝剥茧，她觉得自己不能在这里待下去了，于是在周承安还没有说出下一句之前，几乎落荒而逃。

难怪连林耀强都避着周承安，周承安身上那股天不怕地不怕还十分深沉的气质让任何人都无法轻视。这种男人最可怕的地方就在于，你永远不知道他还会做出什么说出什么来，他能在医院这么公众的场合毫不避讳地对她说这些话，就说明他压根没打算帮他们隐瞒这件事，或许也只是他向她投射出来的一种信号，告诉她坦白从宽抗拒从严，什么时候他心情不好了，她和林耀强就要完蛋了。

可那则扑朔迷离的新闻早就已经传遍医院的每个角落了，虽然并没有指名道姓，可自从那条新闻出来后，大家看她的眼光好像也都不一样了。她多希望只是自己多心，疑神疑鬼而已。

办公室内的周承安仍旧望着门口的方向，眉心慢慢蹙了起来，想起方才阿九打给自己的电话，告诉他林耀强的老婆可是个一点就燃的女人，需不需要让林耀强后宫起火，让他暂时无暇他顾，她可以代为效劳。

从她的话间周承安都能听到她那颗蠢蠢欲动的心，阿九天生就是做新闻的人，就喜欢干那种能成为大新闻的事。周承安对阿九的话自然是相信的，虽然林家两兄弟的关系没有多亲密，但每逢过年，总还是会走走门。他几年前见过一次林耀强的夫人，是个看上去十分优雅体贴的女人，在人前两人装得十分恩爱。但据林为安说，他们夫妻二人实则已经貌合神离很多年，但碍于颜面以及女儿和儿子，一直都没有走到离婚这一步，而且那个女人，也远远没有看上去的那么简单。这话周承安倒是同意的，简单的女人能在林家生存到这一步？

阿九在电话听不到周承安的声音开始变得不耐烦，又追问了一次，需不需要她代为效劳。

周承安一边想着是否有这个必要性，一边却随口说了声随你。他当然知道说出这两个字意味着什么，以阿九那个雷厉风行的火爆脾气，恐怕没几天就会把事情办成，他丝毫不怀疑她的办事效率。

可他没想到，阿九仅仅用了两天，就让林耀强的家事传遍了医院的每个角落。

那天林太太来医院闹着要来找林耀强的时候周承安正巧从外面回来，好歹也是见过几次面的关系，林太太一见着周承安就像见到亲人了似的，一下扑到他面前，抓着他的胳膊问："你有没有见到林耀强？我找他有事。"

周承安不习惯外人的触碰，不着痕迹地将手臂收了回来："你打过他电话了吗？我也是刚从外面回来，并不知道他在哪里。"

林太太显然不相信周承安的话，平素里那端庄的样子此时在周承安面前也顾不得装了，声音急促地说道："周承安，你老实告诉我，老林外面是不是有人了？我就说这几年他回家的次数越来越少，莫名其妙花出去的钱也越来越多，一见着我就只想着跟我吵架，连儿子和女儿都漠不关心，原来是有了新欢忘了糟糠妻啊。"

周承安对她的话莫名感到反感，趁着围过来的人越来越多之前，只得又一次强调："我真的不知道他在哪里，要不你先去他办公室等等，没准他只是外出有点事，马上就回来了呢？"

林太太再次抓住周承安的胳膊不放，就好像周承安把林耀强藏起来了似的，所幸就在这个时候，旁边有人喊了一声："呐，林院长回来了。"

周承安几乎和林太太同时回头，这一看，连林耀强的脚步都停滞不前了。他身边跟着的正是刘诗雅，两个人一前一后刚在外面用过午餐，正要回来。

刘诗雅这厢心里有鬼，下意识地往后退了一步，这一退被林太太看在眼里，就成了她和自己的丈夫有奸情的有力证据。林太太二话不说就冲上去抓住刘诗雅的头发,凶狠地喊道:"就是你勾引我老公是吧?你个小狐狸精,你家人没教你要和结了婚的男人保持距离吗?"

围过来的众人不知真相,谁都没敢上前阻拦,反倒一旁的林耀强目光直直地定格在周承安身上。两个人的这场无声对峙没有持续多久,林耀强脸色难看地喝止了林太太:"你闹够了没有?还嫌不够丢人现眼吗?"

"你还知道丢人现眼?你若知道丢人现眼怎么会做出这种事来?是你先不要脸,怎么现在倒还说起我来了。"

"有什么话咱们回家再说,这里是医院!"

"医院怎么了?你是怕你的那些下属知道你这些毫无廉耻的事?林耀强啊林耀强,我还以为你虽然对我冷淡,可身为一个院长,至少还有道德底线,没想到居然跟个小姑娘牵扯不清。你看看,这小姑娘的年纪都可以当你女儿了,你也吃得下去?"

刘诗雅的脸上又是被狠狠甩了一巴掌,她的脸颊火辣辣的,几乎连站都站不稳。林耀强没有为她说一句好话,更没有一个字的维护,她被林太太毫无底线的羞辱,那些平日里怎么都听不到的难听话一句句蹦在自己身上,难过得无以复加。

从前也不是没有想过事发后的场景,却从未想过,会是这样不堪。

终于,在林太太的拳脚即将再次伸向刘诗雅的时候,林耀强终于忍无可忍地拽住林太太往医院门口拖。林太太嘴里叫骂着,却敌不过林耀强的力气,被林耀强强行拖离了医院。

一瞬间,原本喧嚣的大厅,只余众人的窃窃私语。

平时几个和刘诗雅要好的护士这个时候也只是冷眼旁观,不愿上前扶她一把,生怕碰一碰她就脏了自己的手似的。八卦是女人的天性,一撮一撮的人在远处边看刘诗雅边轻声讨论着,连听一听她的辩解都不屑,就已经定下了她的死罪。

刘诗雅瘫软地坐在地上,浑身酸痛,唇边漾着无尽的冷笑,早该想到的,这个世界,毕竟冷暖自知。

渐渐地人群开始散了，刘诗雅也恢复了情绪，默默地一个人从地上爬了起来。这一次她站得很稳，抬起头的时候发现周承安依旧站在那里注视着她。

经过周承安的时候，刘诗雅忍不住停下了脚步，眼神里多了一种叫作愤恨的东西："周医生，这就是你想要的吗？"

周承安淡漠地开口："我不知道她会来，更不知道她怎么会知道这件事情，但无论如何，你觉得你能瞒得了一辈子？"

"别装得那么无辜，站在这里的我们有哪一个是真正无辜的？你为了你爱的人，我为了我爱的人，我们都只不过是被爱蒙蔽了双眼而已。周医生，就算林太太知道了我这个人的存在，你认为会有什么改变呢？"

周承安诚实地摊了摊手："我不确定是否真的会有改变，但我确定也许这不是一件坏事。"

瞧，这个男人说话多么残忍。刘诗雅笑着捂着自己红肿的脸，朝医院外走去。走着走着，眼泪却不停地往下掉，怎么都止不住，好像要将这一生的眼泪都流尽了似的。

刘诗雅一走远，周承安的肩膀忽然被人从背后拍了一下。

下一刻他看到阿九那张意犹未尽的脸。阿九不知道什么时候就到了，一直躲在大石柱后面的隐蔽位置，天知道林太太让她等了多久。

"这林太太太让我失望了，怎么这么快就收场了？"她失望地伸了个懒腰，斜眼睨了倪周承安。

"看来你看得很不尽兴？"周承安故意挖苦她。

阿九白了他一眼，一脸看透他的样子："说得好像你很尽兴似的。话说回来周承安，你觉得这个刘诗雅还会再回来吗？"

"会的，因为林耀强在这里。"周承安的笃定令阿九更加确信。

从刚才那场闹剧，明眼人都能看出刘诗雅对林耀强情根深种，光是对林太太打不还手骂不还口这一点就能看出端倪。

"你接下来打算怎么做？"

"静观其变。"

又是这四个字，阿九无趣地吐了吐舌头。他除了这四个字之外就没有别的话可说了吗？她双手背在身后看着正欲离去的周承安，一时间想起了什么，忙拦住他问道："倪晴的病怎么样了？"

"她……"周承安刚刚开口，手机铃声便打断了他的话。

接听，电话里那人的话几乎让周承安的呼吸狠狠一窒，他握着手机的手指一松，手机就那么直直摔落在了地上。

阿九看出了其中的利害关系，收起嬉皮笑脸，沉声问："怎么了？"

周承安的脸色慢慢地寒气逼人。

"医院打来的电话，倪晴煤气中毒，已经被送进医院，现在正在急救室抢救。"

话音刚落，两个人同时冲向门外。

周承安一路飙车，连闯好几个红灯，坐在副驾驶座的阿九死死抓着安全带，脸色惨白地望着前方，生怕一不小心周承安就会想不开。在周承安又一次闯了红灯之后，她吞了吞口水，小心翼翼地对周承安说："你稍微冷静一点，你这架势还想不想要驾照了？"

这会儿周承安哪儿还有心思听她说话，两耳放空，脑子里只回想着刚才从医院来的那个电话的内容。倪晴煤气中毒……煤气中毒……好端端的怎么可能煤气中毒了呢？他面色铁青着，阿九从未见过他这样，脸色那样难看，好像一个不好就要杀人似的。

终于赶到了医院，周承安直接冲向抢救室。盛薇就坐在抢救室外，看来是还没有恢复镇定，整个人仍旧有些哆嗦，连拳头都握不拢。

"究竟怎么回事？为什么家里的煤气会漏？"周承安冲着盛薇劈头盖脸问去。

盛薇强行镇定下来，却是木讷地摇了摇头："我、我也不知道，之前她让我去她家给她把解约书带过去签字，我今天顺道路过就上去了。结果我一上去，房子里就发出一股很浓的瓦斯味道，无论怎么敲门都没有人应，打倪

晴的电话也无法接通，我怕她会出事，赶紧找人帮我砸开了门，就发现……就发现厨房里的煤气是打开着的，而倪晴就睡在客厅里，不省人事，怎么叫都叫不醒……"

阿九惊骇地看向周承安，周承安却比刚才开车的时候看上去要稳定了许多。煤气开着……睡得不省人事……这怎么看都像是自杀的打开方式……可是以她对倪晴的了解，在这种时候绝不可能会自杀啊，难道是倪晴的病情已经到了这么严重的地步了吗？

"周承安，是不是她的抑郁……"

"不会，还没到那个程度。"周承安想也不想便打断了阿九的话，呼吸微微停滞着，手指骨节渐渐苍白起来。

虽然一直很不愿意承认，但此时此刻，他终于看清也认清这个事实：有人不想让倪晴好过，确切地说是希望倪晴最好能永远消失在他们的视线里，倪晴这块绊脚石，恐怕已经有人无法再容忍下去了。

周承安的否认并没有让阿九心里好受到哪里去。因为否定了倪晴自杀的可能，也就是说可能性就扩大到了他杀……但事情发生在倪晴家里，有谁是可以进入倪晴家里的？

趁周承安还在与盛薇说话的时候，阿九躲到一边问了一圈，得到的答案是现代科技进步迅猛，像倪晴家那种老式防盗门，专业的贼分分钟就能进去。阿九听得吓出了一身冷汗，如果真是这样，那人们在家里哪里还有安全可言？可她又无比相信，不然又怎么会有那么多的家庭失窃呢。

"你去的时候有没有看到什么可疑的人？"

盛薇摇摇头："就算有可疑的人也不可能被我遇见啊，能够煤气中毒就说明倪晴家里的煤气已经被开了有一段时间了，那人估计早走远了。"

盛薇说得不无道理，一时之间周承安竟有些无言以对。他的心脏扑通扑通加速跳动着，想到倪晴已经成为别人下手的目标，就止不住地开始紧张。

直到这个时候，他才有些方寸大乱了，之前即便是倪晴跟自己说要分开时，他都能够冷静应对，可今天倪晴出事，他才发现自己引以为傲的自制力在倪晴面前竟然是那么可笑。

"报警了吗？"阿九走过来向盛薇问道。

盛薇有些呆愣地摇了摇头："当时急得只顾着叫救护车了，没想过要报警，怎么了？不会是真的……"后面那些话她没说出口，也不敢轻易说出口，毕竟倪晴涉及的事情太多，此时他们又在暗处，处理不好的话很容易吃亏。

阿九当机立断，拿出手机："这事儿不是普通的意外，必须马上报警。"

谁知周承安却一把按住了她要拨号码的手，摇头阻止她："除非你想莫北韩再次插手这件事情。"

阿九不悦地蹙起眉："不一定就在莫北韩的管辖范围内。"

"不管是不是在他的管辖范围内，你信不信，到最后一定是由他接手这件事情，假如你报了警的话。"

周承安的眼神和表情都如此笃定，竟然令阿九深信不疑，他这一句话话里有话，其实已经暗示了她很多东西。他们对视了许久，终于，阿九慢慢地放下了手机。

这两人之间微妙的气氛令盛薇觉得有些不自在，他们好像在说着什么，她分明能够感受得到，却不知道其中意思。这种三个人的世界而自己是个外人的感觉还真不是那么好受。周承安没有再问她什么，她干脆又坐回了原来的位置，用手捂住了脸。

打开门见到倪晴那一刻的画面到现在仍旧历历在目，倪晴脸色惨白，双唇干涸毫无血色，像是个失血已久的人，脸部某些地方因为吸入过多煤气已经有些泛青，手脚僵硬又冰凉。在来医院的路上，盛薇就不止一次地想，要是今天自己没有去找倪晴呢？那是不是往后她就再也见不到这个朋友了？思及此，她猛地打了一个冷战，再也不敢往后想。

约莫两个小时后，倪晴被推出抢救室，因为吸入煤气过多，导致她大脑缺氧太久，虽然已经脱离了生命危险，但暂时还没法苏醒过来。

倪晴被送到病房后，周承安在床边看了倪晴很久很久。他是个很少会想

起往事的人，甚至有些过往对他来说几乎不堪回首，所以这么多年，他学会了忽视曾经的那些不愉快，但这个时候静静地注视着倪晴的样子，却反而有了可以回想往事的勇气。

认识倪晴之后，生命里很多的勇气都被逐渐找回，让他终于明白他不再只是自己一个人，他也可以哭可以笑，可以倾诉可以埋怨，可以……爱。

阿九和盛薇在病房外看着里面两个人，顿觉得眼里发酸。不知道为什么倪晴要遭这么多的罪，明明她什么都没有做过，可是很多莫须有的罪名和麻烦就是会无端端地找上门，明明她才是比较惨的那一个，却在过去那么多年被人当成心腹大患似的穷追不舍。自从倪家出事，好像倪晴再也没有过过安生日子。

"倪晴以前说过，对于家里的遭遇，她从没想过要去报复什么，连这种想法都没有，但是你知道，有些时候天不遂人愿，你不想的事情不代表别人也认为你不想。"盛薇耸了耸肩，到这个时候眼眶都还是红的。

"倪晴从小被保护得好，所以内心一直都是很善良，只是这个世界有时候实在太丑陋。"

阿九几乎已经记不起，上一次看到倪晴真心的笑是在什么时候。

世界纷纷扰扰喧喧闹闹，好像所有的人都有自己的烦恼也都有自己的幸福，可是唯独倪晴，她从来就只有烦恼，甚少幸福。以为遇到了周承安，可以更幸福一点点，却没有想到这却是她又一次不幸福的开始。

所以，爱一个人究竟是对是错呢？明明爱对了人，却怎么觉得好像是做错了一样？

天黑之后，周承安才从病房内出来，盛薇因为公司有急事先回去了，只余阿九一个人还坐在走廊的长椅上。

他走过去在阿九身边坐下，阿九这时才扭头问他："你又不让报警，那这事儿你准备怎么办？"

"你认不认识什么专业人士？就是那种能够提取指纹的专业人士？"

阿九张了张口，惊讶道："你该不会是想越过警察私下里调查吧？"

"有何不可呢？在外人看来倪晴这事儿只不过是一件因为大意而导致的意外而已。"

"可是周承安，你有没有想过万一事情不在你的掌控范围之内呢？万一事情朝着背离你预估的方向走，你准备怎么办？"

"兵来将挡水来土掩。"

"你为什么就那么讨厌让莫北韩插手倪晴的事？还是说只是因为你自己的个人情绪而拒绝莫北韩插手？"

周承安挑着眉问她："难道你觉得莫北韩是好人？"

"可他至少还是个警察。"

就算莫北韩和林耀波之流如何勾搭，他至少还是警察，他身上穿着那一身警服，总归是有些心里底线的吧？虽然阿九也不喜欢这个人，但很多事情有了警察的插手会方便很多，她不懂为什么周承安会如此排斥。

"周承安，你和莫北韩之间是不是还有什么我们不知道的事？"

阿九望着周承安，周承安仍旧坐在那里双手抱胸一动不动，就连她在问出这个问题后也没皱一皱眉头，安静得就好像……好像没有听到她的问题。

她兀自呵呵笑出了声："果然，你和莫北韩之间有私交。"

周承安突然抬起头看向阿九，就在阿九被他看得下意识地想避开他的视线时，他忽然说道："如果杀父之仇算是私交的话。"

Chapter 13　在一起的每分每秒都被用来了浪费

"如果杀父之仇算是私交的话。"

周承安的话让阿九倒抽一口冷气，但她却没有多大的意外，她似乎已经预料到了周承安将说什么，那些她曾经私下里调查而周承安从来没有说过的事情，在这一刻，似乎即将从他的嘴里呼之欲出。

"我没有乱说，阿九，倪晴都知道，我从前干过的那些肮脏事。"

阿九的脑袋飞速地转动，想着自己曾跟倪晴讨论过的某些事情，她不确定地开口问道："你是说……你是说以前那几个因为用错药导致死亡的……"

"并没有用错药，是我故意的。"周承安迅速接过了话茬，对于自己做过的事情直认不讳，他语气颇为轻松，好像早已对当年的事释怀。

可阿九的心情却越来越沉重。故意这么做的？那这和蓄意杀人又有什么分别？身为一个医生，却做着杀手做的事情，她下意识地对周承安产生了排斥，可再一想周承安的生长环境，如果他是被人利用呢？对方要他做，他有说不的权利吗？他是被林耀波一手培养长大的，难道竟然是被林耀波利用来做这种事情的吗？

"你做那些事的时候不会觉得问心有愧吗？"

周承安却嗤笑一声："当你的生活完全被黑暗笼罩，你所说的每一句话所做的每一件事都无济于事的时候，为了生存，有时候你就不得不去做一些违背良心的事。"

"这真像一个杀人犯的自我辩白。"阿九讽刺道。

杀人犯这三个字曾经是周承安最想避开的词,现今从阿九的嘴里说出来,他竟第一次觉得那么轻松。是啊,不管他有何种苦衷,不管当时他的处境有多么艰难,最终他还是做了那些事,他的的确确可以算是个杀人犯,还是个免受法律责难的杀人犯。

"那和莫北韩又有什么关系?难不成你当年弄死的那几个人里其中之一就是莫北韩的父亲?"阿九顺着他的话问道,假装什么都不知道的样子。

"很狗血是不是?一开始我也不相信,这个世界上哪儿会有这么巧合的事情,但有时候事实证明,一个人对你针锋相对不可能没有原因。那段时间莫北韩的处处针对让我起了疑心,再加之他跟林耀波走得很近,这一切的一切都说明这个人有问题,后来我通过从前工作单位同事查到当年那几个人的资料,才确信其中之一就是莫北韩的父亲。"

虽然早就知道,可阿九仍旧觉得自己简直像听了一个荒谬的故事,这已经不仅仅是狗血了,难怪莫北韩那厮好好的警察却处处针对倪晴和周承安,原来这其中还有这一层关系。

走廊尽头的窗户开着,夜晚的凉风袭来,令阿九一个哆嗦,她忽地起身往病房里看了看,而后对周承安说:"今晚你守在这里,我明早再来。"

周承安点了点头,再也没有看她,疲倦地仰头,将头搁在了冰冷的墙壁上。

阿九突然有些于心不忍了,这个男人看上去那么疲惫,好像下一秒就会倒下了似的,可他坐在那里的姿势又坚定如石,脑海里不禁想起倪晴对他的痴迷样,大约一个人会被另一个人吸引,必定是因为那个人身上有一种自己喜欢的气质所在吧。她记得阿九小的时候常常念叨着一个曾经救过自己的小哥哥,她曾一度以为倪晴会为了寻找梦中的那个人而停滞不前,谁曾想到,就是这样的一个周承安,成了倪晴心里的痴恋。

倪晴是在两天后的深夜里醒过来的，那时周承安已经在医院整整守了她两天两夜，其间只在阿九来替换他的时候回家洗过一次澡，换过一次衣服，然后就再也没有离开过，连阿九看了都有些不忍心。

倪晴刚醒来的时候觉得头疼得厉害，嘴上又有氧气罩罩着，总觉得十分不舒服，微微扭了扭头，才发现守在一旁的周承安。他似乎是累了，趴在床沿睡着了，蓬松的发丝随意纠结在一起。可是看到他，她心里便安心了不少。

手指不由动了动，这惊醒了一直握着她的手的周承安。周承安抬头，一眼看到倪晴睁开的双眼，立刻欣喜地站起来摸摸她的脸，低声温柔地问道："醒了？还有没有哪里不舒服？"

倪晴很想跟他摇摇头，可惜身上完全没有力气，只得眨了眨眼回应他。他们之间的默契程度到了连倪晴自己都讶异的地步，周承安接收到她的信号，长长地舒了口气，才起身去叫医生。

半夜三更的，倪晴的病房里灯火通明，医生和护士又替她做了一次全面的检查，问了许多问题，确认她已经没有什么大碍后，才放她休息，而这个时候，倪晴已经被问得筋疲力尽了，她再一次沉沉地睡过去。

睡梦中，好像有人一直握着她的手，在她的掌心里用手指写着什么字，她用心地去感受着，发现那好像是一个爱字。是周承安吗？是周承安吧，所以竟连在睡梦中，嘴角都忍不住弯了一个弧度。

倪晴终于真正清醒过来，这让周承安大大地松了口气。次日一早，她又在病房内见到了周承安，这一次周承安看上去精神了很多，昨晚瞧见的胡楂也被清除得干干净净，换了一身清爽的装扮，看样子昨晚趁着她睡着的工夫他认真将自己打扮了一番。

倪晴想对他笑笑，好让他安心，但奈何心有余而力不足，最后只得一言不发地看着他。

周承安温柔地拂过她的脸颊，宠爱的眼神几乎能溺出水来，附在她耳畔轻轻地说："你睡了很久，果然很贪睡。"

Chapter 13 在一起的每分每秒都被用来了浪费

在倪晴昏睡的时候,周承安不止一次地想过,如果当时盛薇没有去找倪晴,或者她去的再晚一点,是不是倪晴就再也醒不来了?这个想法一次次在他脑海里飘过,他竭力不让自己去想,可倪晴那张青白的脸就像烙印一般烙在了脑子里,想起的时候心里就一哆嗦。

周承安从前没有怕过什么,觉得这一辈子也就这样了,可遇见倪晴之后,第一次感到害怕,害怕生命里不再有她,害怕想要在一起的每分每秒都被用来了浪费。

倪晴的状况比昨晚好多了,当护士将她的氧气罩拿掉的时候她就像是终于从溺水的姿态中出来了似的,贪心地呼吸着新鲜空气。周承安看上去越发的英俊,只是几天不见,明显的精神差了很多。

"我、我没事。"许久没有说话,觉得开口竟然有些陌生了,但倪晴还是想让周承安知道,自己已经没有什么大碍了。

周承安笑着点点头,问她:"饿不饿?有没有什么想吃的?"

倪晴想了半天也没想出来想吃什么,于是干脆摇了摇头:"你别折腾了,在这里休息一会儿……"

说着,又迟疑了一下:"我……我为什么会在医院?发生什么事了吗?"

看她的脸上写满疑惑,周承安确定她是真的不知道发生在自己身上的事情,也不知道自己为什么会被送进医院来。他思忖片刻,便抚着她的额头尽量轻描淡写地说道:"你煤气中毒了,幸好被盛薇发现的及时,现在已经没什么大碍了。"

倪晴像是没听懂周承安的话似的,重复了一遍:"煤气中毒?"

可她因为这些日子完全没有食欲,已经很久没有进过厨房开过火了啊,怎么会忘了关煤气?她怔怔地将自己的疑惑说出来,却让周承安的脸色蓦地变得十分难看。

倪晴饶是再头昏脑胀也知道周承安这个变色意味着什么,她也跟着沉下心来,愣愣地盯着雪白的天花板发呆。周承安这么小心翼翼地守在身边绝不是蹊跷,他话里似乎有些闪躲的意味,究竟是在躲避什么呢?

"倪晴，你刚刚醒来，身体还很虚，等你身体好些了我们再来谈这件事情。"他下令让她先休息好，倪晴也确实浑身无力，可身边有他，一瞬间又觉得什么都不怕了。

周承安就像她在黑暗里的灯塔，在昏迷的时候，每一次找不到方向了，累得不想动了，可总是有一小撮光芒在远处忽明忽灭，仿佛在告诉她，在远方有人等着她回家。所以，就算她眼皮再沉重，她都努力地想要自己清醒过来。

现在终于知道，那个在远方等着她回家的人，就是周承安啊。

等倪晴再一次睡过去的时候，阿九出现在了病房里，朝周承安努了努嘴，便又往外走了。

周承安旋即跟了出去。

"倪晴住的那一片是个老小区，治安不是特别好，没物业没保安，所以也没有任何监控摄像头，我找人去她家里提取过指纹，除了倪晴的之外，没有第二个人的。"阿九表情凝重，从她的话里也能知道，这件事几乎无迹可寻，更没有可以查的切入点。

两个人都陷入了沉默里，如果倪晴这件事不算意外，而是人为的蓄意，那她完全想不出可以用其他什么法子查到蛛丝马迹。倪晴以前常常早出晚归，与邻里大多都没什么交流，更别说有什么关系特别要好的了。

阿九也问过对门以及上下楼的住户，事情发生的时候他们都在上班不在家里，就连知道倪晴出事也是晚上回家之后了，更别提看到些什么了。

就在阿九的脑子一团浆糊的时候，一个念头倏然闪过，眼前突地一亮。

阿九眼前突地一亮，小心翼翼地观察了下周承安的脸色。周承安早已从她的眼神里看出些什么了，朝她耸了耸肩："你有什么想法不妨直说。"

阿九清了清喉咙，既然是周承安让她说的，那她就直说了。

"我记得有一次送倪晴回家的时候，在楼下见过莫北韩，莫北韩不是有段时间一直跟踪监视倪晴吗？你说事发的时候他会不会也在那儿啊？"

"你觉得这是一个好的选择？"

Chapter 13 在一起的每分每秒都被用来了浪费

"那你来告诉我现在还有更好的选择吗？所谓死马当活马医呗。"

周承安看了阿九一会儿，转身回了病房。阿九当他这是默认了，又陪了倪晴一会儿，才出门去办正事。

其实阿九的工作很繁忙，但为了倪晴的事儿已经耽搁了很多工作，她现在基本就是靠晚上压缩睡眠时间才能勉强把当天的工作完成，好在工作上一直没有出什么纰漏，否则大领导绝不会纵容她一天到晚地往外跑。

她约莫北韩在医院附近的一家餐厅见面，电话里莫北韩并没有答应要赴约，只是一声不吭地挂了电话。阿九倒也不急，早早就在餐厅里等他，虽然不确定莫北韩是否会来，但以女人的第六直觉，她觉得莫北韩一定会来，如果他来，必定是知道些什么的。

时间一分一秒地过去，在已经过了约定时间将近 20 分钟后，莫北韩的身影才在餐厅内出现。他看到阿九仍旧等在那里，挑了挑眉，略微有些讶异。

"你好像看到我很吃惊。"

"我以为你没这个耐心等一个不知道是否会赴约的人。"

阿九毫不在意地耸了耸肩："才 20 分钟而已，莫警官你信不信就算你迟到 1 小时我还在这里。"

这一句当然是玩笑话，阿九怎么可能毫无目的地浪费一个小时的时间在一个并不是十分重要的人身上。

莫北韩对这句话不置可否，见阿九把点餐本推到自己面前，于是在菜单上扫了一圈，而后便扫向阿九："你约我来这里不单单只是为了吃饭吧？有什么话直说，不必兜圈子，我想我们都不想浪费时间在对方身上。"

阿九这时候反倒对这个男人来了兴致，一手托着下巴，玩味似的问："莫警官，我长得很丑吗？抑或是看上去很让人讨厌？"

莫北韩无动于衷，动了动眼神，那意思是：你觉得呢？

"我自认为我长得不丑，身材也不算太差，人品也还可以，你没必要对

我这么拒人千里吧？我可很愿意花时间在你身上。"最后一句阿九说得极为轻佻，成功让莫北韩露出一丝丝厌恶。阿九满意于自己轻易能惹怒人的本事，笑着唤来服务生点餐。

当然他们的重点并不在吃饭上。

莫北韩几乎对菜式一动未动，反观对面的阿九，像是已经饿了很多天，在餐桌上大快朵颐，完全没有一点姑娘家该有的矜持。他记得这个许依米也是个千金大小姐，从小娇生惯养着长大，怎么吃起东西来跟男人一样豪爽。

阿九注意到他观察自己的目光，冷不丁抬眼对他说："别用你那种眼神看我。"

"哪种眼神？"

阿九停下筷子想了想，自己也说不出方才莫北韩是哪种眼神，但那种眼神看得她十分不舒服，她甩了甩头，说："反正你别看着我吃就行了。"

莫北韩好笑地说："这位小姐，是你约我来的，现在又要限制我的目光，你想干什么？"

阿九放下筷子，像是总算吃饱喝足了，慢条斯理地擦拭着自己的嘴角，看了莫北韩一眼，问："莫警官，最近都没怎么看到你四处蹦跶了，你在忙什么呢？"

莫北韩皱着眉，不知道这个女人究竟在打什么主意，其实原本他今天是不准备过来的，首先许依米是个资深记者，他讨厌记者，因为记者有的时候太犀利，太让人难以防备；其次她和周承安走得很近，换言之，她算是站在周承安那边的人，那么也就意味着他们是对立的位置。可后来临到时间点的时候，他还是忍不住赶了过来，看到她还在时，不知为什么，竟然有种松了口气的感觉。

"其实我找你也没什么多大的事情，就是想问一问，倪晴出事了，你知道吗？"

她仔细观察莫北韩的反应，但见莫北韩脸上完全没有变化，依旧是那副无动于衷的表情，阿九心里不禁有些纳闷，莫非莫北韩真的不知道？其实也对，莫北韩虽然前段时间一直跟踪监视倪晴，但并不表示他一直跟着倪晴啊。

"你为什么觉得我就非得知道她出事了？"莫北韩双手抱胸，过了许久之后，才慢吞吞地问阿九。

阿九原本不指望他回答自己这个问题了，可他一开口，不知怎么的，她顿时觉得好像有希望了，于是再接再厉道："莫警官不是之前一直都对倪晴挺感兴趣的吗？我以为你对倪晴的一举一动都了如指掌呢，看来也只是一时半会儿的兴趣啊？男人的兴趣果然一点也不长久。"

谁想莫北韩扑哧一声笑了出来，说了一句令阿九有些窘迫的话："你现在说这话的样子倒像是有些吃醋。"

阿九莫名其妙地脸一红，渐渐收起了嬉皮笑脸："所以莫警官，你究竟知不知道倪晴的事？"

"知道又如何，不知道又如何？"

"如果我告诉你，倪晴差点在家里被人蓄意谋杀呢？"

莫北韩摊了摊手，语气里有些遗憾地说："那你应该报警才对。"

"这么说莫警官是不肯帮这个忙喽？"

"你凭什么觉得我会帮你和周承安这个忙呢？你是不是想太多了？"

阿九的脸色渐渐冰冷："莫警官，我只问你，你那么喜欢跟踪倪晴，倪晴出事的时候你在不在她家楼下，知不知道发生了什么事？现在你又知不知道倪晴究竟出了什么事？"

"许记者，我跟踪倪晴只是因为案件需要，并不是你说的那样好像对她这个人感兴趣。还有，你不必用这么咄咄逼人的口气跟我说话，我可以很确定地告诉你，我没有那个闲工夫一天到晚地跟踪某一个人。"

阿九一时间被他说得哑口无言，只得悻悻地盯着手边的筷子发呆。来之前就应该预料到这种局面的，或许周承安就是已经知道了莫北韩不可能一直跟着倪晴，所以当时才没有发表任何意见。但阿九却觉得，任何事情只要有一线希望都应该去试一试，没准就柳暗花明了呢，可惜她并没有等到柳暗

花明。

"不过，我还是建议你们，如果你所说的是真的，应该立刻报警。"

阿九没再说话，莫北韩自然也没有强求她必须按照自己的意思去做，过了一会儿，才问："你今天找我来，是觉得那个时候我应该会因为监视倪晴而在她家楼下，这样我就会看到些什么了？至少能看到什么可疑人物？"

阿九诚实地点点头："倪晴所住的地方是个老小区，连监控摄影都没有，很难去查是谁。"

"周承安怎么说？"

"他现在的心思都在倪晴身上，哪儿还有精力再去查这件事情？倪晴现在很虚弱，他整个人的精神状态也不好。莫警官，虽然你跟周承安之间有些说不清道不明的过节，但我认为，你始终都是一个警察，你不该忘了自己身上穿着的那身警服。"

莫北韩眯了眯眼："你这是在教训我？"

阿九摇头否认："不，我只是希望你不要破坏我心中一贯对于警察威严的形象。"

莫北韩的心里被微微一触碰，转眼间，阿九已经买单走人。他看着透明玻璃窗外的女人身影越走越远，刚才还锐利的目光突然便柔软了下来。或许是她最后那句话触动了他，也或许是他安安静静地看着她大快朵颐，总之，他忽然间觉得那个既身为记者，又身为周承安朋友的女人，没有那么讨厌了。

阿九回到医院替换周承安，以往每次他都推脱，但这一次他居然一点也没有推，很爽快地就答应了。

周承安一走，阿九便坐到了他刚才坐着的位置，静静地注视着倪晴。倪晴的脸色还是很白，但比之最初被送进来的时候已经红润了很多。

倪晴从睡梦中醒过来，看到阿九，朝她露出一个微笑，声音沙哑地说："让你们担心了。"

阿九过去趴在床头："傻瓜，明明是你受苦了，好多了吧？"

倪晴点了点头，四下看了看，发现周承安不在，眼里流露出小小的失落。她这种情绪哪里逃得过阿九的眼睛，阿九弹了弹她的额头，笑话她："之前还总想着把他往外推，现在看不到他又觉得难过，倪晴，你真是矛盾。"

"是啊，人心总是越来越贪心，一旦拥有了之后，就想要更多更多……"

阿九听了这句话突然就笑不出来了，倪晴声音里的某种哀伤的感觉那么真切，就算不是当事人也能听出她话里的无奈。

阿九不禁刮了刮她的鼻子，尽量轻松地说道："其实你可以贪心啊，明明周承安比你更想彼此靠近。"

"阿九，周承安会有更好的前程，我只是觉得，如果跟我在一起，那些原本他可以唾手可得的东西，也许就再也得不到了。"

"可是你却从来没有问过他，你以为的那些他唾手可得的东西，究竟是不是他真正想要的东西。"

恋爱中的人，都习惯了将自己的想法强压到对方身上，所以出现了那么多明明彼此爱得死去活来却因为种种误会而分开的情侣。他们之中有些人运气好，最终能解除误会走到一起，有些人也许错过之后就再也没法再遇见。在这个速食社会，缘分那么稀罕，怎么还能不好好珍惜呢。

倪晴的眼角悬着的泪渍，被阿九轻轻拂去："倪晴你知道吗，你出事的时候周承安的那副模样着实吓到我了，我从来没有见过哪一个男人会露出那种表情，就是那种觉得好像要失去了，但又抱着希望绝望地等待着的那种表情。那两天连我都感受到了周承安身上的那种绝望，他在那个时候唯一想做的就是守在你身边，就算什么都做不了，他也希望能排除身上那种无能为力的无力感安心地守着你。我一度怕他熬不住，想替他看着你，可他不肯，他一天 24 小时看着你，仿佛在你还没醒来之前任何其他人在你身边他都不放心，那时我才知道，一个男人爱一个女人，爱到了极致，原来便是这个样子。"

再回想起过去自己那段卑微到了骨子里的感情，阿九也忍不住眼里慢慢

蓄起了泪。

倪晴何曾不知道周承安对自己的好，所以就连让他走这个字，事到如今都不忍再说出口。周承安为她付出的越多，她越是觉得自己欠他的越深，当初，便是怕有朝一日会有还不清的那天，才说出分开彼此冷静的话。

"倪晴，好好跟周承安在一起吧，能看着身边人才是最好的幸福，别到了以后追悔莫及。"

倪晴恍惚间觉得今天的阿九有些奇怪，尽说些感性的话，她认识的阿九明明理性得几乎刻薄，可今天却和从前大相径庭，她忍不住有些担忧："阿九，你是不是出什么事了？"

阿九被她问得怔了怔，随即意识到倪晴会问这个问题的原因，才笑起来："没有，只是这两天看着周承安感触颇深，我可好得很。"

可是真的很好吗？为什么倪晴眼中的这个阿九看上去却是那么的不好。

周承安只出去了一会儿便回来了，他果然还是放心不下倪晴。阿九在一旁又伶牙俐齿起来："你究竟是不放心我还是不放心我？有我看着倪晴，你至于这么急着回来吗？"

周承安睨了阿九一眼："看来我打扰到你们的好事了？"

倪晴一听这话，冷不丁地笑了出来。

"你不知道闺蜜之间说些谈心话最讨厌别人打扰吗？"

周承安无辜地耸了耸肩："那你们继续？"虽然用了询问的语气，可那表情却完全没有要离开的意思。

阿九看他手里还拎着一堆打包盒子，想来是为了替倪晴去买吃的才会走得这么利落。她叹了口气，不想再继续留在这里看这两个人虐狗，便跟倪晴打了招呼先走。倪晴起先有些舍不得，但周承安说她现在需要静养，不能讲太多的话，于是想让阿九留下来再陪自己说会儿话的念头便迅速被打消下去了。

周承安买了很多食物，大多都是倪晴爱吃的东西，从粥到点心，一应俱全。倪晴心里却是一酸，他们从前在一起的时间其实算不得长，可他却记下了她喜欢吃的所有东西。在这场感情里,她原以为自己付出的比周承安要多些,从未想到,却原来是周承安做到了所有她未曾做到的事。

"怎么愣着了?是不合胃口吗?"周承安下意识地皱起眉头。

"你怎么买这么多,怎么吃得完……"

"没关系,这些都是你爱吃的,每样吃一点,尝尝味道,等你出院了,再带你去吃个痛快。"他笑起来更加英俊了,宠溺地摸着倪晴的发顶,让倪晴觉得自己是个被人宠着的孩子。

周承安一直用他自己的方式在对她好,那个时候对他说出分开的时候,不知道他又是什么心情呢?奇怪,从前也没想过那时周承安的心理状态,现在却反倒想知道了。

"周承安,我那个时候跟你说分开的时候,你是不是有一种特想抽我的冲动?"

"你倒是很有自知之明。"周承安对此毫不避讳,但其实也没倪晴说得那么严重,他只是有一种想拿根绳子把她绑起来的冲动,让她哪儿都不能去,只能待在自己身边。可另一方面,又觉得倪晴是为了他好,或许那个时候,他们分开才是最正确的选择。

半夜,倪晴又开始失眠了,在病床上翻来覆去无法入睡。病房里很安静,只偶尔能听到睡在沙发上的周承安匀称的呼吸。他睡着了吗?窗外的月光打在周承安脸上,衬得他更加安详。每一次,只要有周承安在,倪晴就觉得什么大事都不算个事儿了,周承安总有一种能力,可以解决任何麻烦事儿。她是不是真的太依赖周承安了呢?没有遇见周承安之前,她觉得自己什么事都能做都能扛,但在遇到周承安之后,又觉得较之从前,自己的抗压能力似乎弱了很多,是不是当有人为你挡风遮雨的时候,下意识地就会开始变弱?

倪晴想了很多事情,仍然无法入睡,干脆轻轻地拉开床头柜的抽屉想找是否有安眠药。她记得之前趁着周承安不在的时候自己向医生提过,希望医

生能开些有助于睡眠的药物给自己，护士后来也拿来了，可找了半天，怎么都摸不到药。

她微微直起身，想看得更仔细一些，这时周承安的声音响起在黑暗里，吓得她手上一抖。

"不要吃太多安眠药，对身体不好。"

倪晴的身子就这么悬在半空中，黑暗里，唇角露出一个尴尬的笑："你……你还没睡啊？"

"你翻来翻去的动静大。"

"我吵到你了？"

周承安似乎叹了口气说："你先睡好，这样不累吗？"

呃……倪晴感受了一下，经周承安这么一提醒，她还真的觉得有些累了，于是放弃找药的念头，又躺了回去。即使这会儿她在抽屉里摸到了药，周承安也不会让她服用，身为精神科医生，周承安好像很不赞成她吞安眠药。

"我们说会儿话吧。"

"啊？"

"你不是睡不着吗？说着说着也许就能睡着了呢。"

周承安的话音一落，病房内好半响没有任何动静，静得能听到彼此的呼吸声。倪晴望着天花板上因为夜色而折射进来的斑斑点点，脑海里回想起14年前的布拉格，就是在那一年，那个少年出现在她的生命里，成了她心里无法取代的记忆。

"周承安，你还记得我之前问过，你14年前去过布拉格吗？"

周承安轻轻应了一声。

"其实14年前，我跟我爸妈一起去布拉格旅行，原本以为那会是一次记忆难忘的旅行，会是我们一家人在一起度过的美好回忆。可是有一天，因为我任性，偷偷趁着大人不在的时候跑去橱窗前看洋娃娃。后来出现一个长得十分好看的小哥哥，嗯，你跟那个小哥哥长得真的很像。小哥哥问我喜不喜欢,我说喜欢,总之那时候的很多记忆已经很模糊了,但因为他长了一张十分好看的脸,结果就是我跟着他走了。他把我带到一个类似贫民窟的地方,在那里,有长相凶恶的大人用鞭子在挥打着小孩。我当时很害怕,央求小哥哥送我回去,但哪里还来得及,大人已经看到了我,起先是把我哄到了角落里,然后教我怎么去跟游客要钱,那一晚我害怕得一个人在那里哭。后半夜的时候,我睡得昏昏沉沉的,忽然被小哥哥叫醒过来,小哥哥带着我偷偷逃了出去,很快就惊动了大人们,后来我才知道那些人就是所谓的人贩子。人贩子一路追着我们两个,小哥哥还算机智,带着我在一个不显眼的树洞里躲了起来。这一躲就躲到了天亮,我们迷路了,找不到回去的路,小哥哥只能带着我一个人一个人地问过去,把我送回到我爸妈身边。我见到我父母的时候,他们几乎已经急疯了。"

周承安默默地听着,其间没有插过一句话。

"再然后,我父母想感谢小哥哥救了我,可小哥哥却不见了,之后到现在,我再也没有见过他。"

倪晴的声音里,隐隐有些失望和难过。

"你想念他吗?"周承安问她。

倪晴轻轻点了点头,又意识到现在是晚上,周承安看不见,于是说道:"嗯,我很想念他,可是我觉得,也许有生之年,我再也见不到他了。"

"这就是你当初一直缠着我的原因?"

倪晴踌躇了一下,害怕周承安会生气,半晌才说:"是,但也不全是,我第一眼见到你的时候,觉得你跟我记忆里的小哥哥好像。"

周承安笑笑:"可惜,我不是他。"

可惜,你不是他,却是如今最让我牵肠挂肚的那一个。

"倪晴,你有没有想过,你的这种牵挂和思念是不正常的?他只是一个拐走你的小人贩子。"

周承安的话重重地打进倪晴心里。

倪晴突然有些激动地反驳他:"不,他不是。"

"不能因为他最后救了你,就否认他是小人贩子这个事实不是吗?"

周承安话里莫名其妙的刻薄让倪晴险些失语,也许周承安说的没错,但那并不表示他就可以这样说她日思夜想着的那个少年。

"也许他有什么不得已的苦衷,你知道,如果他不照着那些人的话做,也许他会没命。"

"倪晴,你在替他找借口,他如果不想做,可以有千万种理由拒绝。"

"不是的,周承安你不会懂的。当一个人挣扎在最底层的时候,活着已经成为他对人生最低的要求时,他还有什么是不能做的?我真的能理解小哥哥。"倪晴句句肺腑之言,因为理解,所以从来没有责怪。

周承安的心却在暗夜里重重被撞击,忍不住侧头看向病床上的人。倪晴总是用嘴硬来伪装自己的怯弱,可有一点却从没有变过。她是真正的善良,出身良好的千金小姐,不管经历了什么,内心都还是有一块地方是属于纯真美好的。

"倪晴,在我的学术领域里,你的这种情况叫作斯德哥尔摩症候群。"

倪晴凄凄一笑:"是吧?我当初找你看这病的时候,你还认为我是神经病。"

"嗯,当初的你看上去的确不像是会患上这种病的人。"

"其实周承安,我们大多数的人都习惯了以貌取人,用第一眼看到的假象去衡量一个人怎样,可是连眼睛看到的都未必是真实的,又怎么用自己看到的去界定一个人呢?"

"倪晴,你现在处处都在维护你的那个小哥哥。"

是吗?这一点倪晴从来不否认,不管别人怎么说,她就是觉得当年是小哥哥救了自己的命,他是她的救命恩人。她不管这是斯德哥尔摩症候群还是其他的什么症候群,她就是这么一意孤行地将少年美好的一面保存在心里的位置。

"有一天,我是说有一天,如果你们真的再一次见面了,你会怎么办?"

倪晴有一瞬间的失神。怎么办?事实上在遇见周承安之前,她幻想过无数次和小哥哥再次遇见的场景,她想那个时候她一定会奋不顾身地奔向他身边。可是遇见周承安之后,开始越来越少地想起这个问题,甚至已经开始很少会想起那个记忆中的少年。

总有一些人,能够取代掉你曾以为这辈子都忘不掉的人。

倪晴的沉默让周承安心里稍稍好受了一些,不管这沉默代表了什么,但至少让他知道,倪晴并没有第一时间就否决了他。

"好了,倪晴,睡吧。"

这一句话像是有魔力,也或者说出了心里一直藏着的秘密后,让倪晴总算轻松了一些,总之和周承安说完这番话后,没多久的工夫,她就真的睡着了。

并且一夜无梦。

倪晴出院的那天,另一边的阿九身上又发生了一件事。阿九原本准备去医院接倪晴出院的,可在路上遇到了莫北韩,莫北韩车子开得飞快,阿九鬼使神差地跟了上去,想探一探这个男人的虚实。没想到跟着跟着就看莫北韩的车子驶入了一片别墅区,阿九一眼就认出了那是林耀波老宅的所在区域,她就将车停到了路边,等莫北韩出来。

等了一上午都不见莫北韩,她觉得事有蹊跷,便准备下车进去查看,可刚准备下车的时候,莫北韩就出来了,而且是步行出来的,他直直朝着阿九车子的方向走来。阿九心下紧张,下意识地锁上了车门,结果这人就是冲着她而来,笃笃笃地敲了几下窗户,再看他这张脸,表情凝重,好像刚才发生了什么不好的事似的。

阿九思忖了一下,还是开了车锁,莫北韩应声坐进了副驾驶的位置。

"你知道我跟踪你?"都这个时候了,阿九也不隐瞒自己跟踪他的事了,照莫北韩直接朝自己走来的架势,多半在来的路上就已经发现她了。

"我是警察。"他挑了挑眉,这话说得多少有些傲娇,意思是他是警察,他的警觉性当然比一般人高,这么一点小把戏怎么逃得过他的眼睛。

阿九"切"了一声，低声咕哝道："平时也没见你做跟警察有关的事。"

"这位记者小姐，你好像对我的误会很深？"

"是误会吗？并不是，是事实。"阿九纠正他，"对了，你进去的时候不是开车进去的吗？你车呢？不要了？"

"你知道这是哪儿吗？"

"林耀波家。"阿九不假思索地回答。

"我进去的时候正巧碰见一件有趣的事儿，你要不要听听？"

"你这是承认自己跟林耀波有利益关系了？"

"我只是去了趟他家，顶多只能说明我跟林耀波认识，有些关系，哪里看出来是有利益方面的关系了？"

阿九摇了摇头，正色道："莫北韩，警察和商人走得太近可不是什么好事，你要是还想干你的警察，就好好爱惜你的羽毛，别给人落下口舌。"

莫北韩的眼神忽然之间变得古怪起来，一直盯着阿九看个不休。阿九下意识地摸了摸自己的脸，蹙眉道："我脸上有什么东西吗？"

"你这是在关心我？"

关心？怎么可能？！阿九连忙扭头否认，她怎么可能去关心莫北韩啊，他们统共也才没见多少次面……好吧，是见过不少次面，但是这个警察讨厌死了，见着他就没什么好事，她干吗要关心他啊！

"你脸红什么？"莫北韩这下兴致更浓了，眼底的笑意慢慢地扩散开来，往前倾了倾，想靠她更近一些看清楚，被阿九一手抵住。

"你给我老实点坐好，否则就下车。"

莫北韩还想取笑她，忽然余角目光一瞥别墅入口，一辆车缓缓从里面驶出来，他当下便收了笑容，命令阿九道："跟上去。"

阿九觉得莫名其妙，他凭什么命令自己啊？可还是依照他的话跟了上去。

"那辆车里的是什么人啊？"

"林耀强。"

阿九心里咯噔了一下，扭头就想去看莫北韩，却被莫北韩一手将脸推了回去："别看我，看路。"

他的掌心有些凉意，贴在自己脸上仅仅只是一下的工夫，已经足够让阿九心跳加速了。

该死的，她到底是为什么又会脸红又会心跳加速的？见过那么多男人，她早以为自己已经百毒不侵了，怎么还是会有这种怦然心动的感觉？

等等，怦然心动？对莫北韩吗？阿九在内心默默地鄙视了自己好几次，怎么会对莫北韩产生了心动的想法，他明明那么讨厌，老是揪着倪晴不放，真不像是个男人。

"我刚才不是说我在林耀波家里碰见一件有趣的事儿吗？"

阿九随口应了一声，努力跟着前面的车不让自己跟丢。

"在林耀波家里，林耀强和他老婆正吵架吵个不休，这是你的杰作吧？"

阿九挑眉侧目看他："他自己在外面有了小三，还养了这么多年，怎么就成我的杰作了？所谓苍蝇不叮无缝的蛋。"

莫北韩愣了一下，而后扑哧一声笑了出来："有这么比喻自己的吗？所以你是苍蝇吗？"

"莫北韩你烦不烦？在我车里就不能安静安静？耳边这嗡嗡作响，我车也开不好了。"

莫北韩也不知道自己哪句话得罪这位大小姐了，于是就开始默不作声。

车里突然安静下来，阿九的心情这才稍稍好转，就是说嘛，她怎么可能对一个以前对倪晴这么恶劣的人有心动的感觉？明明就是错觉！很大很大的一个错觉！

"对了，那车上的是林耀强还是林太太？"

"就林耀强一个人，林太太估摸着还在林耀波那儿哭诉呢。"

"这林太太也太不给力了，连闹事都闹不过林耀强，真是白给那么大的篇幅了。"阿九兀自嘟囔着，突然觉得有些什么不对劲的地方，一扭头，便见莫北韩似笑非笑地看着自己。

"承认那篇报道是你写的了?"

"我什么时候否认过?报道下面可有我的大名,我没有怕过。"

莫北韩嘴角的弧度也渐渐加深起来,的确,这个许依米天不怕地不怕,再加之她的身家背景,她根本没什么可怕的,在这个城市,恐怕还没有她不敢写的新闻。

终于到了目的地,竟然是一个私密的小旅馆。车内的两个人面面相觑,阿九不知怎么的,脸上又开始隐隐发烫,在心里暗暗咒骂一声,这个林耀强这种时候干吗非来这种暧昧的地方。

莫北韩哪儿顾得了其他,等林耀强进了旅馆后,率先下车,阿九没办法,只得紧跟其后。莫北韩没有进旅馆,而是沿着旅馆的外围走了一圈。这旅馆建在通往高速公路的路边上,周围一小块空地被划成了停车场,因为过路往来的车辆比较多,空气里全是挥洒着的黄沙和尘土。

阿九捂着嘴,皱着眉,一脸的嫌弃。

"这地儿就是供长途开车旅行的人留个宿,没什么特别的。"阿九说道。

"那你说林耀强为什么要和他的小情人约在这种地方见面?"

"你怎么知道里头是刘诗雅?"

"一般人需要约在这种偏远的地方见面?市里不能见吗?林耀强可是有严重洁癖的人。"

阿九白了他一眼:"功课做得真仔细,还在想林耀强这事儿你怎么没掺和进来呢,原来早就知道一切了啊。"

"过奖过奖,只比你们晚了一点点而已。"

阿九翻了个白眼,刚想走到前面去,手腕却猛地被他拽住,将她用力往后一拖。阿九刚想发作,便见他朝自己做了个噤声的手势,再往外一看,果然,刚刚进去旅馆的林耀强这时候已经出来了,只见他步履轻快,迅速驱车离开。

莫北韩看了眼手表:"进去了5分半钟,该交代的应该都交代了。"

阿九这个时候只顾盯着林耀强的车,拉了拉他的袖子问道:"要不要继续跟?"

莫北韩摇了摇头:"不用,重点是在旅馆里的这个人。"

阿九看着他,毫无反应。

莫北韩叹了口气,靠向身后的墙壁:"你们记者的洞察力不是一向都很敏锐的吗?这么简单的道理你都不懂?为什么林耀强会来这里?因为里面早就有人等着他了。为何是在这家进入高速公路边上的小旅馆?因为随时随地都可以搭车离开。"

经莫北韩这么一点拨,阿九顿时醒悟,她重重一拍自己的脑袋。

"你是说刘诗雅准备畏罪潜逃?"

"畏罪潜逃这个词可不是这么用的,她目前还没有被定罪。"

阿九盯着他,突然笑起来,在飞沙尘土中说了一句让莫北韩的笑容凝固的话。

"突然有一种好像和你一起并肩作战的感觉。"

Chapter 14　阿九和莫北韩

"突然有一种好像和你一起并肩作战的感觉。"

阿九未来得及细想自己这冲口而出的感慨，却见莫北韩又重新收起了笑容，将目光飘向远处。

莫北韩一个人惯了，他从来都是靠单打独斗才闯出今天这些名堂，忽然从她口中听到并肩作战这样的字眼，内心的震惊多过惊喜。他知道记者们为了能抢到夺人眼球的新闻一贯都是又勇敢又不怕死的，可阿九身上的这股子劲儿却是极少见的。她一点也不扭捏，也不惺惺作态，想什么就是什么，不伪装，更不屑于伪装。

这感觉令莫北韩心里隐隐发颤，身边的姑娘一副没心没肺的模样反而让他觉得不安。再看阿九，神色泰然地望着前方，完全没有想过身边的莫北韩会因为自己这句无心的话而分神。

就在两人沉默之间，旅馆门口忽然有了动静。阿九眸子一眯，隔着沙尘远远望去，那个拖着行李箱往外走的人不是刘诗雅又会是谁？她刚想上去，被莫北韩一个箭步拽住了手腕，他朝她微微摇头，示意她不要轻举妄动。可都到这个时候了，再不出现，这刘诗雅万一真的搭车逃走了怎么办？

刘诗雅站在路口没动，左顾右盼，想来应该是在等什么人。莫北韩说的没错，住在这里自然是为了方便逃脱。阿九拿出手机对着刘诗雅一顿猛拍，侧脸问莫北韩："莫警官，你倒是说说现在怎么办呀，总不能眼睁睁看着她走吧？她这一走，我们上哪儿找她去？"

Chapter 14　阿九和莫北韩

莫北韩看着她思忖片刻，压低声音对她说："你在这里等着，我过去找她谈谈。"

"你有什么可找她谈的？现在事实已经十分清楚了，你心里究竟怎么想的？"

"可你还是没有确凿的证据证明倪晴的母亲宋美妍就是她杀的不是吗？"

他一句话令阿九哑口无言。阿九呆呆地看着他从自己身边走开，朝着刘诗雅一步步走去，他的背影隔着尘土，第一次让阿九觉得伟岸。阿九心里猛地警铃大作，她怎么会觉得莫北韩让人有安全感？他可是死死揪着倪晴不放的讨厌鬼啊！

莫北韩走近刘诗雅，刘诗雅大约是等得心焦，有些心神不宁，所以压根没有注意到身后有人逐渐靠近。直到莫北韩站到了她的身侧，她整个人才猛地一个颤抖，下意识地往后退去。

莫北韩双手背在身后，一派恬淡地望着她，笑道："真巧，居然能在这里遇见。刘护士，你这大大小小的行李，是要上哪儿旅游去？"

刘诗雅心里隐隐有些害怕，吞了吞口水，频频点头称道："是，是，最近发生了很多不好的事情，所以想出去散散心。莫警官你怎么在这里？莫不是也在等车？"

莫北韩唇角忽然一勾，这一笑让刘诗雅微微一怔，旋即她心里便升起一股不好的预感，瞳孔慢慢放大，盯着对方眼里的自己。曾几何时，她从未想过有一天自己会如此狼狈，可在眼前这个警察眼里，自己就像个天大的笑话一般。

"刘护士，都已经到这个时候了，我们不妨打开天窗说亮话，你也不想自己成为林耀强的一颗弃子对吧？"

莫北韩那双漆黑的眸子仿佛散发着诡异的光芒，却让刘诗雅的心渐渐跌落谷底。她这个时候才恍然间明白，他应该是跟踪林耀强而来。可是林耀强做事做人那么小心的一个人，怎么可能没有发现身后有人跟踪？唯一的可能就是——林耀强故意让人跟踪，故意让人在这里找到她。

思及此，刘诗雅浑身更是担心得身上所有的细胞都抗议起来，她颤抖着嘴唇不敢确定："你……你说什么？"

"我说什么你已经听得清清楚楚，刘诗雅，你跟林耀强在一起这么久，他的为人如何你难道真的不知道？他可是林耀波的弟弟，你即使身在迷局仍然对他的为人尚心存留念，但林耀波的为人却并不好，你认为他会让自己的弟弟处于如此被动的不利位置？"莫北韩双手抄在兜里，懒洋洋地说着，每一个字每一句话都令刘诗雅惊恐，她不想相信他说的每一句话，可偏偏他说的每一句话都不无道理。莫北韩看出了她的动摇，满意地更近一步。

"况且，你凭什么认为自己能敌得过林太太在林耀强心里的地位？你对林耀强就如此信任？相信他不会出卖你？你为他做了那么多事，他可曾对你有过一星半点的承诺？林耀强是老狐狸，你面对他终究还是太嫩了点。"

"不要再说了。"刘诗雅忽然大喝一声，眼里全是伤心和恐惧。

很好，他的目的达到了。成功地让刘诗雅对林耀强产生了嫌隙。

刘诗雅捂着耳朵自己想了很久，大约是觉得莫北韩说得不无道理，因此眼里开始闪现出不确定因素来。她望着莫北韩，在心里不断腹诽，她能相信这个警察的话吗？可是万一他说的都是真的呢？

"你若不信我，大可以留下来看看最后的结果是怎么样。你怎么不想想，为什么在这样的关头林耀强却让你离开呢？你一旦离开，所有人都会认为你是畏罪潜逃，而离开这个城市，很多事情就由不得你了，有些黑锅你背也得背，不背也得背。"

刘诗雅想起林太太那次在医院大闹之后，她就再也没去过医院了，她哪儿还有脸待在医院里啊，院里的同事那些看待自己的眼光让她生不如死。她以前以为，只要有林耀强就足够了，可真正东窗事发之后她才发现自己从前的想法有多么可笑，人生在世一辈子，怎么可能不在意别人的想法？可林耀强呢？虽然安慰的话已经说足做足，可他还是回到了林太太身边，不管那个女人如何吵闹，最终这个男人还是会乖乖回去。

这大概就是她和林太太之间最大的区别。

刘诗雅闭了闭眼，终于像是下了什么决心似的，慢慢松开了手里的行李箱："好，我留下来。"

莫北韩长长地舒了口气，但看得出来，刘诗雅自己似乎已经想明白了。

回去的路上阿九频频从后视镜里看后座的刘诗雅，明明一堆想问的问题，可在莫北韩的眼神示意下，硬是活生生地把那些问题都憋了回去。没办法，谁让是莫北韩把人家劝留下来的呢，何况来日方长，既然她决定留下来了，相信一时半会儿应该不至于出什么幺蛾子。

阿九将车开到莫北韩给自己的那个地址，莫北韩亲自送刘诗雅进去，不一会儿他便出来了。阿九在车里端详着外面这个不起眼的小平房，这种小平房算是走过路过绝对不会多看一眼的那种再平凡不过的地方。

"这是什么地方？"看莫北韩似乎对这里很熟的样子，待他一上车，阿九慌忙蹙眉问道。

莫北韩不甚在意地说："是我老家，我小时候就住在这里。"

呃……阿九一时间竟无言以对，又重新打量了一会儿那个小房子，转而问道："你不怕她突然又逃跑了？到时我们可真不知道该去哪里找她了。"

"不会，她既然选择留下来，想必就已经想清楚了。"莫北韩胸有成竹，对阿九挑了挑眉，"还不开车？"

阿九不乐意了："你拿我当司机是几个意思？这车可是我的。"

"我可是帮你把嫌疑人留下来了，你不该对此表示感谢？"

阿九冷笑一声："说得好像莫警官对这件案子一点不在意似的，你每天装得这么道貌岸然的样子累不累？"

"累啊，可是不装怎么生存下去？"莫北韩轻轻松松地回答她，却让阿九又是一愣，尽管听上去更像是玩笑话，可阿九却觉得这就是莫北韩的心声。

每个人都有自己不可告人的秘密，那么莫北韩心里大约也是藏着太多的秘密无人诉说，所以只能伪装自己，戴着面具生活吧。

他们都是戴着面具的人，面具后面那张脸的真实表情，无论如何都无法

——窥探。

阿九去找倪晴，到了倪晴家楼下才被告知倪晴暂住去了周承安家里，这让她有些丈二和尚摸不着头脑，这两人的感情她是真搞不懂了，时而闹别扭，时而又好得让人分不清他们究竟在搞什么。

阿九把自己和莫北韩经历的事情一一说给他们听，彼时周承安正从厨房里出来，布满了一大桌的美味佳肴，而倪晴则认真听着阿九的话，想从中找出什么蛛丝马迹。

"莫北韩为什么要帮你？"末了，倪晴突然问道。

阿九一口汤卡在喉咙里，狼狈地呛起来，呛得面红耳赤。

倪晴和周承安互相对望了一眼，交换眼神，再看向阿九的时候，两个人的眼里都多了一份探究和……调侃。

周承安也是个看热闹不嫌事大的主，边为倪晴盛汤边说："是啊，莫北韩一贯和我们不对盘，这次居然帮了这么大一个忙，这里面是不是有什么蹊跷？"

阿九总算缓过来了，哑口无言地盯着面前这两个人。

"你们秀恩爱就秀恩爱，非得这么欺负人？"

阿九闷闷不乐地用完餐，倪晴本来还想留阿九下来说一会儿话，可阿九似乎心思根本不在这里，和他们匆匆告别。等周承安忙完回来，见倪晴一副心事重重的样子，忍不住摸摸她的发顶取笑她。

"你现在这个满脸忧愁的样子，不知道的还以为我虐待你。"

倪晴看向周承安，紧蹙的眉心微微舒展了下来，担忧地对他说道："我总觉得莫北韩有问题，先不说他跟你有仇，光是他之前对我的针锋相对我就不相信他会这么好心地帮阿九，我担心阿九会着了他的道。"

"倪晴，你的担心未免太多余，你忘了阿九是干什么的？阿九那个人古灵精怪的，反应能力也强，你觉得是这么好对付的？她和莫北韩顶多半斤八两，谁也没法在对方身上讨到好处。"

Chapter 14 阿九和莫北韩

话虽如此,可依今晚阿九心不在焉的表现来看,倪晴心里的担心也并非完全多余,至少阿九对莫北韩已经开始改观了,不知道这算是一件好事还是坏事。

过了几天,意想不到的事情发生了,就在所有人都完全没有防备的情况下,林耀强走进了派出所,重新提及了关于宋美妍的案件。

当时接待林耀强的人正是莫北韩,莫北韩见到林耀强一点也不感到意外,两个人面对面坐着。莫北韩安静地看着林耀强,林耀强和林耀波虽是兄弟俩,但是个人气质上却有些不同,林耀波身上有商人惯有的那种狡猾和老练,林耀强较之其兄要逊色一些,至少在莫北韩看来,林耀强虽也不是什么省油的灯,但至少比林耀波要容易对付得多。

"林院长,听说你对宋美妍的案件有了新的线索?"莫北韩在沉默中开了口,对面的林耀强面不改色,惬意地背靠椅背,宽厚的镜片后面那双眼睛像在算计着什么,盯着莫北韩一动不动。

"莫警官,听说你一直都在追查此事,真是尽忠职守。这个案件到现在也没什么进展,不过有些事情我想有必要跟你们警察说清楚。也算不得是什么线索,至于对你们的查案有没有帮助,还是得你们自行判断才行。"

莫北韩耸了耸肩,做了个请的手势,示意他继续。

林耀强清了清喉咙,淡定说道:"我们院里有个叫刘诗雅的护士,想必你也知道,一直以来都是她亲自照看宋美妍的,一年365天几乎天天不落,要说院里宋美妍跟谁走得最近,那自然是刘诗雅无异。不过这个刘诗雅家境贫寒,再加上外婆得了重病,一度需要大量的医药费。你也知道,一个缺钱的人什么都干得出来,我好几次看到过她鬼鬼祟祟地在宋美妍的病房里不知道在做些什么,而且出事的那晚原本应该是她值班,可她却不见踪影,我想我有理由怀疑宋美妍的死跟她有关。她跟我大哥常有往来,我查过她的个人账户,其中有几笔来历不明的大额收入,想必是做了一些什么见不得人的事而得到的收益。你应该也了解,我哥哥跟宋美妍几乎敌对,虽然宋美妍已经

进了院里，但我哥哥仍然不放心，我想宋美妍的事情从表面上来看其实应当十分明显才是。"

莫北韩静默地听完林耀强的这番话，看林耀强的表情，不知情的人大抵真的会被他这些语言所骗，但事实上这其中漏洞百出，他实在想不出为什么林耀强要在这个时候胡编乱造这么一番话出来，他是觉得他们做警察的都是白痴？

"林院长，你觉得我该不该信你的这番话？如果我的记忆没有出现偏差，你刚才所说的这个刘诗雅不是前几天才上报跟你纠缠不清吗？怎么这么快的工夫，到你嘴里就变成了跟你哥哥关系匪浅了？你这锅甩得未免有些牵强。"莫北韩手里夹着一支笔，一下一下地敲着桌面。暗流涌动，像是两股力量的较量，莫北韩不动声色，林耀强沉稳有力。

林耀强却稳坐如山："莫警官，那些小道消息无中生有的中伤你也信？"

"无中生有吗？据我所知，林院长你的太太可是直接闹到了院里，难道你太太也是无中生有无理取闹？"

林耀强的眸子微微一眯，脸上的笑容开始有些挂不住了。莫北韩将他的变化尽收眼底，心里更加胸有成竹。看来林耀强之所以要将刘诗雅送走，恐怕早已经为自己准备好了这一出，来警局应该只是第一步，他接下来大约会把刘诗雅塑造成真正的罪人，让刘诗雅有口难辩。

"莫警官，你不信可以去查查刘诗雅，看看刘诗雅是否还在北城。我和她已经失联很久，如果不是心里有鬼，怎么可能躲着不见人？你们警察有一个词叫什么来着？畏罪潜逃？"林耀强的刻意引导并没有为自己加分多少，事实上此时此刻在莫北韩眼里，他就像一个笑话一般，不知道日后林耀强若是知道莫北韩早已掌握了刘诗雅的行踪，再回过头来看自己，会不会无言以对。

"林院长，刘诗雅躲着不见人也有可能是因为跟你的绯闻而让她觉得无颜见别人，这并不能成为所谓的证据。"

莫北韩的处处回避令林耀强开始心生不满："莫警官，你大约是忘了自己是为谁办事的？"

"哦？林院长这话什么意思？难道是有什么事想交代给我？"

"莫警官，你只要记住，这个刘诗雅有问题，就算我和她真的关系匪浅，也不代表她就一定清白，毕竟这么多年来都是她贴身照顾宋美妍的，除此之外，没有第二个人。"他说着，起身理了理自己的西装外套，居高临下地盯着莫北韩，"我话已至此，莫警官不妨好好想想我话里的意思。"

莫北韩笑着起身："那是自然，林院长提供了这么重要的线索，我们当然要好好研究。"

莫北韩亲自送林耀强到了派出所门口，没想到的是相机的闪光灯就这么突然地咔嚓一下响了起来，接着有人拿着相机对着林耀强一顿猛拍。林耀强脸色突变，他来这里本来就是低调行事，根本没人知道，这个记者是从哪儿来的！

莫北韩挡在林耀强身前刚想驱赶，谁想阿九的脸蓦地从相机后头露出来，她一脸无辜的笑意，视线从莫北韩脸上滑至林耀强身上。

"林院长，听说您有什么很重要的线索发现，是不是跟我们分享一下？"

林耀强自然认得阿九，一见她，脸色变得更难看，冷哼着一言不发地甩手而去。阿九刚想跟上去，却被身后的莫北韩一把攥住。

阿九来不及挣脱，眼睁睁地看着林耀强从自己眼皮子底下溜走，心里一阵愤懑，转头对莫北韩怒道："你干什么？"

"我可不认为你现在跟上去能讨到什么好果子吃。"

"莫北韩，我没有妨碍你的工作，麻烦你也不要来妨碍我的工作，OK？"阿九没好气地说着，甩了甩手，还是没有甩开，只见莫北韩依旧是刚才那副表情，铁了心不让她如愿。

这林耀强到底来说了什么，让莫北韩这么忌讳？

见莫北韩不说话，阿九心想曲线救国，干脆也不挣扎了，站直了问他："林耀强给了什么线索？"

"你怎么知道他来这里？"莫北韩却不着调地问了她一个跟她的问题毫无

关系的问题。

"莫警官，我是记者，记者最需要具备的素质是耳听八方，我第一时间得到这种消息有什么可奇怪的？"

"但是只有你一个记者得到了这个消息，这就有问题了。"莫北韩淡淡说着，总算是放开了她的手，转身走了进去，阿九表示不服，旋即跟上。

"莫北韩，你就别跟我卖关子了，他究竟来干什么的？总不能是闲得无聊来找你聊聊天喝喝茶吧？我相信就算他有这个闲心，你也没这个闲工夫啊。"

她嘴里碎碎念着，走在前头的莫北韩猛地一个刹车，阿九毫无悬念地一头撞了上去。

"许依米许小姐，这件事情我看你还是不要再插手了吧！我不懂你这么死揪着他不放为什么。"

阿九的神色猝然一变，收起刚才开玩笑的表情，冷笑道："莫警官，你居然不知道我为什么死揪着他不放？现在是我的好朋友的母亲不幸去世，换了任何人都不可能坐视不管吧？当然，像你这种冷血的人大约也无法理解，你就当我是身为记者为了抢头条八卦好了。"

莫北韩见阿九一脸不高兴地往边上的长凳上一坐，像是自己在跟自己生气，脸上总算柔和了一些，他抬腿走了几步到她面前，微微低头盯着她看。

"有空吧？不忙着去追八卦抢头条吧？"

"嗯？"阿九不解地看向他，这个男人的态度转变得未免也太快了。

"不忙就跟我去一个地方。"

莫北韩扔下这么一句话，自顾自地就往外走了，阿九一听便知他松口了，于是赶忙跟上。

等到了之后才发现莫北韩带她去的地方就是那日带着刘诗雅安顿的小平房，阿九虽然心有狐疑，但还是一声不吭地跟着莫北韩进了屋。一进去才发现刘诗雅简直是自暴自弃，小屋里到处是她的东西，外卖盒子随处可见，但大多都只是吃了一点点便不要吃了的外卖盒。

阿九嫌弃地捏了捏鼻子,蹙着眉就想出去,可却被莫北韩拦住了。莫北韩盯着她说:"你不是想知道林耀强来派出所说了些什么吗?"

一听到林耀强这个名字,原本神情恹恹的刘诗雅立刻来了精神,朝莫北韩扑了过来:"你刚才那话什么意思?他去找你了?他为什么去找你?"

莫北韩冷冷地把她从自己身边推开,找了个相对来说空些的位置坐下,拿出一支录音笔。阿九一见,心里猛地一震,莫北韩居然还偷偷录下来了?

按下开关键,林耀强的声音从这个小小的机器里流了出来,阿九听着听着,眉心越皱越紧,再看刘诗雅,一脸的不可思议,瞳孔放大,像是完全不相信自己听到的那些,越到后面,刘诗雅的表情就越疯狂,脸色也越来越苍白。

不知道为什么,事到如今,不管刘诗雅究竟做了什么,是受害者还是害人者,都已经让阿九感到同情,一个女人被一个自己深爱的男人抛弃,当成棋子一般随意丢弃,这是任何一个女人都无法容忍的。

声音猝然停下,莫北韩好整以暇地收起录音笔,目光停留在刘诗雅脸上。刘诗雅就像一个被瞬间剥走了所有力量的木偶,木讷地说不出一句话来,嘴里却始终念着不可能。即便到了这个地步,明明是林耀强的声音,可刘诗雅的心里仍然不愿相信自己已经被无情丢弃这个事实。

"刘诗雅,到现在你还看不清林耀强的真面目?你还要替他隐瞒吗?他可是你前脚刚走,后脚就上赶着捅你一刀啊。对了,当初是他提议让你先离开这里暂时避避风头的吧?你那个时候应该没想到,原本以为他是为你好,到头来却是他处心积虑想装成你畏罪潜逃的假象吧?"莫北韩晃了晃手里的录音笔,语气咄咄逼人。

刘诗雅还没缓过神来,下意识地摇头否认:"不是的,不可能的,他不可能会这么做。他说过我们会一辈子在一起的,他说他对家里那个黄脸婆早就没有兴趣了,他现在只爱我一个,等这阵子风头过了他就会和他老婆离婚,然后再把我风风光光地接回去迎娶我……"

阿九无奈地摇了摇头,都说恋爱中的女人是白痴,这话真的一点不假。

"迎娶你?"莫北韩冷嗤一声,"你知道林耀强的结发妻家世有多雄厚吗?就算林耀强对她已经没有感情了,可他敢和他太太离婚?就算他有这个想法,恐怕他哥哥林耀波也不会同意吧。究竟是什么让你对自己这么自信?"

"这个东西一定是假的,你们都在骗我,我要去找他,我要亲自去找他问个清楚。"刘诗雅疯了似的往外冲,幸好阿九眼疾手快地拦住了她的去路,可是刘诗雅已经没了理智,冲劲十足,一个箭步就把阿九顶到了身后的墙上。

莫北韩立刻疾步到阿九身侧,一手用力锢住她的腰,皱了皱眉,似有责怪之意:"谁让你拦她了。"

阿九对他不予置理,再看刘诗雅,因为刚才的冲击而跌倒在地,怔怔地盯着地面流着泪。她再也不是当初那个在院里见到的能说会道的健康姑娘,不好的爱情能将人毁成何种程度,在今天终于让阿九见识到了。

莫北韩走到刘诗雅面前蹲下,声音比刚才更冷:"你现在总该相信,林耀强早已将你当作弃子了吧?你凭什么认为他会因为你铤而走险呢?你要是现在告诉我宋美妍的事情,我至少可以保证你日后不会更惨。"

阿九在一旁忍不住嘴角抽了抽,莫北韩这人,就算说好话也非得用这种威胁的语气吗?

刘诗雅茫然地看着莫北韩,可是那之后她再也没有说过一句话,就那么坐在地上,像个洋娃娃一般不声不响。

莫北韩自然也不勉强,起身的时候却还是忍不住说:"你最好想清楚了,谁也不能保证你会不会得到像宋美妍那样的下场,毕竟你知道的太多,知道太多的人能有什么结果我想你我都心知肚明。"

走之前阿九担心地一步三回头,待门关上,她才问莫北韩:"这样放任她在这里好吗?万一她想不通去找林耀强了怎么办?林耀强已经走到这个地步了,我想他如果知道刘诗雅还在这里,是绝对不会放过她的。"

莫北韩显然一点也不担心这个问题:"如果她的智商仅限于此,那她迟早会被林耀强玩死,结果都是一样的不是吗?"

Chapter 14 阿九和莫北韩

到现在阿九才发现莫北韩居然如此冷漠,可话说回来,像他们这种身份和职业,见过太多社会的黑暗面,就算再热的心也都冷了吧。

周承安在走廊上碰到林耀强时步伐顿了顿,就在两人擦肩而过的时候,林耀强还是停下了脚步。

"承安,收手吧,为了一个倪晴值得你如此大费周章吗?"

周承安却一点也不领他的情,轻笑道:"那院长呢?院长是为了什么才如此大费周章地想要除掉宋美妍?"

"我已经跟你说过很多次了,宋美妍的死跟我无关,你真的不必抓着我不放。承安你还有大好的前程,没必要为了一个女人而浪费。"

周承安双手抄在白大褂的兜里,嘴角那一抹不羁的笑越发地让林耀强感到刺眼。林耀强深知自己无法说服这个年轻人,可每每想到周承安这些年的下手狠绝,还是忍不住抽了口气。被他哥哥林耀波训练出来的人,心里又有几分热度。

"院长,倪晴是我的底线。但凡有人触及我的底线,我绝不轻易罢手。如今倪晴虽然没事,可总归是藏不住有人想害她的心,她若出一点点事,我必然十倍百倍的奉还,就算错了也无所谓。"

周承安这一席话,无疑是对林耀强下了战书,再傻的人也能听得出来周承安字里行间的警告,若是动了倪晴,他周承安不惜一切代价也要替她讨回公道。这阵子倪晴频繁出事,周承安早已有些忍无可忍了。

林耀强这时候已经不便再多说什么,周承安是什么样的人他最清楚,他既然当初可以替林耀波做那种事,想必也是什么都不怕的。

等林耀强走远,周承安才又漠然地朝原定的方向走,还没走几步,就瞧见远处等在电梯口的莫北韩。

莫北韩斜靠在那里,像是在等什么人。

两人一同下电梯,上车的时候周承安随意将身上的白大褂脱下扔到边上,关上车门,却未发动车子。

"看来你那个记者朋友还没来得及告诉你一些事。"莫北韩胸有成竹,仿佛一切尽在他掌握之中。

"你说阿九?她最近不是跟你走得比较近?我看她都已经乐不思蜀了。"都这时候了,周承安还不忘嘲讽莫北韩。

莫北韩耸了耸肩,不甚在意。

"林耀强今早去派出所告发了刘诗雅,坚称是刘诗雅害了倪晴的母亲。"

周承安闻言好像完全没有一点意外:"然后呢?"

"刘诗雅已经成为弃子,你猜下一步他会怎么做?"

"我不猜这种没有把握的事情。林耀强虽然没有林耀波难缠,但也不是个简单的主,他既然能这么坚定地告发刘诗雅,就说明已经做了万全的准备。"周承安点了根烟抽上,淡淡地分析道。

"我担心林耀强那个疯子会为了洗脱自己的罪名不惜拉任何人下水转移视线。宋美妍这个案子已经过去这么久了,上头给的压力也越来越大,要是再迟迟无法破案,可能就要开始找替罪羔羊了。"

周承安挑了挑眉,吐出一口烟圈,戏谑道:"那莫警官更应该回去好好查案才是啊,在我这里费那么多口舌做什么?我最近院里比较忙,恐怕没法帮莫警官的忙。"

莫北韩冷笑一声,开门准备下车时提醒道:"你最近最好还是多注意注意倪晴,我恐怕山雨欲来。"

车门关闭,车内只余周承安自己的呼吸,他笑了笑,抽完最后一口烟,摁灭烟头,独自坐了一会儿才驱车离去。

倪晴早已在家里等候多时,门铃响起来的时候她以为是周承安回来了,门一打开,站在外面的居然是一个陌生人。倪晴怔怔地看着他,对方朝里看了看,礼貌地问:"请问这里是周承安周先生的家吗?"

倪晴愣愣地点点头。这个人她完全没有印象,应当是没有见过的。

对方这才放心地将手里的东西交给倪晴:"那麻烦这位小姐替我将这个

东西转交给周先生,周先生想知道的事情都在这里面了。"

周承安到家后看倪晴在沙发里等得睡着了,于是过去蹲下来捏捏她的鼻子。熟睡中的倪晴不舒服地撇了撇头,慢吞吞地睁开眼睛,周承安的脸映入眼帘,倪晴立刻漾开一个笑容。

"累吗?要不要再睡一会儿?"

倪晴立刻从沙发上坐起来,挑着眉说:"你是想放我的鸽子吗?"

几日前周承安就答应倪晴等她身体康复得差不多了就带她去外面玩,这些日子因为刚出院,一直被周承安勒令只准在家里活动,闷得她都觉得自己快要发霉了。好不容易等到周承安约定的这个日子,她怎么都不可能给周承安反悔的机会。

生怕周承安会说话不算话似的,倪晴忙整理好自己的妆容,冲到房门口换好鞋,好整以暇地等着周承安。周承安唇边挂着宠溺的笑,想就这么一直宠着她,守着她,和她在一起,一想到这,内心的满足感就会被无限包围。

有时候周承安觉得倪晴就像是上天赐给他的礼物,在他过去晦暗的人生里从未想过生命里会出现这样一个自己无法对她说不的人。

"啊,对了,刚才有人送来一个东西,放在桌上呢,你要不要先看看?"倪晴指了指餐桌上那个牛皮档案袋说道。

周承安的视线扫过去,脸色微微一变,但最多只有1秒的时间旋即便又恢复了原先的模样。他走过去将档案袋随意放进其中一个抽屉,一副毫不在意的样子。倪晴看着他欲言又止,最后还是什么都没说,带着好心情出门了。

人民广场正在搞什么活动,各式卡通人物横遍,好不热闹。倪晴穿梭在人群里,玩得不亦乐乎,周承安却紧张地紧紧跟在她身后。其实当初倪晴说想出来透透气的时候周承安是不同意的,毕竟最近出了那么多事,谁也不能保证倪晴的安全,可看倪晴那副可怜兮兮的模样,周承安还是硬不下心肠对她说不。

此时此刻看她笑得肆意快乐,好像一切也都值得了。

倪晴玩够了，拖着周承安进了一家自己喜欢的餐厅，不巧却在餐厅碰上了林为安。林为安见到他们面有难色，反观周承安，面色波澜不惊，一点也没有不适之感。

这时袁艾迪忽然出现在林为安身后，见到倪晴他们先是一愣，而后热情相邀："这么巧你们也来这里吃饭？要不要一块儿坐？现在是用餐高峰期，等位子需要很久。"

周承安本想拒绝，可倪晴快他一步："好啊，我也好久没跟你一起吃饭了，相约不如巧合，走。"

说完她就拉着周承安朝袁艾迪那桌走去，完全没有顾虑一旁一脸不善的林为安。

四个人落座，这画面怎么看怎么都觉得奇怪，这四个人里面最自然的大抵就是倪晴这个肇事者了，她坐在林为安对面，完全无视林为安投射过来的不善目光，旁若无人地点了一大桌子的菜，收起菜单后才抬眼看向袁艾迪。

"你们和好了？"这是落座后倪晴说的第一句话，此话一出，对面的两位当事人脸色皆有些变化。

"其实你们本来就相爱，没必要为了一些不相干的事闹到以前那个地步。"倪晴顿了顿，而后话里有话地问林为安，"不过……你叔叔最近怎么样了？他应该比较头疼吧？家里后院起火了，这事儿摆平没有？"

"倪晴，你故意找我不痛快是吗？"

"林为安，我只是关心一下而已，你没必要发脾气吧？你叔叔这个事全民议论，你难道要跟他们一个一个生气过去？"

倪晴淡定地笑着，林为安这个时候不得不承认，苦难能让人成长，也能让人变得更加强大。现在的倪晴经历过太多，内心早已经经受了许多的历练。

周承安一贯沉默，尤其是在这种事情上。最后只能由袁艾迪上来打圆场："倪晴，这个时候就不要提这些事了，为安心里也不好受。"

"所以你们真的和好了？"倪晴听袁艾迪喊她为安喊得甚是亲热，又问了这个问题，大有不问出答案不罢休的意思。

"倪晴，你这么关心我们的事情干吗？你管好你自己不就行了？我和袁艾迪怎么样不是你应该关心的吧？"

"这话可就不对了，我和袁艾迪好歹曾经也是朋友，作为老友关心一下并不为过。"倪晴笑呵呵地说着。

这一顿饭吃的四个人各怀心思，倪晴反倒是最自在的那一个。其实经过了这么多事情，林为安好像也并没有像以前那么讨厌了，可这么多事情总跟林家有关，让倪晴完全对林为安释怀是绝对不可能的。

用完餐，林为安忽然提起前阵子倪晴煤气中毒的事情，优雅地拿餐巾擦拭着嘴唇问道："你煤气中毒的事情抓到凶手了吗？"

倪晴和周承安同时抬头看向林为安，林为安见他们表情怪异，学着倪晴的口气想当然说道："怎么也算老朋友，我关心一下老朋友不行？"

倪晴嫣然一笑："凶手迟早有一天会浮出水面，希望也不要像以前那么多次跟姓林的有关才好。"

林为安笑容僵住，顿时觉得自己又是讨了一顿不痛快。

四人散场的时候袁艾迪叫住了周承安，倪晴看出袁艾迪似乎想单独跟周承安说话，于是知趣地去外头等他。

只剩两人的时候，袁艾迪才忧心忡忡地问道："煤气中毒这件事你心里有底了吗？倪晴现在怕是有些人的眼中钉，不除掉她不痛快。"

"不急，这件事还没有头绪，不过倪晴现在住在我家里，应当比她以前要安全些。"

"周承安，倪晴一贯性子刚烈，她看似天不怕地不怕的，可实际上心里牵挂的东西很多，你千万照看好她，别看她现在看上去十分平静的样子，可是我们谁也不知道她心里在想些什么，中毒这口气她不会这么容易咽下去的。"

这些当然不用袁艾迪提醒，周承安早已想到了。袁艾迪之所以特意提醒周承安，无非是怕周承安一个不小心没看住倪晴而让倪晴酿成大祸。

倪晴远远地看周承安出来了，上前挽住他的胳膊笑着问："你们说什么了？"

周承安对她眨了眨眼："说你性子烈，怕你会做出什么大事来，所以袁艾迪叮嘱我务必看好你。"

倪晴佯装生气，脸色一垮："说得好像我会干出什么大事来似的。"

周承安一脸温和地揉揉倪晴的发顶，温声说道："袁艾迪也是关心你。"

倪晴努了努嘴，没再说什么，回家途中打电话给阿九，同阿九匆匆说了几句就挂了电话，这些日子阿九好像很忙，连见面的次数都少了很多。在旁边开车的周承安仿佛看出了她的心思，笑道："阿九毕竟是个记者，一堆新闻要跟，总不能你们总是像连体婴似的在一起吧？"

倪晴有一瞬间的失神，然后淡淡笑笑："对了，她跟莫北韩最近怎么样了？上次不是说她跟莫北韩一起吗？"

"这两个人啊……"周承安故意卖了个关子，"不如下次你见到阿九的时候自己问问？"

倪晴翻了翻白眼，周承安既然不说，她也就不问了，可他的话里意味再明显不过，难道阿九跟莫北韩……

阿九在刘诗雅暂住的那个小平房外守了一天一夜，总算等到刘诗雅出门的时候。刘诗雅只身出来，什么行李都没带，看来只是很简单地出门而已。不过她现在也算臭名昭著，就这样出门也不怕出事？

阿九没有想那么多，立刻驱车不紧不慢地跟在她身后。刘诗雅在这个城市算得上好的朋友根本不多，亲人更是没有，如果她猜的没错的话，刘诗雅应该是去找林耀强了。毕竟是那么深爱着的男人，怎么可能凭一支录音笔就让她放弃希望？她怎么都不相信林耀强会把她推出来，若不是亲眼所见亲耳所闻，恐怕她死也不会相信。

女人啊，总是抱着一丝丝渺小的希望，以为那是绝望中的浮木。

刘诗雅打车穿过大半个城市，在市中心的其中一间看上去并不是特别起眼的餐厅停了下来，她下了车后没有立刻进入餐厅，而是走到了餐厅马路对面的露天咖啡厅，找了个角落的位置。

看来是来逮什么人的。

阿九停好车，她的位置刚好能看到咖啡厅的刘诗雅和整个餐厅大门，在这种时候还能让刘诗雅冒险出来的，除了林耀强阿九想不到第二个人。

她能理解刘诗雅，但并不能谅解。一个人如果连自己都看不清，那这一生未免太惨。

天慢慢黑了下来，阿九的耐心也逐渐被耗尽，咖啡厅里的刘诗雅突然起身朝餐厅走去。餐厅尚且算是高档餐厅，因此必须提前预约才能入内用餐，所以即便是用餐高峰期，这家餐厅也没有让人觉得过分拥挤。

阿九眯了眯眼，一只手已经放在了车门上，然而下一刻，在看到餐厅门口林耀强的身影时，她停止了所有的动作。

Chapter 15　没有人爱就要去死吗？

阿九不知该用什么词语来形容自己此刻的心情，刘诗雅果然还是来找林耀强了，她心里终归还是放不下林耀强，可那又怎么样呢？没有林耀强，刘诗雅就像是个失了灵魂的木偶，可是没了刘诗雅，林耀强还是该干吗干吗，阿九完全没有看出林耀强有受到一丁点的影响。

有时候男人和女人，就是这么的不公平。

刘诗雅突然冲上去拽住了林耀强的手臂，看得出来林耀强并不知道刘诗雅还在北城，错愕之余是深深的震惊，好在门口只有他一个人，他紧张地左顾右盼，幸好没有人注意到他们，他忙拉着刘诗雅到了边上的僻静处。

刘诗雅眼眶通红，死死地抓着林耀强的胳膊，像是抓着一根救命稻草一般。

"你怎么还在这里？我不是让你先出去避避风头吗？现在情况很复杂，对你很不利，你不该还留在这里。"林耀强的语气里全是责备，与当初劝她离开的时候大相径庭。那时候在小旅馆里，林耀强对她承诺将来一定会娶她，让她在外面好好照顾自己，并给了她一大笔钱，那笔钱足以让她下半辈子无后顾之忧。彼时刘诗雅还当是林耀强心疼自己，舍不得自己吃苦，但现在想来，那笔钱分明就是他们之间的散伙费。

"你是不是……是不是故意支开我？我让你不好做了是吗？你说，只要是你说的我什么都信。"到了这个时候，刘诗雅居然还对林耀强抱着一丝希望。

Chapter 15 没有人爱就要去死吗?

若非亲耳听到林耀强说出来,她怎么能相信?林耀强是她的青春啊,他们在一起那么多年,这么多年的光阴怎能被外人一句话否定?

林耀强沉下脸来,狠狠一下甩掉了刘诗雅的手,脸色也好看不到哪里去:"诗雅,我想我当初已经说得很清楚了,为了我好也为了你自己好,你应该走得远远的,我说过我会来找你,你还想要我怎么样?"

"让我走得远远的,然后把我无情地推出去替你背黑锅吗?林耀强我这么相信你,为你做了那么多事,到头来只是你的一颗弃子?你从来都只是在利用我,什么会来找我会娶我都是骗我的对吧?你怎么能这样?我那么相信你……"

刘诗雅哽咽着,几乎已经泣不成声,而林耀强的脸上早已出现厌烦之色。夜色下的两个人之间气氛诡异,刘诗雅哭得越来越惨,林耀强心里烦躁,转头就想走人,他想不到这个自己资助长大的女孩子倔强起来却是个死心眼。

两个人僵持不下,再加上林耀强的不耐烦已经到达了顶点,他烦躁地甩手就给了刘诗雅一个耳光:"你到底有完没完?让你走你也不走,还嫌不够丢人现眼?你到底想干什么?你不要脸我还要脸!"

刘诗雅脸上剧痛,捂着被打的那面脸颊,震惊得说不出话来。这哪里是她认识的那个林耀强?她认识的那个林耀强永远温温和和的,很少会对她说一个重字,今天居然动手打了她?他这是怎么了?他们之间究竟是怎么走到了这一步?

"刘诗雅,我最后再跟你说一遍,赶紧给我走,趁我还没有改变主意之前。"这已经是林耀强最后的警告了。

可刘诗雅却像从来不认识这个人一般,怔怔地看着他,张了张嘴,再也说不出一个字来,这就是她跟了那么多年的男人?这就是她背负着骂名也想要在一起的男人?他一直都在骗她,到了现在也都在骗她!

"所以这才是你的真面目对不对?你以前在我面前只不过是伪装的,那是因为我对你来说还有利用价值,现在我没有利用价值了,你连装都懒得再

装，毫不犹豫地就把我一脚踢开了？"

刘诗雅觉得自己傻，明明事实已经摆在眼前再明显不过，可她就是不甘心，就因为自己的不甘心，她冒着被人发现的风险来到这里，以为他会向自己解释一切，可是他没有，他只是厌恶地扬手让她滚。

林耀强转身就走，也不顾身后的刘诗雅精神状态已经是何种程度，他的身影在刘诗雅的眼里渐渐模糊，刘诗雅自嘲地笑起来。

不知过了多久，阿九轻轻靠近，站在了刘诗雅身边。她冷眼旁观已经多时，没想到这个女人居然能哭这么久，为了一个渣男还能浪费这么多眼泪，不得不说这也是一项技术活。

"你准备在这里哭多久？要把媒体记者都哭来？"阿九冷冷的声音在刘诗雅的头顶响起，原本抽离的刘诗雅像是终于又回来了，茫然地抬头看向她。

刘诗雅的双眼红肿得像两个大核桃，并且好像完全没有停下来的意思。阿九不禁怔住，想起以前的自己，也曾为一个男人哭得昏天暗地，以为没了他自己就活不下去了，可是事实证明，地球离了谁都照样转，而她离开他，依旧能活得很好很出色。

"现在你总肯相信莫北韩了吧？相信那支录音笔里的内容不是他伪造的了吧？刘诗雅，究竟是什么让你这么笃定地认为他爱你？"

"你们不会明白的，我今天所得到的所拥有的一切都是他给的，如果不是他，我无法想象我的生活会是什么样子，大概我的外婆也早就因为没有钱治病而去世了。我曾经那么那么相信他，以为他为了我做了这么多事情，想必对我也是真心的，可我不明白，今天的他……今天的他这是怎么了？"

"你错了，不是今天的他怎么了，而是真正的林耀强一直都是这个样子，只不过是你给自己制造了一个假象，才会认为林耀强是个好人，觉得自己对林耀强来说是特别的，其实在他眼里，只要能为他所用，是不是你又有什么分别？"阿九一语道出这个残酷的事实，刘诗雅闻言身体狠狠一颤，看上去比刚才更加可怜。

"好了，跟我回去。"

就在阿九弯腰想要将刘诗雅从地上扶起来时，身后忽然响起细细碎碎的脚步声，阿九心里立刻警铃大作，心想不妙，拉起刘诗雅就跑，刘诗雅虽然一头雾水，但也知道并不是什么好事。

果然，身后两三个男人一见她们没命似的跑，赶紧追了上来，不用想也知道必定是林耀强的人。林耀强知道刘诗雅还在北城，并且两个人就这么撕破脸皮了，怎么可能让刘诗雅好过？刘诗雅可是知道他最多秘密的人，以前他尚可以用所谓真情让她对他的那些不可告人的秘密闭口不提，可现如今这真情也不顶用了。

后面的人穷追不舍，可阿九和刘诗雅两个人都渐渐没有了力气，脚步开始逐渐放缓，她们毕竟只是女人，怎么可能敌得过男人的步伐，可阿九抓着刘诗雅的手却半点没有松懈。

一个跟跄，刘诗雅跌倒在地，满脸通红，气喘吁吁，已经累得完全说不出话来了。阿九拼命想把她拉起来，可刘诗雅像是已经放弃了一般，再也使不上力气了，反而用力挣脱了阿九的手把她往外推。

"你不要管我了，快走吧，这些人应该是冲我而来的，只要我留下来他们不会对你怎么样的，你快走。"

"不可能，要走一起走。"阿九立刻拒绝了刘诗雅，生拖硬拽地把她往前拉，然而在不经意间还是被那三个人围住了。

对方个个都是彪形大汉，阿九在心里比画了一下，确定自己一个都打不过，遂放弃了动手的念头，虽然她从前练过跆拳道，成绩也不差，可在三个大男人面前，胜算并不大。

"我们老板说只要留下刘诗雅，别的人我们都不会为难，这位小姐，麻烦你尽快走，别让我们难做。"为首的那个男人对阿九说道，做了个请走的手势。

阿九却一点也不怕他，昂首挺胸地挡在了刘诗雅面前，明知故问："你老板是谁？"

"我老板是谁并不重要，重要的是这个女人对我老板很重要。"

"呵，这个女人现在真吃香，怎么谁都想要？你们老板这么急着派你们来把她带回去，莫非是你们老板有什么把柄在她手里？"

"这位小姐，我们不要再多废话了，这个女人我带走了，你请自便。"

这大汉说着就要上前去抓刘诗雅，阿九下意识地挡开他伸来的手，谁知这人已经没有一点耐心了，反手就把她的手反剪到了身后，痛得阿九惊呼一声。

"我说过了，不要让我们难做。"

这人抓着阿九，其余两人上前把刘诗雅从地上拖了起来，像拖小鸡似的往来时的路拖。阿九怎么都挣脱不掉这个男人的钳制，心里急得直想喷火。

不能让他们就这么把刘诗雅带走，刘诗雅这一走，就什么都没了，以前的那些努力也会付之东流功亏一篑。况且谁也不知道林耀强究竟想干什么，她这一走，能不能再找到她也是个巨大的问题。

那个时候阿九心里唯一的信念就是：不能让刘诗雅离开自己的视线，绝不！

阿九被那个人强行推倒在地，看来他们真的只要刘诗雅。刘诗雅被她们硬拖着走出了很久，就在阿九以为自己即将丢掉这个线索时，莫北韩出现了。

莫北韩不知从哪里蹿出来，站在了他们的正前方，拿出证件往他们面前一扬："警察，你们在干什么？"

想来那三个人也不是想惹事的主，大约是没想到真会惹上警察，其中一个人下意识地放开了抓着刘诗雅的手，刘诗雅终于反应过来，用力挣脱了另一个人，飞速跑到了莫北韩身后。

"光天化日之下还想抢人不成？我看得把你们带回去好好审审才是，没准前阵子的拐卖案就跟你们几个有关。"莫北韩的声音洪亮，脸色不善，大概是因为警察身份的加持，整个人远远看去显得十分威严，连阿九都被他唬住了，那三个人自然更不会例外。

几个人面面相觑，本着不想把事情闹大的原则，悻悻走了，阿九总算舒了口气。

莫北韩看看身后神情恍惚的刘诗雅,才走到阿九面前朝她伸出一只手,可阿九并不领情,自己爬了起来,拍拍身上的尘土,视线越过他的肩膀再次定格在刘诗雅身上。

"果然林耀强知道她还留在北城,对她动手了。"阿九嘴里喃喃着,故意忽略莫北韩别有深意的眼光。

"许依米,你究竟想干什么?你这是在跟踪她?你在跟踪我的证人?你知不知道自己介入这些事会产生什么后果?会让林耀强更加加强防备,他越是小心就越不容易露出马脚,你倒好,这么护着刘诗雅,岂不是明晃晃地告诉林耀强这个刘诗雅留不得?接下来林耀强绝对不会放过她。"莫北韩蹙着眉说了一堆,声音越来越大,可不知为什么,他说这些话的时候,语气明明透着一丝担忧。

阿九敛了敛眉,毫不示弱地还击:"莫警官,我不需要你来教我做事,保护证人不是你该做的事吗?我只是在做我应该做的事,至于会给你们警察造成什么后果,那不在我的考虑范围之内,你又不是第一次接触记者,没必要对我这么大呼小叫。"

她说完,径自走向刘诗雅。

此时刘诗雅的情绪相对来说已经稳定了许多,可全身仍在颤抖,不知是因为害怕还是因为生气。阿九试着摸了摸她的肩膀,在触到她的时候,她浑身一个哆嗦,像一只受惊了的小鹿,让人不忍心再逼问。

在阿九以为刘诗雅已经无法完整地说出一句话的时候,刘诗雅却开口了:"我一直相信他……我以为他说的都是真的,我做的一切都是为了他……可到头来他居然都是骗我的……他为什么要这样……太残忍了……那个时候他明明说过会娶我,会照顾我……会对我一辈子好……"

话语虽然有些语无伦次,可阿九还是听明白了其中意思,直到这个时候,她对刘诗雅这个女人的怨恨终于少了些,更多的是同情,同情她无法掌控自己的人生,同情她几乎为一个男人付出了所有,同情她爱上了这么一个

渣男。

"男人说的话你也信，只能证明你自己蠢。"阿九冷冷地丢下这么一句话，开车走了。

分不清那时是何种情绪，只是有一瞬间想起了从前的自己，大约很多感情发展起来之后都极为相似，就连心境的变化都是一样的。刘诗雅哭得狼狈不堪的脸不断在阿九眼前闪过，握着方向盘的手指越捏越紧。

倪晴去医院复查完之后，发现周承安的车停在医院门口，不禁有些意外。早晨他出门前一再询问是否需要由他接送，可倪晴不想让他因为自己花费太多精力。自从他们相识，为了她，周承安已经浪费了太多时间和精力，他一再询问，她一再拒绝，没想到还是在这里见到了他。

她的唇角慢慢溢起笑容，脚步轻快地走向他，周承安似乎也看到了她，下车为她打开副驾驶座的车门，体贴地为她系好安全带。

"不是说让你专心工作吗，怎么还是跑来了？你未免也太想我了。"倪晴笑着揶揄他，因为见到他，心情也变得格外愉悦。

周承安笑笑，照例问她："医生怎么说？"

"说恢复得很好，应该不会留下什么后遗症。周承安，你自己也是做医生的，这种复查医生会说些什么你不是很清楚吗，干吗每一次都要问一遍？"倪晴假意不满地朝他抱怨，可语气里却满是欢喜。

这样有人关心的感觉真好。

"倪晴同志，身体是革命的本钱，所以千万别跟自己的身体过不去，医生的话要好好听，这种虽然像是例行公事的回答并没有多少参考价值，但也要谨记于心知道吗。"说着还不忘腾出一只手来戳戳她的脑袋。

倪晴被他逗乐了，往前看去，发现这不是回家的路，好奇地问："我们要去哪里呀？"

周承安的脸色这时微微有了些变化，慢慢收起了刚才的玩笑，一时间车内的气氛变得有些严肃，倪晴的心跳不知为何不规律地加速起来。

"倪晴,莫北韩刚才来电,说刘诗雅想见你,有些话……她想单独和你说。"周承安似乎有些犹豫,可思忖再三,还是说了出来。

这倒让倪晴有些意外,她和刘诗雅说不上多好的交情,但从前因为她对母亲的诸多照顾,所以两人的关系并不差。可事到如今,她对刘诗雅这个人已经说不出是什么感受,只觉得内心五味杂陈。虽然事情已经过去了那么久,可这个人在倪晴心里的形象也一天天朝恶意的方向走去。

"听说前两天刘诗雅一个人跑去找林耀强了,但林耀强当众给她难堪,莫北韩说她已经意识到自己只是林耀强的一颗棋子,所以找你大概是想说些关于你母亲的事,可刘诗雅说她只对你一个人说,不管莫北韩再怎么问也问不出来任何东西。"

倪晴冷嗤:"怪不得,如果莫北韩自己能问出些什么,恐怕也不会用到我吧?"

"我还没有给他回应,倪晴,这件事我不勉强你,去不去全由你自己决定。"

"当然要去,为什么不去?我们忙乎了这么久,答案终于要呼之欲出了,想想都觉得兴奋,周承安难道你不兴奋吗?"

倪晴一脸笑意,可这笑尽管一如从前那般美好,但在周承安眼里,简直像哭一样。原来过了这么久倪晴依旧一点未变,她还是那个即便再难过也能笑着嘲笑讽刺自己的人,这种打从心底里蔓延出来的悲伤,苍白得让他无言以对。

他们到了刘诗雅暂时的住处,莫北韩和阿九已经等在那里。阿九一见到倪晴便担忧地迎了上来,以眼神示意倪晴是否可以,倪晴拍拍她的手,对她微微一笑。

"她人呢?"周承安问莫北韩。

莫北韩朝里面的房间努了努嘴:"她这几天几乎都没怎么进食,也不说话,看得出来是真被林耀强打击到了,唯一说的一句话就是她想单独和倪晴

谈谈，有些事她只和倪晴说，我们拿她完全没办法。"

周承安回头看了看倪晴，放柔了声音："需要先歇歇吗？"

倪晴摇了摇头，往房间走去，敲了敲门，发现房门并没有上锁，她走进去，转身关房门的时候看到外面阿九和周承安担心的脸，以及莫北韩一副淡漠的表情，突然有一种自己好像要赴死的错觉，因为这种错觉，她忍不住低低一笑。

咔嚓一声，门上锁，倪晴转身面向刘诗雅。一见到刘诗雅，她不禁蹙起眉头，说不惊讶是假的，因为眼前的刘诗雅脸色极差，整个人看上去极为颓唐，与从前认识的那个刘诗雅像是不同的两个人。

刘诗雅的双眼凹陷，直直地看着倪晴，一句话不说，看得倪晴心里渐渐发毛。

"他们说你有话想跟我说。"倪晴清了清喉咙，努力打破了怪异的气氛。

刘诗雅忽然笑了起来，发出的声音极为干涩："你现在跟周承安怎么样了？你们还在一起吗？"

"你刻意把我叫过来，就是为了八卦我的感情问题？"

"有时候我还真的挺羡慕你的，至少周承安对你一心一意，他什么都把你放在第一位，你不用担心他什么时候就会离你而去了。"

倪晴的心跳渐渐恢复如常，看刘诗雅如今这副模样，不由嘲道："我可不认为自己有什么值得别人羡慕的地方，好好的父亲离奇出车祸身亡，母亲被当成神经病对待，最后死得不明不白，自己名声又臭又烂，并没有任何可观的地方。"

"可你有一个爱你的男人。"刘诗雅急急说道，情绪渐渐起了波动。

倪晴的目光比刚才更冷。

"难道没有一个爱我的男人我就要去死不成吗？像你一样？抱歉，我可不会，我跟你不一样，即使没有周承安，我依然会让自己活得好好的，刘诗雅，你的人生连你自己都无法掌控，你不觉得悲哀吗？"

"你的人生连你自己都无法掌控，你不觉得悲哀吗？"

Chapter 15　没有人爱就要去死吗？

这句话对刘诗雅来说似曾相识，已经不记得是谁最先说出这句话了，她的脑海里浮现出一张男孩的脸，哦，对了，是那个曾经深爱她，后来却对她失望无比的男孩的脸。刘诗雅低着头，嘴角渐渐浮现出一抹苦笑。

"我十几岁的时候就认识林耀强了，林耀强可以说是我生命里最重要的男人，没有之一。他供我上学，供我吃住，还帮我想办法治疗我外婆的病，他做了所有一个正常男朋友该做的事。然后有一天他喝醉了，他说他想要我，说我是他见过的最纯洁的女孩儿，当时大约是酒精的原因，我们就这么上床了。我想我欠他太多，这一辈子都不可能还得清，如果肉身可以偿还，我反而觉得安心，至少我还有可以给他的东西。可是我也没想到，从此以后，事情变得一发不可收拾。那个时候我根本没有想过会爱上他，可能女人总是会对自己的第一个男人记忆犹新吧，我爱上了他，越爱越深，而他呢，一遍遍地说着情话，承诺着一个个他不可能实现的诺言。你说得对，我就是蠢，我蠢到相信了一个已婚男人的誓言，我蠢到即使背负着小三的骂名依然相信他心里有我，直到前几天我才看清，对林耀强来说我什么都不是，如果非要说一个身份的话……"刘诗雅停顿了一下，才仰起头看向倪晴，笑得格外悲凉，"如果真要说我算什么身份的话，我想一个召之即来挥之即去的上床对象可能更适合一些。"

倪晴心里如被抨击一般，震惊地慢慢睁大了眼睛。刘诗雅的转变未免也太快，前阵子还对林耀强死心塌地，如今究竟是什么让她如此万念俱灰？倪晴突然有些害怕，看刘诗雅的神情，整个人完全没了生气，她心里突然蹿起一个念头：刘诗雅会不会已经失去了活下去的动力？她该不会做出什么傻事来吧？

"倪晴，你从前一再表示对我感谢，谢谢我对你母亲这么照顾，因为有我在你母亲在院里才能好过一些。其实你每一次感谢都让我心存愧疚，因为最初我去到你母亲身边，就是林耀强指使，他需要一个自己能信得过的人在你母亲身边，监视你母亲的一举一动。有时候你母亲的状态好一些了，他就会想出一些其他事情故意刺激她，然后所有的治疗就会功亏一篑。其实林耀波从未想过真的将你母亲逼疯，甚至很多时候，他请了很好的医生来为你母亲治疗，在我看来，林耀波的用意其实再明显不过，他希望你母亲是个正常人，但只是一个没有自由的正常人而已。可林耀强不同，林耀强是真的想让你母亲死，他这么想的也是这么做的。你母亲去世的那天晚上，原本应该是我值班，可林耀强故意支开了我，为我留足了不在场证明，他老奸巨猾，想到了一切，而我，傻傻地成了他的杀人工具，还开心地以为终于可以为他排忧解难，终于可以为他做些事情。"

刘诗雅的声音很是沙哑，大约是太久没有进食的缘故，说起话来也有气无力。

可倪晴已经气到发抖，双手死死捏成拳头，一个箭步上前狠狠抓住刘诗雅的衣领，因为用力过猛，桌上的杯子被晃到底下，发出清脆的响声。

门外的三个人听到里面的动静，神情皆是一敛，周承安几步跨到门口，可突然停下来又没了动作。

有些事情必须由倪晴一个人去面对，也只能由倪晴自己去面对，旁人再关心再安慰也显得苍白无力。倪晴经历了太多的事情，内心早已坚不可摧，可周承安知道，她所有的坚强都是咬牙的伪装，没有一个人是生来就坚强的，只不过是因为人生给的磨难让人不得不故作坚强罢了。

门内，面对倪晴的愤怒，刘诗雅依旧神情漠然，那表情，仿佛恨不得倪晴一刀捅死她，这样她就可以解脱了，这样她就可以偿还自己的罪过了。

倪晴看着刘诗雅的脸，忽然笑着松开了手："你以为这样就可以了吗？你自己犯的错，这么轻易就能够解脱？刘诗雅，你应该好好活着，来接受余生良心的谴责。"

刘诗雅说不清是松了一口气还是失望，她望着倪晴说："我原以为，你会问我你母亲究竟是怎么死的。"

倪晴往后退了几步靠在墙上，淡漠地盯着她，不言不语，刘诗雅的眼神却比刚才更加黯淡。

"你还记得你差点出车祸那次吗？是林耀强专门找人恐吓你的，让你无暇顾及其他。在他眼里,你就是一根刺,就是眼中钉,你像个尾巴似的咬着他不放,让他渐渐对你起了杀意。我告诉你倪晴,他就是个疯子,只要不合他的意,或者不听他的话,他随时都可能对你下手。不过没想到那个司机临阵脱逃了,在即将撞上你的时候吓得赶紧踩了刹车,那个司机的后果可想而知。可倪晴你从来都没想过为什么自己会遭遇这么多事吗?家里的煤气事故,难道真的只是单纯的意外事件?"

刘诗雅的眼神在倪晴看来,有一种嘲讽,倪晴从前一直以为自己所有的不幸都跟林耀波有关,可今天却从刘诗雅嘴里听到了不同的答案。

"那天你在家里,有人偷偷潜进你家里,点了安神的香,等你入睡之后,开了煤气,想造成你神不知鬼不觉就死了的意外事故。不过倪晴你的运气真的很好,或许是你命大,在林耀强如此处心积虑地对付你的情况下,你居然仍然安然无恙。"

倪晴可听不出这究竟是赞赏还是讽刺,这会儿她真的懒得再探究刘诗雅话里的意思,她蹙着眉,心里有些茫然不知所措。

刘诗雅沉默了一会儿,忽地兀自一笑:"其实很简单,你母亲死的那天,林耀强给了我一种药,他没有告诉我那是什么药,只吩咐我给她吃了就是。吃完之后你母亲的精神就开始变得恍惚,总是嘴里碎碎念着你父亲的名字,还说要跟着你父亲走。我当时虽然有些担心,但也没想那么多,直到深夜,林耀强借故把我叫了出去,等我回来的时候,你母亲就已经掉下楼去了。我后来问过林耀强,你母亲的死是不是跟那些药有关,林耀强怎么都不肯说。好在当时我自己偷偷留了一颗,找相熟的医生做了鉴定才得出结论,那是能够使人产生幻觉的药,也就是说,你母亲大约是吃了那药之后看见了你父亲,然后被指引着踏空,掉下楼去。"

一瞬之间,倪晴整个人像是被突然抽空一般,一个踉跄,狠狠跪倒在地上。她浑身冰凉,手脚不由自主地颤抖着,恨不得一头磕破自己的头——如果这样能够让她自己好过一些的话。倪晴想过母亲是被人害死的,可她从来没有想过,居然是被人用了这么卑劣的手段。

母亲临死之前看到了父亲，朝着父亲走去，当时的内心一定是充满希望的吧？可她不知道，那股希望却要了她的命。

"还有一点，警方查案这么困难的原因，便是林耀波知道这件事后的从中阻挠。你也知道林耀波的势力，这个命案虽不是他主导，可他还是得保下他弟弟，他们都姓林。"

这就是全部的故事，刘诗雅说出来后才觉得心里终于好受了一些。这些事情憋在心里，她一度以为自己快要抑郁了，为了一个男人，守着这样多的不堪的秘密，在如今看来，这真是一个天大的笑话。

倪晴的眼里渐渐有了恨意，蓦地抬头说道："如果不是今天林耀强抛弃了你背叛了你，你是不是准备一辈子守着这些见不得人的秘密？"

刘诗雅对此直认不讳："爱情是盲目的。"

"可爱情不是泯灭人性的理由，林耀强固然有罪，而身为帮凶的你，也不是什么好东西，你这种人就算死一千次都不为过。难怪林耀强不要你，说到底，在他眼里你只是个杀人工具而已，他那种这么爱面子活得这么得体的人怎么可能会爱一个杀人工具？"

刘诗雅脸色猝变，猛地大吼一声："不，他从前是爱我的，只不过现在为了自保才弃了我而已。"

"那你为什么要告诉我这些？你告诉我这些，不就是因为你内心已经相信自己只是他的利用工具而已吗？否则，你信誓旦旦的所谓的爱情怎么会让你将这些都一一暴露？"

倪晴一句话令刘诗雅怔住，瞬间哑口无言。房间里的空气有些浑浊，倪晴因为愤怒，开始觉得呼吸困难，她转身走向门口，深吸一口气，打开了门。

门外的三双眼睛都齐刷刷地看了过来，她最后看着周承安，什么都没说，从他们身边擦身而过，离开了这个令人窒息的房子。

周承安追了出去，莫北韩和阿九面面相觑，两人同时看向里面，刘诗雅的状态比之前更差，也许是刚才说了太多的话耗费了她许多的精力，此刻她靠在床边，半阖着眼，看上去像是一个已经病入膏肓的老人。

阿九走到她面前细细打量她，不多时，刘诗雅也抬起了头，对她微微一笑："你们带我去警察局吧，我要自首。"

"倪晴的母亲果真就是你杀害的？"阿九言辞不善，想起刚才倪晴出去时候的表情，那表情阴沉得令人觉得心疼。直到那个时候阿九才开始反复问自己一个问题：这么长时间以来努力追查杀害宋美妍的凶手这件事究竟是对是错？如果一直没有任何进展，也许随着时间的推移，倪晴心里的伤疤终究会愈合，时间是最好的良药。可现在，刘诗雅说出了一切，无疑是将已经半愈合状态的伤疤猛然撕开，那种痛，大概比什么都不知道来得更深入骨髓。

"我这一生爱错了人，做了许多错事，也总该有偿还的时候吧？真相虽然有些残忍，可不正是你们一直在追逐的吗？"

阿九回头去看莫北韩，莫北韩面无表情地走进来，拿出一副手铐无情地拷在了刘诗雅手上："既然你已经想通了，那我就带你去警察局，但刘诗雅，林耀强既然已经和你撕破了脸，也就是说他对你应该是留有后手的，他不可能会放任你在我这里，你对他来说无疑是颗定时炸弹，他一定一早就已经准备好了拆弹工具。"

莫北韩的话一点没错，阿九也是这么想的，唯一奇怪的是，距离上次刘诗雅去找林耀强已经过了这么久的时间，为什么林耀强一点动静都没有？这不像他的行事作风啊。即便林耀强不出手，这些事如果被暴露出来，关系到的是整个林家的颜面，林耀波也绝不可能坐视不管，然而现在，一切都风平浪静得令人觉得诡异。

刘诗雅哀戚一笑："所以呢？你们还是打算把我关在这里吗？这里难道就是百分之百安全的吗？"

莫北韩思忖片刻，决定将刘诗雅带回派出所，阿九和他一同前往，万一有个什么意外，也好有个证人。可他们谁都没有想到，一进派出所的门，莫北韩就被团团包围，请去了所长办公室。以阿九这么多年从事媒体行业的灵敏嗅觉来看，这八成不是什么好事。

果然，当莫北韩出来的时候，整个人仿佛被蒙上了一层阴影，尤其脸色，十分不善，想杀人似的。他的证件全被没收，停职查办，理由异常可笑：作为警务人员，他在抓到刘诗雅这么重要的线索证人之后不直接上报，反而私自将她关押，上面怀疑他行事作风十分有问题，因此不再让他参与这个案件，等待案件结束之后再决定对他的处罚。

阿九听完忍不住翻了个白眼："你们领导脑子有坑吗？"

"有人在耳边吹了风，再添油加醋一番，饶是任何人都会动摇，这不能说明我的领导脑子是否有坑。"

都这个时候莫北韩还有心思开玩笑，阿九瞥了他一眼，发现有个警员把刘诗雅带进了关押室，担忧地问："这里面安全吗？刘诗雅可是关键的证人，可千万别在里面出了事。"

阿九的担心不无道理，既然林家能成功让上头的人对莫北韩起疑心，那么想在里面做些手脚对他们来说绝非难事。

"我关照了我一好兄弟，他会帮我看着刘诗雅的，料想林耀强也没那么大胆子敢在里面对刘诗雅怎么样。"

话虽如此，可经过这件事，阿九的心里总像是被什么东西咯着似的，那股疑云如何都无法消散，生怕有些事无能为力，到手的真相又不翼而飞。

周承安远远看着倪晴一个人坐在河边，很久都没有任何动静，乍看之下就像是一个女孩子自己跟自己怄气，他收起电话，叹了口气，走去在她身边坐下。倪晴像是刚哭过没多久，连眼睛都是红的，她察觉到身边多出一个人，下意识地想别过脸，不想让别人看到自己的狼狈模样。

可周承安却是不肯，硬是将她的脸强掰过来，拇指细细地摩挲着她哭肿了的眼眶，心里微微一疼。倪晴就是太要强，自尊心又重，任何时候都喜欢自己一个人扛着，她从来没有想过，他也很想和她一起分担这些生命里的沉重。

"阿九刚刚来电话，刘诗雅已经送进派出所了，她会自首，不过莫北韩被停职查办了,理由是他私自藏匿刘诗雅。"

倪晴听了没什么大动静,仿佛此时此刻,外界的所有事情都跟自己无关了。的确是无关了,她知道了自己母亲如何死去,曾经日日夜夜想要知道的真相,直到这一天终于到来了,才发觉原来内心的惶恐和不安如此真切。她没有想到,原来自己根本就没有做好接受这一切真相的准备。

"倪晴,想哭就哭出来,没有人要求你一定要笑着面对任何事情,你不必强行坚强,每个人都有软弱的权利。"

"只有为自己留有后路的人才有软弱的权利,周承安,我从来就没有软弱的权利,因为我一旦停下来,就会万劫不复。不过现在不必了,母亲已死,没有任何人可以威胁的了我了,真是奇怪,我明明该感到轻松才对,我自由了不是吗,可是我觉得很不踏实,看不到妈妈很不踏实,活着的动力好像都已经没有了。"

周承安揽住她,将她的头按向自己的肩膀:"累了就休息休息,难过了就哭,我的肩膀不是一直在这里吗,随时随地都给你靠,只给你一个人靠。"

倪晴笑笑,在周承安身边,哭得泪流满面。

第二天,刘诗雅的事情就见报了。阿九为防止不必要的麻烦,干脆先下手为强,将刘诗雅这些年和林耀强是如何狼狈为奸的一系列事件逐一列在了新闻稿里。此新闻一出,几乎再一次成了全城的焦点,就连林耀强所在的医院都成了各大媒体记者蹲点的地方,导致周承安也成了记者们追逐的新闻对象。

阿九此举自然是经过深思熟虑的,第一是通过舆论的施压让警方对这个案件重新重视起来,第二是为了防止林耀强又从中做些什么手脚,干脆主动自爆,先站在舆论的制高点再说。

不过想来这一次林耀波是不准备保自己的弟弟了,因为就在阿九的新闻出来的第二天,警方就宣布已经侦破宋美妍的案件。刘诗雅将自己知道的所有事情,包括林耀强几次三番害倪晴的事情都一股脑儿说了出来,她如此决

绝，大有和林耀强鱼死网破的决心。

那天倪晴看着报纸，心里说不出是悲是喜，这么久以来在做着的事情总算告一段落了，可她一点也不觉得开心，她甚至觉得心里有个黑洞越来越大，仿佛渐渐地就要将她吞噬了。

人心总是叵测，爱一个人又能爱成什么样子呢？刘诗雅的结果让倪晴唏嘘，原来并不是所有人的爱情都能得到正能量的。

刘诗雅得到了法律的制裁，而另一个当事人林耀强，却在事发之前就已经出逃国外，至今没有下落。那个时候他们都以为林耀强为自己留了后手，以为他手里还有什么可以反制的东西，原来没有，什么都没有，他为自己留的后路就是成了一个逃犯。而林耀波那里亦是没有一点动静。

事情过去一段时间后，倪晴终于下定了决心，主动去找袁艾迪。

"你那个时候说可以为我争取到去巴黎学习的名额，如今还算数吗？"

袁艾迪有些意外，原以为倪晴母亲的事情结束，倪晴总算可以静下心来跟周承安好好地在一起了。他那时候会跟倪晴说这些，也是为倪晴留了条后路，可是以倪晴当时的坚决态度，他以为自己永远用不到这个名额了。

"我可以问为什么吗？"明明知道倪晴不会告诉自己，可袁艾迪还是问了。

果然不出所料，倪晴只是看着他，说："没有任何原因，我总得为自己打算，现在我无亲无故，只想过好自己的人生。"

"周承安知道这件事吗？"

倪晴睨了他一眼，故意露出惊讶的表情："为什么这件事需要让周承安知道？难道这不是我自己的事吗？"

袁艾迪心中了然："你和他是不是出了什么问题？"

"袁艾迪，你的问题是不是太多了？当初不是你说，只要我想，随时随地都可以来找你吗？"

这句话堵住了袁艾迪所有的疑问，他投降似的叹了口气，最后对倪晴说道:"最多三天,等我消息。"

倪晴点点头,起身欲走的时候,发现了身在暗处的林为安。

她们两个人远远地望着对方,谁也没有先上去,真是奇怪,以前总是针锋相对的两个人,到现在居然没有了任何想讽刺挖苦对方的心。

倪晴又回头看了看袁艾迪,心里顿时明朗起来。

他们本来就因误会分开,现在又重新走到一起,也不是什么奇怪的事。

只是……要经过林耀波那一关恐怕不容易吧?

Chapter 16 古堡的记忆

"周承安,你能不能请一天假,我们出去好好玩玩?"

傍晚,周承安回到家之后,倪晴突然蹦出来兴致勃勃地说道。周承安惊讶于她情绪的恢复,眼里闪过一丝暗色,也配合似的跟着她雀跃起来。

"去哪里玩?你规划好了路线?"

倪晴把自己准备了半天的笔记翻给他看:"你看,在隔壁小镇有一个类似于古城堡那样的建筑,现在已经被改造成了酒店。酒店有独立的花园和泳池,而且位于山顶上,是绝佳的观星平台,我们去那里度假好不好?"

倪晴这么有兴致,周承安自然不会拂了她的意,当下便打电话回院里请了假,两人在1小时之间就订到了最好的房间。当晚,倪晴在周承安身边兴奋得睡不着觉,一直幻想着在古城堡门口看夜空中星星的场景。

记忆里,和周承安的约会少之又少,能在那么浪漫的星空下一起看星星,会成为一生的回忆吧?

"倪晴,你以后想干什么?或者,你想过什么样的生活?"黑暗里,周承安轻轻问她。

倪晴在他怀里摇了摇头:"没有想过,也许就这样浪费人生下去也是一件不赖的事。"这原本只是她的玩笑话,可周承安却听了进去。

"倒也可以,我来养你。"他边笑边喊着,却让黑暗中的倪晴心里狠狠一颤。

不知不觉,她和周承安的羁绊已经越来越深,从最初的相遇到现在,这条路走得也不知是对还是错，可倪晴第一次觉得，如果当时没有遇见周承安就好了，他们之间其实隔着太多东西，并不是三言两语就能说得清的。她喜欢的是最初的周承安，而不是现在被自己牵连与自己的养父差点为敌的周承安。

"周承安，你后悔吗？和林耀波儿乎为敌，为了我做了那么多浪费时间的事，我有时候想起来都觉得自己简直像个害人精。"倪晴用开玩笑的语气说着，可言语间的悲凉又令周承安揽着她的手臂狠狠一紧。

"倪晴，你在质疑我吗？"

倪晴在他怀里摇了摇头："我从来没有想过要质疑你，我只是不相信我自己，你知道的，一个人运气坏习惯了，一旦开始走运，就会觉得像是走了狗屎运。"

周承安被她的话逗乐了，扑哧一声笑了出来，摸着她的头说："好了，早些休息，别想这么多没用的东西，明天不是还要早起吗？"

次日一早，原本是倪晴提出的这次短途旅程，却是她被周承安从被窝里扒了出来。倪晴那双睡眼惺忪的熊猫眼，直到上了车还责怪似的瞪了他好几眼，周承安一脸的无辜，笑容像阳光一般印在倪晴眼里。倪晴不禁有些看呆了，其实周承安不常笑，确切地说，他是真的很少笑，可他笑起来极为好看，就连那些明星都不及他一半的好看。

倪晴打量着他的侧脸，为怕他开车觉得无聊，于是不断地跟他开玩笑："周承安，你当初怎么会想到要去做精神科医生的？你这张脸如果进娱乐圈一定是天王级别的人物啊，想想多风光。"

"你不要揶揄我。"

"我没有揶揄你啊，你比那些线上小生帅多了，而且身材也不错，最重要的是气质与众不同，你要是肯进娱乐圈肯定能圈一大批迷妹。话说你有这个打算吗？如果你想的话我可以给你介绍路子，我在娱乐圈认识的人还不算少。"倪晴兴致勃勃，说得跟真的似的。

周承安不屑地睨了她一眼，慵懒地问："哦？这么说你人脉还挺广，那这些年你怎么还没红起来？"

倪晴被问得一个咯噔，一口气卡在喉咙里死活出不来了，憋得面红耳赤，半响才说："我那是运气差了点，我本来也有爆红的机会的……"

"这样挺好的。"周承安不紧不慢地接了一句，倪晴不解地看向他，周承安笑着腾出一只手来捏了捏她的脸蛋，"我是说你现在这样挺好的，你要是当初真的爆红了，我们还有认识的机会吗？也许我们压根就不会遇见。"

人生真的有太多不确定，他俩的人生里，前面但凡是走了另一条路，都可能永远无法与对方相遇了。前世的五百次回眸，才换来今生的擦肩而过，可见缘分这个东西是多奇妙，又是多来之不易。

倪晴想着想着，开始有些昏昏欲睡了，没多久，她脑袋一歪就睡了过去，周承安转眼看着倪晴熟睡的脸，心里格外安心。以前一个人习惯了，以为这辈子再也不会有人能够进到自己心里去，可是他遇见了倪晴，好像从此之后生命里就多了一个无法推卸的责任。对他来说，倪晴就是他的责任，是他步履艰难时前进的动力。

即便有那么多的人不看好他们，可周承安不在乎，他爱倪晴，并且愿意为了他们的以后努力。

倪晴……也是这样的想法吧？

到了目的地，周承安轻柔地唤醒倪晴，倪晴从睡梦中懵里懵懂地醒过来，呆滞地问："这么快就到了呀？"显然她还没有睡够。

周承安拍拍她的脸颊，连哄带骗似的说："乖，我们去登记入住，你进了房间再睡。"

眼前的古堡建筑与倪晴在杂志照片上看到的简直一模一样，她想起小时候看的童话书，王子和公主幸福地生活在了一起，而他们所住的就是眼前这样的城堡。

简直太美了，美得倪晴几乎移不开眼。

周承安拉着倪晴的手，张开手指握住，十指紧扣，看她一副被美呆了的

Chapter 16 古堡的记忆

模样就觉得好笑。倪晴虽然看上去很是稳重，可内心真的还像是个孩子，比如此时此刻，那种美得说不出话来的感觉，与孩子无异。

原本还一脸睡意的倪晴，此刻睡意已经荡然无存。

城堡很大，光是逛遍城堡里的所有游玩设施就已经花费掉了他们大半天的时间。晚餐周承安选在了餐厅的露天阳台上，一边用餐，一边可以观赏周边的风景。这一带因为还未被大力开发，所以风景十分怡人，夕阳下，天空清澈地与湖面遥相呼应。

倪晴一扫连日来的阴霾，总算是露出了满足的笑容，这个她选的地方最后带给了她快乐，这也算是一种成就感。周承安有些庆幸，当时自己二话不说就请了假陪她来到这里，看着她的笑容，一切都值得了。

用过晚餐，倪晴带着他去城堡顶楼空旷的平台，那里早已等候了许多等着看夜空的人，他们找了一处位置躺下，倪晴双手枕着脑袋，满足地盯着夜空看。已经入夜了，夜空上闪着星星点点的星星，就像一幅画一般展现在倪晴眼里。

倪晴看到深处，一回头，发现身边的周承安正看着自己，她突然之间不好意思地推了推他，嘟哝着说："看我做什么？看星星啊，这么美的星空。"

"可是我觉得你比星空美多了。"

周承安就是周承安，即使说着情话，也说得如此理直气壮心安理得，一点也没有人觉得不舒服。

倪晴心里的快乐渐渐漾开来，转头看向星空："你知道吗，周承安，我家里出事的时候，我以为我自己完了，我从一个从来衣食无忧的人变成了一个没有父亲并且需要养活母亲的人，我觉得也许我这辈子都不可能再幸福了。可是世事真是无常，让我遇到了你，第一眼见到你的时候，我就像受了迷惑似的被你吸引了，就这样走到了今天，能和你一起在这里看星星，现在想来，真是一件不容易的事。"

"你不是一贯都相信缘分吗？这就是我们之间的缘分啊。"

"是啊，这就是缘分。可有时候缘分这种东西，人为因素亦占了大头，

不过周承安，能遇见你，是我人生里到目前为止最开心的事情之一。"

倪晴扭过头冲他眨了眨眼，这样子太俏皮，在周承安眼里好看得未免过分。周承安突然不由自主地伸出手捧住她的脸，毫无防备地靠近她，一吻就落在了她的唇上。

倪晴闭上眼睛，抱住他的腰身，任自己沉溺在他的深吻当中。这是她爱着的男人啊，他们一起经历了那么多的事情，周承安从原本那个对任何事情都不屑一顾的男人变成为了她做了那么多事情的人，时间真奇妙，能让两个人就这么紧密地结合在了一起。

两人气喘吁吁地离开对方，彼此气息萦绕。倪晴被他吻得有些大脑缺氧，几乎瘫软在他身边。

"倪晴，不如我们结婚啊。"

"好啊。"倪晴想也不想地答应道。

周承安眼前一亮，不确定地说："我们回去就领证。"

倪晴的笑容在他眼里像是盛夏的花蕊。

他听到她轻盈的声音在耳边响起："好，我们回去就领证。"

这一切就像是一场梦，可如果这是梦的话，未免也太真切。周承安收拢了手臂，从没有过这样愉悦的时候。

这一觉睡了很久，久到周承安已经不记得自己睡了多少时间。只知道昨晚看星空看到很晚，倪晴就这么睡着了，到了后半夜他怕倪晴着凉，把她抱回了房间，倪晴像只黏人的猫咪似的扒着他不放。

他睁开眼，房内一片黑暗，遮光窗帘的效果甚好，整个房间内看不出一丝丝光亮，仿佛时间仍然停留在半夜。周承安身边的位置是空的，他一摸，顿时清醒过来。

倪晴呢？昨夜她明明在他怀里睡得很是安稳！

周承安立刻起身，一看床头柜上的闹钟，大脑猛地清醒过来，居然已经是下午了！他什么时候变得这么能睡了？往常他睡得极浅，只要身边有一丝一毫的动静他就能清醒过来。他下床，哗啦一下拉开窗帘，外面的阳光太过

Chapter 16　古堡的记忆

猛烈,一时刺得周承安睁不开眼来,周承安眯着眼适应了一会儿才觉得好受了一些。

可偌大的房间里安静得可怕,哪里还有倪晴的影子,周承安心下便觉得有些不对劲,找遍了整个房间的里里外外,终于确定倪晴已经不在了,房间里的行李也只剩下他自己的。周承安没由来地慌张起来,立刻打电话给倪晴,一开始是无人接听,到后来就变成了关机。就连阿九在接到他的电话时都一头雾水,可见阿九并不知道倪晴去了哪里。

周承安顾不得那么许多,立刻退房开车返回北城,一路上他都在想这件事,究竟是为什么倪晴要不告而别?她想干什么?她又能去哪里?明明昨晚他们还好好的,她那句我们回去就领证犹在耳边,可一觉醒来,什么都变了,他的身边没有她了。

回到北城,周承安第一时间冲回自己的家,没有倪晴的身影,她当时暂住进来的时候带过来的衣物也都还在,再回去看倪晴自己的住所,果然没有见到人,手机一直处于无人接听的状态,这下周承安是真的慌了。

倪晴会不会出什么事?她是不是有什么不得已的苦衷?为什么要一声不吭地就消失在自己面前?

当阿九见到焦虑的周承安时怔怔一愣,周承安见到她,眼里闪过一丝微小的希望,他立刻上前抓住阿九的肩膀,抓得那样用力,声音嘶哑地问:"倪晴在哪里?"

阿九下意识地摇摇头,茫然道:"倪晴不是跟你在一起吗?你刚才电话里那话是什么意思?倪晴不见了?"

"你不要再跟我打马虎眼了,快告诉我倪晴在哪里!"周承安终于忍受不了这种无力感,不分青红皂白地就朝阿九吼去,阿九被他吼得一愣一愣的,连心尖都在颤动。

"周承安你冷静点,我真不知道倪晴在哪里,她根本没有联系过我,你这样急巴巴地跑来问我要人,我也是丈二和尚摸不着头脑好吗!"

阿九的样子不像是在开玩笑,周承安心里最后一丝希望终于熄灭,他无

力地靠向身边的墙壁，用手捂住脸颊。

累，从发现倪晴不见了以后到现在不过几个小时时间，他却觉得好像已经过了一生那么久，真的好累，他拼了命地找她，仔细回想昨晚她是否有留下任何蛛丝马迹，可是没有，她就像从来没有来过他的世界一般，就这么悄然无声地离开了。他想不通他们之间到底是哪里出了问题。

阿九看着这样的周承安有些于心不忍，于是放下刚才的怒气，轻声问他："该找的地方都找遍了吗？有没有问过林耀波那边？"

"我已经问过林为安了，倪晴并没有去林家。林耀波因为林耀强的事情这几天身体出了问题，一直在家休养，也根本没有出门。"

"那倪晴还能去哪里？盛薇呢？"

周承安只是茫然地摇着头："所有我认识的跟她有关的人我都问过了，他们都不知道倪晴的下落，倪晴没有去找过他们，就连莫北韩我也问过了。"

阿九不忍心再去看周承安，好不容易才把周承安送回了家。一开始的时候她以为倪晴只不过想要自己一个人静静，所以才没有告诉任何人，可直到三天过去，五天过去，一周之后，阿九才醒悟过来，倪晴是真的走了，她大概早已经离开了北城。

周承安呢？自然倪晴不见了之后，整天整夜地守在家里，连医院也不去了。听说期间林耀波去找过他好几次，周承安对林耀波爱答不理，两个人差点没吵起来。在阿九的记忆里，周承安一贯成熟稳重，可偏偏在对待倪晴的事情上，他总是会失了分寸出现偏颇。

关心则乱。

有一天，阿九去找周承安，发现莫北韩居然在周承安楼下。她远远地停下了脚步，不知为何，竟有种想逃走的冲动。她承认自己有些害怕见到莫北韩，看着莫北韩，就好像能看到从前那个身陷爱情中的自己，莫北韩的身影总时不时出现在脑海里，她拼命驱逐，他反而越来越清晰。自从倪晴母亲的事情解决之后，他们就再也没有见过面了。

Chapter 16　古堡的记忆

阿九愣神之间,莫北韩已经发现了她,朝她走去。

"听说倪晴不见了?"

"连你也知道了?莫警官我以前就觉得你对倪晴过分关注,你就承认吧你是不是对倪晴有意思?"阿九假装大大咧咧,这个问题她以前问过,当时问的时候只不过想借意嘲讽而已,如今却是为了分散自己的注意力,缓解自己那种莫名其妙的紧张。

莫北韩皱了皱眉,不悦地问道:"我什么时候,在哪里得罪你了吗?你干吗对我说话总是夹棒带刺的?"

"有吗?"阿九耸了耸肩,"我一直都是这样说话的啊。"

莫北韩叹了口气,从口袋里掏出一张纸递给阿九:"这是我找相识的人查到的倪晴的出入境记录,她一早就已经出国离开这里了。"

阿九惊了惊,忙扒拉开纸一看,果然,这上面显示倪晴离开的日子正好是周承安疯了似的来找自己的那天,飞往的目的地是巴黎。阿九呆呆地望着这白纸黑字,脑袋一时间有些无法转动,倪晴为什么无缘无故去巴黎?她说走说走,连告别都没有?就算她跟周承安闹别扭,不愿意让他知道,可她居然连自己这个朋友都隐瞒!

阿九心里有气,可一想到倪晴心里有不得已的苦衷,那口气只能生生咽下。

"周承安那日打电话问我有没有见过倪晴,我就觉得有些问题。我和倪晴关系素来不合,与周承安也并未多好,他会想到找我,恐怕是已经到了穷途末路。我思前想后,还是决定查一查,没想到还真查到了倪晴离开的记录。其实我在这里已经很久了,不知道是否该将这张纸交给他,你来了倒正好,你来决定吧。"莫北韩那语气,大有一个烫手山芋总算扔出去了的轻松感。

"你觉得难办的事情为什么要由我来决定?"话是这么说,可阿九已经想到当周承安看到这纸上内容的时候会有什么反应。

他大概会第一时间飞到巴黎,找到倪晴问个清楚吧。

一想到这，阿九仍然有些犹豫，巴黎何其大，没有目标，也不知道倪晴究竟在巴黎的哪里，要从何下手，又要去哪里找。

可是为什么呢？阿九想破了脑袋也想不出倪晴离开的原因。她一直以为，事情都已经告一段落了，周承安对倪晴这么好，从此以后倪晴应该再也没有了后顾之忧，可以真正去做她想做的事情，过她想过的人生了，可是到头来，倪晴却一个人跑了。

莫北韩走后，阿九一个人在安静的走道里思考了半晌，就连按下房门的门铃时她都还有些犹豫，可门开了以后，她看到一个虽然精神不能说最好，但干净十足的周承安，刚才所有的担心居然一下烟消云散了。

前几日周承安不修边幅的样子仿若还在眼前，而现在，这完全就是两个人，是不是说明周承安已经想清楚了？

她看周承安穿了一身正装，纳闷地问："你要出去？"

"我去一趟院里，有个病人需要马上处理。"

嗯，看上去好像真的回到了之前那个精神的周承安。

"你找我有事？"

阿九忙不迭地摇头，摆手道："不不不，也没什么事，我就是来看看你过得好不好，你……"

周承安却自嘲地一笑："否则你觉得我该怎么样呢？就这样郁郁寡欢一辈子吗？就算倪晴走了，我的人生不是还要继续吗？"

"周承安你……真的已经释怀了想通了吗？"

"不然你觉得还有更好的路可走吗？"

除了逼着自己去忘记去释怀，他也想不出更好的路可走，只是每每一到夜里，想到倪晴的温度，倪晴的笑，就觉得五脏六腑像被千万只蚂蚁啃噬一般，疼得他只能强忍，无处宣泄。

是啊，每个人都有自己必须要走的路不是吗。

阿九深吸了口气，在周承安即将出门的时候，终于做下了决定，喊住了他。

Chapter 16 古堡的记忆

"周承安,我想这个你应该看看,是刚才莫北韩交给我的。"

"我想这个你应该看看。"

阿九的声音还在耳边,直到周承安忙完了,终于安静下来了之后,夜已经暗了下来,偌大的办公室只余他一个人。他突然想起下午出门的时候阿九交给自己的那张纸,于是从公文包里拿了出来,展开。

白纸黑字,再清楚不过。周承安的表情波澜不惊,看不出在想什么,即使看清楚了这上面的内容,他依旧一副什么都没发生的样子。仿佛早已预料到了什么,很久以后,周承安忽然笑笑,将那张纸揉成了一团,随手扔进了垃圾桶里。

在倪晴走后的第三天,周承安几乎已经意识到了,倪晴可能早已离开了北城,至于原因,他有些确定,却又有些不确定。可还是有些怨她,为什么从来不当面跟他说清楚,即使她想离开,她也该将所有事情都跟他说明才对啊。在她眼里,他究竟算什么呢?

周承安仰头,疲倦地靠在身后的椅子上。

自从林耀强出事后,院里发生了翻天覆地的变化,工作人员也是换了一批又一批,新任的院长虽然与周承安不熟,但也算个明事理的人,在管理上比从前林耀强在位的时候要好上不少。只是终归还是不一样了。

下班的时候,周承安意外地见到了好久不见的林为安,林为安给了他一个大大的笑容,仿佛回到了没有倪晴的从前,那种即使冷眼相对也可以笑得没心没肺的时候。周承安神色微微一凛,越过她笔直地往前走。

林为安快速跟上,在他身后聒噪道:"我们好歹也是认识了这么多年的朋友,甚至可以说是亲人,你就不能对我有些好脸色?"

"为安,我很忙。"

"忙着找倪晴?"林为安哪壶不开提哪壶,令周承安脚下又是一顿,转身看向她。

林为安双手背在身后,不介意他打量自己的不善目光,撇了撇嘴说:

"我本来就是要来找你说倪晴的事情的，虽然不知道对你有没有帮助。就是倪晴走的前几天，她去找过袁艾迪，两个人像是达成了什么协议似的，后来袁艾迪一直让助理帮着联系了国外的某个院校，好像很急的样子，我猜可能跟倪晴有关。"

"巴黎？"周承安沉声问道。

"你知道？"

周承安的脸色渐渐阴沉下来，果然和袁艾迪有关，之前他只是怀疑而已，这下几乎可以确定，就是在袁艾迪的帮助下，倪晴才顺利去了巴黎。他之所以不去找袁艾迪问个清楚，一是因为如果倪晴有意离开躲避自己，那么即使他再怎么问，袁艾迪都不会说实话。二是因为经过这些天一个人的独立思考，他慢慢醒悟，也许倪晴想要的生活从来都跟他无关。

他们的遇见在倪晴眼里或许就是一个错误，他都要忘了倪晴心里还有另一个人的存在，因为那个人，让倪晴宁愿从来没有遇到过他。

周承安闭了闭眼，无奈地笑笑，再睁开眼时，眼底一片清明。

"我知道了，为安，谢谢你。不过以后倪晴的事情不劳烦你插手了，我自己会看着办。"

林为安愣了愣，不甘心地叫住他："承安我们难道不是朋友吗？你总是这样喜欢一个人独自扛着，让别人替你分担并不是什么丢脸的事情。我想为你做些事，是因为我觉得你一个人的样子让人看了难过。"

周承安轻轻一笑："我明白你的好心，但有些事情，我只想自己一个人去做。另外，为安，你真的想好要跟袁艾迪在一起了吗？你父亲会松口吗？"

安静的夜里，林为安看着周承安离开的背影，又气又难过，这个周承安，都这个时候了还不肯让别人帮忙，而且干吗突然提袁艾迪的事。在她决定重新走向袁艾迪的时候就已经有了万里长征的觉悟了，只是这一次，她不会再像上次那样那么轻易放手了。

他们都长大了，大人就该有为了自己喜欢的人和事奋斗的该有的样子。

Chapter 16 古堡的记忆

倪晴到了巴黎大约半个月的时间，努力强迫自己不去想一些事情，可有些事有些人，总是能够轻易占据她所有的注意力。她来的这半个月，巴黎一直阴雨绵绵，连带着她的心也跟着湿漉漉的。原来心里想着一个人，不管走到了哪里，最想回去的也还是那个人的身边。

后悔吗？踏上飞往巴黎的航班那一刻倪晴就后悔了，她一个人坐在机舱里哭得昏天暗地，身边的一个外国人被她弄得尤为尴尬，连空姐都好几次走过来试图安慰她，可是再多的安慰又有什么用，心里像空了一块似的，再也难以痊愈了。

她就这样在巴黎度过了半个月的时间，熟悉新的环境，认识各种不同的人。袁艾迪为她安排得很是周到，距离学校走路不到20分钟的公寓被打理得井井有条，位置极好而且十分安全。这应该是袁艾迪所能为她做的所有了。

还恨吗？倪晴已经不知道了，在她最茫然的时候第一个想到的是逃避，而想要逃避的方式却是由袁艾迪提供，从心理上来说，她仍然是相信着袁艾迪的吧？即使隔着这么多个日日夜夜的恨意，也无法否认他们曾是最好朋友的事实。

巴黎半夜的时候，倪晴拿着手机举棋不定，不知道是否该拨出电话，那个熟记于心的电话已经不知道在手机屏幕上按下了多少次，可每次到了最后那个数字的时候，手仿佛再也没有了力气，怎么也按不下最后一个按键。来了巴黎之后，她换了当地的电话号码，从前国内的电话号码她再也没有看过，生怕打开来，里面是无数个未接来电和未读短信。

周承安现在应该已经恨死了她吧？

倪晴蹲坐在角落里踌躇了半天，最后拨通了阿九的电话。

阿九在电话里听到倪晴的声音后震惊得说不出话来，半晌才叫道："倪晴你干什么去了？你知不知道周承安都成什么样子了？你这么一走了之也太不负责任了！"

这应该是认识阿九以来，阿九对她说过的最重的一句话，但倪晴却无从反驳，没错，阿九说得对，她的确不负责任，并且没有向周承安道歉的打算。

"他……怎么样了？"

阿九显然对倪晴有气，语气也没那么好，叹了口气说："一开始的时候找你找得快要疯了，连我都看不下去了，现在已经好了很多，可也只是表面上的。倪晴，我认为你这件事做得并不妥当，就算你要走，也该跟周承安说清楚才对，你现在这一走算什么？"

"阿九，你知道吗？周承安一直在调查当年我爸的死因，并且他已经知道了结果。却没有告诉我的打算。"

倪晴怔怔地盯着地面说道。

那天，那个陌生人送到周承安家里的那份牛皮档案，倪晴最后还是没忍住看了。原来周承安早在几个月前就调查了当年倪晴父亲的死因，她看了看时间，大约是在他们刚认识那会儿。那份文件上写得清清楚楚，当年让倪晴父亲丧命的所谓事故并不是意外，而是人为，并且所有罪证都指向了林耀波，如果当真查起来，林耀波根本洗不清嫌疑。对于这个结果倪晴一点也不意外，当初父亲刚出事的时候倪晴还信誓旦旦地要查出父亲的真正死因，可是越到后来她就越发现，以自己的本事根本不可能是林耀波的对手。所以这几年她一直忍着，等着时机对付林耀波。

可周承安却不同，周承安在明明知道这些事情的情况下却没有想过要告诉她，甚至她一直期待着周承安能亲口告诉自己，可是她一次次地等，等来的也都只是失望而已。

周承安终究还是站在林耀波那边的吧？

"那又怎么样呢？倪晴，也许他觉得还没有到告诉你的最佳时机，也许他在等一个最好的时机告诉你，你不问清楚就怪罪他，这对他不公平。"

"阿九你还不明白吗？我难过的不是他背着我查这些事情，也不是他不告诉我，我难过的是他不告诉我就证明至少他的心还是在林耀波那里的。"

深夜，倪晴终于朝好友吼了出来，声音嘶哑。

阿九拿着电话怔住。

这些年，倪晴已经足够隐忍，可就是因为遇到周承安，才让她慢慢地变得不像自己，她以为周承安会是她的依靠，可是她错了，周承安不是依靠，唯有自己才是。就算他爱她，可林耀波终究是抚养他长大的人。

他虽然性格刚强，却不是一个忘恩负义的人。倪晴怕他终究会走上一条两难的路，如果最后会演变成这样，倒不如她替他做了抉择，也好过两个人互相为难。

倪晴放下电话，想起周承安的脸，往事一幕幕闪过，她心乱如麻，痛得呼吸局促凌乱。

很想很想他，可是他们之间总像是隔着一条鸿沟怎么都跨不过去。也许这一辈子都只能这样混乱地过去了吧。

Chapter 17　故人归来

一年后。

阿九再次见到周承安，周承安仍旧是半年前的样子，好像什么都没有改变。一年前，阿九被报社派到纽约，一去就是一年，走之前都没来得及跟友人打招呼，因为当时情况紧急，驻纽约记者突然失踪，她不得不在接到通知后立马赶去了机场。有很多人还没来得及好好道别，比如周承安，比如……莫北韩。

此时此刻，周承安一身西装，端坐在她对面的位子，眉宇间具是冷意，早已没有了当初倪晴离开时那股子手足无措。阿九有时候不得不佩服周承安的隐忍，过了这么久，不知道究竟是他心里真的淡了还是故意假装什么都过去了。他云淡风轻的姿态是多少人都学不来的从容，至少阿九自认为做不到周承安这种坦然。

两杯酒下肚，阿九才稍稍感觉有些熟悉的东西回来了，她眯着眼看着周承安说："一年不见，周医生一点没变，和我离开前简直一模一样。"

周承安淡淡一笑："你倒是变了许多，以前你可不会找我喝酒。"

"我下了飞机第一个找的人就是你，你说这话就没意思了，我是真把你当朋友看待。"但是如果不是倪晴，他们也不可能认识。

想到倪晴，阿九心里忽地一冷，下意识地去看周承安，发现周承安也看着自己，那眼神就像早已看穿了她一般，通透得不动声色，却轻易让阿九败下阵来。

"你记者大人无事不登三宝殿，不可能真的吃饱了撑的找我来喝酒，说吧，什么事？"

尽管周承安话已经说得如此明显，可阿九还是装糊涂，转着眼珠子装作不知道他在说什么的样子："周承安，你这算是以小人之心度君子之腹吗？难道我跟老朋友喝两杯还能别有企图不成？"

周承安漆黑的眸子盯着她，却不再说话，越是这样，越让阿九心里发毛。没想到一年过去，周承安的性格转变如此之大，从前倪晴还在的时候他不是这样的啊……也或许……这才是周承安本来的模样，只因为有倪晴，才让他变成了曾经阿九以为的那个样子……

周承安的耐心好像已经耗尽，见阿九执意不说，正欲起身离开，阿九一见形势不对，忙开口拦住他问："你这些日子有倪晴的消息吗？"

倪晴这个名字猝然冒进耳里，让周承安猛然间措手不及。一年多的时间，说长不长，将近四百个日夜，几乎已经没有人在他面前提过倪晴。所有人都认为倪晴的不辞而别让周承安怨恨着她，大约是为怕刺激到他，所以从不在他面前提倪晴。如果不是记忆如此清晰，周承安几乎都要怀疑，和倪晴那场相识是否只存在于他的梦里。

他的眼神有了细微的变化，可也只是一瞬间而已，下一刻马上又趋于平静，脸上露出了某种讽刺的笑："你觉得我会对她的消息很感兴趣？"

阿九神情一敛，他果然还是怨倪晴的。

"但是我知道，周承安你一定知道现在的倪晴在哪里，过得怎么样，除非你不看新闻。"

是啊，除非不看新闻，否则应该只有一小部分人不认识倪晴。几个月前，倪晴在巴黎的新锐设计师大赛中勇夺第一，一炮而红，国内媒体对此作了疯狂的报道，一夜之间倪晴从一个默默无闻的见习设计师变成了一个最有商业价值的当红设计师。伴随着这些而来的是各种荣誉和纷扰，网上几乎隔几天就会出现关于倪晴的报道，好像整个巴黎的记者都将相机对准了倪晴。这种几乎像是娱乐圈捧明星的手法在设计圈是极为罕见的，可以肯定，倪晴

的幕后肯定有推手，而且还是个厉害的推手，他一步步将倪晴捧红，让她一个刚出头的小设计师迅速红遍国内。也许在大多数人眼里这是一个千载难逢的好机会，可媒体出身的阿九却对此事隐隐感到担忧，这个幕后推手如果能把倪晴捧红，同样也能令倪晴一无所有。倪晴不是这么急功近利的人，可种种迹象表明她正朝着越来越无法控制的局面走去。

红了是好事，可是红得莫名其妙就未必是好事了。

所以，阿九认为周承安不可能不知道倪晴现在的近况。更重要的是，就在上周，倪晴出事了，一个曾经深爱并且到现在应该还是铭记于心的女人出事，她不相信一个男人会无动于衷。

上周，爆红没几个月的倪晴突然被爆出让她冒尖出现在大众视野中的新锐设计师大赛获得第一的作品实为抄袭，这一新闻像炸弹一般迅速引爆巴黎的设计圈，倪晴再度成为媒体追逐的焦点，只不过这一次，是因为陷入了抄袭丑闻。据说事发后，倪晴的情况非但没有好转，反而持续恶化，这也正是阿九想不通的地方，如果当时爆红时真有幕后推手，那么以当初的手法，即使陷入这样的丑闻，也不至于让事态发展到现如今这种地步。要知道，抄袭对于一个初出茅庐的设计师是最致命的。

出事后，阿九曾打电话给倪晴，只接通过一次。虽然电话里倪晴的声音听上去很不好，可她仍然说着她过得很好，一切都很好，让阿九不用担心。阿九本想直飞巴黎问个清楚，后来思虑再三，还是决定回国先找周承安。

周承安的眉梢挂着一抹冷意，嘴角不知何时已经浮上一抹难以捉摸的笑容。他低头摇了摇头，问阿九："你想让我怎么样呢？即使我知道她现在在哪里，过得如何，这又怎么样呢？她不想让我知道她现在的生活，这样明显的意思我相信你比我看得更清楚。"

"可是倪晴现在出事了。"

"所以你现在是来替她搬救兵吗？阿九，你凭什么认为她不需要我的时候可以问心无愧地一走了之，当她出事我就得义无反顾地去她身边帮她？我有这个义务还是责任？当初是她说走就走，路是她自己选的，即便走得狼狈不堪，那也是她自己的事情，和我有什么关系？说得更甚，和你又有什么关系？"

阿九耳朵突然有些发疼，无法想象这些话是从周承安嘴里说出来的，可是她却又该死地能够理解。在这件事上，倪晴的确有做得不妥之处，换成任何人都会像周承安那样生气。可阿九始终认为，只要爱还在，没有什么坎是过不去的。

"原来倪晴的走你记得这么深。"

"我该忘记吗？"周承安挑眉。

阿九摇头说道："我始终觉得你们之间应该有误会才对，如果因为误会彼此渐行渐远是一件多遗憾的事情，有误会就应该当面说清楚才对啊。有一件事我不知道当讲不当讲，一年前倪晴到了巴黎后第一次联系我时告诉我，她知道你在调查当年她父亲的死因。"阿九顿了顿，眼里尚有疑惑，"你当时为什么没告诉她？"

周承安脸上闪过一丝讶异，但随即便了然。那个时候那个牛皮袋是经过了倪晴之手了，只是倪晴伪装得太好，以至于他压根没有起什么疑心，原来那时她就已经知道了……周承安兀自笑笑。

"你是想告诉我我和她之间的误会是这个？阿九，你的所有话都是站在她的角度看待问题，如果你站在我的角度，我是不是可以说，她为什么不主动找我问个清楚，而不是二话不说就跑到国外？"

阿九看着他，久久无言以对。

周承安将车停在公寓楼下，打开车窗，冷风吹进来，这才让他稍加清醒了些也舒服了些，刚才阿九的那些话虽然对他造不成任何冲击，可心里总归是起了疙瘩。

他的确知道倪晴的近况，也知道现在的她算不得过得太好，怎么会好呢，陷入了抄袭的舆论风波当中，成了全民指责的对象，被人指着鼻子骂骗子，心理再强大的人也经受不住这样的落差，何况是从爆红到丑闻，天堂和地狱往往只在一念之间。

他点了根烟，将手搁在窗沿上，风吹散烟灰，他像个雕塑一般一动未动，直到烟燃尽了，手被烫到了，他才茫然清醒过来，漆黑的目光渐渐变得深沉而隐晦。

该过去的就让它过去吧。可是，很多事情，真的过得去吗？

没想到两天后，身在巴黎的倪晴却开始了一场绝地大反击，当所有人都不相信她的时候，她亲手将自己的那个幕后推手推到了台前，不光是不明真相的吃瓜群众，就连身在北城的阿九在知道那个幕后推手后都禁不住大吃一惊。

居然是袁艾迪！

怎么会是袁艾迪？！当初倪晴能够去巴黎学习设计，一路走来最后获得大奖，都离不开袁艾迪的帮助和引荐，阿九一直以为他们已经和好了，难道一切都是表象，只是一场假戏不成？！

不光是阿九，就连倪晴，当初都天真地以为她和袁艾迪会有和好的那一天。

倪晴端坐在客厅里，自从出事后她已经很久没有出过门了，房间里的空气中有一股说不清道不明的浑浊，思绪开始飘到一年前，那个时候她渐渐开始相信袁艾迪，以为袁艾迪是真心想要跟自己和好，如今看来只能呵呵了。

有些人内心的阴暗，终究是时间无法治愈的。她只是有些责怪自己，当初为了逃避周承安，那么轻易地就相信了袁艾迪。当初刚来巴黎时，人生地不熟，袁艾迪帮了她很多很多，倪晴从未想要过要参加新锐设计师大赛，毕竟她只不过学了才一年而已，但袁艾迪却一直鼓励她参加，并在她一举夺得第一名后帮她进行大肆宣传。那种一夜之间爆红的状态让倪晴根本来不及多想，她每天疲于应付各种人马，忙于各种商业活动，原本纯粹到只有学习和回家两件事的生活，突然就被各种各样的工作占满了时间。袁艾迪告诉她这种现象实属正常，可倪晴一天比一天疲惫，就当她的忍耐已经到达极限的时候，袁艾迪给了她致命一击。

Chapter 17 故人归来

她被曝出了抄袭。

这个新闻一出来,袁艾迪这个人怎么都联系不到了,倪晴好不容易才找到他的秘书,秘书告知袁艾迪已经飞回国,那种看她的轻蔑眼神一瞬之间让倪晴意识到了什么。她手脚冰凉,在袁艾迪位于巴黎的工作室门口站了很久很久,将从前的事一件件捋顺下来,恍然间才发现,他努力劝说她参加所谓的比赛再到现在,难道是一步步早已计划好的吗?为的就是今天?让她尝尝从顶端跌入谷底的感觉?

想到这些,倪晴只觉得头痛欲裂,脑袋里嗡嗡作响。这些日子以来,她像是个完全失去了思考能力的木偶,除了吃饭睡觉就是窝在家里发呆。可事实上,出事以来,倪晴似乎患上了严重的失眠,每个夜里,在黑暗中再也无法入睡。

她的精神状态越来越差,害怕出门,也害怕与人交流,生怕一出去,旁人便会骂她骗子。之前说出袁艾迪就是自己走红的幕后推手时已经耗尽了她所有的力气,可到头来她得到了什么呢?她还记得有位记者用尖锐的语气问自己:"倪小姐,那你知道这次告发你抄袭的人就是袁艾迪袁先生吗?"

她当场如遭五雷轰顶,虽然心里早就已经想过这种可能,但直到亲耳听到,她还是觉得不可思议。袁艾迪图什么?他花了那么大的力气捧红自己,难道就是为了毁灭她?她被包围在一堆记者里,手脚冰凉,脸色惨白得再也说不出话来。

有时候,自己心里想是一回事,但亲耳听到又是另一回事。

阿九猛地摔了手机,手机屏幕上是她刚刚搜到的关于倪晴的新闻报道,画面上的倪晴一脸惨白,像个不知所措的孩子,那表情令阿九忍无可忍。

"我要去巴黎找倪晴,你要不要一起?"虽然明知是徒劳,可阿九还是问了问正在办公桌前忙着研究病例的周承安。

她来医院找周承安就是为了想探探他的底,她直觉周承安并不是冷血的人,不可能真的对倪晴坐视不理。可她来了这里已经将近半个多小时的时

间，周承安却完全没有要和她交谈的意思，也许他已经预料到她来的目的了，所以缄默不语，把主动权掌握在自己手里。

她在问出这句话后，周承安还是自顾自地做着自己的事情，好像压根没有听到阿九的话。阿九有些气馁，她不相信周承安会对倪晴真的如此漠然，但在事实面前，她好像无话可说。

的确也没什么话好说，当初不辞而别的是倪晴，周承安生倪晴的气再理所当然不过。

知道不会得到周承安的任何回应，阿九揣了手机便离开了。直到办公室安静下来，又只剩周承安一个人时，他才默默地抬头看向了门边，那边早已空无一人，可他的视线一直停留在那里，不知道在想些什么，目光逐渐变得混沌。

在去往机场的路上，阿九试图跟倪晴取得联系，但倪晴巴黎的号码一直处于无人接听的状态。她实在担心倪晴会出事，何况以倪晴现在的状况，身边又没有一个可以说话的人，只怕她想来想去会把自己绕进去。

进了机场大厅，办好登机手续后，阿九意外地在人群里遇见了莫北韩。

莫北韩双手抄在兜里，帅气地站在人群里，冲她挤了挤眼睛，这个画面久久地定格在阿九的脑海里。有一年没有见了，这个人看上去好像并没什么变化。

见阿九怔在原地不动，莫北韩叹了口气，只好自己走向她。

他站到她跟前，笑眯眯地打量了她一会儿，才假意用受伤的口吻说道："好歹是曾经一同查过案子的人，说走就走，连声道别都没有，一声不吭地回来，连个面都没想过要见？"

阿九挑着眉反问："你觉得我们是那种走了需要道别，回来需要见面的关系？"

这话虽然多多少少有些讽刺意味，可莫北韩听了倒没觉得有多尴尬，他笑笑："是吗？那不如……我们往这种关系发展试试？"

阿九心里狠狠一颤，她呆呆地望着莫北韩，不知道该说些什么。自从结束上一段感情之后，阿九就再也没有想过这方面的事了，感情太伤人，她不想再让自己掉进这种漩涡之中，又像从前的很多次那样失去理智，变得不再像自己。

"莫警官，你现在这是在求交往？"

莫北韩并不闪躲，直言不讳："你可以这么理解。"

"如果我说不呢？"

"哦，我还没怎么追过女孩子，如果你不介意成为我的试验品的话。"莫北韩耸了耸肩，一脸轻松地说道。

这下阿九无话可说了，她垂着眼睑不知道在想些什么，只是沉默之间，居然让莫北韩有些紧张，这是莫北韩万万没有想到的。过去一年里，他常常会想起阿九，想起他们以前一起查案的日子，虽然时间不长，可很奇怪，这些过往就这样刻进了他心里去。一开始的时候，他是讨厌阿九的，总觉得这些所谓的记者干不出什么好事来，并且经常打乱他们的查案节奏，但阿九却是个例外。

"随便你。"很久以后，阿九淡淡地吐出了这三个字，拉起身边的行李箱转身要走。

莫北韩忙拽住她的手腕问道："去多久？什么时候回来？"

莫北韩的手心有些冰凉，他们的皮肤相贴，阿九身体几不可见地微微一颤，回过头蹙眉看着他，踌躇了片刻才道："还不清楚，也许很快就会回来，也许要一点时间。"

莫北韩渐渐松开了手，笑道："好，我等你回来。"

"我等你回来。"这一句话让阿九心里一酸。曾几何时，也有个人在她每次外出采访工作的时候都会说这么一句话，可最终他还是没能等她回去。他选择和其他更稳定的女人共同生活。

经过十几个小时的飞行，飞机很顺利地降落在巴黎戴高乐机场，然而阿九仍然无法确定自己是否能以最快的速度找到倪晴。倪晴这人她最是了解，

遇到困难的时候喜欢自己一个人躲起来不见人。阿九曾说这是一个很不好的习惯，可偏偏这个习惯倪晴就是改不掉。

打电话照例是无法接通，阿九便找了个当地相熟的记者。这些记者如今盯倪晴盯得紧，总该有人知道倪晴的住址。果不其然，阿九在机场等了一段时间后，她的同行很快就打听到了倪晴的住址，并将地址发给了她。

阿九照着地址找到了倪晴的住处，是一栋公寓，倪晴就住在三楼。楼梯上去正对上倪晴的住所，整个楼道里安静得只能听到阿九自己的脚步声和呼吸声，她放下行李，深吸了一口气，敲了敲门，公寓里没有反应。

难道弄错地址了？不应该啊。阿九不死心地再敲，还是没有反应，好半响，在阿九就要放弃的时候，里面有动静了，门锁咔嚓一声响起。不知道为什么，阿九居然感到了一丝丝紧张，紧接着，倪晴的脸出现在了阿九面前。那张脸憔悴不堪，让阿九几乎呼吸一窒，倪晴脸上几乎没有一点点血丝。

"倪晴你……"

倪晴看到阿九有些惊讶，呆呆地怔在原地："阿九……"

叫完阿九的名字，倪晴连日来强装的坚强终于泄了，眼泪止不住地往下流，那种内心无处发泄的痛苦终于在看到好友之后宣泄而出。在这个陌生的城市，到处充满着恶意，可熟悉的人在身边，所有的委屈都不再只被藏匿于心。

阿九抱住倪晴，安慰地拍着她的肩膀："好了好了，倪晴，我来了，有什么事我跟你一起解决。"

倪晴趴在阿九身上，泣不成声。从来没有想过，在某一天，她会在陌生的城市如此想念昔日故人。

"这么说，这一切都是袁艾迪做的？"听完倪晴的叙述后，阿九下了结论。

但她跟倪晴一样，无法明白袁艾迪这么做是为了什么，当初他主动为倪晴提供帮助，并且在北城那段时间内，大家有目共睹，都能看出他对倪晴心有愧疚。他一直想尽力弥补当初自己的行为给倪晴造成的伤害，按照这样的逻辑，完全找不出任何袁艾迪这么对待倪晴的理由。

倪晴窝在沙发上，抱着双膝，有些木讷地摇着头："我也不是很清楚，据说袁艾迪现在人已经回国了，我根本找不到他，也没有办法联系上他。他应该是故意躲着我，我还没有当面向他问清楚这件事。"

"我觉得这里面一定有问题，袁艾迪干吗要费那么大的周章对你做这些事情？你就算现在再红也只是一名刚出来的新设计师而已，根本对他构不成任何威胁。"

"他会不会是怕我将他以前那些事抖出来？"倪晴迟疑地问道。这个想法在她脑海里已经盘旋了多日，直至今日阿九的到来才让她说了出来。

阿九摇头否认："如果他担心这件事的话，当初为何要帮你？他既然帮你，就表示他不介意这个对他来说潜在的定时炸弹。"

倪晴紧紧蹙着眉心，这些日子以来，她一直是以这种精神状态来面对这些事情的，想不明白的时候就觉得脑袋很疼很疼。她把脸埋进膝盖里，觉得自己像是一个什么事都做不好的小怪物，没有周承安没有阿九在身边，就束手束脚。当初她以为离开周承安之后，自己还能变回从前那个独立自主的自己，可是她错了，在接受过一段柔情，习惯依靠周承安之后，怎么还可能再回到从前的状态。

到了晚上，阿九发现倪晴一直躺在床上翻来覆去地无法入睡。倪晴大约以为阿九已经睡了，悄悄地从抽屉里拿出安眠药往嘴里灌了好几片。阿九蓦地起身拉开床头的灯，蹙眉看着倪晴："你的失眠症不是已经好了吗？"

倪晴有一种做坏事被人抓包的感觉，尴尬地干笑了两声："我也以为自己好了，可是你看，它就是顽固地还存在我的身体里。"

倪晴无奈地耸了耸肩，假装毫不在意地将药瓶扔进抽屉里。在没有遇到周承安之前，她的失眠症已经到了很严重的地步，那个时候也是像现在这样整夜整夜无法入睡。但后来遇到周承安，周承安就像是她的药，让她第一次可以在夜里睡得十分安稳，尤其是后来跟周承安同住一个屋檐下，她真的以为自己的失眠症已经痊愈了。可直到离开周承安，她又开始独自一个人生活，才发现又开始重复循环过去没有周承安的日子。那些能够熟睡的夜晚仿佛已经成了美好的过去，每个夜里，在黑暗中睁眼看着天花板，她总会不自觉地想起周承安。

原来有些人真的会是你生活中的药引子，你贪婪地被吸引着，以为依附着就能安然度过一辈子，可是离开后，一切重新归零，那些依附也不复存在。

就像周承安只是她一段时间内的依附，托周承安的福，她能够得到短暂的充足和快乐。

"倪晴，你就没有想过要去看医生，把自己的这个病治好吗？"

阿九的担心不无道理，因为长此以往下去，倪晴的精神状态一定会出现问题。饶是现在，即使她强作镇定，脸上的疲态都已经尽显。

倪晴忙招手让阿九休息："等这件事儿过去，我就去看医生，你不要担心。"

"倪晴你总是这样，你这算不算叫得过且过？你是不是真不想活了？"阿九想起那时候倪晴的那种轻生的念头，不由嘴快地问了出来。

倪晴怔了怔，阿九怎么会有这种想法？至少现在，她根本没有不想活的念头啊。两个人看着彼此突然之间无言，以前无话不谈的好朋友，原来随着时间的推移也会渐渐变得生疏。

阿九关上灯，在黑暗里，两个人都能听到对方轻微的呼吸声，心里却各怀心思。

阿九的到来无疑解决了倪晴的困境，倪晴不再是孤单一人作战。她的抄袭丑闻虽然已经传播到了一个不可控的地步，但好在过了一段时间之后已经没有之前那么多的人关注，但业内对她的丑闻倒是抓得很是紧。取消了她当初得的第一名奖项不说，很多商业活动也被迫停止，倪晴面临着一大笔违约金的赔偿。

这种时候找律师已经无济于事，阿九和倪晴都决定先把事情的原委调查清楚。因为倪晴确认自己没有抄袭，她也不知道当初举报她抄袭的那些设计作品都是从哪里来的，只听说那些作品虽然没有被发表，但早前就已经有了设计样本，被保存在某个设计工作室里。而那个设计工作室恰好是倪晴之前借用过的工作室，因此举报者认为倪晴必定是在工作室的时候偷偷看到了那些设计稿件，再在自己的作品上稍加修改，才成就了她一举成名的那件作品。后来经专家确定，确认倪晴的作品的确系抄袭无疑。

可倪晴从没看过那些所谓的作品，被说成抄袭也是一脸莫名其妙。

"事情很简单清楚啊，就是有人想整死你呗，我们得先找到袁艾迪才行。"阿九说道。

她话音刚落，手机忽然响了起来，一看来电显示，居然是周承安。阿九蓦地看向倪晴，倪晴被她看得莫名其妙，随后立刻明白了阿九的意思，不自在地别过脸去，反倒是阿九要坦然许多，轻咳一声，滑开了接听键。

然而电话里传来的却不是周承安的声音，而是林为安的。

"你在倪晴那里吗？你帮我问问她，知不知道袁艾迪在哪里。"林为安焦急的声音从听筒里传来，阿九愣了一下，而后将手机从耳边拿开，按下了扩音键。

"袁艾迪不在国内吗？"阿九想起昨天刚来时倪晴跟自己说的那些话，倪晴怎么都找不到袁艾迪，最后被告知袁艾迪似乎已经回国。

"他上个月去了巴黎后就再也没有回来啊，不是说去找倪晴了吗？倪晴应该知道他的行踪才对啊，我打他的电话怎么都无法接通，他们到底在搞什么？"从声音听来，林为安不仅不知道袁艾迪的下落，反而已经被袁艾迪的事情搞得焦头烂额。

倪晴和阿九交换了一下眼神，阿九立刻心领神会，忙问："你都不知道袁艾迪的下落，我们怎么会知道？"

电话里有片刻的沉默，不知过了多久，周承安的声音从听筒里清脆地传来："巴黎的地址给我一下。"

乍一听到周承安的声音，倪晴呼吸狠狠一窒，好像已经有几万年没有听到过这个声音了一般，他的声音像是从遥远的远方传来，只是这么一句话，竟然直直地撞进了倪晴的心里去。

阿九以眼神征询倪晴的意见，倪晴却像是陷入了某种情绪之中，依旧是那副蜷缩着的样子，看上去仿佛进入了一个可怕的梦魇。阿九擅自做了决定，报上了倪晴在巴黎的住址，等挂了电话再看去，倪晴依旧保持着刚才的姿势没动。

"倪晴？"

"他听上去好像还不错。"半晌，倪晴才干笑着说道。

"不然呢？你希望他过得不好？"

倪晴摇摇头："我也不知道，阿九，我很想他，从离开北城的那一刻起我一直都在想他，无时无刻不在想他，他的影子在我的脑子里挥散不去。我总是在想，我们这辈子还有没有再见面的机会，即使一开始的时候，我努力让学习和工作填充着我的时间，可只要一空下来，他的脸和声音就会无止境地盘旋在我的脑海里。我没有办法忘记他，可我们之间相隔这么远，我无法和他再相见。"

"倪晴，我一直觉得，当初你离开周承安，离开北城，是个错误的决定，你就从来没有想过，如果哪一天周承安不在原地等你了呢？那个时候你该怎么办？你确定你就一定还能再找得回他吗？"

有想过这些吗？当初倪晴走的时候从来没有想过，她只想着逃离周承安。

也许时间已经过去一年多，他们之间的过去种种早已经灰飞烟灭。再见到周承安会是何种心境呢？倪晴也说不上来，可是心里隐隐地却开始期待。想见周承安的心在听到周承安的声音后变得比以往都要更加强烈。到这个时候她才可以放任自己的思念，才可以在心里悄悄地想着，原来她爱周承安，远比自己以为的要深得多。

阿九看着倪晴，不知在想些什么，但倪晴觉得阿九心里似乎已经有了主意,可当她问阿九时,阿九却什么也没有说。林为安的话自然不可能全部可信,但从语气里至少也能听出,袁艾迪并没有把自己要在巴黎做的事情交代给林为安。

那么是什么让林为安突然这么急着找袁艾迪?

林为安的内心有些躁动,又有些手足无措,幸好有周承安在身边,否则她不知道自己该以何种心情踏上前往巴黎的飞机。昨天她实在没有任何办法了,找不到袁艾迪,就连一直跟在袁艾迪身边的助理都不知所踪。最后她只能找上周承安,得知阿九已经飞往巴黎和倪晴汇合后,便迫不及待地要他电话给阿九。她记得袁艾迪当时说过,去巴黎是为了帮倪晴,是为了赎罪,可倪晴的事情她也略有耳闻,当倪晴出面指认袁艾迪就是自己从前的幕后推手时,说实话林为安也吓了一跳,袁艾迪为何要如此大费周章地捧红倪晴?后来想想,应该是为了补偿当年对倪晴的亏欠,可饶是如此,也不是袁艾迪一去不复返的理由啊。她再也找不到袁艾迪,这个人好像凭空从自己的世界里消失了一般。

电话里阿九的话其实有所保留,不管是周承安还是林为安,都听出了其中的意思。她当时不知道该怎么办才好,还是周承安冷静,直接询问地址,最后才得以抱着最后一丝希望去巴黎,期望在见到倪晴后也能找到袁艾迪。

虽然心里明明担心得要死,可表面上还是假装很镇定的样子。

周承安看了眼身边的林为安,张了张口,像是在研究着措辞,半响才问道:"你是不是担心些其他什么事?为什么突然这么担心袁艾迪?袁艾迪以往出差一段时间全无音讯也是常有的事情,也没见你这样子过。"

林为安像是吓了一跳,身体微微一颤,光是这个微小的细节,就已经让周承安笃定,一定是发生了什么其他事情,严重到让林为安必须立刻找到袁艾迪,亲眼确认他的安全。

"没、没什么啊,我只是有点想他了,以前他就算是工作再忙,也会打电话给我,确保我们能彼此知道对方在哪里。可这一次我总觉得有些不同寻

常，这么长时间了，他居然一个电话甚至一条短信都没有，这正常吗？"

周承安看着她，像是看破了什么似的："为安，你不适合说谎。"

林为安的瞳孔猛地放大，机身在大气层里颠簸，令她的心脏骤然紧张起来。周承安漆黑的双眸像一颗雷达似的扫视着她，在他面前，她永远都像一个没有秘密的人，无论心里在想什么在担心什么都能被他一眼识破。就像很久以前，尽管她掩饰得那么好，他仍然能够知道，她的心里一直住着一个人，经年累月，其他人再也走不进去。

林为安最终败下阵来，叹了口气，说："我前几天在爸爸的书房门口，似乎听到他提到袁艾迪的事情。你知道，我爸爸一直不喜欢袁艾迪，甚至当初对我说过绝不会同意我们在一起的话，可是现在我们还是在一起了，我爸虽然并没有说什么，但我知道他心里一定很不快，你也知道我爸那个人，不会轻易改变。所以我担心他会对袁艾迪做出什么不利的事来。"

说实话，当她在父亲书房门口听到袁艾迪这个名字时，连呼吸都顿时觉得困难。在最初她决定和袁艾迪重新走在一起时，不是没有考虑过这个问题，可是爱情和亲情为什么要成为一个二选一的选择题呢？她明明可以两样都选的啊。父亲固然有他自己的顾虑，但林为安却不愿意再失去一次袁艾迪。当初他们因为误会而分开，如今更不应该再被外界左右自己的感情。何况袁艾迪已经将他和倪晴的事情同她说得十分清楚，他和倪晴之间，从来都只是很正当的朋友关系，从未有过任何逾越的时候。

"为安，你认为现在的袁艾迪还是从前那个袁艾迪？你爸就算想伤他，也未必能够那么轻易得逞。"周承安淡淡说道，言下之意便是她的担心有些多余。

"可我觉得整件事都透着一股莫名其妙的怪异感，袁艾迪从来不会这么一声不吭地一走就是这么久，并且一个电话都没有，连他的助理都消失得无影无踪，北城的工作室运转也停了下来，大有一种人去楼空的迹象。从这么多迹象来看，本身就是一件疑点重重的事，再加上倪晴又在巴黎出事，袁艾迪被推到风口浪尖，这些事情如果稍加联想，其实明眼人都能看出来有些诡

Chapter 17 故人归来

异吧?"

林为安歪着头观察周承安的表情,但在倪晴这两个字出口的时候周承安也仍然是一副让人捉摸不透的表情,这更加让林为安奇怪。周承安真的已经和倪晴划清界限了吗?还是他演技太好,她看不出来?

"不要用那种眼神看我,像是在看一个可怜虫。"周承安忽然自嘲地对林为安说道。

林为安尴尬地收回了视线,盯着窗外的一片漆黑。机舱里的大部分人都已经进入了睡眠,只有小部分人开着阅读灯或阅读或低声攀谈,远处有婴儿的啼哭声,这个前半夜怕是并不会过得十分平稳。

"承安,你有没有想过再见到倪晴的时候该怎么办?"

"那是什么值得探讨思考的问题吗?"周承安没心没肺似的问道,挑了挑眉,随手翻开手边的一本英文杂志。

毕竟是和周承安一起长大的,对周承安多多少少有些了解,他越是这样,就证明他心里越有事情。倪晴刚走的那段时间,周承安简直不像是她认识的那个周承安,她从来没有想到,一个男人能悲伤到那种程度,仿佛全身的生气都被抽空了一般,原本从骨子里散发出来的那种意气风发不复存在,他每天都望着头顶的天空,不知道在看些什么想些什么,尤其当飞机飞过,他的视线会长久地停留在上空。要知道,周承安从前是个分秒必争的人,他绝对不是那种会浪费时间看天空的人。

爱情,真的能够让一个人改变许多。

倪晴的公寓门被敲响,她和阿九两人看着门外的林为安时面面相觑。门外只有林为安一个人,大约是下了飞机就急忙赶来的缘故,经过了十几个小时的长途飞行,林为安的脸色看上去很不好,尽显疲态。

"只有你一个人来?"阿九最先按捺不住,脱口而出。

林为安显然猜到了她们会这么问,淡淡说道:"承安说他觉得自己不方便上来,所以让我来一趟,他在下面等着,你要见一见他吗?"最后这句话,是看向倪晴说的。

倪晴的表情有些木讷，好一会儿才反应过来林为安的意思，于是匆匆摇摇了头。现在见与不见又有什么意义呢，周承安避而不见，就说明他根本不想见她，既然这样，她何必去自讨没趣。可林为安在说出他在楼下等着不方便上来的时候，倪晴的心还是狠狠一痛。

他果然还是怨她的。怎么能不怨？如果今日角色互换，也许倪晴也会怨他，这本就是倪晴预料到了的事情。

三个人坐在一起，这画面怎么看都有些古怪，平心而论，至少在这之前倪晴从未想过自己会有跟林为安心平气和坐在一起的时候。

"好了，林小姐，你现在可以说说袁艾迪究竟是怎么一回事了。"阿九盯着林为安看了半晌，忽然说道。

林为安皱着眉，脸上似有化不开的愁云，就连倪晴都能看出她的忧心忡忡。她这是怎么了？倪晴认识的那个林为安永远都优雅得体，绝不会在外人面前表现出一点点不当来，可是今天，林为安的脸上明显写着担忧和不解。

"我担心袁艾迪出事了。"林为安突然蹦出这么一句话，吓了倪晴和阿九一跳。

"林为安，现在出事的好像是我吧？"因为不理解林为安为何会有这种论调，倪晴不满地嘟哝道。

林为安极力摇头，解释道："不是的，我知道你出事了，但我想袁艾迪现在可能也好不到哪里去。他没有回北城，并且北城的工作室也停止了运转，大约一个月来我们没有联系一次，这是一件很不可思议的事情。从前不管他到哪里，要多久才能回来，我总能知道他的下落，可这一次……这一次我心里没底。我觉得他可能出事了，也许受伤了，也许被禁足了，他无法和我取得联系……"林为安越说声音越小，也许连她自己都觉得自己的话有些荒唐，可她的表情又是那么真切，满满的全是担忧。

可是袁艾迪能出什么事呢？

"据我所知，袁艾迪很早以前就已经离开巴黎了，我根本就联系不到他，很多事情，就连想当面找他问清楚都没有途径，你怎么就确定他还在巴黎呢？没准他是去了什么其他的地方而没有让你知道呢？"倪晴冷静地盯着林为安说道。

"我查了他的护照，这一个月以来根本没有任何飞离巴黎的记录，他一定还在巴黎，只不过是碰到了什么比较棘手的事情没有让我们知道。"

林为安越说越担心，她本来还抱着一丝期望，以为也许倪晴会知道他的行踪，可心里的一丝希望在这个时候终于破灭了。

Chapter 18　精神病患者的女儿

　　林为安无功而返。周承安见到林为安垂头丧气出来的时候便已经猜到她没有得到自己想要的答案，他的目光下意识地往倪晴所在的楼层看了看，窗户紧闭，什么都看不清，但他不知道的是，倪晴躲在窗帘背后，只能这么偷偷地看一眼楼下的他。两个人之间最远的距离是什么？是明知彼此之间不过咫尺，却无法坦然相见。

　　"你真不打算和他见面？你们之间的误会总得说清楚吧？而且，你不想知道当年你父亲的那个事故究竟真的是意外还是人为吗？既然周承安在调查，我相信以他的能力，他一定已经查到了什么。"

　　倪晴摇了摇头，声音低哑："阿九，不知道我这样说你会不会觉得我很奇怪，其实我一点也不想知道我爸当年那件事情的真相，事情已经过去了这么多年，就算查出来那件事是人为又有什么意义呢？我爸能活过来吗？我的生活又会有什么改变？事实上并不会有任何改变，我宁愿它真的只是一场意外，至少我心里还能舒服一些，如果真是人为，你指望我能做些什么呢？报仇吗？现在的我，在我妈妈死后，早就没有那种心气了，我只想安安稳稳地过我自己的日子，过去种种，不想再提。"

　　"既然如此，你为什么不能容忍周承安追查这件事？你明明已经不在意了。"

　　"我在意还是不在意这不是重点，阿九，重点是，他是在瞒着我的情况下做的这些事情，并且在他已经查到一些什么东西之后，他仍然选择向我隐

Chapter 18 精神病患者的女儿

瞒。第一说明我们还是没有办法真的做到彼此坦诚,第二他的心终归还是有一些向着林耀波的。林耀波于他而言有恩,我也不想他们之间弄得如此僵,虽然好像因为我,他们的关系本来就已经处于十分紧张的状态了。"倪晴自嘲地笑笑,她不知道阿九是否能够理解自己的想法,不过她也不指望阿九能够理解,她只要做到自己问心无愧就行了。

不过阿九现在担心的可不是这件事,而是袁艾迪。如果真如林为安所说,袁艾迪人在巴黎,可不仅倪晴联系不到他,就连林为安都联系不到他,那这之间估计真的出了什么问题。她想了一会儿,问倪晴:"这事儿你有什么打算?"

倪晴坦诚地摇头说:"我现在只希望风波快点过去,你知道,人们一般忘性都快,过一段时间有别的新闻占据了他们的视线,他们就会忘记我这件事了。"

"你不想在设计圈混了?你不想为自己洗脱抄袭这个罪名?"

"抄袭这个标签一旦被打上,就算最后能够证明我是清白的,可人们也只会想到我曾经是个有抄袭丑闻的设计师,所以我对于是否要还自己清白这件事并没有很热衷,况且……我也从没想过要在设计圈闯出名堂来。当初是袁艾迪在背后做营销推出了我,才让我一时不慎冲昏了头脑,我只当给自己一个教训。不过被人误会的感觉的确不太好受。"

倪晴的坦然让阿九明白她真的是这样想的,可事到如今,牵扯到了袁艾迪,已经不单单只是倪晴的清白这么简单了。阿九思前想后,还是决定把自己的想法告诉倪晴。

"倪晴,我想我们得先想办法确定袁艾迪现在究竟是不是身不由己,我们要引他出来。"

"你想怎么做?"

"你介意我把你们过去的事情写成新闻报道出来吗?就是袁艾迪偷了你的作品发表而后一举成名这件事情。"

倪晴大惊,虽然她对袁艾迪的确有恨意,可从来没有想过要将这件事情

真正暴露出来。最恨他的那几年，也只是打碎了牙往嘴里咽，可如今阿九却问她介不介意将这件事公之于世。这原本应该是一个很简单的抉择，可这个时候倪晴却开始犹豫了。这不仅仅是关乎袁艾迪的名声，还关乎他这么多年来的经营和努力。在如今这个风口浪尖的关口，真的合适将当年那些真相说出来吗？

阿九正色道："我知道你心里是怎么想的，但我想来想去也只有这个方法最简单明了。如果袁艾迪没有出事，他人身自由的话，在看到这个新闻后一定会想方设法来找你，或者在公众面前证明自己的清白。相反地，如果连这么大的新闻出现他都无动于衷的话，那么就等于是证实了林为安的猜测，他真的出事了。"

阿九说的不无道理，但倪晴一时半会儿还是无法给出答案。阿九自然也不会勉强，让她自己好好想想便出门了。

下楼走了没几步，阿九一转头就发现周承安站在马路对面一家商店门口。他双手抱胸倚在那里，像是在等什么人，看见阿九的时候，唇角几不可见地微微一笑。阿九想了想，朝他走了过去。

"你在这儿等人？"阿九走到周承安面前问道。

周承安的视线这才从倪晴的窗户口转移到了阿九身上："我还以为你要再过一会儿才会出来。"

阿九轻笑，她原本也只是想碰碰运气，看周承安会不会走远。虽然跟周承安也不算太熟，但周承安的性格她倒是摸透了几分，正如林为安所说，他不愿意上去只能等在楼下，但他绝不会甘心仅仅只是等在楼下。

"要找个地方坐下来说吗？"

周承安摇头拒绝："不了，为安刚走没多久，我怕她会出事，得赶过去。这件事怎么样了？你们真的没有袁艾迪的消息？一点点都没有？"

"你觉得我们对林为安说谎？"

"不，我相信你们说的都是真的，我只是想确认一下，袁艾迪如今人还

Chapter 18　精神病患者的女儿

在巴黎，必须找个什么方法把他引出来才行。"

阿九的馊主意开始一个接着一个，转着眼珠子冷笑道："比如把林为安绑起来说要撕票，看看袁艾迪是否会出来？"

周承安嘴角抽搐了一下，冲她竖起了一个大拇指："真是一个好主意，那么最后是谁去局子呢？"

"不然呢？还有什么更好的方法吗？我刚才向倪晴建议了一个方法，不过倪晴还在犹豫。"

"说来听听。"

"把倪晴跟袁艾迪的过去种种纠葛暴露出来，这种关乎于他的名声和事业的事情他总不可能坐视不管吧？如果他对这种事情都无动于衷的话，那我相信真如林为安所说，他出事了。"

连周承安都觉得这个方法可行，现在关键就在于倪晴和林为安两人。

"我会负责说服为安，倪晴那边就交给你来处理。"周承安不由分说地分配了任务，掉转头头也不回地走了。

阿九在他身后叹了口气，明明那么想见倪晴，偏偏还装出一副一点也不想见的样子，他以为他能骗得了谁？跟他说话的时候目光余角不住地飘向倪晴的公寓，周承安自己有没有意识到自己隐藏情绪的能力已经大不如从前了？

直到第二天一早，倪晴才终于下定决心，同意了阿九的提议。阿九立刻开始工作，她的工作效率极高，没多久一篇稿子就写出来了，发回报社要求进行报道，同时联系了几个互联网方面相熟的人对这篇稿子进行传播转载。很快，关于袁艾迪的这篇报道在国内立刻引起了轩然大波，当初袁艾迪风风光光回国的时候可是有许多人慕名而来，如今爆出这样的丑闻，不管是谁一时之间应该都有些难以接受。

"这真的行得通吗？他会看到国内的报道吗？"倪晴对此颇有疑问，退一万步来说，袁艾迪如果人真在巴黎，那么国内的舆论是什么样子，对他应当没有什么影响吧？

"肯定会啊，我们身处的都是同一个新闻圈，他就算看新闻肯定也是看国内的中文新闻吧？倪晴，你就别瞎操心了，我们静观其变就好。"

可是原本以为会很久以后才能有所动静，他们都没有想到有人的反应速度会如此迅速。

然而，这所有的回应和攻击，却准确无误地都是对准了倪晴而来。

在巴黎的当地媒体都开始报道袁艾迪曾经一举成名的作品实为抄袭之后，设计圈就袁艾迪的抄袭问题掀起了腥风血雨，毕竟当初袁艾迪初入设计圈的时候，他的设计作品实在太过惊艳，就算是放到现在，也仍然算得上是佳作。

这让整个设计圈大为震惊。

但是随后，有家巴黎当地的纸媒却发了一篇完完整整的关于袁艾迪和倪晴之间的恩怨报道，上面写道，倪晴是为了报复袁艾迪举报自己抄袭因而感到不甘心，才会在这个时候将脏水泼向袁艾迪，并将倪晴已故的母亲拖进了战场，表示倪晴的母亲本就是一个精神病患者，而精神病的遗传问题这么多年来一直没人能说得清。新闻报道非常隐晦地表示倪晴患有精神方面的疾病，因此倪晴的话并不能作任何参考价值。

简而言之便是一句话：一个精神病人女儿的反驳，无须多看。

阿九看着这篇反击，真是有些欲哭无泪。如果了解事情的前因后果，仔细看来，其实分明就是一篇漏洞百出的报道。可报道这篇新闻的纸媒在巴黎当地又颇有影响力，众多媒体一看到它的报道。立刻跟进，原本只是想引出袁艾迪，这下倒好，真成了倪晴和袁艾迪的大战了，所有人都认为倪晴是报复袁艾迪才编谎话说袁艾迪偷窃她的作品，认为她这种水平的人怎么可能做出当年袁艾迪成名时那种惊艳的作品。一时之间，倪晴仿佛在吃瓜群众的眼里成了一名彻头彻尾的骗子。

"感觉好像我把事情弄糟糕了。"阿九有些自责地对倪晴说。

反而倪晴却是一脸无所谓的样子，好像如今处在风口浪尖的并不是自

Chapter 18　精神病患者的女儿

己。倪晴随意地翻弄着手里的杂志，又拿手机查看网上的新闻，越看越觉得像阿九他们这种记者该有多大的脑洞才能编织出一个又一个又有意思又离谱的故事来。

"倪晴，你说句话，你一个人傻兮兮地在笑什么？"阿九看倪晴一个人笑得很欢乐的样子，忍不住伸手戳了戳她。

倪晴这才抬起头："阿九，其实你的方法奏效了呀，袁艾迪不是出现了吗？虽然不是他出的面，但是好歹有了动作呀。"

"可是这篇新闻稿也不知是由谁发出的，而且居然对你和你母亲的事情这么了解……"

"不是袁艾迪还会是谁？"倪晴这时候冷笑了一声。

那个时候她们都没有想到事情会朝着自己无法预期的方向发展。

倪晴再次成为焦点人物，当然，是和袁艾迪一起。关于他们两人的真真假假，已经成了连日来巴黎市民热衷的话题，好在倪晴一贯都是两耳不闻窗外事的主儿，因此对她倒没有多大的影响，只是流言毕竟是流言，就算当事人不在意，也并不代表它不存在。

这天，倪晴的其中一个曾签约她作为自己旗下品牌设计师的负责人终于出面，要求倪晴赔偿违约金。倪晴以事情还没有查清楚之前拒绝赔偿为由拒绝了，但没想到对方态度十分强硬，如果倪晴不立即赔付违约金的话，他们将把她告上法庭，这意味着倪晴很有可能在异国他乡受到法律制裁。

"而且你还隐瞒自己的病史，你是个有精神病的人，我们怎么可能聘请一个有精神病的设计师？"对方说话很是难听，眼里和脸上全是对倪晴浓浓的嘲讽，好像倪晴是占了他们多少光似的。

这话阿九可听不过去了，什么叫作倪晴隐瞒自己的病史，什么精神病，现在的人说话都可以这么不负责任吗？然而阿九刚想上前替倪晴教训这个完全没有绅士风度的家伙，却被倪晴使了个眼色制止住了。

"做事讲究证据，你凭什么认定我患有精神疾病？退一万步讲，就算我有精神疾病又怎么样？我让你受到任何损失了吗？"

对方死死瞪着倪晴，一脸不会善罢甘休的表情。可是他走后，网上的舆论愈演愈烈，大家似乎都相信袁艾迪是受害者，而她倪晴根本就是个说谎话不眨眼的撒谎精。倪晴对此毫无办法，这背后没有推手，打死她都不相信。

事情已经到了这一步，倪晴好像一夜之间成了众矢之的，然而目的已经达到了，所以她也不那么在意，只是阿九看上去很是愧疚的样子，反而让她有些过意不去。

就在她们陷入困境的时候，林为安又登门了，与上次不同的是，这次周承安和她在一起。门打开的时候，倪晴看到周承安的脸，整个人怔住，像是突然被人抽空了力气，什么话都说不出来，连大气都不敢喘一下，生怕一不小心就泄了自己心里的惧意。

他们四目相对，周承安眼里波澜不惊，倪晴什么都看不出来，可是倪晴眼里的风起云涌却被周承安尽收眼底。她还是那样，情绪很容易被人一眼看穿，那么容易紧张，一年的时间也没有让她有过多的改变，只是脸看上去比从前瘦了一些之外。

就像那年在古堡里时那样。

倪晴看着周承安，忘了任何反应，仿佛时间就此静止。林为安在一旁不自在地轻轻咳嗽了一声，倪晴才如梦初醒，赶紧让开了身子请他们进来。

"你们查到什么袁艾迪的线索了吗？"阿九一见到他们就问。

林为安面有难色，踌躇了半晌还是慢吞吞地说道："我只知道袁艾迪还在巴黎，那篇报道你发出来后，应该是袁艾迪身边的人很快就予以了反击。你看那篇报道内容，对倪晴那么了解，必定是倪晴认识的人啊，而能了解到这其中隐情的，除了袁艾迪还能是谁？可我不明白他为什么要躲起来不见人，或者他有什么不得已的苦衷？"

"其实要找出这个袁艾迪身边的人是谁并不难，去最早发这篇报道的那家报社，询问新闻来源。"阿九说道。

"不太可取，现在这个风头，只怕就算人家知道新闻来源是谁也不会轻易说出来。他们难道不想要第一手资料了？谁都看得出来倪晴跟袁艾迪的这

Chapter 18 精神病患者的女儿

场风波才刚刚开始，远没有到停止的时候。"林为安摇头否决了阿九的提议，再回过头去看倪晴，倪晴从刚才开始就一直没有说话，表情有些尴尬，又有些不自在，不知在想些什么。

再看周承安，也是相似的情况。

这两人一年后第一次相见，彼此都有些无言，不过相较而言，周承安显然要更轻松些。

在伪装情绪这一方面，倪晴永远不会是周承安的对手。

"所以我们接下来该怎么办？"阿九也注意到了倪晴的异样，但她心知肚明，也就不便多说什么，转而继续问林为安。

林为安像是突然想起了什么似的，忽然问："你们知道我父亲也来巴黎了这件事吗？"

话音刚落，倪晴猛地一抬头，视线猝然狠狠地向她望去。

"你们知道我父亲也来巴黎了这件事吗？"

林为安的这句话如平地响起一声闷雷，所有人的目光都看向了她，以至于林为安突然有一种自己是他们的敌人的错觉。周承安的视线慢慢从林为安身上移开，凝眉思忖着什么，好半晌，才轻轻发出了声响。

"他什么时候来的巴黎？"问的是林为安，看着的，却不知道是什么方向。

林为安的声音有些紧，在压抑的气氛中终于意识到自己这句话可能会带来的后果。这里的所有人都对她父亲有着敌意，这种敌意包含着过去的恩怨以及现在还未来得及算清的新账旧账，可扪心自问，她自己就从来没有怨恨过父亲吗。然而不管她曾经有怨过父亲，他们终究是血浓于水的亲人。

"大约是一周前，我一直以为你是知道的。"林为安看向周承安。

周承安的确不知道，事实上因为一年前发生的那么多事之后，林耀波对他的信任早已跌落谷底，他的行踪自然不会再主动告诉周承安。

倪晴觉得身心疲惫，这么多年，她好像一直都逃不开林耀波这个人，即使已经躲到了这么远的巴黎，可林耀波仍旧不让她安稳。她甚至想，当初袁

艾迪向自己抛出了来巴黎的橄榄枝,是否就是在等这一天?她还是太天真了,以为她和袁艾迪之间还存在所谓友谊,到头来,也只不过是可以拿利益交换的可有可无的过去罢了。

他们之间早就没有友谊了,偏偏她还心存侥幸。

"其实这样挺好的。"一直沉默着的倪晴突然说道,她的声音嘶哑得不像是她自己的,她的脸色看上去那么苍白,好像随时都可能倒下。

周承安坐在另一边,看着她的眼神逐渐清明,脸上却有种说不清道不明的情绪。

"你们看,这不是一个很好的教训吗?像我这样的人还想要有自己的梦想?这几天我想了很多,会有今天这样的局面,无非是我自己内心的贪婪,如果当初我不接受袁艾迪的帮助,哪里会到这个地步?"倪晴笑着环视了一圈,明明是笑着的,可笑得比哭还难看。

倪晴拼命装出一副无所谓的样子,仿佛在向他们传达着一个信息:看,她已经在反省自己,像她这样的人是不配拥有梦想的。

然而这样的表情,几乎让周承安感到心碎。周承安第一次觉得这个狭小的客厅里空气太过浑浊,浑浊到他多待1秒都会觉得无法呼吸。然后他起身,在众人的目光下穿过客厅,离开了公寓。

倪晴自始至终没有去看周承安,她垂眸笑着,与窗外的阴天几乎融为一体。

晚间,阿九和林为安也离开了,只剩下倪晴。倪晴感觉胸闷,沿街来回游荡。这条街道是巴黎市中心最为繁华的街道,每天她都会看着各式各样的人群。街道两旁的橱窗内呈现着最新的当季服装,上面标签上的价格又令大多数人望而生畏。这个世界上总是有那么多东西是很多人无力购买消费的,可它们偏偏又受到更多人的欢迎。

晚风迎面吹过来,倪晴抱紧双臂,嘴角凝着笑意,也不知自己在笑些什么。路过一家珠宝店的时候她停下来,望着橱窗内价格高昂的一枚钻戒发呆。

Chapter 18 精神病患者的女儿

钻戒的设计很特别，否则也不会吸引到倪晴的注意。倪晴记得自己第一次路过这家店的时候就注意到了这枚戒指，戒指上的钻石雕刻成玫瑰形状，做工精细，栩栩如生。玫瑰大约是大多数女人最希望收到的花，以钻石雕玫瑰，设计师应该是很懂女人。

这时店门一开一合，一位穿着制服的女服务员出来对着倪晴礼貌地微笑："小姐，我好几次看到你停下来看橱窗内的这枚戒指了，如果你喜欢的话不妨进来试试？"

倪晴怔了怔，随后尴尬地朝女服务员摆手说："不了，我买不起它。"

她用眼睛的余光瞄了一眼珠宝店上头大大的Logo，心想以自己如今的积蓄，大概连里头一条最稀松平常的手链都买不起，更别说是这样一枚钻戒了。

"何况，我也没有可以为我戴上钻戒的人。"倪晴笑得眼睛都弯了，可如此灿烂的笑容，却让人觉得有些难过。

女服务员的脸上始终挂着微笑，见倪晴也没有要进去试戴的想法便又回去了。

倪晴再转过头去看那枚戒指的时候，却在橱窗上看到了另一个人的身影，她心里一惊，下意识地捏紧了垂着的手。

周承安双手插兜站在她身后，面无表情地望着她。也不知道他在这里站了多久，她一点也没有察觉，想到他若是听到了刚才她和女服务员的对话，她不由尴尬地红了脸。

"我以为你不喜欢钻戒。"周承安的声音清冷地响起，这句话让倪晴更加不敢看他的眼睛。

当初不告而别，大约心里对他终究是有些愧疚的，所以越是在这种时候，越不敢像从前那样对他放肆。

周承安也发现了这一点，一年后再相见的倪晴，变得唯唯诺诺，变得不再是以前那个肆意张扬的女孩了。那个敢吐他一身，敢蹲在他家门口一个晚上，敢做敢当敢爱敢恨的倪晴，似乎随着时间也一并消失不见了。

倪晴听出他话里的讽刺，毫不在意地耸了耸肩，将话题轻松岔了开来："你怎么来了？"

"这一年，我一直在想一个问题，一年前，你为什么不告而别。巴黎有什么吸引着你，让你可以义无反顾地抛下北城的一切跑来这里，我想了那么久都没想出个合理的答案来，倪晴，你要不要亲口告诉我答案是什么？"

倪晴仰头望着他，过了一年时间，她仍然还是无法将他看透。他们之间总是这么不公平，他一眼就能将她看穿，却始终包裹着自己的外衣不让别人看透，从一开始这就是一场不公平的爱情，而她在他面前根本无力还击。

"大概是因为我贪心，我想找回本来就属于我的东西。"倪晴抿嘴笑了笑，转身随意靠在墙壁上，歪着头慵懒地看他，"周承安，我也有自己的梦想，而我的梦想绝不是附庸在一个男人身上。我22岁的时候家里出事，从此我好像失去了去追求拥有自己东西的自由。周承安，我不想再像过去那样，始终被束缚，你有你规划好的人生，我只是你人生里一个不确定的意外，也许我们从一开始就不应该有交集。"

周承安忽地冷笑一声："你来招惹了我，却告诉我我们从一开始就不应该有交集？倪晴，你知道自己现在看上去有多自私吗？"

"我知道。"倪晴抬眼直视周承安的眼睛，"我知道我自私，可我宁愿自己自私，也不想成为随时可以被丢弃的东西。"

她的眼仿佛隐隐含着眼泪，却倔强地不肯流下。如果还有什么是让他觉得眼前的这个女孩就是他的倪晴的话，那么大约就是这股子从来不肯服输的倔强。

"你觉得在我眼里你是随时都可以被丢弃的东西？"

"周承安，我相信你，可我不相信人心。我害怕承诺，我信不过我自己，你说一个人怎么可能保证一辈子只爱一个人呢？"

"这就是你逃掉的原因？你连试都不愿意试一试就轻易否定了你自己也否定了我们？"

倪晴不知道该怎么表达自己此刻的心情，她清楚知道自己离开并不单单只是如此，他们之间的不信任感从来都存在，只不过那时候她选择性地忽略了。她曾经贪婪地想留在周承安身边，后来才发现，周承安的身边并不是她寻找的港湾。

"倪晴，还是一直以来你都只是把我当成了那个人的影子而已？"周承安步步紧逼，如果一开始倪晴还能保持镇定的话，那么当周承安说出那个人之后，倪晴脸上的伪装终于被毫不留情地撕了下来。

倪晴瞪大了眼睛，瞳孔放大，难以置信地看着周承安。

"你为什么会是这副表情？在说到那个人的时候你脸上流露出来的为什么会是恐惧？倪晴，我说对了是不是？因为像，所以最初的最初你对我死缠烂打，后来发现，我并不是他，越是了解，越觉得我和那个人是截然不同的两个人，你感到失望，然后你离开了。你继续过这种漂泊的生活，你潜意识里仍然渴望与那个人相逢，为了这微乎其微的可能，你选择了放逐自己，选择过这种漂泊无依的生活。什么梦想，都不过借口而已。"

周承安终究是这方面最专业的医生之一，他轻易就能分析出倪晴的心理，倪晴在他面前无从反驳也无法反驳，因为她惊讶地发现，周承安说的每一个字每一句话都轻易地击中了她的心。

难道她的心里一直都是这么想的吗？

"可是倪晴你有没有想过，也许这一辈子再也见不到他了呢？也许你们的缘分也只够小时候的那次相遇呢？你仍然打算放弃安稳的生活到处找他吗？"

如果她和小哥哥之间的缘分也只够支撑他们迄今为止唯一的一次相遇呢？她从来没有想过如此深刻的问题，她只知道她想念他，想再见到他，至于见到以后会如何，从来不在她的考虑范围内。

周承安的问题却在瞬间点醒了倪晴，周承安的理性浇灌着倪晴的感性，在周承安面前倪晴永远都觉得自己像个什么都不会的学生。他们彼此凝望，最终无话可说。临走前，周承安回头深深地望着她，问了一句："倪晴，对你来说，毫无希望的过去比未来更值得期待吗？"

倪晴没有答案，周承安口中关于倪晴的过去并不是毫无希望，至少对倪

晴来说，那是家里出事后多少个不眠的夜里用来安慰脆弱的心的良药。她回忆里的小哥哥给过她那么那么多的勇气，第一眼见到周承安的时候，她真的以为，他就是他。

哪怕是现在，倪晴也仍然有一种周承安就是小哥哥的错觉。可是周承安从来不承认，或者说，周承安表现出来的种种，从来没有给她一种他的确就是小哥哥的感觉。也许是周承安的演技太过高明，也或许是倪晴眼拙。

她望着周承安的背影在夜色中渐渐远去，一直在眼眶里打转的眼泪终于还是掉了下来。

倪晴和袁艾迪的事情仍然在持续发酵，关于倪晴患有严重精神病的报道铺天盖地，袁艾迪的这个反击不得不说直击倪晴要害。倪晴不是第一次处于舆论中心了，可看到如今这个形势也难免为自己感到悲哀。过了这么多年，她仍然学不会高效有力的反击。

阿九则是气愤不已，她所处的那个行业处于一种病态，为了博人眼球可以枉顾事实。这不是阿九当初进入传媒业的初衷，她希望自己所处的行业能够一点点变好，可事实是，她所在的这个行业，她为之奋斗的这个行业，却在一天天变坏，甚至看不到底线。

倪晴当初刚在这个圈子小有名气后，一切事务都是袁艾迪的团队帮忙打理的，然而现在倪晴除了阿九这些好友，却连一个可以帮她的人都没有，袁艾迪的团队甚至在这个时候还在对她落井下石。现实太过唏嘘，倪晴笑看着阿九为自己打电话奔走，说不出任何感谢的话。

感谢的话说得太多，连她自己都觉得烦了，可是除了感谢，也没有别的任何话可以说了。

"倪晴，要不然我们回去吧，反正你在这里也没什么好留恋的，这里对你到处都是恶意，咱回北城，在北城你照样可以追逐你的梦想啊。"

没想到连一贯都勇往直前的阿九都产生了退却的念头。倪晴有些恍惚，难道连阿九都觉得她只能背负着这样的骂名回国吗？

"可是阿九，如果我就这样回国，难道就能获得好的发展吗？这个圈子里的消息是互通的，不分国籍不分地区，我在这里发生的事情国内早就知道了，我即使回去也不可能比现在更好。"

倪晴说得没错，阿九竟无法反驳。

她最后一次去学校结业的时候，是阿九陪着她去的。令倪晴万万没有想到的是，会有大批吃瓜群众围住她，大声骂着那些不堪入耳的话，好像她是十恶不赦的杀人犯一般。倪晴被阿九拖出了人群，可那些人不知道哪里来的精神，仿佛非要倪晴给出一个交代，对着她们穷追不舍，连学校里的同学老师都把注意力投到了她们这边。

"骗子，滚出巴黎。"

"这样的骗子就该下地狱。"

"没想到你居然是这样的人。"

诸如此类，听得最多的是骗子这两个字，可到最后倪晴听得也有些麻木了，她像个木偶似的呆呆地任由阿九拽着自己的手。倪晴从来不曾体会过语言对于一个人的伤害会到这样的地步，直到自己切身体会，才发现内心一直摒弃着的东西却原来也一直是自己在意着的东西。

"倪晴你在发什么呆？我们得赶紧离开这个鬼地方，否则照这架势，那些人会吃了你。"阿九焦急地拖拉着倪晴，可倪晴好似一点也不肯配合，脚步迟钝，动作迟缓，双眼也开始变得有些空洞。

很快那些人就追了上来，不知道谁伸出脚，倪晴一个不慎，被绊倒了，眼看整个人就要往地上扑去，她内心反而有些释然，就这样摔下去吧，也许这些人看到她这样的出丑这样的难受也就作罢了。

倪晴闭上了眼睛，可是意料之中的疼痛没有到来，一双有力的双臂扶住了她，接着她就被拥入一个宽阔的怀抱。这熟悉的味道让倪晴一时怔住，就算不正眼看她也能知道此刻揽着自己的人是谁，可周承安怎么会在这里？

周承安面色无常，冷着脸扫视了一圈，大约是他的气场实在有些足，刚才还在叫嚣着的人群此刻竟然有些安静下来。倪晴终于睁开眼，抬头怔怔地望着他英俊的侧脸。

周承安的手微微用力,将她更紧地拉近自己,而后用纯熟的英文说道:"我是倪晴小姐母亲的精神科医生,以我作为医生的专业素养而言,倪晴小姐并没有任何精神上的问题,也绝不是某些报道所说的精神病患者。你们与其在这里追着骂人,不如去找那些误导你们的所谓的报纸媒体,我想事实的真相是怎么样的,他们比你们知道得更清楚。另外,你们今天的行为已经对倪晴小姐造成很严重的困扰,如果你们再这样下去,我不排除以法律的途径来解决这件事情。"

周承安一字一句,掷地有声,就连一直声称见惯了大场面的阿九都愣在了那里,一时不知道该如何反应。

周承安说完,拿出已经翻译为法语的报告书扬了扬,这是一份关于倪晴精神症状的鉴定报告书,报告书上将倪晴的身体精神状况分析得异常清楚,彻底粉碎了倪晴是精神病这个谎言。

吃瓜群众向来都是说风就是雨,没有料到半路会杀出一个周承安来,一时之间竟然都怔住了,彼此互看几眼,不知道现在是个什么状况。就在这时,周承安收起手里的报告书,揽着倪晴进了教学楼。

耳边瞬间安静下来,刚才的喧嚣猝然被挡在门外,倪晴恍惚间有种从一个世界进入了另一个世界的错觉。身边的周承安,凝着眉心,脸上尽是寒冰,看得出来心情极差。他们来到了一个无人的角落,周承安放开倪晴退后两步,用一种审视的眼神打量着倪晴。

阿九见状况似乎不对,悄无声息地退到了几步开外。

感情这种事情,外人最好不要掺和,因为总有自己的私心和立场,所以做不到旁观者清,也做不到保持真正的理智。

他们之间的沉默让倪晴觉得咽喉仿佛被人无声掐着,她尴尬地咳嗽了一声,勉强扬起笑容对周承安说道:"谢谢你。"

"倪晴,你以前可不是这样的,你以前要是碰到这群人,一定会上去跟他们拼个你死我活,再不济也是跟他们互呛,但绝不会是现在这样被逼得节节败退。"周承安的眼里有一种倪晴看不懂的情愫。

倪晴想周承安应该是对自己失望了吧，也或许是他终于发现现在的她不再是他认识的那个倪晴。

"周承安你不是也变了吗，从前的你不会多管闲事，更不会在众目睽睽之下把我拉出来。你总是一副事不关己的模样，好像全世界都跟你没关系。你刚才拉我那一把的时候内心挣扎过吧？你现在这样质问我该不会是后悔了刚才自己的举动吧？"倪晴被周承安刺激得口无遮拦，伤人的话就这样毫不忌讳地说了出来。

可出口的时候倪晴就后悔了。

你看，总是有很多话明知道说出口会后悔，却还是轻易说了出来。

周承安出人意料地笑了出来，可倪晴更愿意将他的这抹笑归为冷笑。不错，是冷笑，因为在周承安的笑容里，倪晴看不出半点温度。

"看来我们都对彼此了解得不够彻底，可能这就是我们现在变成这样的原因，倪晴，你觉得呢？"

倪晴将脸别过去不再看他，以此来表示自己拒绝回答这个问题。

周承安也不再执著于这个问题，侧身让过一条道："不是来办正事的吗，还不快去？"

倪晴这才想起自己来这里的目的，立刻窘迫地从周承安身边经过。

"有什么办法能找回以前的倪晴？"

经过他身边的时候，周承安的声音像是从遥远的远方传来，倪晴心里狠狠一颤，下意识地回头看去，却见周承安面无表情地站在那里，好像刚才那句话并非出自他口。

倪晴强忍住心里的酸涩，扭头上了楼。

周承安的目光渐渐黯淡下来。等倪晴的脚步声消失了，阿九才出现在他面前，他们互相对视，周承安却开始感到烦躁。

"周承安，不要试图找回以前的那个倪晴，隔着时光，谁都没有办法回到从前。"

Chapter 19 软 肋

不管是倪晴还是周承安,那都是他们回不去的从前。倪晴极力想回避的过去,阿九不愿意她再直面。

可是周承安却不认同,他记忆里的倪晴爽朗洒脱而肆意,永远有着用不完的力量和笑容。初见时那双眼睛,像星星一般直击他的心脏,他再也没有见过比倪晴更好看的女孩儿。

倪晴说周承安的眼睛是她见过的最漂亮的眼睛,可周承安从来没有说过,倪晴的眼睛也是周承安见过的最漂亮的眼睛。第一眼被吸引的不只是倪晴,还有一贯为自控力骄傲的周承安。

倪晴是第一个让周承安的自控力受到挑战,并且不想改变的人。

"周承安,每个人都会变,现在的倪晴比以前安静了不少,少了攻击力对她来说或许是件好事呢?"

周承安不想跟阿九纠缠不清,他站直身沿着倪晴离开的方向走,边走边说:"我不想改变你的想法,所以你也不要妄图改变我的想法。阿九,我比你更清楚我自己想要的是什么,不管是什么样的倪晴,那都是我要定了的未来。"

阿九被周承安这番话震得说不出话来,认识他这么久,这还是周承安第一次如此直白地说出自己想要什么。他要倪晴,没有哪一刻比现在更加笃信。

在倪晴办手续的期间阿九走了,说要去拜访什么人,周承安没有听清也

Chapter 19 软肋

懒得听清，他此时此刻的注意力全在倪晴身上。至于阿九，她知道周承安不会让倪晴出事。

可是他们怎么都没想到，出了教学楼最先见到的居然会是林耀波。仿佛这个时候他们才想起当时林为安说的，她的父亲也在巴黎。

倪晴的眼神陡然转冷，周承安则仍旧面无表情，仿佛什么都没发生一般。他握住倪晴的手，这一微小的动作几乎就已经宣誓了所有权。倪晴本能地想挣开，可周承安十分用力，完全不给她任何逃脱的机会。她看向他，周承安的侧脸弧度很是坚毅，多了一种少有的坚定，那是倪晴很少会在他脸上看到的表情，或者说，周承安原本就是个对什么都漠不关心的人，也很会隐藏自己的情绪，所以在他的脸上能看到的任何表情变化都实属难得。

"兜兜转转，你们两个还在一起。"林耀波在司机的陪同下下了车，看到面前站着的这两个人一点也不感到意外。

倪晴的视线从周承安转到林耀波，她没有想过会再见到林耀波，至少在近几年里，她从没想过还要跟这个人见面。她不想知道的过去并不代表不存在，只要是存在过的，无论如何逃避，最终会进入她的耳朵。

"承安，我还以为你和为安两个人已经安分了，没想到你心里还是对她念念不忘。"林耀波看了看倪晴，面上的笑意有种老狐狸般的算计，倪晴觉得分外刺眼。倪晴分分钟都想走人，可手里的力量在提醒着她，她现在不是一个人，周承安用有力的手掌强有力地告诉着她，他们彼此已经牵连在一起了。

"林总，我的个人问题不劳您烦心。"周承安淡漠地说出这句话，好像他跟林耀波之间只不过是萍水相逢的关系而已。

倪晴不由感到奇怪，从前周承安即便并不是很喜欢林耀波，但碍于两人养父子的身份，或多或少总还是尊重他的，可现在却如此直白地拒绝了林耀波的问话，这在倪晴的记忆里还是头一遭。是发生了什么她不知道的事了吗？他们之间的转变为什么会如此巨大？

"好，我可以不关心你的个人问题，不过承安，你要是把自己往泥沼里

拖，我自然不会坐视不管，我把你养这么大不是为了让你给我丢人现眼的。"

"林总，这话您最好是对为安说，我即便是丢人现眼也并不真正关系到你的名声，可是为安就不一样了，为安毕竟是您的亲生女儿。"

林耀波不悦地皱起眉头："你在威胁我？"

周承安摇了摇头："林总，您对我有养育之恩，所以我不会对您做出什么出格的事来，您说我在威胁您，可您看看，现在是您堵着我们的路不让我们走，若真说出来，究竟是谁威胁谁还不一定吧？"

这下倪晴是彻底有些懵了，听周承安对林耀波说话的口气，这两个人是……闹掰了？

林耀波的脸色变幻莫测，倪晴原以为他会发火，可他思忖了半晌，居然让司机把车子开到了一边，给他们让出了一条道来。

"承安，今晚你带着为安来见我，若我看不到你们，后果你们可以想象。"林耀波终于不再拐弯抹角，直接以命令的口气说了出来，说完便转身回到了车里，车窗缓缓摇下，他不怀好意地看着倪晴，加了一句，"如果倪晴有兴趣的话也可以一起过来。"

等车一走，倪晴猛然甩开周承安的手，退后一步，紧紧盯着他的眼睛。

他们一定发生了什么事，否则周承安不会以如此敌视的姿态面对他。会是什么事让周承安这般善于伪装自己的人都撕开了那层保护膜？

"你要自己告诉我还是我自己去问林耀波？"倪晴声音平静地问道。周承安知道，如果自己不说，她真的会跑去问林耀波，而他最不愿意看见的就是倪晴和林耀波单独见面，一是他不知道林耀波会对倪晴说什么，二是这对倪晴的安全也十分不利。

但周承安不打算这么顺利地让倪晴知道一些什么，他双手抱胸，好整以暇地看着倪晴："那么倪晴，你当初离开的原因，你是要自己告诉我，还是继续让我猜？"

倪晴心里一个咯噔，像是有什么东西重重砸在了她心上，她认真地看着周承安，大约在思考着他究竟知道多少。她还是跟以前一样，根本不善于说谎，却总觉得自己能够将谎言隐瞒得很好。

"倪晴，你真的以为，我不知道你看过那份牛皮袋里的文件吗？"

倪晴呼吸猛地一窒，瞳孔慢慢放大，眼里只剩下了眼前周承安的这张脸。

"你是因为这个离开的对吗？你觉得我对你有所隐瞒，你觉得我们之间的信任不堪一击，你甚至觉得也许我们两个人相遇在一起本来就是个错误。倪晴，你大概没发现，我了解你比了解我自己还甚，所以我猜，你的离开有一大部分原因，是因为我在调查当年你父亲的死，只有一小部分原因是所谓的理想。"周承安紧盯着她，不给她任何逃脱的机会，步步紧逼，仿佛下一刻就能把她的心鲜血淋漓地挖出来。

而倪晴面对周承安，第一次感到了恐惧。

前所未有的恐惧。

她难以置信地看着周承安，不敢想象他居然能以这么无所谓的语气说出来。他明明知道，这几天里却什么也不说，逼迫着她自己说出来，直到他认为不可能再让她说出来，直到林耀波的出现，他才缓缓道出了自己的猜测。

倪晴笑了："周承安，没想到你不仅是个出色的精神科医生，你还是个出色的破案专家。"

"倪晴，要揣测你的内心并不难，你并不是个合格的演员。"

"你是想说这就是我一直以来无法在娱乐圈大红大紫的原因？"

"你以为把话题岔开就可以永远不直面这个问题吗？有些事情，即便是逃避，可你想想，你又能逃到哪里去呢。"

逃到你永远找不到的天涯海角去。倪晴在心里默默地说着，可那种悲哀却像蔓藤一般滋长，疯狂地席卷着她好不容易坚定下来的信念。

周承安就是有这样一种能力，轻易就能打破她心里所有的坚持。其实在公寓门口再次见到周承安的时候倪晴就知道，她不可能逃得开周承安。那张脸无数次出现在自己的梦里，有时候她想念他，想到以为此生再也无法相见，天知道，门开的那一刹那，他的脸出现的那一刹那，她几乎心跳停止。

"倪晴，不管你信不信，当初我调查你父亲的死，只是想还你一个公道而已。阿九说，这一直是你心里的一个结，只是在事情还没有最终水落石出前我不想太早告诉你，谁也没有把握能真正做好一件事，我也是。"

"你现在的说辞真的很冠冕堂皇。"

"不然你以为呢？"

"周承安，我有些累了，想回去了，我们可不可以不要再讨论这个问题？"

"然后呢？"周承安兀自笑了，"然后你就又要开始躲进你那个蜗牛壳里，每当我再次讨论这个问题，你就又重新开始躲避？倪晴，我说过，我太了解你，你的每个微表情都能让我知道你想做什么。"

冷风吹过倪晴的脸，也仿佛吹到了她的心里去，突然之间便感到厌倦了。像周承安这样出色的人，如果他想，什么样的女孩儿找不到呢，可是当时她死缠烂打，偏偏就这么让他住进了自己的心里去，也让自己不小心闯进了他心里。

究竟是对是错呢？倪晴已经分辨不出了。

倪晴和周承安之间似乎越来越多的相顾无言，在这次相遇，或者更早之前，他们之间便已经产生一种说不清道不明的隔阂，只是那个时候他们明明都心知肚明，却还是假装若无其事，大概人心本就习惯闪躲，在安稳的情况下总不愿意去冒险。尤其是当某种感情掺杂上爱情之后，会让人变得胆小，变得不再像从前那样笃定。

后悔过吗？对倪晴来说答案一贯是肯定的，不后悔遇见周承安，却渐渐开始后悔跟周承安的那些牵扯不清。事到如今，连她自己都开始分不清，那些想着念着周承安的日子里，究竟是因为他是周承安，还是因为他像极了她记忆里的那个小哥哥。

倪晴忍不住又偷偷瞄了眼走在自己身侧的这个男人，他有一张完美的侧脸，那双深邃的眼睛在冷冽的寒风里仿佛染着一层冰霜一般，令倪晴不自觉地感到着迷。她想起那年第一次见到周承安，似乎也是这样的日子里，寒冷的空气里，他的眼睛就像一簇温暖的火苗，渐渐暖和了她日渐冰冷的心。

他那么像他，可他不是他。

"周承安，你有没有什么特别想去的地方？或者是对你有特别意义的地方。"倪晴本能地想缓和一下他们之间又紧张又尴尬的气氛，可问完以后却发现好像气氛更僵了，因为刚才还佯装若无其事往前走的周承安，这时别有深意地看了自己一眼。

那一眼，竟然让倪晴产生一种前所未有的羞愧感。她恍然间发现，自己问出的这个问题，好像隐隐约约地在探询着什么。她到底在奢望什么？对于现状，她还能再奢望什么？

"倪晴，我说过，我不是那个人。"也记不清是第几次的否定了，总之倪晴确定，这句话周承安并不是第一次说。

倪晴感到脸上火辣辣的，察觉到周承安的视线始终都停留在自己身上，可是她却没有勇气抬头去看，她甚至不用看都知道此刻周承安脸上会是什么表情。

周承安忽然向她靠近一步，伸手抬起她的下颚，在她的错愕中逼迫她看向自己。倪晴的目光冲进他的双眼时，心里狠狠一窒，一股巨大的悲伤空前袭来，紧揪着她的心脏不放。

"倪晴，告诉我，你心里在想些什么，希望我就是你要找的那个人，还是希望我成为你心里的小哥哥？"

他的声音清冷地就像巴黎寒冷的天气，令倪晴冷不丁一个哆嗦。这么冰冷的语气倪晴还是第一次从他嘴里听到，她知道，他生气了，即便现在他的脸色看上去依旧平和如初，可眼睛是不会骗人的。周承安的眼里，如今清清楚楚地刻着暴风雨。

倪晴的眼里逐渐蓄起了眼泪，下意识地摇着头，说出来的话也断断续续地不成句："不是，不……你知道，我告诉过你，你们很像，我、我有时候会想，这个世界上怎么会有如此相像的两个人，你们甚至、甚至就像是同一个模子刻出来的，那么相似的五官……"

"所以这是你可以认错人的理由吗?"周承安毫不客气地打断倪晴,嘴角慢慢凝起了一抹笑意,可这笑在倪晴看来,分外刺眼。

忽地,周承安一手撑住倪晴的后脑勺,迅速地将她拉向自己。在倪晴还没有反应过来的时候,唇上多了一抹温润,周承安的吻一如记忆之中,却又和记忆里的吻相去甚远。他不再像从前那样温柔地生怕弄疼了她那般地吻她,他的吻里,多了一股霸道和势在必得。倪晴在他怀里开始挣扎,可他紧紧地锢着她的腰,让她动弹不得。她仰着头,被迫承受着这个更像是惩罚的吻。

他们之间,终究还是变得不一样了。

深夜,阿九敲开倪晴公寓的门,却发现倪晴并没有睡,她一个人窝在沙发里兀自发呆。这种状态的倪晴很少,在阿九的记忆里,仅仅只有那么几次而已。阿九心里微微一紧,走到倪晴身边坐下,不动声色地注视着她。

等到倪晴终于注意到阿九的存在,阿九的眉心凝得更紧了。

"他以为我一直把他当替身。"倪晴没头没脑突如而至的声音打破夜晚的宁静,然而阿九还是听懂了她在说什么。

"所以,你是吗?"阿九问她。

倪晴难发置信地看向阿九,原来不只是周承安,连阿九都是这么想的吗?阿九从倪晴眼里看到了些微震惊,明白她心里在想什么,于是靠向身后柔软的沙发背,舒了口气,说:"倪晴,你一再告诉周承安他和那个人很像,你有没有想过他心里是怎么想的呢?假如现在角色互换,周承安总是在你面前提起你很像他曾经藏在心里的某个女人,你会是什么反应,你的反应激烈程度和周承安相比,只怕只多不少吧。"

阿九也不管倪晴愣怔的空当在想些什么,继续说道:"何况……倪晴,你真的认为隔了这么多年,你和那个所谓的小哥哥还有相见的可能吗?这个世界之大不是我们可以想象的,两个人要有多深的缘分才能隔着十几年的光阴在这个偌大的世界里再次相遇。你心里明明知道希望渺茫,却始终不肯放

Chapter 19 软 肋

弃，可是若是到最后真的遇不到那个人呢？你错过的也许就是周承安这样一个人，到时候你又该如何是好？"

阿九字字说到了点，倪晴的心像被人剖开了似的发疼，有时候你明明知道这是一件很愚蠢的事情，却仍然选择去傻傻地坚持。

"阿九，我想去布拉格。"很久以后，倪晴才茫茫然地说道。

阿九怔了怔，说了这么多，倪晴究竟有没有听进去？

"你想去布拉格找他？你认为过了 14 年，他还在那里？好，倪晴，我们退一万步讲，即使他现在仍然在布拉格，可是你能保证他还认得你吗？按一个正常人的正常思维，谁会那么深刻地记得一个萍水相逢的人？你别忘了你们是以何种方式见面的，那个时候他是绑匪，你是人质，一个人质居然记了一个曾经绑架过自己的人 14 年，这合理吗？"

阿九的眼神在昏暗中异常坚定，倪晴知道，这就是阿九最真实的看法，也是大多数人最真实的看法，正常人听到她这样想念一个曾经绑架过自己的人，大约都会觉得她是疯子吧。

"倪晴，周承安为你做了这么多，给了你承诺，难道就比不过一个还不知道在不在人世的绑匪？"

倪晴的瞳孔蓦地张大，阿九这句话像是提醒着她，也许心心念念的人早已不在人世。她慢慢地握紧了拳头，死死咬着嘴唇，不知道该说些什么。总有一些东西，是藏在心里拼了命都想去坚持的。

"我一直觉得……周承安就是他。"

"可他不是他，他亲口否认，他从小在美国长大，跟那个劳什子的布拉格没有半毛钱关系。"阿九被倪晴的一根筋弄得险些暴躁，语气也渐渐变得不好了。

是啊，周承安在美国长大，和布拉格又有什么关系呢？

"倪晴，你不要再执迷不悟了，没有人会永远在原地等着另一个人，如果你还纠结于你那个小哥哥，结果就是你会像失去你那个小哥哥一样失去周承安。"

阿九离开前站在门口，回头对倪晴说了这样一句话。那个晚上，倪晴睁着眼睛望着天花板，心里的两个自己不停地在打架，她就像一个被架空了的躯壳，麻木地抱紧了自己。

袁艾迪始终没有出现，林为安的精神状况也慢慢地变得糟糕起来。她和周承安并肩而行，脸色苍白，等到了林耀波下榻的酒店，林为安忽然停下来不动了。

她看向周承安，脸上似乎隐隐有些不安："我爸爸他为什么要我们两人来见他？"

"大约是有什么事情需要告诉我们。"和林为安相比周承安反而显得轻松许多，他经历过太多事情，何况面对林耀波，即使是再不好的事情，还能不好到哪里去呢。再黑暗的那几年他都一一度过了。

"会不会……是和袁艾迪有关？"

"为安，我们距离你父亲所住的房间不过几分钟路程，与其在这里自己瞎猜，为什么不上去问个清楚呢？一上去不就什么都明白了吗？"

可是林为安不敢说，她不敢告诉周承安自己心里的不安有多强烈，她害怕从父亲口中听到自己不想听的事情，她更怕那事是和袁艾迪有关。作为女儿，她太了解她的父亲，这些年，为了利益可以不择手段的她父亲，还有什么是做不出来的呢？

"承安，你是不是也觉得，倪晴的事情跟我爸爸有关？即使他们已经一年之久没有瓜葛。"

周承安看向她，目光清冽而理智。

"为安，这个世界上的瓜葛是不分时间的。"

即使林耀波和倪晴已经许久没有瓜葛，可并不代表这瓜葛已经不存在了。

五星级酒店里的装饰到处透着奢华和大气，电梯缓缓而上，似乎也连带着林为安的紧张。因为袁艾迪，她整个人都变得不再像自己了，就像从前那样，一遇到那个人，自己所有的坚持都在瞬间崩塌。

这些日子里，她不断打袁艾迪的电话，试图联系上他，可是无论她如何努力，电话那头永远都只有一个机械的女声冷冰冰的声音。多少个寒冷的夜里，这个女声令林为安所有的伪装都濒临崩溃。

若不是有周承安陪在身侧，林为安都不知道自己要如何才能走到她父亲所在的那个房间。房间门紧闭着，就像一道结界，将他们都清晰分明地隔离开来。

周承安抬手正要敲门的时候，林为安忽然抱住他抬起的胳膊，抬眸注视着他，轻声问道："承安，你害怕过吗？当倪晴没有任何消息，而你又完全找不到她的行踪的时候。"

周承安深深地看了她一眼，对于这个问题并未作答，可答案是什么，他们两个都心知肚明。就像倪晴之于周承安，就像袁艾迪之于林为安，他们都有自己心里想要守护着的人，因为有着这个人的存在，而渐渐把自己变得强大。

门打开的时候，林为安终于见到了自己的父亲。她的父亲无时无刻不是意气风发，好像这个世界的很多事情总在他的掌控之中，他就像是游戏里的那种大BOSS，笑看着别人的生死，分分钟就能颠覆另一个人的人生。

是从什么时候开始她的父亲变成了这个样子呢？她记得小的时候，父亲还是个温暖的时常会亲手为自己做美味佳肴的普通男人，尽管在她眼里，自己的父亲从来不是个普通的男人。那个时候，家里虽然还没有像现在这样富裕，可是她却觉得，那样美好的时光再也回不来了。如果可以重新选择，她宁愿回到很多年前，那个父亲愿意放下手里的工作，回家哄着她入睡的时刻。

林家父女两人相顾无言，也不知道是从何时开始父女俩之间有了隔阂，林为安不再像以前那样乖巧温顺，林耀波也不再和蔼可亲，随着岁月，他们都不再伪装自己。

"女儿大了，不中留了，都学会骗我这个做父亲的了。"林耀波对林为安说道，眼睛却是看向周承安的。

林为安吸了吸鼻子，微微感到些许心酸："爸，你把我们叫来这里做什么？"

"做什么？你们两个人单独跑来巴黎，难道不该向我交代一下？你们来这里做什么？"

"倪晴陷入了麻烦，爸爸，我可不希望这件事跟你有关。"

"如果有关呢？"

"那样我会感到很失望。"林为安望着自己的父亲，第一次如此直接地说出自己的失望，可她知道，父亲不会在意，有谁会在意她的失望？

"为安，你在闺阁里待了太久，你不会明白外面的世界有多么险恶，爸爸如今做的一切都是事出有因的，等以后你就会明白了。"

林为安就知道，父亲无论怎么样都能替自己找到理由，任何理由，任何可以让她无话可说的理由。她闭了嘴，倔强地将视线撇到了一边，原以为这样可以让自己的心情好一些，可接下来父亲的话，却让她的心情变得更加糟糕。

"承安，两个人在一起如果负负得正，那就是好的爱情，但是如果两个人在一起，是负负仍旧是负，我不认为这还是一件值得坚持的事。"

"林总，我想我还能分清楚什么是好什么是不好，我和为安都已经不是孩子了，关于感情，不需要别人来告诉我们该做什么不该做什么。"周承安对林耀波的态度的确已经和从前不同了，这些细微变化连林为安都感觉到了。

林耀波对于周承安的无礼并不生气，反而笑了起来，回身坐到了沙发上，示意他们两人坐。林为安一开始有些别扭，她从来没有以这种说不清道不明的心态面对过父亲，她只知道，现在在自己面前的这个父亲，并不是她一直以来期待着的父亲形象。不知不觉中，他们都已经失去了内心渴望的东西。

"为安,你以为你认定的那个人是个什么样的人?你为了他可以和我这个父亲闹别扭,而他呢?你以为他重情重义?那你又知不知道,倪晴又是为什么会有今天?当初倪晴在袁艾迪的安排下来到巴黎,结果被诬陷抄袭,名声败破,我可不认为这样的人有资格和你站在一起。"林耀波语气轻松地说着,拿起茶杯抿了一口茶,眼角的余光看向自己的女儿,只见林为安脸色苍白,而她身边的周承安不动声色。

"你……你说什么?"

"事情发展到现在还不清楚吗?为安,你所认定的那个男人,他的成功是靠着窃取昔日好友的设计才得来的,他用偷来的设计心安理得地享受着聚光灯和所有掌声荣誉,而这个所谓的好友在巴黎却遭黑手。能对倪晴的过去和现在这么了解的人,除了袁艾迪,还会有谁?"

林为安脚下微微一软,险些跪倒在地,好在周承安反应快,及时扶住了她。仅仅只是这一瞬间的触碰,林为安都感受到了周承安手上微微的颤抖。

"你是说……这一切都是袁艾迪做的?"

果然……是袁艾迪吗?为什么她会用果然这个词呢?林为安闭了闭眼,大抵从一开始,她就已经猜到了这个结果吧?从这一系列的行事作风来看,和袁艾迪的作风真的太过相像,有一点她无法反驳父亲,那就是对于倪晴的过去和现在这般了解的人的确没有几个,而其中,当属袁艾迪嫌疑最大。

"我知道让你接受这件事情很难,但是为安,这就是事实。"林耀波遗憾地说道。

"他现在人在哪里?"林为安强自稳定住自己的情绪,她必须说服自己坚强,不能在父亲面前表现出任何怯弱来。

也许这只是她父亲的一个考验而已呢?直到这个时候,她心里仍然有着一种不切实际的奢望,明明知道希望渺茫,却还是期盼着……

"大概是没脸见人,所以躲起来了吧。"林耀波看了眼周承安,周承安面色无常。可林耀波是谁,他是将周承安抚养长大的人,这世上没有人比他更了解周承安,周承安表情越是装得淡定,内心波澜越是大。

"承安，你就没有什么想说的？"

周承安望着他，许久，才一字一字问道："林总，你给了什么筹码，才会让袁艾迪答应对付倪晴？"

林为安猛地看向周承安，眼里全是不可思议。

林耀波手里的烟燃了一半，隔着厌恶，眼睛慢慢眯了起来。不错，不愧是周承安。不愧是他亲手培养出来的人。

"你觉得是我指示袁艾迪这么干的？承安，你可要想清楚，我没有任何理由这么做，要对付倪晴对我来说易如反掌，根本不需要袁艾迪出手。"

"可是袁艾迪却有自己不得不出手的理由，有时候一个暗示也许就能让人走错一步，所谓一步错步步错。林总，你现在是打算玩棋中棋，将手里没用的或者有威胁的棋子一颗颗丢弃吗？什么时候轮到我？"周承安没有半分客气，语气里具是清冷。

他已经再也不是当初那个被林耀波掌握在手里的周承安了。

林为安虽然并不能听懂他们究竟在说什么，但从他们之间微妙的气氛也能感觉到他们说的并不是什么好事，心里隐隐有种不好的预感在慢慢升腾。

"承安，你我之间难道必须以这种姿态说话？以敌对的姿态？为了一个倪晴？"

"林总，当初你把我带回美国抚养长大，我很是感激，可也只能到这里而已了。对你的养育之恩，我想以我从前的所作所为，早已还清了，以后我只想做我自己想做的事情，抱歉，浪费了你许多时间，告辞。"

周承安转身欲走，却被林耀波的一句话堵住了去路。

"你认为倪晴会认同你的身份吗？杀人犯？你觉得她需要一个杀人犯做男朋友？"

如同一把剑，狠狠地刺向了周承安的心脏。周承安的心猛地揪了揪，眼前仿佛浮现出倪晴厌恶的表情。他从来没有对倪晴直白地说过过去那些事，虽然明知道倪晴对这一切早已了然，可杀人犯这三个字，仍然能刺痛他。

"承安，你的软肋太明显了，你觉得你能躲避得了吗？"

Chapter 19 软肋

  周承安没有回头,亦没有再多说一个字,他只知道,现在必须离开这里,远离林耀波。林耀波就像一个恶魔,随时随刻都在引导着你走向一条万劫不复的路。

  冲出酒店大门,冷风刺骨,然而新鲜的空气终于让周承安长长地舒了口气。

  难怪有那么多的人渴望自由,原来自由的感觉是这么美妙。

  周承安一回头,眸光蓦地一紧。

  倪晴就站在那里,在灯火阑珊下,脸色苍白。

Chapter 20　我偏不想让他如愿

好像自从来到巴黎以后，周承安总是只能这么远远地看着倪晴，无形之中，他们之间隔着的不仅仅只是时光，还有其他很多说不清的东西。

倪晴淡漠地站在夜色里，过路的人群熙来攘往，她裹着外套，脸色显得愈加苍白。周承安沉了沉气，等呼吸平稳了之后才朝她走去，每走一步，他们的距离就近了一分，可是又似乎是离得越来越远。在这样的夜里，这个地点相遇，本来就是一件极其怪异的事情。

明明只是几步的距离，可是走到她面前，却好似耗尽了所有的力气。

周承安走到她面前，微微笑了笑，想伸手揉揉她的发顶，可看到倪晴的表情后，这股冲动又硬生生地被摁了回去。也许倪晴说得没错，他们之间隔了太多，早已回不去了。

"这么晚了，你怎么来这里了？"周承安笑着问她，尽量语气轻柔。

"那你呢？你为什么在这里？"倪晴不答反问，可彼此心里都已了然。

周承安只是笑着，却并不回答他的问题。

倪晴仰头看了眼不知高度几何的酒店，嘴角渐渐浮现出笑意："林耀波应当很希望看到我们当场决裂吧，他不断在我们之间制造误会，如果我们现在朝着相反的方向掉头就走，是不是正合他意？"

周承安蹙着眉，不知道倪晴心里究竟在想什么。如果说平时的倪晴能够让他一眼看透，那么此时此刻的倪晴，在他眼里却反而成了谜。像谜一样的倪晴，浑身上下都散发着诱人的光芒，足以吸引每一个人。

Chapter 20　我偏不想让他如愿

"林耀波让你来的？"

"周承安，你难道忘了，林耀波让你带着林为安去见他的时候我也在身边。要知道林耀波住在哪里并不难，我只是想来看看，你是不是真的会来见他。"

最后他还是来了，可倪晴心里也说不出是什么滋味，心里原本就是空荡荡的，现在更空了。她永远猜不透周承安下一步会有什么举动，就像周承安，明明知道这也许会是一个并不高明的圈套，却还是赴了约。

说到底，他们都是不服输的人，他们都是宁愿相信自己也不相信别人的人。

"倪晴……"他唤了她一声，想说的话哽在喉咙里，也不知道该以什么方式开始。

倪晴笑笑，朝他努了努嘴，说："要不要一起走走？林耀波想让我们决裂，我偏不想让他如愿。"

周承安的脸上顿时露出释然的笑容，快步走到她身边。

再多的恩怨都抵不过思念，嘴上说着嘴硬的话，心里却是比谁都清楚地知道，自己有多么希望能够陪伴在对方身边。

"周承安，你什么时候开始不听林耀波的话的？"倪晴低头盯着自己的影子，怔怔地开口，"我记得我刚认识你那会儿，你对林耀波几乎唯命是从，你是从什么时候开始策反的？"

周承安听着她的用词，忍不住扑哧一声笑了出来："倪晴，策反这个词不是这么用的。"

"反正意思都一样，你知道就好。"

"从认识你以后。"

"嗯？"周承安突然的回答让倪晴转不过弯来，她怔怔地，内心里却有某种东西开始雀跃起来。

"倪晴，不管你信不信，是在认识你以后，我才觉得人生开始有了意义，在认识你之前，我觉得我的人生大抵也不过如此了。每天日复一日做着相同

的事情,生命里只有黑灰地带,是你让我的人生开始变得五彩斑斓,你把彩色带到了我的世界,让我渐渐地放不开你。"

倪晴的脚步慢慢地停了下来,周承安从来不会这么露骨地表达自己的感情。她认识的周承安一贯都是内敛的男人,他心里会藏着很多很多不能让别人知道的事。他永远不会对任何人吐露自己的心声,可是在这样的夜里,他第一次对她打开了心,让她一眼就能将他看透。

"周承安,你……"

"倪晴,我从来没有放开过你的手,即使你一次又一次地推开我。"

倪晴静默,无言。

"这一次,你是要像往常那样再次推开我,还是选择相信我一次?"

这个夜里,倪晴的心乱得不能自已。

林为安消失了。

这又是另一个突发事件。在那个夜晚,林为安见过父亲林耀波之后,便不见了踪影,没有人知道她去了哪里,她甚至没有留下只言片语。起初,林耀波并不当一回事,只当是一个女儿生父亲的气耍脾气,故也没放在心上。直到林为安消失的第四天,林耀波才真正上了心。林为安的电话怎么也打不通,用尽了所有可能联络到林为安的方式,可就是找不到林为安本人。

事情发生得太突然,倪晴还处于不知所措的状态,先是袁艾迪不见了,现在又是林为安消失,这两个人的关系又着实不一般,很难不让人怀疑他们是一伙的。可以林为安当初的表现来看,她又不像是在撒谎,她应当是真的不知道袁艾迪的下落。

她到底打什么主意?

"连你都不知道她的下落?不能吧,你们关系不是好得可以睡同一张床吗?"阿九怀疑地问周承安,虽然话说得有些糙,可话糙理不糙。

倪晴也忍不住看向周承安。

周承安的目光扫过她们两个人,慢条斯理地喝了口茶水,仿佛对于林

Chapter 20 我偏不想让他如愿

为安消失了这回事一点也没放在心上："我怎么不知道你们两个对她这么关心。"

"不是对她关心，是对她在这个敏感时刻突然消失的原因关心。"阿九蹙眉纠正他。

"连林耀波都不知道她去了哪里，你们认为我会知道？"

阿九和倪晴面面相觑，再看周承安的表情，虽然也看不出什么来，但又觉得在这件事上周承安没必要隐瞒她们。从某种意义上来说，他们是同一条船上的人。

阿九无精打采地搜索着网页，袁艾迪和倪晴的纠纷尚未理清，如今林为安又消失不见，这几个人的恩怨情仇简直可以直接拍成电视剧了。然而，在鼠标浏览到某一条新闻的时候，她突然停住了。

倪晴察觉到了她的异样，也跟着凑了过去。

如果只是粗略看去，也只不过是一条看上去无关痛痒的新闻而已。新闻内容是两天前的凌晨，在巴黎郊区的某条河边发现一具华裔女尸，女尸身上无任何可以证明身份的证件，经法医初步鉴定应当是溺水身亡，警方排查后排除了他杀嫌疑。

这条新闻本身没有任何问题，可唯一的问题就在于盖在尸体上面的那件外套，衣服太过眼熟，以至于倪晴的眼睛怎么都无法从电脑屏幕上移开。

周承安只看了一眼，眸光倏然一冷。

"那天我和她一起去见林耀波时，她穿的就是这件外套。"

这件外套的款式并不是所谓的大众款，很是独特，即使是在巴黎这样的时尚之都，都很少见到这件外套的款式，因此才让人记忆尤深。

华裔女尸，再加之和林为安当时穿着的一模一样的外套，三个人的脸色蓦然惨白，谁都不敢先开口说话，一瞬间，空气仿佛凝结了一般。

还是周承安最先反应过来，迅速拨通了林耀波的号码，电话是林耀波的助理接的，他们目前正赶往警察局认尸。周承安问明了地址后迅速出门，不料倪晴和阿九很快便跟了上去。

"你们在家等我消息,一有结果我就通知你们。"周承安拦住她们,生怕她们在警察局遇见林耀波后又起了冲突。

但是倪晴不肯,坚持要同他一起去,周承安拿她没办法,最后只能同意随行。

可他们谁也没有想到,到达警察局后看到的却是意想不到的一幕。

警察局外没什么人,林耀波和其助理就立在门口,站在他们对面的正是消失多日让他们一通好找的袁艾迪。

倪晴揉了揉眼睛,生怕自己看错了,再仔细一看,那个此刻仿佛正跟林耀波对峙着的男人不是袁艾迪又是谁。

"这……是什么情况?"阿九有些丈二和尚摸不着头脑,扭头问了问身边的周承安。周承安则是紧紧蹙着眉心,一声不吭。

远处的那两个人仿佛完全没有意识到有人在注意自己。

袁艾迪看上去十分疲惫,精神不济。他死死盯着林耀波,咬牙切齿道:"为安呢?"

"如果不是你把我拦在这里,我现在已经确认完为安是否无恙。"林耀波不悦道。

"你是告诉我假使里面那具女尸不是为安,为安就是安好的吗?"袁艾迪放在身侧的双手握紧了拳头,仿佛在压抑着无穷的愤怒。

"袁艾迪,你似乎搞错了,为安是我的女儿,我比任何人都更关心她的安危。"

"可是也是你,逼走了她。"

空气里的剑拔弩张甚至都已经让远处的那三个人感受到了。

周承安双眸微眯,似乎意识到了什么,在倪晴想上前的时候拦住了她。

"恐怕这两个人之间存在着的某种协议已经处于裂缝状态了。"

周承安沉稳地说道。

某种协议已经处于裂缝状态?

倪晴看着周承安，非常确切周承安一定是知道些什么，否则他不会如此笃定地说出这些话。可当下最重要的是确认林为安的安危，不管倪晴以前有多不喜欢林为安，但毕竟是这么一条年轻的生命，她不希望林为安真出什么事。何况周承安和林为安也算得上是一起长大，纵然表面上看着周承安似乎并未异样，可有些人的有些事始终只能藏在心里。

"过去看看。"阿九早已按捺不住心里的好奇，还没等另外两个人有所反应，她倏地一下就冲到了不远处正对峙着的两人面前。

倪晴脸色一白，因为不放心阿九，也跟了上去。

阿九这个不速之客很快就成功地吸引到了林耀波和袁艾迪的注意。阿九则是饶有兴致地打量着袁艾迪，似笑非笑地问袁艾迪："躲了这么久，终于舍得出来见人了？"

袁艾迪面色有些尴尬，勉强别过脸去，假装没有听到阿九的话。可阿九是谁，身为记者最重要的职业素养则是脸皮厚，打破砂锅问到底，对阿九来说，这就是所谓的职业精神。

"要不是那具疑似林为安的女尸，你打算躲到什么时候？你打算害倪晴害到什么时候？真是狗改不了吃屎啊，以前你偷倪晴的设计图，倪晴已经什么话都没说了，现在倒好，直接上赶着陷害倪晴。袁艾迪，你良心被狗吃了啊？"

阿九一下子说了一气，眼睛直直地盯着袁艾迪，等她说完这句话，倪晴也赶到了。

乍一相见，倪晴望着袁艾迪有些愣怔，明明也不过几个月没见，可这期间发生了太多的事情，反而让倪晴觉得他们好像已经失去了联系一辈子那么久。

林耀波冷眼望着她们，转身欲走，袁艾迪却是不依，上前几步拦住他的去路，脸色阴暗地说："你还没有跟我一起去确认为安是否安好。"

"那里面的人不是为安。"

"那件和林为安一模一样的外套又作何解释？"阿九冷哼一声，冷冷

说道。

"那具女尸和为安无关。"林耀波又重复了一遍,显然他的耐心已经到了尽头,要不是有所顾忌,他绝不会给阿九和倪晴好脸色看。

"那么你来告诉我,为安在哪里?"

"袁艾迪,你是不是太过于放肆了?"林耀波眯了眯眼,脸上全是不加掩饰的不悦。

袁艾迪心里仿佛有一个声音在叫嚣着,他早知道林耀波不是什么好东西,当初居然相信他会将为安交到自己手里,是他太天真了,居然会着了林耀波的道。林耀波的那些心思他明明心里都有底,可为了那些微小的希望,还是走了进去。

"林总,我要见到为安,立刻,马上。"袁艾迪不依不饶。不知道为什么,他似乎有一种林耀波一定知道林为安行踪的笃定,这让一旁的倪晴和阿九都心起疑惑。可是明明林耀波看上去根本不知道林为安的下落啊,否则他又怎么会出现在这个地方。

林耀波早已被袁艾迪的这种死缠烂打搞得有些懊恼,再也没有说一个字,转身就走。奇怪的是,刚刚还对林耀波纠缠不清的袁艾迪,这一回倒是没有再追上去。

待林耀波一走,阿九的注意力就全放到了袁艾迪身上。有阿九在,倪晴说不出的放心,很多时候她不敢直接问出口的问题,阿九总能替她问出口。从某种意义上来说,阿九就像她肚子里的蛔虫,总是能够迅速地明白倪晴心里的想法。

阿九拦住正欲离开的袁艾迪,仰着头问:"现在你总该说清楚了吧?你为什么要无缘无故地陷害倪晴,倪晴跟你什么仇什么怨,你要这么整她?你害她害得还不够?现在居然还来这么一套,你到底想干吗?"

袁艾迪的目光有些冷,视线从阿九身上转移到了倪晴身上。那个眼光,好像是要将倪晴看透一般,明明倪晴应该是义正词严的那一个,可在袁艾迪的注视下,她居然下意识地别开了视线。

人终究会变，随着时间的推移，每个人都开始变得不再像是最初的自己了。如果换做是从前的倪晴，一定会死缠烂打地朝他问个清楚，可现在的倪晴却再也没有当初的那股子冲劲。时间过了不多不少，却也将她的桀骜一并消磨。

也或者，倪晴本就是这样的人，只不过是那几年，生活不得不让她伪装自己，成为别人眼里不讲道理桀骜不驯的倪晴。

袁艾迪不否认也不说话，可倪晴却从他眼里看到了无可奈何，对，就是那种说不清的无可奈何，好像每个人都有自己不能说出口的秘密，仿佛那个秘密一旦说出口就再也不是秘密了。倪晴懂袁艾迪的这种无可奈何，可事情发生在自己身上，她却做不到无动于衷。

倪晴上前一步站到阿九面前，挡住了阿九的视线，面对面看着袁艾迪问："你当初帮我来到巴黎，帮我联系学校，是不是早有预谋？你等的就是这一天吗？袁艾迪，你的心思未免太多，我该说你未雨绸缪的本事太好还是太有城府？"

"倪晴，你知道的，很多事情我们都身不由己。"袁艾迪终于开口了，他看着倪晴，看上去仿佛坦坦荡荡，可这样一个人，在背后做着伤害倪晴的事情，是否真的可以称为坦荡？

"我只要理由，袁艾迪，给我理由。"

这时，袁艾迪的视线突然扫过倪晴的发顶，向远处看去。倪晴一回头才发现周承安正朝自己走来，好像每走一步他们就会离真相更近一步。可事实是，即使离真相这么近又有何用呢？即使知道了又能怎么样？倪晴心里分明已经有了答案，却还是固执地拦着袁艾迪。

"倪晴，你总是这样，你已经有了答案，却一定要听着别人亲口说出来。"

倪晴向来固执，所以在袁艾迪消失了这么久之后终于出现，她怎么可能那么轻易地放他走？她要的只是一个答案，不管这个答案是否就是她心里的那个答案，她只要能给自己一个交代就行了。

待周承安走近，袁艾迪才笑笑，摇着头说："在你身上发生的所有不幸，哪一件不是跟林耀波有关？倪晴，这次也一样，并非我要害你，是林耀波不放过你。我想你心里应该也十分清楚，因为当年你父亲的事情林耀波一直对你十分介怀，只要你和他都还活着，你始终都会活在他的监视里面。你看，就算是你来了巴黎，你仍然躲不开他的监视不是吗？其实不管你在哪里，有一样是不会变的，那就是林耀波不会放过你，你要是想得到清静，唯有真正地摆脱林耀波。至于怎么摆脱林耀波……"袁艾迪放慢了语速，若有所思地看向周承安，"我想周承安会比我更清楚。是吧，周医生？"

倪晴死死咬着下唇，早已听出了他的言外之意："所以你的意思是，你所做的这些事情都是林耀波授意？袁艾迪，这甩锅甩得可并不是很高明啊。"

"你瞧，倪晴，你一直问我要答案，可是我说出来了，你却不信。"

倪晴摇头："不是不信，是不合常理，你为什么要听林耀波的话？林耀波说什么你就做什么吗？这里面必定有着不为人知的利害关系，比如……你为林耀波做这些事情，那么林耀波承诺给了你什么呢？袁艾迪，难道你不觉得，这才是问题的关键吗？"

袁艾迪狠狠一震，收起面上的笑意，慢慢地皱起了眉。倪晴的确变得不一样了，不再像从前那么好忽悠，或者说，现在的倪晴的精明是被一次又一次伤害所锻炼出来的。没有人会不希望做一个单纯的人，可做一个单纯的人的下场并不会多好。

"一个人会心甘情愿地被另一个人利用无非几种原因，至于你，袁艾迪，我想了很久，你和林耀波一贯不对盘，尤其是当年他把你和林为安拆散之后，像你这样的人怎么可能轻易服输对林耀波服从？我想一定是他承诺了你一直得不到的东西，所以才会让你这么容易就范，是承诺了你和林为安在一起，还是别的什么？"

袁艾迪的面色一变再变，即使他什么都不说，但在这一瞬间的千变万化里，就已经给了倪晴答案。

倪晴想她猜对了，袁艾迪之所以会为林耀波做事，十有八九和林为安

Chapter 20　我偏不想让他如愿

有关，但林为安想必并不知情，否则当初就不会这么火急火燎地赶来巴黎找他。

"你做这些事的时候就没有想过也许林为安会因此感到失望吗？林为安喜欢的究竟是哪个你？但我相信，她喜欢的一定不会是对她的父亲百依百顺，甚至做出伤天害理的事来的你。"

倪晴的脸上慢慢浮现出了笑意，是那种毫无温度的、冷得不能再冷的笑容，那笑容令袁艾迪觉得刺眼，可偏偏什么反驳的话都说不出口。

因为倪晴，分明说到了重点。

"就这么放袁艾迪走了？我们好不容易才逮到他。"阿九望着袁艾迪远去的身影急急问道，想追上去，却被倪晴一把抓住了手腕。

倪晴冲她摇了摇头，肯定地说："林为安现在下落不明，他不会就此不见踪影的。"

的确，从今天他会出现在这里就能看出，林为安之于袁艾迪毕竟是十分重要的人。袁艾迪没有什么亲人，朋友更是少得可怜，所以对于林为安，他更加珍惜和重视。

阿九对此仍然颇有微词，但碍于倪晴，最终还是没说什么。身边的周承安倒是出人意料地沉默，阿九不由多看了他几眼。这要是换成从前，可能周承安会是第一个拦住袁艾迪的人，可如今，对于这件事，周承安更像是一个旁观者。

"周承安，你是不是知道什么内幕没有告诉我们？"阿九将矛头对准了周承安。周承安淡淡地瞟了她一眼，这一眼更是刺激了阿九，阿九还想再说什么。倪晴原以为周承安这次也会沉默以对，但出人意料的是，周承安居然开口了。

"袁艾迪也只不过是林耀波的一颗棋子罢了，他想要的只是和林为安在一起。这件事倪晴也一直都知道，林耀波从来都不喜欢袁艾迪，甚至曾经放话出来只要他还在，就绝不会让自己的女儿和袁艾迪在一起。如今好不容易有了可以在一起的机会，袁艾迪怎么可能放过？我想林耀波大概也是以这个为由头，才让袁艾迪这么轻易就范。说到底，袁艾迪不过是被利用了而已。"周承安说得轻描淡写，然而这其中种种，却是常人无法想象的艰辛。

爱情有时候让人变得软弱，但更多的时候，却是让人更加坚强。

"所以你的意思是，倪晴会受到这种无妄之灾，而袁艾迪不撒手的诬陷，其背后都是林耀波在捣鬼？林耀波有这么恨倪晴吗？倪晴到底挡他什么路了？"

周承安沉默地看了倪晴一眼，随后将目光瞥向别处，淡淡回答："因为有人在查当年倪晴父亲的死因，动到了林耀波的奶酪，林耀波岂会坐视不管。林耀强已经出事，虽然林耀强这件事，林耀波一直保持着大度的姿态，但怎么说都是亲兄弟，这些账你以为林耀波就不会算吗？他只不过是记在了心里，假以时日找到合适的机会再报复罢了。"

毕竟是被林耀波抚养长大的人，林耀波是什么样的人，没有人比周承安更加清楚。

"林耀波是将林耀强这件事算到倪晴头上了？"阿九眼里全是不可思议，"他有没有搞错，林耀强是罪有应得，是活该，他还想报复？那倪晴失去了母亲又怎么说？按照这个逻辑，是不是倪晴杀了林耀强都不为过？"

"你要跟林耀波去谈什么是逻辑吗？"周承安冷静地反问阿九。

从某种角度来说，林耀波这个人根本就是个疯子，所以不要妄想去跟一个疯子谈所谓的逻辑，疯子本身就是毫无逻辑可言的。

"袁艾迪想跟林为安在一起的心有多强烈，他对倪晴的攻击就会有多强烈，所以从这里，大概也能看出林耀波给袁艾迪的压力。这件事就算由林为安出面也无法解决，林耀波主导的事情，从来都只能由林耀波来结束。"周承安如是说道。

太了解，有时候反而并不是什么好事。

"你的意思是，这件事由林耀波开始，就必定由林耀波结束吗？"倪晴突然开口，怔怔地看向周承安，说出来的话却是连自己都无法理解，"那在林耀波喊停之前，一切都已经由不得袁艾迪说了算了？事到如今，就算袁艾迪

Chapter 20 我偏不想让他如愿

想停下来都不行?"

"事情已经闹得这么大,就连巴黎的几家主流媒体都开始纷纷报道,你认为还能是袁艾迪说了算的吗?退一万步说,就算袁艾迪可以说了算,但到现在,你们两个人几乎可以算是互相伤害了,损失钱财事小,名声事大,何况对于一个设计师来说最重要的是名声。"

袁艾迪是赌上了自己作为设计师的名声在为自己和林为安争一个机会啊。

倪晴心里忽然堵得慌,烦躁得不想再开口说任何话。这个世界上没有绝对的好人也没有绝对的坏人,大多数的人都会身不由己,可即便如此,仍然不是可以被原谅的理由。听完周承安这些话后,倪晴不知道自己是一种什么样的心情,她对袁艾迪的情谊一直很复杂,明明是恨着他的,也一直以为自己会恨他,可是来到巴黎以后,受过袁艾迪许多的帮助,感情也渐渐发生了变化。到如今他虽然向自己泼来了那么多的脏水,可知道他有自己的理由,竟也无法真的怪罪他。

周承安看出了倪晴的心思,叹了口气,伸手握住了倪晴的手。她的手心冰凉,若细细感受,还能察觉出微微的颤抖,周承安收拢手心,将她的手握在了手心里。

倪晴察觉到周承安的担忧,抬头勉强朝他笑了笑,可是在周承安眼里,这笑却是比哭还难看。周承安一直想给倪晴快乐和安全感,可经过了一年多的时间,他们之间总是觉得好像有什么变了,当初倪晴的不告而别在两人心里总归还是埋下了隔阂。

阿九心里同样堵得慌,不想看见这两个人彼此明明一副闹别扭的样子却还要装得十分和睦,于是自己一个人走了。

等阿九一走,倪晴才问周承安:"你刚才说,有人在调查我父亲当年的那件事情才让林耀波一直对我的监视毫不松懈,究竟是谁在调查他?"

周承安的脸色有些高深莫测,嘴角微微噙着一抹笑意,淡淡说道:"你真的想知道吗?"

倪晴点头。

"如果知道了你会怎么做？"

怎么做？说倪晴害怕也好，胆小也罢，关于父亲当年的那件事情，倪晴一直没有去直接面对的最大原因是，如今的她根本就没有能够撼动林耀波的能力。这个世界虽然不是非黑即白，但有权有势的人总是要在更多的方面占到便宜。林耀波有钱有权有势，而她倪晴一个三无人员，什么都没有，她不确定即使自己抓着当年那件事不放是否会得到正面的结果。

有时候，如果无法直面不想要的事实，就只能选择逃避。过了这么多年，倪晴早已学会了怎么样生存。

她对不起父亲，更对不起因为当年那场事故而从此陷入不幸的母亲。她一直都觉得，像她这样苟且地活着的人，就算现在能够得到安稳，以后也终究会陷入不幸。

"倪晴，你是不是从来没有想过要彻查当年那个事故？"

"不是的，我想过的，也查过，但你知道，更多的时候，我们根本无能为力，就算我知道这些事情又能怎么样呢？我能做的也不过是放着这些事不动罢了，周承安，我没有办法，林耀波在北城的权势你比谁都清楚，那时候我几乎是被他压着生活的，我唯一能做的就是在他面前尽量装乖。"倪晴想笑，然而面对着周承安，她的笑容凝固在脸上，怎么都无法绽开来。

"所以，倪晴，你无法去做的事情，我来替你做。"

倪晴的心在那一刻被狠狠地撞击，她的瞳孔蓦地放大，不敢相信自己听到了些什么。他是什么意思？有些不敢揣测他的心思，可心里有一个声音在告诉着她，她的想法没有错，她所理解的意思，就是他真实想要表达的意思。

"周承安，你……"倪晴张口想说什么，然而所有想说的话都像是无声的结点横亘在他们之间。她很想告诉周承安，他真的不必为她做这么多，可是又知道，即便她说了什么，周承安依然不会改变自己的想法。

他们认识的这些时日，对于周承安，倪晴早已十分清楚。

Chapter 20　我偏不想让他如愿

"倪晴，你说得没错，当初我的确在调查你父亲的事情，并且到现在我都一直在调查，林耀波也知道这件事情，这就是为什么我和林耀波之间现在会变成这样的原因。林耀波对我已经不信任，我不认为我们还有继续伪装下去的必要。"

"那你的过去怎么办？林耀波掌握着你的过去，你确定他不会将这些事情抖出来吗？"

"倪晴，你觉得我有别的选择吗？"

这一刻，倪晴仿佛第一次在周承安眼里看到了所谓的无可奈何。

原来周承安也是会无可奈何的啊，在倪晴眼里，周承安一直是强大的存在，好像什么事情都难不倒他。这么强大的人，她从来没有想过他也会有遇到困难的时候，或者说，在倪晴心里，周承安就像是美国电影里的那些英雄一样无所不能，这样的人，应当永远都是强大的坚不可摧的。

"周承安，我真的值得你为我做这么多事吗？"

许久之后，倪晴低着头，默默地说道。

周承安的目光几乎让她退无可退。

周承安做事情一贯都是按照自己的想法去做，所以做事之前除了会想清楚可能引起的后果之外，甚少会中途退却。大约是和他的职业有关，身为医生，从来都做不到轻易放弃，尤其是在倪晴的事情上，他一贯都是做了不放弃的。

"那……你有没有查出什么东西来？"倪晴迟疑了半晌，还是问道。

她知道在这个时候不该问周承安这个问题，可是内心还是忍不住会想问出口。周承安为了她究竟承担了多少风险，在她不知道的地方，他还为自己做了些什么，周承安为她做的，远比她为周承安做的要多得多。有的时候，她甚至觉得自己不配得到周承安的喜欢。

"倪晴，等有了结果我一定会告诉你。"言下之意便是，现在还没有任何结果，所以他也不会告诉她其中信息。

"一年的时间，没有任何有用的信息吗？"

"林耀波此人极为小心谨慎，你是第一天认识他吗？"

他说得有理，她无法反驳，只能低下头去不再追问，可是心里仍然有个声音在告诉她，周承安必定是知道了什么的，否则他不会这么不给林耀波面子。

他们回到公寓的时候，阿九还没有回来，但是居然意外地看到了林为安。

倪晴和周承安面面相觑，空气仿佛静止了。林为安站着没有动，静静地注视着他们。她似乎有千言万语要说，但此时此刻，三个人皆以沉默自持。倪晴的呼吸微微有些局促，林为安的目光从周承安身上随之转移到了倪晴身上。

那个眼神，倪晴清楚明了，林为安有话要跟自己说。周承安想必也已经看出了林为安的想法，不动声色地退了下去，一下子，空气里只剩下了两个女生。

倪晴终于动了，走上前掏出钥匙打开公寓门，将林为安引进门。林为安在门外踌躇了片刻，跟着倪晴进了门。两个人之间仍有些尴尬，倪晴有千万个问题想问，可看林为安的脸色，觉得林为安现在并不好，或者说林为安此时此刻的状态并不是她自己的最佳状态。

"喝什么？"倪晴打破了沉默，在林为安落座的同时问道。

林为安怔怔，张了张嘴，最后说了句："水就可以了。"

倪晴将两杯水放上茶几，在林为安面前坐下，沉默片刻，才轻轻开口："他们都很担心你，以为你出事了，你……"

林为安勉强笑笑："那是个误会，那天晚上我跟我爸大吵一架，一个人跑了出去，手机当时没电了，但是我心里很乱，不想跟任何人说话。你知道，那种心情很绝望，就好像这个世界上没有人能够理解你，而你又无能为力，那种挫败感几乎包围了我一天一夜。然后我路过了那个案子的案发地点，看到了那具女尸，我当时很害怕，就报了警，看那具女尸着实有些可

Chapter 20 我偏不想让他如愿

怜，就将自己的外套脱下来盖到了她身上。我没想到这会让大家误会，不过……"她停了一下，"本来以为会是件不好的事，不过现在看来似乎也不是件坏事，至少袁艾迪现身了对不对？"

"你知道袁艾迪出现了？"

"当时我也在警察局门口。"林为安语出惊人，让倪晴的眉心蹙得更深。

"你当时也在？那你为什么不现身呢？"

"不知道该跟袁艾迪说些什么，而且，我不认为那个时候我现身会是一件好事。我始终觉得袁艾迪一定有自己的苦衷，他不是那种是非不分的人，事到如今，我只能仍然维持着貌似失踪了的状态。"

倪晴抿了抿嘴，不懂林为安此举的想法，但仍然给予尊重："那你现在打算怎么做？"

"暂时不要让我父亲和袁艾迪知道我在这里，倪晴，我知道我们以前互不对盘，但现在，我想我们的目的是一致的。你想知道袁艾迪为什么会攻击你，而我想知道，袁艾迪为什么会变成现在这样。"

林为安的眼里闪着一抹少有的直率，这是倪晴从前在她脸上无法看到的。到了这个时候，倪晴也没有更好的选择，只能点头答应。

周承安始终没有等到倪晴出来，最后索性自己摸了进去。然而手才触到门把手，门便开了，倪晴的脸从门缝里露出来，随即慢慢放大，脸上有着令人捉摸不透的表情。她走出来，反手将门关上了，没有要让周承安进去的打算。可周承安心里有诸多疑问想亲自问一问林为安，倪晴却没有给他这个机会。

倪晴带周承安下了楼，在安静的楼道里，她才能直视周承安，同他好好说会儿话："她目前还不想让她父亲和袁艾迪知道她回来了的事情。"

周承安似乎对倪晴的话有些疑问，这两个人不对盘他是知道的，倪晴更不是那种会为林为安保密的所谓朋友，但倪晴话里的笃定又让他找不出一丝破绽来。他什么都无法猜测，更无法反驳，只能安静地继续等待她的下文。

倪晴粗略地将林为安方才说的意思传达给周承安，周承安的眉心这才一

点点舒展了开来。可他和她一样，心里都有一个疑问：接下来该怎么办？

袁艾迪见不到林为安不会善罢甘休，林耀波找不到女儿也必定会倾尽全力，就算林为安今天能在倪晴的公寓里躲过，可明天会怎么样，谁都不好说。

"倪晴，你是真心帮为安的吗？"

倪晴摇着头说："不，我只是在帮我自己，你别忘了这件事的起因是什么。林为安为什么会突然消失，是因为袁艾迪不见了她才会消失，她消失的目的只是为了引袁艾迪出来，而我关心的是，袁艾迪恶意诬陷抹黑我的目的。"

周承安沉默下来，倪晴不知他心里在想什么，接着说："虽然我们心里各自基本都明了了他对我做的那些事的原因，但凡事都讲求证据，不是袁艾迪亲口说出来的，我不认。"

周承安明白，倪晴只不过是想给这件事画上一个句号罢了。不管结果怎么样，袁艾迪会说出些什么来，这些都已经不重要了，重要的是，倪晴已经渐渐开始厌倦，开始不想在这样的漩涡里徒劳挣扎。

直到林为安回来后的第三天，袁艾迪终于找上门来。一开始他并不知道会在倪晴的公寓里碰到林为安，可在见到林为安的一刹那，好像心里梗着的某件事情终于落了下去。看到林为安安然无恙地站在那里，袁艾迪突然有一种即使让他做什么他都愿意的感觉。

林为安显然有些手足无措，大约她还没有想好要如何面对袁艾迪，猝然见面的时候，两个人只剩下了沉默。

倪晴在边上静静地注视着这两个人，从很久以前她就知道，袁艾迪一直都喜欢林为安，尽管他从来没有表现得那么明显，可他们的关系曾经近到就像是彼此的影子。他对林为安的感情，除了他自己，恐怕也只有倪晴最清楚。

"我以为……"袁艾迪话说了一半，而后才舒了口气，笑着摇头说，"你没事就好。"

Chapter 20　我偏不想让他如愿

"你这些日子都去了哪里？为什么杳无音讯？"林为安平静地问道，视线粗略地扫过倪晴，定格在了袁艾迪身上。

袁艾迪叹了口气，轻声说："为安，这些事情我一定会告诉你的，但不是现在，等以后到了我认为可以告诉你的恰当时机时我自然会告诉你。"

"所以你承认，那些对倪晴的造谣和诽谤，全都出自你手？"林为安对袁艾迪突然的不依不饶让袁艾迪轻轻一怔，他可能没有想到林为安会因为倪晴的事情对自己咄咄逼人，一时间竟然有种懵了的错觉。

林为安从沙发上起身走到他面前，一字一句地问道："是我爸爸让你这么做的吗？"

袁艾迪的眸光顿时一暗，但仅仅只是这么一个微小的眼神变化，几乎就已经给了林为安答案。之前，林为安一直在心里期望，希望这件事跟自己的父亲没有任何关系，可是眼前的事实又让她无法分辨。

父亲对倪晴如此不依不饶究竟是为什么？仅仅只是因为当年倪晴父亲的事故吗？可若不是心里有鬼，何必对倪晴的存在这么介怀？

林为安想着想着，心跳不断加速，就像是站在一扇铁门面前，明明一脚就能跨过去，可她站在门外，用尽了力气都无法跨出那一脚。那是她的父亲，她敬他爱他，可另一边是道义，是她想遵守的情谊规则。

她深深吸了口气，闭了闭眼，在睁开眼睛的时候，眼里仿佛一片清明。

"袁艾迪，你是不是知道些什么我们不知道的事情？"

袁艾迪不可能手里毫无筹码地为林耀波做事，这一点，在场的两个女人都心知肚明。只是他手里究竟握着怎样的筹码，这筹码又是否足够，则只有袁艾迪自己才知道。

"为安，我们一定要在这里讨论这个问题吗？"

Chapter 21　不是你说的吗，人是会变的

袁艾迪盯着林为安，眉头紧蹙，他们一定要在陌生的地方，在外人面前讨论这种问题吗？可是林为安的表情看上去十分坚定，袁艾迪甚至已经做好了她跟自己死磕到底的打算。林为安的为人他再清楚不过，坚持想知道的东西，绝不可能在她面前轻易蒙混过关。

过了一会儿，袁艾迪眼里的防备才逐渐退了下来。他整个人在一瞬间看上去像是放松了下来，不再像刚才那样紧绷了。

倪晴夹在其中，像一个毫无存在意义的第三者。在他们对峙的时候想悄然退出去，可她刚刚才有所行动，就被林为安一眼看到了，林为安蹙眉叫住了她："倪晴，这是和你有关的事情，你不想亲耳听听吗？"

倪晴有片刻的愣怔，她从未想过自己有一天会跟林为安站在同一战线，甚至在过去的很多时候，她对林为安抱有的敌意连自己都觉得莫名其妙。林为安对倪晴也自是如此，然而在这件事面前，林为安和倪晴的立场却出奇的一致。

倪晴尴尬地摆了摆手，淡淡一笑，说："我想你们还是先解决好两个人的问题，再来讨论我的问题，我不认为现在站在这里听你们争吵比出去更合适。"

袁艾迪的余光瞥过倪晴，心里五味杂陈。倪晴虽然表面强悍，好像天不怕地不怕似的，可内心说到底总归是善良的。在任何困难的时候，不管她脸上表现出来多么的不屑一顾，可那种善良的本能却是从骨子里透出来无法改

变的。他承认自己对不起倪晴，不管是从前还是现在，他对倪晴的伤害早已无法弥补，更无力偿还。

林为安还想再说些什么，但倪晴知道不管她说什么都毫无意义。她走了几步出了公寓，下楼，居然迎面碰上了周承安。周承安看上去风尘仆仆，像是急匆匆地正从什么地方赶来，鼻子被冷风吹得通红。

倪晴怔怔地望着他，只见他炫耀似的晃了晃手里精致的西点盒子："听说这家店的下午茶很是不错，特意买了蛋糕给你，我想你会喜欢这个味道。"

时间好像回到了一年前，那时的周承安也时常会一个微小的动作就暖到了倪晴心里去。倪晴经历过大起大落，各种冷暖唯有自知，可只有周承安一个人，在她那么落魄的时候却还是包容着外强中干的那么伪装坚强的自己。能遇到这样一个人她何其幸运，刚到巴黎的头一个月，她想周承安想得几乎发疯，总觉得自己好像用尽了所有的好运气遇到的人就这么被自己轻易放弃了。那种不甘、惶恐、失落，至今都还清晰地缠绕在倪晴心里。

这个世上没有什么是永久的，可是遇见了周承安之后，倪晴也渐渐开始相信永恒了。有些人走进你的心，是不需要任何理由的。

周承安见倪晴仿佛陷在什么回忆里，不由失笑，拿手在她面前晃了晃。倪晴猛地回过神来，调皮地吐了吐舌头，往上努了努嘴，说："袁艾迪来了。"

周承安立刻心领神会："他们见到了？"

"想不见到都难，这么小的公寓，能躲到哪里去？袁艾迪怎么会突然跑这里来？难不成他早知道林为安在这里？"

"应当不会，如果林为安的行踪已经泄露出去，第一个到这里的人应该是林耀波而不是袁艾迪。袁艾迪恐怕是瞎猫碰到了死耗子，正好撞见了。"

瞎猫……碰到了死耗子……倪晴居然能从周承安嘴里听到这种形容词，这个男人还是从前那个一本正经不苟言笑的男人吗？

倪晴带周承安去了公寓附近一家自认为味道还算不错的咖啡馆。周承安将盒子打开，把一盒子各式各样的蛋糕点心推到倪晴面前，眼睛一眨不眨地盯着倪晴，好似正等着倪晴夸赞。

倪晴看到甜点的时候有些懵，这家下午茶她有所耳闻，不管光顾的人有多少，为了保证品质，店里每天都是限购的，最起码要提前三天才能预约上，即便预约上了，到了店里恐怕也得排上会儿队才能拿到甜点。

"没想到你这种视时间如金钱的人居然会花时间在买下午茶这种事上。"

"那要看是做什么事，对象是谁。"周承安状似说得漫不经心，可轻轻的一句话，分明是有意对着倪晴说的。

倪晴的心没由来地开始感到慌张，也许是心里对周承安还抱有期待，也许是对他们两个人的未来还抱有些许的幻想，在听到周承安的这句话后，她感到脸上有些燥热，连心跳都不由自己控制了。

"周承安，你以前很少说这样的话。"

"倪晴，不是你说的吗，人是会变的。"

倪晴被他堵得一时无语，周承安居然会用她的话来堵她，她顿时觉得有些索然无味。倪晴低着头吃着甜点，明明是整个巴黎都有名的甜点，可这一刻吃进她嘴里，却微微有些苦涩，果然美味之所以美味，和当时品尝人的心情有着莫大的关联。

又坐了一会儿，等倪晴一转头瞧见转角处袁艾迪出现在公寓楼下，她的视线才陡然收紧。周承安顺着她的视线看过去，随意瞥了一眼，什么都没说。倪晴想去追袁艾迪，被周承安一把拽住手腕。

"你难道不问问林为安他们刚才说了什么？就这样贸贸然地追出去并不是明智之举。他们两个之间如果不是已经达成了某种共识，为安不会这么轻易让他走掉。"

毕竟……是林为安来巴黎的理由，她找了袁艾迪这么久，在没有得到一个确切的回答之前，袁艾迪怎么会走得这么容易。

想到这里，倪晴嘴角浮现出一抹别有深意的笑。她甩开周承安的手，轻笑道："你还真是了解她，正如林耀波所说，你们这么了解彼此，不在一起实在太可惜了。"

"你觉得婚姻就像动物交配,只要是公母就可以了?"

"你们又不是动物。"

"可你的意思也不过是如此了。"周承安的声音越淡,越是表示他此刻的心情有多低气压。

倪晴这个时候开始有些后悔自己对周承安的了解了,该死地,她干吗要知道他心情不好是什么样子啊,他心里怎么想,心情怎么样,跟自己又有什么关系呢?她心烦意乱,转身想走,没想到周承安又是伸手将她一拉,让她好好地在椅子上坐好。

"你到底想干什么?是不是有什么话要说?"倪晴狐疑地问他。

"你当初为什么会答应袁艾迪来巴黎?你和他不是一向水火不容的吗?正常的人应当不会受他的恩惠吧。"

倪晴挑挑眉,声音带着挑衅:"我就是不想再待在那座城市,我想离开那里,我也有自己的梦想,在我还年轻的时候追逐自己的梦想不是应该的吗?有个人能帮我实现梦想,我为什么要拒绝?何况……那个时候我还有第二条更好的路可以走吗?"

"但是倪晴,那个时候你自己应该不会想到,自己跳进了一个为你精心布置的陷阱里去吧。"

倪晴的脸色蓦地苍白,当即矢口否认:"不可能,袁艾迪为什么要在一年前就策划这个事件?他有必要这么费心费力地对付我这个无权无势的人吗?"

"也许他那个时候还没有对你有其他想法,但当林耀波给他承诺后,心智再坚定的人都会被欲望吞噬。更何况,袁艾迪还是个有前科的人。"周承安呷了口咖啡,笃定地对倪晴说道。

周承安从不妄下定论,他既然会这么说,就说明已经有了足够的证据。倪晴蓦地紧张起来,一双眼睛死死盯着他,生怕错过他任何一个表情一句话。

"袁艾迪和林为安当年之所以会分开,最大的原因是林为安的父亲林耀波。这件事你是知道的，即使是现在，袁艾迪已经出人头地，成为行业顶尖，但林耀波依旧看不上他。不过林耀波说到底就是个商人，商人最大的能力就是将利益最大化，身边的人不利用白不利用。他承诺将林为安嫁给袁艾迪，我猜前提应当是，让你在异国他乡身败名裂，即使最后混不下去回国也无处可去。袁艾迪之前应当是犹豫过的，否则不会下手这么晚，当他对你下手的时候，也就说明，在你和林为安之间，他选择了林为安。倪晴，你看，在他那里，你永远是可以被放弃的那一个。"

倪晴耳边仿佛嗡嗡作响，头重脚轻，周承安残忍的声音在耳边萦绕，她很想一巴掌打在周承安脸上，斥他胡说八道，可心里却……却承认他说的都是真的。她的确总是被放弃的那一个，无论是以前还是现在。

而这个结论，从周承安嘴里说出，更加令人感到绝望。

"倪晴，其实你多害怕被人放弃，所以在自己有选择的前提下，你情愿自己放手，也不愿成为被放弃的那一个。这，是不是你当初离开我的原因之一？"

倪晴的手脚冰凉，她得承认，似乎的确被周承安说中了。认识周承安那会儿她就知道，周承安是林耀波的人，一开始的时候，他们并不是同一个世界的人，倪晴曾经甚至悲哀地想，也许他们根本就不适合在一起。可是彼此的吸引，以及在相处中萌生出来的爱意，让这些烦恼都被抛到了脑后。遇到爱情，又有几个女孩儿会是理智的呢，她那时候想，也许这就是命运。她对周承安举手投降，即便心里有个影子一度跟周承安重合，她也从未真的将他们混淆在一起。事实上，周承安是周承安，小哥哥是小哥哥，除了神似之外，他们真的一点也不像。

"倪晴，你从来没有给过我信任，你觉得我也会像袁艾迪那样随时放弃你，所以你选择成为放弃的那一个，对吗？"周承安步步紧逼，倪晴想不通为何在这个时候周承安对这个话题死咬着不放，她认识的那个周承安，是什么都不放在眼里什么都无所谓的人，即使被放弃，他也从不多说一个字。

倪晴忍不住开口问他："是不是发生什么事了？"

然而这一开口,就彻底暴露了她心里的担忧,她担忧周承安,就算面上表现得再如此冷漠,可那股子对他的担心,却从未彻底放下。

周承安这会儿脸色倒是恢复了正常,轻笑着摇着头说:"并没有发生任何事,只是在知道袁艾迪对付你的理由之后,突然对所谓的爱情产生了疑问,如果爱情能够让人泯灭良心,只为自己,那这样真的算是好的爱情吗?"

可……什么又是好的爱情呢?倪晴最近常常会突然之间思维中断,面对周承安突然的问题,她看上去更像是手足无措。周承安就像是个学识渊博的文人,而倪晴觉得自己在他面前只是个什么都不懂的蹩脚女孩。

周承安起身,对她扬了扬手说:"走吧,去问问为安袁艾迪说了什么。"

公寓里静悄悄的,这一直都是倪晴对这个公寓的印象,打从她住进这里以来,这里一直都是一副死气沉沉的样子。大概是和她的心境有关,刚来那会儿,她觉得自己的内心充满阴霾,也许以后再也不会快乐了。后来呢?后来好像真的如她所说,她在这里虽然交到了新的朋友,也有可以一起吃饭聊天的同学,但这些交情总归只是浮于表面的,好像再也无法像从前那样交心地聊天。

倪晴在这方面吃过太多亏,所以对于感情的交付,比寻常人又多了份小心翼翼。

林为安蜷坐在沙发上,见到他们,对他们抱以轻轻的微笑,可这微笑却多了几分歉疚和愧意。倪晴下意识地看向周承安,可是在周承安脸上依旧看不出任何表情变化,周承安走到她身边坐下,开门见山。

"袁艾迪告诉你了吗?"他问得这么直接,这是倪晴没有想到的。

林为安的脸色有些惨白,仿佛有些犹豫,踌躇了片刻,才慢吞吞地点了点头,目光却看向倪晴:"对不起,倪晴,是我和他的事才让你被卷入其中,我会想办法弥补。"

周承安眉心一挑:"所以你父亲,真的以你为筹码,让他对付倪晴?"

仿佛被说到了痛处,林为安的目光不知道该往哪里放,四下乱窜,了解

林为安的周承安，一眼便看穿了其中意思。

"为安，你不打算找你父亲好好谈谈这件事吗？你父亲为人固执，决心要做的事没人能轻易改变他的想法，你觉得你对袁艾迪这样微不足道的阻止又能改变什么呢？"周承安的声音冷静而克制，可这样的平静，恰恰又是最残忍的。

"承安，你也说了，我父亲为人固执，所以就算我能心平气和地和他谈，又能改变什么呢？"这两个人像是敌人似的彼此对峙着。

他们都深知这一点，所以从未有人真正找过林耀波。从某种程度上来说，林耀波就是个疯子，他疯狂地迷恋着自己手里的权力和地位，为此付出任何代价都不足为奇。外人眼里，林耀波是个把女儿宠上天的好父亲，可是没有几个人真正知道，林家父女俩的关系究竟如何。只有林为安自己心里清楚，在外人面前再好，她在父亲的心里也终究只不过是个可以利用的人而已，只不过也许她是颗比别人要稍微高级一点的棋子罢了。

"你现在打算怎么办？"

林为安仍然有些没法从刚才袁艾迪的话里反应过来，虽然她约莫已经猜到了他会对自己说的那些话，可真正从他嘴里说出来，又是另一层意思了。那表示，袁艾迪对她父亲妥协了，这种妥协不知是好是坏，也许她该高兴于袁艾迪对自己的爱竟然深至此，可她完全没有一点点兴奋的感觉。相反地，她担心袁艾迪，事已至此，袁艾迪就算有心全身而退，也已经是一件不可能的事情。

她深信，父亲不会这么轻易放过袁艾迪。

"为安，我们来设想一下，如果袁艾迪这个时候突然倒戈，你父亲会怎么做？"周承安似乎在慢慢诱导着林为安。这个问题在他们还没回来之前林为安就已经想过了，可是即使只是想想，都已经让她觉得有些喘不过气。

林为安怔怔地看着周承安。此时此刻，在倪晴眼里，林为安就像是个已经无法正常思考的洋娃娃，也许换作任何人遇到这种事情都不会比林为安有更好的选择。倪晴看着林为安的某一瞬间突然想，如果是自己呢？如果身份转换，她是林为安，在这件事上，她会作何选择？每个人生长的环境不一样，思维模式更是不同，所以不该强求。

仿佛是在这个时候，倪晴突然觉得在公众面前还不还自己清白已经不是那么重要了。

人生里总要做出无数次选择，你无法知晓这个选择是对是错，可你必须做出一个决定。

"承安，你可不可以……陪我去一趟我爸那里？"最终，林为安有些迟疑地说道。

"你爸爸还不知道你安然无恙这件事吧？他应该还在满城找你。"

"不管怎么样，我也不可能就这样躲过去对吗？也许你说得对，现在只有找我爸爸好好谈谈，事情才有可能会有转机。"

可他们都知道，事情哪里会这么简单，又哪里会好转。

倪晴目送他们离开，待楼梯上的脚步声渐行渐远，她忽然跑到窗口往楼下看，那两个人一前一后上了一辆的士，那辆车会将他们带往何地，又还会不会把他们带回这里？倪晴终于感受到了来自心里的……担忧。

林耀波依旧住在原来的酒店里，见到女儿的一刹那，许多种情绪在心里涌现，但到最后，只剩下某种安心。不管怎么样，为安终究是他的女儿，见到女儿平安无事，他悬着的这颗心也总算是放下了。

"平安回来就好。"

林为安突然觉得只有短短几天不见，父亲好像一下子苍老了许多。

"爸，你可不可以……不要再让袁艾迪做那些事情？他只是一个设计师，不应该让他画图的双手沾上那些不干净的东西。如果你真的还心疼我这个女儿的话，可不可以放过他？"林为安语气没有波澜，听上去更是平静得有些异常。

周承安瞥了她一眼，眉心微微一蹙。

林耀波猛然看向林为安，好久不见，一颗揪着的心总算是放下了，结果

女儿回来后的第一句话竟然是让他放过袁艾迪，果真是应了那句话：女大不中留。

"他告诉你的？"

"爸爸，我不懂你为什么要处处针对打压倪晴，倪晴难道还不够惨吗？她都已经躲到巴黎来了，她不会碍你什么事的，也没有那个能力和你作对，你到底是在不放心什么？还是……你心里有鬼？"林为安大着胆子说出了最后一句话，这还是她第一次跟父亲这么说话，往常就算父女俩闹得再如何不愉快，她也不会说出这种忌讳的话来。

果然，林耀波一听到最后那句话，怒了。

"放肆，为安，这就是你跟爸爸说话的态度？究竟是谁教你的？"林耀波的音量猛然间提高，那表情全是不悦。

"爸，我是成年人，我分得清好坏，也能明辨是非，从前你怎么样，做了哪些事情我不过问也不想过问，可你怎么能利用我？我是你的女儿啊！对爸爸你来说，女儿的终身大事难道是可以利用的工具吗？！"林为安情绪激动起来，到最后，已经是对林耀波吼着说完的了。

"利用你？为安，你倒是说说，我这个做父亲的究竟哪里利用你了，让你有这么大的反应。"

林耀波的目光不明深意地扫向周承安，周承安像是没看到似的，掉转了头，隔绝掉了那抹意味不明的目光。

其实林耀波那目光里传达的意思，周承安心知肚明。

周承安自被林耀波收养之后，早已将林耀波的脾性摸得一清二楚，为安还是太自信，仰仗着林耀波是自己的父亲，就敢将这些话都说出口。林耀波最忌讳的便是别人说他那些不光彩的事，尤其是像林为安这样的含沙射影。林为安以前从来没有这么对林耀波说过话，所以林耀波会以为是周承安故意教唆也是无可厚非的事。对此，周承安并不想解释，也觉得不需要解释，林耀波认定了的事情，别人解释反倒成了辩解。

林为安脸胀得通红，坏情绪几乎要将她吞噬。她一直以为自己早已经能很好地克制自己的情绪，可直到今天她才发现，自己所谓的修养，只不过是一块遮羞布而已。以前倪晴说得对，她就是爱装，装到如今，只不过是说了这样一句话就惹得父亲大怒，如果她从来就敢和父亲对峙对抗的话，也许今天父亲不会有这么大的反应。

"爸爸，你承诺给了袁艾迪什么你自己难道忘了吗？要不要我提醒你？你，把你的女儿当作是他为你做事的交易筹码，呵，我还真不知道，原来我在你眼里还有那么些利用价值啊。但袁艾迪不知道，我却太了解你，即使袁艾迪真的帮你搞垮了倪晴，我和他就真能在一起？你到时候恐怕又会找其他各种各样的借口来搪塞过关了吧？你当初说过，绝对不可能同意我和他在一起，这么短的时间内你怎么可能会轻易改变主意？爸，这样做真的很无耻。"

林耀波的脸色坏到了极点，面上的肌肉仿佛在叫嚣着，浑身皆是怒气。林为安很少看到这样的父亲，但她确信，这一次，她是真的惹怒了他。

"为安，我把你抚养长大，不是让你帮着外人来对付我的。你今天居然能说出这样的话，你以前的那些教养修养都去哪里了？果然是近朱者赤近墨者黑，跟着什么样的人混自己也变成了什么样的人，你看看你现在自己，哪里还有一点大小姐的样子？若是被外人看到，得笑话了去。"

"我从来不想做什么大小姐，这些年你们强加给我的这些人设，我自认为完成得很好，并没有给你丢过脸，但是从今天开始，我只想做我自己，我不想再过自己不想过的那种人生。所以爸爸，你收手吧，不要再对袁艾迪的人生横加干涉，也不要再对倪晴做那些事情，我们家害倪晴失去的还不够多吗？究竟要怎么样你才会开心？"

"为安，你真是不知人间疾苦，你以为离开林家你还能像以前那样过得光鲜亮丽自由自在？这几年真是把你给宠坏了，好，你不想再过这种生活了？那我林耀波就当没有你这个女儿，你爱过什么样的生活就过什么样的生活去，到时候被现实逼进了绝路可不要回来。你记住你今天自己说过的话，成年人要为自己说过的话负责。"

林耀波是铁了心了，正因为林为安将他惹怒，他怒到彻底，所以这个时

候，居然放下了这样的狠话。

林为安死死咬着下唇，深深看了眼父亲。父亲以前不是这样的，是从什么时候开始，她心里那个伟岸高大的父亲已经变成了这般。如果可以，她真的很想很想，回到很多年前，拥抱一下当时那个毫无怨言地替自己遮风挡雨的父亲。那个时候的人多单纯啊，可是金钱，却让人变坏。

林为安无言，她知道自己说再多都没用，在林家，一贯都是父亲说了算，从前就算是林耀强还在的时候也不敢对父亲造次。她强忍住心里的那股不适，转身走了。林为安心里清楚，踏出了这扇门，她往后的路也许会很难走，但在那一刻，她心里没有一点点犹豫。

爱情真是个神奇的东西，能让人变坏，也能让人有勇气。

一路上，周承安不知看了林为安多少眼，每一次都欲言又止，最后林为安实在看不过眼了，扭头看向他问："你想说什么？"

"你刚才在你父亲面前有些太强硬了，你知道，你是他女儿，如果说些服软的好话，未必会是现在这个结果。你还不了解他吗？吃软不吃硬，你越是对他强硬，他就越是不会就范。你本意不过是想让他放弃对袁艾迪的控制，但你有没有想过，也许你越是这样，他就越不会放过袁艾迪。"周承安认真地替她作了分析，"你父亲那个人就是这样，别人对他强硬，他只会更强硬，并不会因为你是他的女儿就有所改变。"

林为安脸色煞白，听周承安这么一说才反应过来，好像父亲的性格的确就是这个样子，然而刚才，她被气得简直肺都要炸了，哪里还想得到这么多。对父亲长久以来的积怨在顷刻间陡然爆发，连她自己都没办法控制说出口的话。

"不过船到桥头自然直，说不定事情会出现转机也说不定，你也不用太过担心。袁艾迪能混到现在，说明还是有两把刷子的，不会真的完全被你父亲控制。"周承安安慰道，可这种安慰在林为安看来，实在太弱。

倪晴的公寓就这样成了他们的据点，每天都有几个人据在那里。阿九和

Chapter 21 不是你说的吗，人是会变的

林为安后来干脆把酒店也退了，就这样和倪晴一起住了下来。倪晴极为注重自己的私人空间，所以坚决不让她们和自己睡一个房间。阿九和林为安倒也不在意，在客厅搭了一张临时的小床，一人睡沙发一人睡小床，日子倒也过了下来。

可这总归不是个办法。再加之倪晴和林为安从前的那些过节，这两个人坐在一起面对面吃饭总有些奇怪的感觉，好在有阿九在中间打圆场，相处得倒还算融洽。

这几天，阿九总在外面晃荡，去认识的媒体人那里打听消息，就数她的消息最为灵通。有一次，阿九回来神秘兮兮地对林为安说："你知道你爸爸最近打算干什么吗？"

林为安皱着眉，很不满她的故作神秘。阿九笑嘻嘻地揭开谜底："听说要赞助袁艾迪的工作室，想买下袁艾迪的个人品牌。"

"不可能，袁艾迪不会卖的。"林为安摇摇头立马否定。

"袁艾迪卖不卖是另一回事，单单说这件事，只能说明你父亲仍在试图拉拢袁艾迪。你们有没有发现，但凡是和倪晴有些过节的，都和你爸关系不赖，这应该不会只是巧合吧？"阿九话里有话。

倪晴听得心里一沉，当年倪家出事的时候，那些原本跟倪晴父亲关系挺好的人都纷纷掉转头不愿意帮助倪晴，后来几乎都跟林耀波成了一路人。不知是巧合还是必然，倪晴心里清楚，即使她再如何催眠告诉自己，你家的惨案和林耀波并无多大关系，可事实是，的确就是林耀波邀请倪晴父亲的那一天，倪晴的父亲再也没有回来。

"好几天没有见袁艾迪了吧？你一点也不好奇他这些天在忙些什么？你上次不是说，袁艾迪会想办法还倪晴清白的吗？怎么过了这么多天一点进展都没有？他该不会是反悔了吧？"阿九貌似心不在焉，瞥了眼林为安。

林为安的脸色也好不到哪里去。跟父亲闹翻的那一天，周承安又把她带回了倪晴的公寓，希望倪晴能同意让林为安暂时住在这里，原因是不放心林为安一个人在外头。倪晴当时内心是拒绝的，可阿九却跳出来，笑嘻嘻地接

受了周承安的提议。倪晴当然清楚阿九这么做的原因，无非是认为就近比较好监视，再加之林为安和袁艾迪的这层关系，林为安在她们这里，袁艾迪总归不会做出什么出格的事来吧。

林为安拿出手机再次拨下袁艾迪的电话号码，依旧跟之前的很多次那样，不是关机就是无人接听。她维持着表面的平和，内心早已波涛汹涌。

"又失联了吗？"阿九一点也不客气，立马问道。

林为安默不作声，这个样子倪晴看着不免唏嘘。以前林为安是多骄傲的大小姐，脸上从来不会露出这种类似失落的表情，即使心里再如何失望，她总能维持面上的优雅。可时至今日，好像很多事情都变了，很多人也都变得不再是以前倪晴所熟悉的样子了。

阿九叹了口气，提议道："你要不要给你爸爸打电话？没准能在他那儿找到袁艾迪。"

林为安摇头说："即使能在那里找到袁艾迪又能怎么样呢？我太了解袁艾迪，很多事情他不说不是因为真的有意隐瞒，而是他认为他能够妥善处理，不想让旁人无谓操心罢了。"

倪晴沉默，这的确是袁艾迪的性格。

阿九自然不吃这套，还想再说，可倪晴在一旁猛地朝她使了使眼色频频摇头，她也就此作罢了。

可喝了几口牛奶后，阿九忽然说："怎么这几天连周承安都不见了？"

阿九的这句问话瞬间让气氛冷凝到了极点。其实倪晴早就发现了，但周承安是永远都有自己打算的人，他不出现，也许是有事情要处理，所以倪晴虽然心里觉得有些奇怪，但也没有放在心上。可从阿九嘴里说出来，怎么说不出的怪异呢？

阿九瞪着眼睛看向倪晴："你们有多久没联系了？"

"他把林为安送来这里之后就没有再来了。"倪晴如实说道。他们两个人心里彼此之间始终都有个疙瘩存在，所以即使外表看上去像是已经和解了，可只有他们自己知道，他们心里的那道伤疤不可能痊愈得这么迅速。虽然同

Chapter 21　不是你说的吗，人是会变的

在一个巴黎，但却甚少联系，倪晴这才恍恍惚惚想起来，自从周承安来到巴黎，他们就连电话都没有打过几个。

"应该不会出什么事吧？承安向来都清楚什么事该做什么事不该做，他一直都很有自己的原则。我想他应该只是有自己的事情要处理，才没来得及联系我们。"饶是林为安如此说，可一种不安还是萦绕上了倪晴心里。

倪晴清楚周承安，他不会让别人无端端地为他担心，纵是从前，也从没有过这样无声无息地过了几天没有踪影。

"或者……我去我爸爸那里探探情况。"林为安说着便要走，却被阿九一把按了下来。

"你跟你爸闹得还不够啊？你爸看到你会有好脸色吗？没准一怒之下就把你给撵出去了，你还是乖乖待在这里吧，我去。"

"可是……"

"我还能出什么事不成？你忘啦，我可是个记者，不会这么轻易就死掉的。"

这一点倪晴倒是深信不疑，倒不完全是因为阿九是记者，有着敏锐的本能，而是因为阿九的家庭势力，林耀波就算有心要对阿九不利也不敢真的做出什么出格的事来。

阿九刚走没多久，倪晴的手机忽然收到了一条匿名短信，她盯着手机屏幕上的那行字，眉头越皱越紧。林为安看出她的异样，不由将视线移到了倪晴的手机上。

"怎么了？"

倪晴忙清醒过来，收起手机，摇摇头说："没事，我回去再睡一会儿，阿九若是有消息麻烦叫醒我。"

然而天都黑了，仍然没有任何消息，连阿九都没有回来。倪晴有些担忧，脑子里忽然闪现出白天收到的那个匿名短信，其实短信内容倒没有什么特别，只说约她见面，上面附上了时间地点。倪晴觉得蹊跷，自然没有赴约，再看一眼时间，已经过了匿名短信上约定的时间了。

时针指向快10点的时候，倪晴终是坐不住了，对林为安说："我去找阿

九，很快回来。"

林为安不放心，想跟她一起去，可倪晴拒绝了："不行，万一我和阿九都出事了呢？好歹得有个人知道我们的行踪才是，我们现在不能一起行动，分得越开越安全。你再想办法联系一下袁艾迪和周承安，这两个人同时失联，我总觉得这里面应当不会那么简单。"

林为安最终不再多说什么，直到这个时候她才发现，原来倪晴依旧还是那个小时候自己认识的倪晴。那个时候的倪晴就是一个善良的小公主，永远最先想到的是别人。都说家境优渥的女孩子很容易被养成任性骄纵的小公主，可倪晴非但没有一点任性骄纵，还处处替别人设想，所以那个时候围在倪晴身边的人总是最多。后来倪家出事，倪晴性情大变，林为安想自己是从什么时候开始讨厌倪晴的呢？大约就是从那个时候起，因为曾经的小公主突然变成了一个为了钱什么都可以做的人，这样的反差太大，甚至来不及让林为安反应。

公寓里又只剩下了林为安一个人，只剩时钟的声音还在滴答滴答地响着，林为安从来都不知道原来寂寞是一件这么可怕的事情。昏暗的公寓里，徒留她一个人的身影。

倪晴到了楼下，本想伸手拦车，可手刚挥到半空又顿住了，突然不知道该去哪里找阿九。阿九走之前说过去替林为安探探情况，也就是说，有一大半可能是去了林耀波所住的酒店，但依阿九的性子，说归说，最后怎么做又是另外一回事了。倪晴思忖再三，还是决定赌上一把，没准真让自己给赌中了呢。

还是那个酒店，那天夜里在酒店门口遇到周承安，好像还是昨天的事情，可今天这几个人突然之间就没了踪影。

倪晴在酒店旁边找了个隐蔽的位置藏起来，观察着酒店门口。倪晴头往上一抬，正好能看到林耀波住的那个房间，房间的灯是亮着的，说明里面有人，窗帘只拉了一半，窗半开着。倪晴瞧了半天也没瞧出个所以然来。她等了很久都没见到阿九的身影，心里开始慢慢焦急起来，阿九到底跑哪里去了，为什么都不跟自己打声招呼？倪晴想着，不由自主地又给阿九拨去了电话，原本以为又会是一场徒劳，没想到电话居然通了，听筒里传来阿九声音的刹那，倪晴忽然有种想哭的冲动。

"你在哪儿？怎么这么久都不回去，连电话都不接。"倪晴忍不住轻声斥责道。

阿九立刻对她嘘了一声："林耀波现在正在屋子里呢，周承安也在，房门开着，也不知道这两人搞什么鬼，看上去好像闹得不是很愉快。我在想办法怎么走得更近一些，听不到他们在谈论什么好着急。"

倪晴一惊："你还在那里？"

"当然，探不到什么消息我怎么能离开？"阿九理所当然地说道，说完听了一下从听筒那边传来的嘈杂声音，不由蹙眉问，"倪晴，你在外面？"

倪晴叹了口气："我就在林耀波所住的酒店旁边，阿九，你告诉我你的具体位置，我过来找你。"

阿九犹豫了一下，虽然觉得让倪晴过来不是一个安全的举动，可又深知倪晴的脾气，倪晴既然人都已经到了这里，就算不让她过来，她自己也会想办法找来。末了，阿九才用手机把自己的定位发给了倪晴。等她一抬头，忽然发现房间里居然多了一个人，多了的那个人不是袁艾迪还会是谁。

阿九笑了起来，真是好不热闹，她要找的两个人居然都在这里，既然这两个人都没事，她也算圆满完成了任务。阿九左右瞧了瞧，因为正是旅游淡季，所以酒店的住客并不多，整个走廊除了偶尔过路查询的酒店工作人员之外甚少看到有其他人。阿九等了片刻，心里正想着要怎么靠近林耀波的房间，肩膀忽然被人轻轻一拍，她吓得差点尖叫起来，一回头看到倪晴，悬着的心放下的同时忍不住翻了个白眼。

"你就不能不这么诡异地出现吗？万一我刚才没忍住叫了出来，我潜伏在这里不是完全暴露了？"阿九立马开始数落起倪晴来。

倪晴的眼珠子转了转，像是在观察着环境，边看边问："你离林耀波的房间十万八千里，你潜伏在这里有什么用？"说着，一指林耀波房间对面的

那个小拐角,"我们去那里。"

"说得倒是轻巧,你以为我没有想过吗?这一层前前后后我都看过了,要去那里必须得经过林耀波的房间,你觉得我们是有隐身术还是林耀波是瞎子?"

阿九的话音刚落,这时忽然从林耀波的房间里出来一个人,她们都认得,是这次林耀波来巴黎带的唯一的助理,这个助理想必极得林耀波的信任,连这些事情都能参与进来。助理看上去好像要去做些什么事情,出来的时候顺带关上了门。

倪晴和阿九面面相觑,心里想着的都一样,表情也从方才的凝重慢慢轻松起来。

等助理坐了电梯下去后,阿九和倪晴静悄悄地窜到了林耀波的房门口,一面紧贴着墙壁想听清里面在说些什么,另一面又紧张地盯着电梯,生怕助理突然回来。

然而酒店的隔音效果实在太好,就算她们屏住了呼吸也听不出个所以然来。阿九的脸上逐渐出现焦虑,反观另一边的倪晴,则是沉稳许多。

门内不知怎的,突然响起了脚步声。倪晴心里暗想不妙,立刻拽着阿九躲进了刚才自己所指的那个拐角。她们才刚站定,林耀波的房门就突然被打开了。开门的人似乎十分生气,用力极大,房门一甩,仿佛整个楼层都震荡了一下。

她们心有余悸,这个时候哪儿还有心思偷偷去看外面是什么情况,提着的一颗心像在嗓子眼里,连呼吸都不敢了。

刚才若不是倪晴反应快,这会儿她们两个人就已经被人逮个正着了吧。

林耀波的声音在安静的走廊里响起,仍旧是倪晴最讨厌的那个声音那种语调,好像全世界都被他掌握其中似的。

"承安,你可要想清楚了,我不了解倪晴,难道你还不了解倪晴吗?她之所以一年前会离开你,难道不是因为你对她有所隐瞒吗?如果让她知道还有更大的谎言等着她,她又会怎么做呢?"

Chapter 22　情回布拉格

"如果让她知道还有更大的谎言等着她，她又会怎么做呢？"

倪晴的心里在一瞬间被这句话塞满，林耀波的这句话是什么意思？难道说周承安还有其他什么她不知道的事情瞒着她吗？她脚下一动，好在阿九反应迅速地握住了她的手，狠狠用力捏了她一下，示意她冷静。阿九在昏暗里朝她摇了摇头，这也许又是林耀波的什么鬼把戏，要知道，林耀波最擅长的就是玩弄人心。

周承安嘴角噙着笑，冷得仿佛周遭都是冰雕。他一贯不太愿意和林耀波提起过去的事，哪怕那些过去是他避无可避的人生。尤其不接受任何人的威胁，哪怕那个人是林耀波。

周承安双手抄在兜里，面上的寒霜在灯光下慢慢地褪了下去。他面朝林耀波，耸了耸肩："所以林总下一步打算怎么做呢？将我的那些过去告诉倪晴吗？这种事情你也不是第一次做了，再多一次又有什么大不了的。"

"你我都心知肚明，这一次和上一次并不一样，承安，你拼命想隐藏的过去，却是她十几年来渴望得到的幻想。如果让她知道你一直在骗她，以倪晴的秉性，我可不认为你们之间还有任何未来可言。"

"林总，我猜你现在很想让我问怎么做才能让你不再提及这件事吧？"周承安笑得不羁又张扬，"可惜，事到如今，这件事对我已经没有任何影响了，你想怎么样便怎么样，如果你执意要这么做，我也只能认命。不过为安毕竟是你的女儿，你真想看着你的女儿和你决裂？你了解倪晴的秉性，那你了不

了解你的女儿林为安呢？"

林耀波的眼睛猛地一眯，脸上突然闪现出一抹狠戾："你在威胁我？"

"我不是威胁你，林总，当你拿着别人珍视的东西威胁别人的时候，就从来没有想过哪天同样的手段也会被用到自己头上吗？这个世界很难说的，没有谁会是永远的强者，也没有谁会是永远的弱者。"周承安的声音里自有一份难得的自信，他的气质与很多人都不同，这也是当初林耀波会看上他并且收养他的原因，只是没想到过了这么多年，自己亲手调教出来的人居然会成为自己的敌人。

"呵呵，承安，当年你在布拉格为黑手党办事，小小年纪就做了那么多伤天害理的事，连绑架这种事情都能做得出来，那个时候我就看出你不会是一个简单的人，到今天我还是坚信我自己的目光，你非池中物，但你要是走了错路，可就辜负了自己骨子里的那股劲了。"

林耀波的声音传进倪晴耳里时，倪晴浑身蓦地僵硬，脑子里一片空白，甚至连呼吸都忘记了。他刚才说了什么？布拉格？绑架？周承安？倪晴的眼睛死死地瞪着某一处，仿佛只有这样才能克制住自己想要冲出去的欲望。

"你不仅曾经是个杀人犯，而且你小小年纪就成了绑架犯，当年绑架少年时期的倪晴的人正是你，若是让倪晴知道了这件事，倪晴又会怎么看你呢？承安，我说过，人不要奢求太多，好好地拥有并且把握好手里的东西已经是一件不容易的事情，你居然还想去奢望什么爱情？你以为在倪晴知道了这件事后，还会给你所谓的爱情吗？你别忘了，不管倪晴现在如何落魄，但她好歹出身优越，她那样的人，从骨子里就不会看得起你这种出身的人。说到底，你们之间云泥之别，出身是永远改变不了的事实。"林耀波的话越来越冷，一个字一个字扎进周承安的心里，周承安仿佛看到了自己血肉模糊的心脏，可他脸上的笑意却肆意扩散。

也许林耀波要的就是这种效果，长久以来，他就是靠着这样的威胁才让周承安对他唯命是从，可他不知道的是，从前的周承安对他唯命是从，并不是因为他以为的这些所谓的过去和证据，而是他对周承安的养育之恩。

周承安从小就没有父母，一直都是自己流浪着长大的，没有人知道他对一个家的渴望。在没有被林耀波收养之前，他连想都不敢想自己会有一个家，可是林耀波出现了，他不仅给了周承安一个家，还让周承安受到了良好的教育，施展了自己的才华。周承安一直认为是林耀波给了自己第二次人生，他才不必再在那个泥潭一样的底层挣扎。可这些都是要付出代价的，所以他为林耀波做事，哪怕某些事情超出了他的道德范围和原则，他仍旧毫无怨言地去做了，有些债终究是要偿还的。

而到了现在，周承安自认为欠林耀波的早已还得差不多，林耀波从前让他做的那些不齿的事，从另一层意义上讲，几乎能夺走他现在所拥有的一切。他深切地知道事情败露之后自己会得到怎么样的惩罚，可那个时候他还是做了。

所以如今的周承安不再对林耀波唯命是从，是他认为自己已经还清，可在林耀波看来，是因为倪晴的出现，才让周承安的翅膀长硬了，才让周承安不再听命于自己。这所有的一切不能说全部是倪晴的错，但却是因倪晴而起。

"承安，你难道不知道，如果你过去的所作所为全部败露，你将一无所有，包括倪晴。"

"这是我自己选择的路，后果由我自己一力承担。"

林耀波身后的袁艾迪静静地看着他们，林耀波的很多话不仅是说给周承安听的，也是说给自己听的，他和周承安一样，都知道林耀波是什么样的人。周承安之所以不怕林耀波将他过去所做的事情披露出来，是因为他们的利益是相连的，一旦周承安出事，林耀波也不可能明哲保身。但袁艾迪和周承安的情况又不一样，他没有被林耀波拽在手里的把柄，他唯一要争的不过是自己和林为安的一个未来。

周承安的视线扫了过来，袁艾迪淡漠地与他对视，然后周承安在他的注视下，转身走了。

袁艾迪自认为与林耀波也再无话可谈，抬了抬脚步正要走，忽而听到林

耀波说："把为安找回来吧。"

袁艾迪猛然看向他，眸子微眯，林耀波这话是什么意思？

"我还是不会同意你和为安在一起，袁艾迪，你究竟有什么自信能够保证自己可以给为安幸福？你能给她什么？你现在的这些成就不过是你自己偷来的，现在你连为安的心都要偷得一干二净？"

袁艾迪心里的痛处除了林为安，就是当初偷窃倪晴设计稿的事情。这两件事就像是他的心病，他觉得自己再也难以愈合了。

他不再跟林耀波多说什么，循着周承安走时的路走了。

等一切平静下来，阿九才松了口气，转头看一眼倪晴，发现倪晴好像有些不对劲。她晃了晃倪晴，倪晴的脸色却比哭还难看，阿九这才急了："你怎么了？是不是哪里不舒服？"

倪晴几乎是哭丧着一张脸，对阿九说："阿九……周承安……他、他就是当初布拉格的那个小哥哥……"

"什么？"阿九不可思议地瞪大眼睛，而后忽然想起刚才他们在外面的对话。当时因为又紧张又害怕，担心她们两个会被发现，所以大气都不敢喘一声，更别说是认认真真听他们把话说完了。

"对了……林耀波似乎说，周承安就是当初绑架你的那个人……"刚才的记忆慢慢复苏，阿九的脸色没有比倪晴好到哪里去。

这件事来得太猝不及防，她们都没有做好任何准备。

对倪晴来说，她一直思念着的小哥哥就是现在自己喜欢着的人，她明明应该开心的不是吗？可是知道真相的她却完全没有一点点开心的感觉，相反地，她觉得这个世界真是太过可笑了，总是跟她开这样那样愚蠢的玩笑。

"可是他为什么从来不承认……我问过他那么多次，他每一次都否定了。"

阿九的脑袋里全是乱麻，比倪晴好不到哪里去。她完全理解倪晴此刻的心情，可没办法帮倪晴好好分析，因为她也想不通为什么周承安从来都拒不承认，他们明明有那么多次可以相认的机会。

Chapter 22　情回布拉格

"也许……也许他有什么不得已的苦衷呢？"阿九替周承安找的这个借口，连她自己都难以信服。

"所以他早就知道我就是当初被他绑架的那个女孩子。这么久以来，他明明知道我很想念小哥哥，一心想要找到他，但是小哥哥就在我的身边，我却像个傻瓜似的。他这样看着我，就像看着马戏团的小丑。"

倪晴的笑容越来越难看，闭上眼，脸上全是说不清的失望。

原来这就是林耀波所说的更大的谎言。原来刚才林耀波没有说谎。

原来说谎的人，一直都是周承安。

倪晴心里好像有什么东西碎了，再也拼凑不完整了。

等她们下楼的时候已经差不多过了凌晨，巴黎的街头依旧热闹繁华，跟白天并没有什么两样，可是她们的心境却发生了翻天覆地的变化。倪晴的身边跟着阿九，她茫然四顾，却觉得这个人人都钦羡的城市一夜之间变得这么冷。她曾经义无反顾逃来的城市，没想到有一天，也会在她的伤疤上再一次划下重重的一道伤疤，并且这道疤痕，也许在短时间内再难以痊愈。

阿九担忧地望着倪晴，喉咙干涩，想同她说说话，可是话到嘴边却又不知道该说什么。她们认识太久了，久到一个眼神就能知道对方想说什么想干什么，这种时候，对倪晴而言，反而沉默才是无声的支持。

倪晴站在路灯下没有动，凝眉思索着什么，很多时候，阿九发觉自己和倪晴的距离似乎越来越远。倪晴越来越会掩饰隐藏自己，不再像从前那样无话不说，大约她们都长大了，所以内心也都开始有了自己的小秘密。

"倪晴，我觉得，凡事还是当面说清楚比较好，你这样自己胡思乱想也不能想出个所以然来是吗？周承安刚走没多久，想必应该是去找你去了，我们先回去，万一和他错开了呢？"阿九挽住倪晴的手臂，说着便要伸手去招出租车。

倪晴及时拦住了她，冲她摇摇头："阿九，我想一个人待一会儿，能不能……"

"不能。"阿九想也不想便拒绝了倪晴想说出口的话,"大晚上让你一个人走在巴黎街头,倪晴,你认为我是疯了吗?"

倪晴深知阿九的脾性,知道自己再多说无益,然而原本一副气焰嚣张的阿九,视线穿过倪晴的肩膀,忽然安静下来。倪晴看着阿九的眼睛,一瞬间便明白了怎么回事。她慢慢地回过头去,果然不出她的所料,周承安就站在远处,不知道已经看了她们多久。

倪晴在夜色里和周承安对视着,几步之间的距离,却像遥不可及一般。她一直都知道周承安和自己的距离,虽然曾经他们走得这样近,甚至一度认为会永远融进彼此的生命里,可现实总是无情地打破他们所有的设想。倪晴知道,他们再也无法回到过去,时间是毒药,一旦饮了,就无法再说出任何后悔的话。

周承安慢慢朝倪晴走来,他的步伐沉稳而坚定,每走一步,倪晴都觉得他们之间的距离好像更远一些,很奇怪,明明应该是更近一些才对,可她却觉得她离他越来越远,远得几乎已经快看不清他的面容。

周承安在倪晴面前站定,嘴角凝着微笑,好像真的只是在路边偶遇一般,声音清冽地说道:"这么巧,我们总能在各种地方不期而遇。"

倪晴仰头凝视着他,他的每一个眉眼,每一个微笑,她都曾经想拿来珍藏。她第一次讨厌起自己该死的直觉来,从一开始她就觉得他和她记忆里的小哥哥那么像,为此纠缠了那么久,没想到到最后,居然真的应验了她的直觉。那个时候明明那么希望他就是自己想要找的人,可在事实面前,她觉得又荒唐又可笑。

要找的人就在自己身边,她却从来不曾发现。

阿九夹在两人中间,第一次感到这么不自在。她的视线在两个人身上流转,最后还是招手拦下了一辆车,一声不吭地走了。这种时候,也许让他们两个人自行解决一些事情才是更好的选择。

倪晴的耳朵仿佛已经听不到任何声音了,她的眼里只能看到周承安,周承安这张无数次出现在梦里,与她记忆里的那张脸重叠的脸。她的心跳慢慢

Chapter 22　情回布拉格

地加速，分明怨他，为什么从不肯对自己说实话，可在看到周承安的人之后，她知道自己还是无法真正怨他恨他。

人的一生冥冥之中注定了很多事情，有些人就像是你的克星，无从怨恨，只能认命。

"你都听到了？"周承安的声音出乎意料的嘶哑，刚才对峙林耀波时的气场全无，现在的他看上去异常地疲惫。

倪晴只是看着他，一声不吭。

"刚才我在林耀波的房间里时，林耀波接了一个电话，而后他就把自己的助理打发走了，并且还关上了门。"周承安顿了顿，漆黑的瞳孔仿佛在探询着什么，"倪晴，你知道这意味着什么吗？"

"周承安，我不认为我们之间现在是说这个的时候。"

"不，现在就是说这个的时候。倪晴，这说明，林耀波知道有人在门外，那个电话多半是酒店的工作人员打来的，你要知道五星级酒店的安保力度，不可能让两个鬼鬼祟祟的人在走廊里待这么久，万一出了什么事情，他们可承担不起。何况走廊里那么多的监控摄像头，你以为监控室里的人都是一群坐吃等死不认真干活的人吗？你们之所以没有被驱赶，正是因为林耀波的示意，他为什么会在门外突然对我说那些话，因为他想让你知道这些事情，我想，他应该是成功了。"

倪晴眸子微眯："你这话是什么意思？"

"倪晴，你成功地被搅乱了心思不是吗？林耀波要的就是这种效果。"

"周承安，这不是你可以欺骗我的借口，那个时候你明明知道我一直就在找你，可是你呢？你却当做什么都不知道的样子，什么都不说，心安理得地和我在一起，你觉得你就没有错吗？你觉得这不是欺骗吗？"

倪晴感觉就连自己的手脚都在发抖，她从来没有想过自己这么喜欢的人会这么心安理得地欺骗着自己，如果不是她今天为了找阿九来到这里，不知道还要被他欺骗到什么时候。

"周承安，如果没有今天，你准备什么时候才让我知道，我一直在找的

人就是你?"倪晴紧紧握着拳头,死死盯着他,内心的波涛汹涌几乎让她感到心碎。她曾经以为再也不会有人能让她那么伤心难过,除了周承安。

也只有周承安有这个本事,因为心里太在意,所以倪晴才会连这些都看不出来,其实她早该看清看透才对。

"倪晴,我从来没有想过要隐瞒你什么,可每个人不都有自己不想被提及的人生吗?我也有,那段回忆并不是我的人生非要提及的回忆不可,我不想提起的过去,我想大概也是你不想回忆的过去。"

周承安的声音淡淡的,可是不知道为什么,倪晴在听着他说这些话的时候,却在他眼里看到了前所未有的凉薄和悲伤。周承安一贯都是将自己伪装得滴水不漏的人,倪晴还从未看到他流露出过这样子的表情来。

倪晴往后退了一步,眼里有泪光,她死死咬着嘴唇不让眼泪流下来,不想在周承安面前示弱。即使再难过再想哭,她也只能一个人默默地独自承担。

"所以你是说……那些是你不愿意回想更不愿意提及的过去?对你来说,那些回忆就是这么的一文不值?这么的不值得回忆?"倪晴眼里蓄满了泪,然而最终还是没有落下来。

周承安觉得头疼,他疲倦地捏了捏自己的鼻梁,想让自己浮躁的心冷静下来。早在刚才,他就已经不断告诫自己,不要生气,更不要对倪晴说些不该说的话,可是面对倪晴,他的情绪忽然就像失控了一般,像开了闸的洪水,怎么都止不住了。

"倪晴,我的过去并不光彩,你也知道我都做过些什么,如果是你,你觉得那会是值得你铭记于心的回忆吗?每个人都有自己想要和不想要的东西,我想在这一方面,没有人可以勉强另一个人。没错,可能对你来说,你一直想见的小哥哥是你珍藏着的回忆,你觉得它很美好很难忘,但对于我来说,那只是我黑暗的人生的起点。我不想抱着我过去的黑暗过一辈子,我不想阳光再也找不到我,你想铭记的东西,并不一定就是别人也想铭记的东西,你懂吗?"周承安的眼里仿佛有着难以承受的痛楚,可他说得这样残忍

Chapter 22　情回布拉格

又不加掩饰。

她不懂！她更不想懂！为什么事情会发展成这个样子！他们明明还是像从前那样可以肆意地笑肆意地哭的年纪，可是倪晴觉得自己的眼泪都已经快流不出来了，她爱着的这个人，有一天突然告诉自己，原来她一直珍藏着的回忆只不过是别人不想要的东西。周承安让倪晴觉得，她就像一个傻子，苦苦守着自己的那些回忆，以为有一天他们终会相见，那个时候她会告诉他，她想念他，想念了仿佛已经整整有一辈子那么久了。

可是她听到了什么呢？她听到周承安说，那是他不想回想的过去。

他们终究……不是一路人吗？她看着周承安，眼泪终于像大雨一般倾盆落下。再也没有什么，是比此时此刻更让她忧伤的了。

就好像做了那么多年的一个梦，在顷刻之间，梦醒了，心碎了。

倪晴不知道该怎么再跟周承安相处，她甚至觉得他们之间在经过那晚的对话之后，彼此早已心生嫌隙，大概就是这样的吧，没有人会永远在你身边。

但总算还有些好事，几天之后，袁艾迪忽然在个人社交平台上发布了一份声明，这令倪晴着实惊讶了一番。她完全没有想到袁艾迪居然会主动承认关于前些日子对于倪晴的各种造谣皆是自己诬陷，还承认了当初自己的成名作的确是偷窃了倪晴的作品，这让所有人都哗然，更令倪晴咋舌。

袁艾迪居然会承认？他为什么会承认？他其实根本不需要这样做，因为倪晴对于自己所谓的清白早就已经无所谓了。倪晴怔怔地站在窗口，突然之间觉得什么都变了，她的生活一团乱，她甚至根本没有能够解决好这一切的能力。

倪晴曾经以为，她有足够的能力可以让自己过得比看上去的要更好，可是没有，当她发现这一点的时候才察觉出来自己的可悲。每个人都有自己想要拼命隐藏的弱点，可她的弱点却暴露无遗，且没有自愈的能力。

"或许跟林为安有关，你知道，这段时间林为安一直在试图说服他，他那么爱林为安,不可能对林为安的话完全无动于衷。"阿九看出了倪晴心里的想法,开口安慰她。

也许阿九说得没错,林为安对于倪晴的突然转变,不仅仅是倪晴本人,就连身为旁观者的阿九都感到惊讶。这也从侧面说明,没有什么误会是永远解不开的。倪晴不愿再想这件事情,当她再次见到袁艾迪的时候,袁艾迪整个人仿佛瘦了一圈,可精神看上去却尚佳,他的身边跟着林为安。

林为安冲倪晴淡淡地微笑,脸上多了几分释然。倪晴想林为安大约和袁艾迪已经达成了某种共识,只有真正感到幸福的人才会露出像刚才林为安那样的笑容。

"为安说服了我,她说我不该再这样下去,不该活在用别人的东西带给自己荣耀的世界里。"袁艾迪看着倪晴,从未有过的轻松。

倪晴面无表情地盯着他,似乎在等待下文。

"倪晴,对不起。但是事情的确不是你想的那样,当初会支持你来巴黎,是因为我心里的确是这样想的,你对艺术有天赋,不该埋没,我希望能帮助你找回从前那种热情。但后面的事完全出乎我的意料,也让我无法控制。我承认,的确是因为我自私,我想跟为安在一起,为安的父亲开出了相当有诱惑力的条件,当时我以为,这大概是我唯一能和为安在一起的机会了,我不想放弃,才有了后面的事情。可是事情已发生,发酵速度超出了我的意料,连我都感到错愕,等我发现这其中也有为安父亲的手笔时已经来不及了,一切都太晚了。那个时候在巴黎,我躲着不见你们,一是因为我担心会被为安的父亲找到,从而做出更伤害到你的事情来,二是怕面对你,不知道该说些什么。我知道我亏欠你太多,一直以来都不是个合格的朋友,倪晴,我不指望你原谅我,但这些事情,我仍然愿意当着你的面说清楚。"袁艾迪的声音平淡得没有起伏,但倪晴就是突然有一种强烈的意识,觉得袁艾迪说的都是真的,尽管他曾经骗了她那么多次,可这一次,她仍然愿意相信他。

倪晴看向林为安,林为安冲她轻轻点了点头,这个点头意味着什么,没有人会比倪晴更清楚,这意味着,袁艾迪说的的确都是真的,骄傲如林为安，绝不可能帮着袁艾迪一起撒谎。

"你父亲……为什么处处针对我？我明明对他构不成任何威胁……"

林为安的眼里偶有闪烁，目光有些闪躲，迟疑了片刻，还是轻轻开了口。

"倪晴，有一件事我必须要说明，当年你父亲的死真的和我爸爸没有一点关系。你父亲去世的那天，我爸爸一个人在房间里待了很久很久，谁劝都没有用。他一直觉得你父亲的去世和他有很大的关系，如果不是他安排了那天去工地，也许你爸爸就不会出事了，为此他自责了很久……再后来的事，我也是直到前两天才知道。承安说，我父亲的精神状况有很严重的问题，大约已经持续了七八年的样子，但我爸一贯好强，绝不承认自己有病，承安没有办法，只得在他平常服用的药里加入了含有镇定效果的药。我爸一开始的时候并没有那么讨厌你，后来不知道为什么，做出了一件又一件出格的事。承安替我爸爸检查过，因为你父亲的事故，我爸爸的精神受到了创伤，他害怕你会为此报复他陷害他，所以他的潜意识里就想把你除掉，这样才会给他带来安全感。"

这就是……这些年她一直活在林耀波的伤害中的原因？仅仅是因为……林耀波有精神方面的疾病？倪晴怔住，只想笑。生活真是永远比电影精彩，林耀波那种看上去明明正常的再正常不过的人，居然有精神创伤？

就算有创伤，也该是她倪晴不是吗？

"周承安早知道了吗？"

"我不知道。"林为安诚实地回答。

她确实不知道，很多事情周承安不说，根本没有人会知道。周承安一直都是这样，什么事都只会藏在心里自己扛着。小的时候林为安想过要替他分担些什么，但后来才渐渐发现，这些都是徒劳，周承安是那种即使天塌下来也只会自己撑着的人。他习惯了一个人，所以不会需要别人的帮助。

这一点，倪晴真的和周承安很像。

"倪晴，这些问题我们身为局外人，能知道的微乎其微，我觉得你还是亲自问问周承安比较好。"阿九出声提醒她。

倪晴看了眼阿九，周承安若是想告诉她早就告诉她这些了，也不会等到今天。

"那你们现在打算怎么办？你父亲不是还没有答应你们在一起吗？"倪晴沉默了半响，才幽幽问道。

林为安的脸上闪过一丝难色，继而苦笑一声："总有办法的不是吗？我爸爸他想让袁艾迪为他做事，但若袁艾迪当真不肯，他又能有什么办法？只要我们自己的决心坚定，我想我爸爸终究会答应的吧。我们都已经不是当年对自己没有掌控权的孩子了，我想现在的我们都足以掌控自己的人生。"

话虽如此，可倪晴还是从林为安和袁艾迪脸上看到了隐约的担忧，可这些外人又能说些什么呢。阿九看倪晴一副欲言又止的模样，便也不说话了。

送走了他们，倪晴静静地看了一圈这个自己住了将近快一年的公寓，说没有感情那是假的。360多个日子里，她就是一个人靠着这间公寓度过了漫长的黑夜和白天，这里对她来说就是一个家，一个可以让她逃离所有喧嚣的避风港。

"阿九，我想去趟布拉格。"

在安静的气氛中，阿九忽而听到倪晴的声音，不轻不响，却又恰到好处地表明了自己的决心。

阿九能说不吗？从来不能。倪晴一贯是很坚持的人，心里想做什么便去做了，从不会有任何的退缩，更何况现在的倪晴心里几乎可以说是了无牵挂。

阿九走过去抱抱倪晴，拍着她的肩膀，就像很多年前倪晴送她前往纽约时的那种场景。她们当中好像总是有一个人走或留，中间能相逢在一起的日子少之又少。

"倪晴，不管去了哪里，最后一定要回来知道吗？我在北城等你。"

她们用力拥抱。不管倪晴走到哪里，永远都记得阿九是自己最好最好的朋友，她们曾经为了彼此赴汤蹈火，她们之间的情谊早已跨越了亲情。

Chapter 22　情回布拉格

倪晴订了三天后的机票飞往布拉格，公寓当初是袁艾迪帮她租住的，所以她将处理权都交还给了袁艾迪。阿九送她去机场，那几天，她再也没有见过周承安。

飞机起飞的时候，她看着机舱外的大地一点点变小，内心五味杂陈。

我们总是来了又走，走了又来，生命不断循环着，又不断追求着。

对倪晴来说，布拉格是个有魔性的城市，来了就会上瘾。倪晴觉得这是整个欧洲最为文艺的城市，老城街道到处充斥着文艺的气息，游客交织的广场，人声沸鼎。可她总觉得少了点什么，也许是身边的位置空着一个人，所以这种孤独的感觉似乎来得更为强烈。

她突然有点想念周承安了，在巴黎的时候，她明明已经下定了决心和周承安说再见，两个不同世界的人强行绑在一起，谁都不会幸福。更何况，也许有许多的东西可以通过努力来改善，但有更多的东西，是无论怎么努力都无法得到改善的，比如三观的不同。

她当成宝贝的回忆，在周承安眼里，却是再也不想提及的过去，光是这一点，倪晴便觉得他们之间已经没有什么可谈的了。

原本阳光明媚的布拉格，在下午的时候突然变天了，淅淅沥沥的小雨落下的时候，倪晴正躲在布拉格许许多多咖啡馆的其中之一。她拿出手机怔怔地看了看，无信号无服务，她到底在奢求些什么呢？在这里她是完全独立完全自由的一个人，谁都无法找到她。她低着头盯着脚尖发呆，往事忽然像电影画面似的从脑海里一一闪过。有太多的回忆无法割舍，所以她怎么也想不通，那样被她珍视的东西，为什么在周承安眼里，却是这样不愿意去回忆。

阵雨来得快去得也快，大约过了二十几分钟雨便慢慢地停了。原本在倪晴身边同样躲着雨的游客们此时又像是在水中恢复了自由的鱼儿，纷纷跑去广场游玩拍照合影。看着三三两两的人群，倪晴第一次觉得自己如此孤独。

她慢慢蹲下来，抱着自己的膝盖耷拉着脑袋，其实一个人也并没有什么不好，只是始终觉得，一个人，总归还是太寂寞了些。

就在眼皮逐渐下垂，仿若昏昏欲睡时，一只大手忽然覆盖上倪晴的脑袋。倪晴心里狠狠一紧，蓦地抬头，眼眶在下一刻蓄满了泪。周承安的脸进入眼帘的那一刻，所有的时光仿佛都停住了，耳边的喧嚣不再，拥挤的人群不再，有的只是记忆里专属于两个人的回忆和眼前这个她爱到了骨子里的男人。

周承安居高临下地看着她，见她怔怔地流着泪，心里猛然间一疼，于是慢慢蹲下来与她平视，刮了刮她的鼻子取笑她："才几天不见，你就已经不记得我了吗？"

倪晴心里的各种情绪交织，也不知道在这里看到他究竟是什么感觉，但她唯一清楚的是，她见到他，很开心，并且感到十分快乐。

"你……你怎么来了？"倪晴的声音抖得连她自己都不相信此刻周承安真的在自己面前。在来布拉格的时候她就已经做好了要跟周承安说再见的心理准备，周承安说过这是一段让他不愿意回想起来的回忆，那么也就是说，布拉格也是座他不愿意再踏入的城市才对。

"因为你在这里啊。"他的声音伴随着广场上的音乐传来，那么的理所当然，就好像只要有倪晴在的地方，就一定有他的存在似的。

"布拉格对你来说应当是座伤城才对，你不是说你不愿意再来吗？"明明知道不该在这个时候说这种话，可倪晴就是忍不住。

有的时候分明只想给对方一个拥抱，可说出口的话却又伤人无比。

周承安对此倒是不在意，他笑着拂开倪晴的刘海，嘴角凝着的笑像阳光一样耀眼，他说："倪晴，我知道你心里怨我，我可以理解，但你是不是也可以试着理解一下我呢？如果换成是你，曾经那种可怕的再也不想回想起来的生活，你还愿意再把自己陷进回忆里去吗？"

"可是……"

"倪晴，我不是来了吗？"周承安打断她的话，摸摸她的头，嘴角边那抹宠溺的笑一下子击中了倪晴。倪晴突然间便觉得，这世间有再多不开心都不重要了，重要的是这个男人就在身边，此时此刻，他们的心是在一起的。

倪晴倾过身子抱住他，将脸埋在他的肩颈，温热的呼吸喷在周承安的耳边，那种像触了电似的酥麻感觉一下子贯穿全身。他抱着倪晴的手猛地一紧，内心那些放不下的东西生平第一次放下了，只是那么一瞬间的事情，所有的过往都释怀了。

这世间能拯救灵魂的，永远都只有爱。

"那你以后……还走吗？"倪晴趴在他肩膀上，声音低低地问道，像一个刚撒完娇被得到原谅的孩子。

周承安失笑，有些哭笑不得："倪晴，一直离开的人，不是你吗？"

"不，表面上看好像是我离开了，可是明明，一直不曾靠近的人是你啊。"

她就站在他看得见的地方，他能看透她的所有，甚至灵魂，表面上似乎在这段感情里总是周承安处于包容的下风位置，可是一直以来他们之间都再清楚不过，真正处在下风位置的，明明就是倪晴。

周承安抱她抱得更紧了，倪晴的眼泪无声地流下来，又无声地收了回去，等过了一会儿，周承安仿佛抓住了她的手，接着一丝丝冰凉的感觉滑入右手的无名指内。倪晴视线往下一瞧，就在刚刚，周承安将一枚戒指套到了自己的无名指上，那枚戒指在手指上熠熠发亮，看得倪晴微微一愣。

"上次那枚钻戒太浮夸了，我觉得还是平平淡淡比较好，你说呢。"周承安轻轻地笑着。

倪晴的内心虽然有些复杂，可是这个时候她已经不想再去探究其他那些好的坏的了，不管怎么样，周承安都是她爱了那么久的人，是她想念了那么久的小哥哥，她应当感到满足了才对。

"周承安，你真的想好了要和我在一起吗？也许时间久了你会发现，我根本就不是你想找的那一个人。"

"倪晴，你什么时候变得这么没有自信了？你不是一向都自信满满的吗？"

倪晴哑然……

可是那个人是你啊……就因为是你，所以才更加不确定，怕自己不是你想要的人，怕你到后来的有一天终究会后悔……

她把他抱得更紧了，可再多的语言，都已经无法形容此时此刻他们彼此之间的心情。

"周承安，我们回北城吧。"

"好。"

"我们再也不分开了好不好？"

"好。"

"你怎么什么都说好呀？"

"因为我爱你呀。"

爱，是可以超越所有不安和恐惧的源头。

爱，是可以不分对错的付出和包容。

因为彼此相爱，所以所有的前路都变得无比坦荡和光明。

图书在版编目(CIP)数据

斯德哥尔摩恋人/落清著.—上海：上海社会科学院出版社,2017
ISBN 978-7-5520-2116-5

Ⅰ.①斯… Ⅱ.①落… Ⅲ.①长篇小说-中国-当代 Ⅳ.①I247.5

中国版本图书馆CIP数据核字(2017)第209803号

斯德哥尔摩恋人

著　　者：落　清
责任编辑：霍　覃
封面设计：郁心蓝
出版发行：上海社会科学院出版社
　　　　　上海顺昌路622号　邮编200025
　　　　　电话总机021-63315900　销售热线021-53063735
　　　　　http://www.sassp.org.cn　E-mail:sassp@sass.org.cn
照　　排：南京理工出版信息技术有限公司
印　　刷：上海景条印刷有限公司
开　　本：710×1010毫米　1/16开
印　　张：25.25
字　　数：356千字
版　　次：2018年5月第1版　2018年5月第1次印刷

ISBN 978-7-5520-2116-5/I·257　　　定价：48.00元

版权所有　翻印必究